Benjamin Cors
Strandgut

»*Gut, dann haben wir jetzt einen durchgeknallten Bodyguard, der Leichenteile als Geschenk mitbringt und ganz offensichtlich überhaupt keine Lust hat, hier zu sein. Habe ich das so richtig zusammengefasst?*«
»*Bis auf den Begriff Bodyguard, ja.*«

Ein unverzeihlicher Fehler vor den Augen der Weltöffentlichkeit: Versehentlich schlägt der junge Personenschützer Nicolas Guerlain seine Schutzperson nieder, einen Minister der französischen Regierung. Seine Karriere ist ruiniert – Nicolas wird in seine alte Heimat, den Badeort Deauville in der Normandie, strafversetzt. Dort soll er die örtliche Polizei im Vorfeld des bevorstehenden internationalen Gipfels beraten. Zunächst scheint das eine leichte Übung für Nicolas zu werden, doch die Lage spitzt sich zu, als sich der Verdacht eines auf den Gipfel geplanten Anschlags erhärtet … Dann wird auch noch eine abgetrennte Hand an den Strand gespült – direkt vor Nicolas' Füße.

Benjamin Cors ist politischer Fernsehjournalist und hat viele Jahre für die ARD Tagesschau, die ARD Tagesthemen und den Weltspiegel berichtet. Heute arbeitet er für den SWR. Er ist Deutsch-Franzose und hat die Sommer seiner Kindheit in der Normandie verbracht. Mit seiner Familie lebt er in der Nähe von Wiesbaden.

Benjamin Cors

STRANDGUT

Ein Normandie-Krimi

dtv

Von Benjamin Cors
sind bei dtv außerdem erschienen:
Küstenstrich
Gezeitenspiel
Leuchtfeuer
Sturmwand
Schattenland
Flammenmeer
Krähentage
Aschesommer

Ungekürzte Ausgabe 2018
11. Auflage 2025
© 2015 dtv Verlagsgesellschaft mbH & Co. KG
Tumblingerstraße 21, 80337 München
produktsicherheit@dtv.de
Umschlaggestaltung: Isabella Grill/dtv unter Verwendung eines Fotos
von mauritius images/flavia raddavero/Alamy.
Satz: pagina GmbH, Tübingen
Gesetzt aus der Aldus 10/14·
Druck und Bindung: Druckerei C.H.Beck, Nördlingen
Printed in Germany · ISBN 978-3-423-21716-3

Für Katrin

C'est un peu décevant,
Deauville sans Trintignant

Es ist ein wenig enttäuschend,
Deauville ohne Trintignant

Vincent Delerm, 2002

Teil eins

EBBE

Deauville

Im Herbst 1967

Antoine Bazin war ein gewissenhafter Mensch. Er war nie voreilig, stets dachte er zuerst nach, bevor er handelte. Weil dies oft eine gewisse Zeit in Anspruch nahm, galt Bazin bei den wenigen Menschen, die ihn wirklich kannten, nicht unbedingt als besonders schnell. Aber eben als sehr gewissenhaft, und er selbst fand, dass dies wesentlich wichtiger war. Denn eine schnelle Entscheidung war selten die richtige. Eine gewissenhafte Entscheidung blieb hingegen, ob richtig oder falsch, doch immer gewissenhaft. So sah er das.

Und daher war er verblüfft, wie sehr er an jenem Abend von sich selbst überrumpelt wurde. Nach mehr als zehn Jahren als Croupier im Casino von Deauville traf er eine Entscheidung, die nicht nur schnell war, sondern auch grundlegend falsch. Und eben überhaupt nicht gewissenhaft. Aber als er das bemerkte, war es bereits zu spät, und am Ende der Nacht war Antoine Bazin tot.

Der Mann kam gegen dreiundzwanzig Uhr an seinen Tisch. Er war nicht sehr groß, eher jung als alt, was aber aufgrund seines etwas gedrungenen Körpers schwer einzuschätzen war. Bazin hatte das unbestimmte Gefühl, ihn schon einmal gesehen zu haben. Zwei andere Croupiers saßen mit ihm am Tisch, und noch ein weiterer, es war an diesem Abend Bécaud, etwas abseits auf einem leicht erhöhten Holzstuhl.

Er hätte wissen müssen, dass sein Fehler nicht unbemerkt blieb. Mit Bécaud war nicht zu spaßen, das galt für Spieler wie für Croupiers.

Bazin hatte dem Mann, der jetzt zwei Stühle neben ihm einen frei gewordenen Platz einnahm, zuerst auf die Hände geschaut. Das tat er immer bei einem neuen Spieler, und aus dem Augenwinkel konnte er sehen, wie die anderen Croupiers den Neuen ebenfalls musterten. Oben auf seinem Sitz beobachtete auch Bécaud in diesem Moment misstrauisch jede Bewegung des Gastes. Der Croupier aber, der dem neuen Spieler am nächsten saß, war nun mal er, Bazin. Erst im Laufe der Nacht würde ihm klar werden, dass der Fehler, den er gemacht hatte, bereits zu diesem frühen Zeitpunkt unvermeidlich gewesen war.

Bazins Tisch stand im linken Teil des großen Saals. Das Licht der Kronleuchter spiegelte sich auf den Gläsern und Zigarettenetuis der acht Spieler und wurde von dort auf den Roulettetisch geworfen. Ein stetes Murmeln schob sich durch den Raum, begleitet vom feinen Klicken der Kugel, die erst zögernd, dann zielsicher auf der 24 landete, gefolgt von den kurzen und präzisen Ansagen des Croupiers.

»24, schwarz, *Pair* und *Passe*, gerade und in der zweiten Hälfte des Tisches. Mittleres Dutzend.«

Ein Schieber glitt über den Filz und sammelte die Einsätze ein, während gleichzeitig die Gewinne in fließenden Bewegungen ausgeteilt wurden. Kein Jeton gelangte an eine falsche Stelle.

Die Hände des Mannes lagen auf dem Tisch wie zwei Stücke totes Fleisch.

Hände, die sich wenig bewegten, waren schwer zu lesen.

Und Antoine Bazin war einer der Besten, wenn es darum ging, Hände zu lesen, die Absichten ihres Besitzers am Trommeln der Finger zu erkennen, am nervösen Verschieben eines Eherings. Gepflegte Hände, zitternde Hände. Schweiß, Unruhe, Gelassenheit. Eine *Transversale*, das Setzen auf eine Querreihe aus drei Zahlen, als maximales Risiko. Die Bereitschaft zur Unvernunft. Ein Kolonnen-Spieler. *Passe* und *Manque*, den ganzen Abend. Oder ein *Cheval*, das Setzen auf zwei nebeneinanderliegende Zahlen. Hohes Risiko. Auszahlungsquote 17:1. Bazin brauchte oft nur wenige Augenblicke, um seine Spieler im Kopf zu sortieren. Er schob sie in Schubladen, im gleichen Rhythmus, wie der Schieber die Jetons von ihnen wegholte. Er gab ihnen Namen und Bezeichnungen, sortierte sie in eine bestimmte Reihenfolge und änderte diese, wenn ein Spieler sich vom Tisch erhob. Bazin räumte gerne auf, und die Gedanken an sein langweiliges Leben außerhalb des Casinos kamen dabei in seinem Kopf stets weit nach hinten. Er durfte gar nicht erst an das viele Geld denken, das in Form von Jetons vor ihm lag. Ein neues Leben an einem anderen Ort, weniger trostlos. Es lag jeden Abend vor ihm, dieses Leben, und er sortierte es, stapelte und ordnete es nach Größe und Farben.

Und er gab es aus den Händen, jedes Mal.

Aber immerhin, er räumte auf, das gefiel ihm. Nur wenn jemand diese Aufräumarbeiten behinderte, sie ins Stocken gerieten, brachte ihn das aus der Ruhe. Und genau das geschah gegen dreiundzwanzig Uhr, als jener Mann sich an seinen Tisch setzte, beim Kellner einen Wodka bestellte und seine toten Hände auf den grünen Filz legte. Antoine Bazin gab ihm den Namen *Schnitzel*.

Er hasste Unordnung.

Sie verursachte Schmerzen am ganzen Körper, sie ließ ihn

fahrig werden und unkonzentriert. Roulette hatte eine Ordnung, so wie Bazins Leben eine Ordnung hatte. Es gab siebenunddreißig Felder, es gab Rot und Schwarz, *Pair* und *Impair*. *Passe* und *Manque* waren nicht hinterfragbar. Links, rechts, Mitte. Dazu Reihen und Blöcke. Wer Roulette spielte, der musste sich an eine perfekt komponierte Ordnung halten, so wie sich Bazin an den Weg hielt, den die rollende Kugel des Lebens ihm zugewiesen hatte. Seine kleine Wohnung an der Hauptstraße von Blonville lag auf der linken Seite, Hausnummer 29. *Impair*, *Passe*. Drittes Dutzend. Er wohnte im zweiten Stock, rechts. *Pair*, *Manque*. Mittlere Kolonne. Sein Klingelschild war rot. Wenn er auf dem Weg zur Arbeit die Hauptstraße überquerte und etwas vergessen hatte, kehrte er niemals einfach um. Lieber würde er drüben ankommen, sich umdrehen und wieder zurückgehen.

Keine Unordnung.

Erst recht nicht, wenn es um Geld ging.

Unter all den Unmöglichkeiten, die das Leben ihm aufbürden konnte, war demzufolge ein unsortierter Haufen Jetons die größte aller denkbaren Katastrophen. Bazin musste sich zwingen, nicht über den Tisch zu greifen, um die Jetons zu ordnen. Immerhin lag dort ein beträchtlicher Wert, einschließlich mehrerer eckiger blauer Jetons. Das *Schnitzel* musste zuvor an einem anderen Tisch groß abgeräumt haben.

Bazin schwitzte. Er dachte an die Baustelle in seiner Straße, sein Bus hatte einen Umweg fahren müssen, und er war heute Morgen von der falschen Seite nach Hause gekommen. Links war rechts.

Unordnung. Er hätte ahnen müssen, dass dieser Tag kein guter werden würde.

Die Hände des Mannes waren grobschlächtig, sie sahen aus wie das ausgefranste Ende seiner mittlerweile erkalteten Zigarre. Vor ihnen der Haufen, in all seiner perversen Unordnung. Bazin schluckte.

»*Faites vos jeux.*«

Der Fehler geschah etwa zwei Stunden später. Aus dem Hügel war ein Berg geworden, und Bazin verabschiedete jeden Jeton, den er in Richtung des Mannes werfen musste, mit einem mitleidigen »*Au revoir*«.

Seine Schicht würde in dreißig Minuten enden.

9, rot, *Impair. Manque*, dritte Kolonne.

Ein selbstgefälliges Schnaufen von links, und Bazin wusste, wohin er gleich wieder sehr viel Geld würde schieben müssen. Das *Schnitzel* leerte mit einem Grinsen sein viertes Glas Wodka und wartete auf die Jetons. Er hatte eine *Transversale* gesetzt, auf 7, 8 und 9. Quote 11:1. Und obwohl Bazin ihm den Stapel fein geordnet hinüberschob, ließ der Mann die Jetons einzeln auf den Haufen fallen. Schließlich schob er seinen Stuhl nach hinten, stand auf und warf Bazin, ohne ihn dabei anzusehen, einen großen blauen Jeton zu. Dann blickte er auf die Uhr und murmelte: »Müsste längst fertig sein, die Schlampe.«

Er war mittlerweile sichtlich angetrunken.

In einer geschmeidigen Bewegung, die man nach mehr als zehn Jahren am Tisch beherrschen musste, hatte Bazin den Jeton mit der rechten Hand aufgegriffen, schob ihn über den Filz in seine linke Hand und ließ ihn von dort in einen für das Trinkgeld vorgesehenen Schlitz in der Tischplatte verschwinden. Er nickte dem Mann zu, der sich aber bereits abgewandt hatte.

Da war er. Der Fehler.

Antoine Bazin hatte an diese Hände denken müssen, an den unsortierten Haufen vor seinen Augen und an sein eigenes Leben, das ohne jede Ordnung wäre, wenn seine Mutter einmal sterben würde. Ein neues Leben bekam man nicht für einen eckigen Jeton. Aber vielleicht ein wenig Ablenkung. Letztendlich aber fällte er seine Entscheidung, ohne vorher wirklich darüber nachzudenken. Und ohne gewissenhaft zu sein.

Das schimmernde blaue Rechteck lag noch immer unter seiner linken Handfläche. Ein kleiner runder Jeton war dafür ungesehen im Schlitz verschwunden. Als er kurz darauf von einem anderen Croupier abgelöst wurde, bemerkte er, dass der Stuhl von Bécaud leer war.

Wenig später verließ Antoine Bazin das Casino durch den Personaleingang, draußen regnete es leicht, und die Straßenlaternen standen mit gesenkten Köpfen auf dem Pont des Belges. Ihr mattes Licht reichte kaum hinab zu den dunklen Wassern der Touques. Anfangs ging er noch etwas zaghaft, dann jedoch mit festem und zielgerichtetem Schritt hinüber auf die andere Seite des Flusses, der nicht weit von hier ins Meer mündete. Die Straßen waren menschenleer, der Wind trieb den Nebel von der Mündung herein, vorbei an den Platanen und den Fischerbooten, die an Seilen befestigt auf die Flut warteten. Eine Möwe schaukelte schlafend in der Mitte des Flusses, und Bazin überlegte kurz, ob er nicht doch lieber den Nachtbus nach Blonville hätte nehmen sollen. Linie sieben. Rot, ungerade, in der ersten Hälfte. Erste Kolonne. Aber dann dachte er an das ausgefranste Ende einer erkalteten Zigarre, an fleischige Hände, die ein Wodkaglas erwürgten, und an das Bündel Geld in der Innentasche seines eigenen billigen Mantels.

Bazin hatte die Entscheidung, hinüber nach Trouville zu laufen, sorgsam getroffen. Er hatte sich den blauen Jeton verdient, weil er den Anblick des Mannes ertragen hatte. Ein Stammkunde hatte sich für ihn den Jeton an der Kasse auszahlen lassen. Der Mann war eine treue Seele und ihm außerdem etwas schuldig. Bazin wusste, dass andere Croupiers ähnlich vorgingen, um ihren Stundenlohn zu erhöhen. Für ihn selbst war es das erste Mal, und er schämte sich dafür, genau wie für seinen Wunsch, das Geld im »Kakadu« auszugeben. Immerhin, er wollte es dort mit Bedacht einsetzen.

Er bog rechts ein in die Avenue du Président, ein Wagen tastete sich an ihm vorbei durch die Nacht. Er würde nach Janine fragen. Janine war jünger als er, aber nicht zu jung. Sie roch angeblich gut, sein Bruder war Stammkunde im »Kakadu« und hatte von ihr erzählt. Antoine Bazin war nirgendwo Stammkunde, außer im Zimmer seiner Mutter, die er tagsüber pflegte.

Er würde Janine bestimmt mögen, hatte sein Bruder gemeint und dabei höhnisch gelacht. Rote Haare, weiße Haut. Sollte Janine nicht da sein, würde er wieder gehen. Das hatte er mit sich selbst beim Verlassen des Casinos vereinbart. Sie befand sich nach Angaben seines Bruders altersmäßig ungefähr in der Mitte des dritten Dutzend. Vielleicht zweiunddreißig, *Pair* und *Passe*. Quote 35:1. Der nächste Bus nach Blonville fuhr in einer halben Stunde. Noch konnte er ihn erreichen.

Als Bazin hinter sich Schritte hörte, blieb er stehen.

Die Touques gluckste zufrieden unterhalb der Brüstung. Der Nebel hatte sich mittlerweile bis auf Höhe des Kopfbahnhofes vorgeschoben, der auf der anderen Seite des Flusses kaum noch zu erkennen war. Er starrte in die Dunkelheit, konnte aber nichts sehen. Dabei hätte er schwören können, dass da Schritte waren. Weiter vorne erahnte er in einiger Entfernung das flackernde Licht über dem Eingang des »Kakadu«. Vor dem Haus konnte er eine Silhouette erkennen. Er räusperte sich, um die Stille zu vertreiben.

Als er sich umdrehte, sah er aber wieder nur die Schatten der Häuser und in der Ferne das schwankende Signallicht eines

Kutters. Er nahm seine Brille ab, durch den Nebel begannen die Gläser zu beschlagen. Sein eigener Atem hing verloren in der Luft. Er dachte an Bécauds leeren Stuhl. Hatte er etwas mitbekommen? Aber wenn ja, hätte das Casino ihn nicht sofort festgehalten, kaum dass er den großen Saal verließ? Andererseits, Bécaud hatte ihn schon immer im Blick gehabt, ihn argwöhnisch beobachtet.

»Bazin, behalte deine Finger in der Nähe meiner Augen, dann werden wir beide die besten Freunde«, raunte er ihm immer wieder zu.

Ein blauer Jeton unter der Hand. Ein runder Jeton im Schlitz. Er drehte sich um und ging hastig in Richtung des Lichts, die Nacht verschluckte das Echo seiner Schritte.

Die Silhouette blickte ihn höhnisch an.

»Da hat es aber jemand eilig! Lange nicht mehr zum Zug gekommen, was?« Der Mann schnippte Asche von seiner Jacke. Er stand auf der obersten Stufe, direkt vor dem Eingang, und blickte auf Bazin herab.

»Guten Abend, ich möchte gerne …«

»Schon klar, was du willst. Aber so läuft das hier nicht. Warum sollte ich dich reinlassen?«

Bazin stammelte etwas, er fühlte sich unwohl. Er dachte an Janine. Eine andere wollte er nicht. Der Mann war größer als er, ein gewaltiger Brustkorb zeichnete sich unter der Sportjacke ab. Sein kahlrasierter Kopf glänzte im roten Neonlicht. Er grinste wie das *Schnitzel*, das soeben mit einer *Transversale* viel Geld gewonnen hatte.

»Ich kann bezahlen …« Bazin ahnte, dass er das nicht hätte sagen sollen, aber er fror, und der Nebel umhüllte ihn von allen Seiten.

»So, so, der Herr kann bezahlen. Beim Roulette gewonnen, oder was?«

Ihm wurde heiß, und er wollte wieder umkehren, aber die Dunkelheit hinter ihm hinderte ihn daran. Er dachte an die Schritte und nahm einen Schein aus seiner Innentasche, streckte ihn dem Mann entgegen und räusperte sich.

»Ah, das nenne ich mal ein gutes Argument!« Der Mann in der Sportjacke schob sich zur Seite und schlug Bazin lachend auf die Schulter. »Willkommen im ›Kakadu‹, das warme Zuhause für Gewinner und solche, die es gerne wären!« Ein schallendes Lachen begleitete Bazin nach drinnen.

Er nahm den Hut ab und öffnete den schweren Samtvorhang.

Janine hieß in Wirklichkeit Isabelle, und ihre echten Haare waren nicht rot, sondern durchzogen von einer aschblonden Müdigkeit. Die Arbeit im »Kakadu« hatte ihre Haut fahl werden lassen, um ihre Augen zeichneten sich die langen Nächte ab. Mittlerweile brauchte sie zwischen zwei Kunden ein paar Minuten länger, um sich aufzuhübschen. Es war daher nicht gerade von Vorteil, dass ihr Gast in ihrem Arm eingeschlafen war. In zwanzig Minuten würde Bruno an die Tür klopfen und sie auffordern, nicht herumzutrödeln.

Sie flüsterte leise Bazins Namen, es war an der Zeit. Außerdem wollte sie sich auf gar keinen Fall dem Gedanken hingeben, wie es wäre, in einem normalen Bett, einem normalen Zimmer, einem normalen Leben. Sie nahm einen Schluck Weißwein, der auf dem Nachttisch stand. Er ist nett, dachte sie. Ein netter, unscheinbarer Mann.

»*Allez*, Antoine, wachen Sie auf!«

Bazin murmelte etwas, drehte sich schlaftrunken um und griff nach einem Kissen. Janine kniff ihn in die Seite und blickte auf die Uhr. Noch zehn Minuten, verdammt.

»Raus jetzt, Bruno wird stinksauer, wenn ich nicht gleich wieder bereit bin!« Hastig begann sie, sich anzuziehen.

»Doppelt …«, murmelte Bazin, aber sie hörte ihm nicht zu, während sie nach ihrem Rock griff.

»Los! Hören Sie!«

»Ich habe das Doppelte bezahlt. Wir haben Zeit.« Bazin setzte sich jetzt mühsam auf, tastete nach seiner Brille und lächelte sie verlegen an. »Ich dachte, vielleicht … Also, wir könnten doch einfach liegen bleiben, oder?«

»Sie haben das Doppelte gezahlt? Warum haben Sie das nicht vorher gesagt, ich hätte Ihnen …«

»Nein, nein …«, stotterte er. »Ich wollte nur die Zeit. Einfach nur … die Zeit.«

Sie setzte sich wieder auf die Bettkante und blickte ihn unschlüssig an. Draußen flackerte die Neonanzeige und warf rote Linien auf ihr Gesicht.

»Was meinen Sie mit Zeit?«

»Wir haben noch genau zwei Stunden«, sagte Bazin und dachte an schwarz, *Pair*, *Manque*. Gewinnchance 2:1, er und sie. Und an diesen Bruno, der hinter der Bar gestanden und nach seinem Geld gegrabscht hatte. Er stand auf und zog sich an, um ihr zu zeigen, dass er sie nicht nackt wollte. Er hasste seinen schlaffen Körper und fühlte sich angezogen deutlich wohler.

»Und was machen wir jetzt, reden? Karten spielen?« Janine war immer noch verblüfft.

»Was du willst.«

Zwei Stunden. Sie zündete sich eine Zigarette an und ging ans Fenster. Der Nebel war noch dichter geworden, aber es wurde allmählich heller. Der Tag würde bald beginnen, und sie konnte mit einiger Mühe die Umrisse eines kleinen Fischkutters erkennen, der seinen Bug langsam Richtung Flussmündung drehte. Sie öffnete das Fenster einen kleinen Spalt.

Bazin hatte mittlerweile seine Hose und sein Hemd angezogen und setzte sich auf den roten Plüschsessel in der Ecke.

Seine Hände spielten nervös mit dem halbleeren Weinglas, er hatte eigentlich gar nicht so viel trinken wollen. Er blickte durchs Zimmer. Das große Bett, der Spiegel, die Tapeten, die in den Ecken abgewetzt waren. In der linken oberen Ecke war ein Schimmelfleck zu sehen, hinter einem gelben Paravent stand ein kleiner Tisch mit Schminksachen. Er schloss die Augen und hörte das Geräusch eines eckigen blauen Jetons, der durch den Schlitz im Tisch hinabfiel. Er würde seiner Mutter Blumen kaufen. Einen großen Strauß Lilien vielleicht. Zwölf Lilien, *Pair*, *Manque*, dritte Kolonne. Weiß wie die Null.

Als er die Augen öffnete, kniete Janine direkt vor ihm. Er merkte, dass sie zitterte.

»Antoine. Sie müssen mir einen Gefallen tun.«

Als er das nächste Mal auf die Uhr blickte, blieben ihnen noch siebzehn Minuten. Schwarz. Ungerade. Fast in der Mitte des Tisches, am schwersten mit dem Schieber zu erreichen. Die 17 war keine gute Zahl, aber das war egal, denn dies war ein guter Moment.

Er spürte Janines warme Finger in seiner Hand und einen leichten Salzgeschmack auf den Lippen. Er hörte die Möwen hoch über ihnen und das leise Tuckern eines Bootes, das sich aus dem Hafen hinausschob auf die offene See. Er konnte den Sand zwischen den Zehen spüren und die aufsteigende Unruhe in seinem Innern. Siebzehn Minuten, das war nicht viel. Das Meer lag flach vor ihnen, wie der Spiegel über einem Tisch hinter einem gelben Paravent. Der Horizont hatte sich aufgelöst.

Sie waren durch den Hinterausgang des »Kakadu« geschlichen, wie zwei Diebe in der Nacht. Mit klopfendem Herzen hatte Bazin sie bei der Hand genommen und war mitten hineingelaufen in den Nebel. Die ersten Seeleute waren in den Straßen zu sehen, auf dem Weg zum Hafen. Die Flut kam mit schnellen, feuchten Schritten, und als sie über den Pont des Belges liefen, konnten sie sehen, wie ein blauer Kutter mit dem hübschen Namen *Notre Dame de Grâce* sich bereit machte, auszulaufen.

Meine Dame, dachte Bazin.

»Lassen Sie uns an den Strand gehen«, hatte Janine ihm in ihrem Zimmer zugeflüstert, ihr Atem ging schnell. »Ist es ruhig dort, jetzt um diese Zeit?«, hatte sie gefragt und ihn mit großen Augen angesehen.

»Janine, du weißt, dass du nicht raus...«

»Bitte! Ich will das Meer sehen. Und die Stille.«

Im engen, muffigen Zimmer des »Kakadu« hatte er es noch als seltsam empfunden, dass sie meinte, Stille hören zu können. Hier draußen am Strand verstand er es.

Bruno durfte sie auf keinen Fall sehen, Janine hatte panische Angst vor ihm. Aber offenbar war ihre Sehnsucht nach dem Meer größer.

»Er bringt uns um, wenn er erfährt, dass ich mit Ihnen abgehauen bin«, hatte sie geflüstert, während sie die Treppen hinabstiegen. Seltsamerweise dachte Bazin, dass ihm das egal war. Er hatte nichts zu verlieren in dieser Nacht.

Er hatte das Licht ausgemacht, als sie Janines Zimmer verließen, er machte immer das Licht aus, wenn er einen Raum verließ. Antoine Bazin war gewissenhaft. Dass ein dunkles Zimmer Verdacht erregen konnte, daran hatte er nicht gedacht.

Der Nebel hatte sich etwas gelichtet, als sie in Deauville die Rue Mirabeau entlangliefen. Hinter ihnen entstand noch etwas zögerlich das erste Licht des Tages. Von Bruno keine Spur, offenbar hatte keiner ihren kleinen Ausbruch bemerkt.

Und jetzt blieben ihnen nur noch vierzehn Minuten. *Pair, Manque*, zweites Dutzend. Sie würden rennen müssen, wieder zurück über die Touques, aber es war zu schaffen. Und es war es wert gewesen.

Sie hatten die hölzernen *Planches* von Deauville überquert, die berühmte Strandpromenade mit den grünen Türen, und die Schuhe ausgezogen, als sie den Sand erreichten. Janine hatte seine Hand fest umklammert und angefangen zu weinen. Er wusste nicht warum, aber er wollte vor allem, dass sie seine Hand nicht losließ.

Das Wasser hatte sich aus der Dunkelheit herausgeschält. Ein grauer Vorhang, der sich langsam hob. Bazin schaute auf die Uhr. Er räusperte sich leise.

»Janine, wir müssen zurück.«

Sie drehte den Kopf und schaute ihn an. Dann wischte sie sich über die Augen und lächelte.

»Antoine Bazin. Du bist ein guter Mann. Und jetzt los!« Sie lachte hell auf. Dann rannten sie zurück Richtung Promenade.

Bazin keuchte bereits heftig, als sie die *Planches* erreichten. Aber dass sie ihn geduzt hatte, machte ihn froh.

Im Nachhinein wusste er nicht, was er zuerst bemerkt hatte.

Das Geräusch.

Oder die Fußabdrücke.

Aber das *Nachhinein* war auch nicht besonders lang.

Er wusste nur, dass er auf das beleuchtete Casino geblickt hatte, das immer wieder ein erhabenes Gefühl in ihm auslöste. Das große Casino von Deauville. Es waren nur wenige Schritte von dort bis zur Promenade, auf der sie nun entlanghasteten.

In zwölf Minuten mussten sie zurück sein im »Kakadu«.

Zu dieser frühen Stunde waren nicht einmal Hundebesitzer unterwegs, die grünen Holztüren der Umkleidekabinen waren geschlossen, ein vergessener Sonnenschirm lag einsam in einer Ecke.

»*Allez*, Antoine!«

Bazin blieb stehen. Da war ein Wimmern. Leise, kaum hörbar. Gerade hatten sie abbiegen wollen, die *Planches* verlassen, um durch die Straßen der Stadt wieder zurückzulaufen. Bazin rang nach Atem, er war es nicht gewohnt, zu rennen.

Janine hörte es jetzt auch.

Unschlüssig blickte sie zu ihm. Die Fußabdrücke begannen kurz hinter der Umkleidekabine von June Alysson. Der Name der Broadway-Schauspielerin war mit schwarzer Farbe auf das weiße Geländer geschrieben. Links daneben stand der Name Douglas Fairbanks jr. Es folgten Tony Curtis und Jean Nebulesco. Dutzende bekannter Schauspieler und Regisseure waren an den Kabinen verewigt, sie alle hatten das Festival von Deauville besucht. Bazin hatte einige von ihnen im Casino gesehen, aber da er sich nicht fürs Kino interessierte, hatte er die Namen und Gesichter schnell wieder vergessen.

Das Wimmern wurde lauter. Zögernd gingen sie an den Umkleidekabinen entlang, Janine hatte wieder seine Hand genommen. Ihnen war nicht entgangen, dass die Fußabdrücke noch feucht waren. Frisch.

Und dass sie eine rötliche Farbe hatten.

Die Konturen der Fußsohlen waren mit jedem Schritt besser zu erkennen, die Zehen zeichneten sich deutlich auf dem Holz ab. Es waren die Fußspuren einer Frau. Bazin wollte sich räuspern, aber mehr als ein trockenes Schlucken gelang ihm nicht. Es wurde heller um sie herum. Ein neuer, grau melierter Tag hatte begonnen.

Die Frau saß zwischen Rock Hudson und Shelley Winters, und an ihren nackten Beinen trocknete das Blut nur langsam. Sie hatte den Rücken an die grüne Holztür gelehnt und atmete ruhig.

»*Mon Dieu!*«, flüsterte Janine. Bazin merkte, dass er den Atem anhielt.

Die Frau hat keine Schuhe dabei, war das Erste, was ihm durch den Kopf ging. Vielleicht, weil er selbst seine Schuhe noch in der Hand hielt, er hatte sie erst an der Straße anziehen wollen, wo kein Sand mehr war. Sie war jung. *Manque*, gerade eben im letzten Drittel, schätzte er. Die dunklen Haare lagen strähnig auf ihren Schultern, der knielange Rock war hochgerutscht. Auf dem Wollmantel waren zahlreiche Blutflecke zu sehen.

»Ist sie tot?«

Bazin hatte noch nie eine Tote gesehen, schon der Anblick von so viel Blut ließ ihn schwindelig werden. Langsam ging er auf die Frau zu, ihre rechte Hand hatte einen blutigen Abdruck auf Rock Hudsons weißem Geländer hinterlassen.

Ihre Lippen bewegten sich unmerklich.

Die Augen waren geschlossen, der Kopf leicht nach links gekippt. Bazin ließ Janine los und beugte sich zu der Frau hinab. Das Blut begann die Holzplanken zu verfärben.

»Da Da Da Dabadabada …«

Es war eine Melodie. Kaum hörbar versuchte die junge Frau, eine Melodie zu flüstern, und für einen kurzen Moment kam Leben zurück in ihren Körper. Sie lächelte.

»Hören Sie mich? Sollen wir Hilfe holen?«

Was für eine idiotische Frage, Bazin verfluchte sich selbst. Janine würde denken, er sei ein Feigling. Er suchte nach einer Handtasche, einem Portemonnaie. Und er ertappte sich dabei, dass er auch nach einer Waffe suchte, bei so viel Blut musste doch …

»Da Da Da Dabadabada …«

Ihre Augen waren noch immer geschlossen, Blut tropfte von ihren Beinen auf das Holz. Bazin fühlte sich hilflos und dachte an das Casino. Das war am nächsten, er würde zum Casino laufen und Hilfe holen.

Janine hatte sich jetzt ebenfalls zu der Frau hinuntergebeugt, offensichtlich machte ihr das viele Blut weniger aus. Sie hielt ihr Ohr ganz dicht an den Mund der jungen Frau.

»Janine, wir müssen Hilfe holen.«

»Ich kenne diese Melodie«, sagte sie leise. »Ich habe sie schon einmal gehört, und ich weiß auch wo.«

Bruno hatte sie vor einigen Monaten mit ins Kino genommen, sie hatte ihn deswegen tagelang angefleht, ihm versprochen, noch mehr zu arbeiten, noch mehr Geld für ihn zu verdienen, wenn er sie nur ein Mal ins Kino gehen ließe. Sie hatte in der letzten Reihe gesessen und leise geweint, während er sich draußen an der Bar ein Bier gönnte. Ein großer samtener Vorhang hatte sich gehoben, das Licht im Saal war erloschen, und sie hatte noch tagelang diese Melodie im Kopf gehabt.

Die Stimmen hörten sie beide gleichzeitig. Sie drangen von weit weg leise durch die feuchte Luft und vermischten sich mit dem noch müden Krächzen der Möwen.

»Sie muss doch … irgendwo … Scheiße!«

Bazin wollte aufstehen, um nach Hilfe zu rufen, als jemand seine Hand festhielt. Er spürte eine klebrige Flüssigkeit auf seiner Haut und erschauerte. Die junge Frau hatte ihre Augen weit aufgerissen, und er blickte in ein so tiefes Blau, dass er dachte, darin ertrinken zu müssen, wenn sie ihn weiterhin so anblickte. In ihrem Blick lag nackte Angst.

»Keine Angst, da kommt Hilfe«, flüsterte er. Er wusste nicht, warum er noch immer leise sprach.

»Weg …« Die Frau versuchte sich aufzurichten, sie zitterte, und Bazin bemerkte, wie erschöpft sie aussah.

Entleert.

Die Stimmen kamen näher.

»Sie müssen weg … schnell!« Es war kaum mehr als ein Flüstern, das ihre Lippen verließ, aber sie sprach die Worte mit einer solchen Härte aus, dass Bazin es mit der Angst zu tun bekam. Unschlüssig blickte er Janine an.

»Bitte … weg.«

Ein leichter Wind war aufgekommen und trug die letzten Fetzen Nebel hinaus aufs Meer, wo dieser sich in vollkommener Stille auflösen würde. Bazin konnte zwei Umrisse erkennen. Breite Umrisse, die die *Planches* entlangeilten und ab und zu die Tür einer Umkleidekabine aufrissen. Er griff Janine bei der Hand und zerrte sie einige Meter weiter zu einer geöffneten Kabinentür. Auf dem weißen Geländer stand in schwarzer Schrift der Name Rita Hayworth.

Innen war es muffig und feucht, es gab kaum Platz für sie beide. Janine zitterte in seinem Arm, und Bazin dachte, dass sie gerade eine hilflose Frau im Stich gelassen hatten. Aber sein Gefühl sagte ihm, dass sie selbst in Gefahr waren. Er wollte die Tür ganz zuziehen, aber sie klemmte. Durch einen kleinen Spalt fiel mattes Licht herein, und er konnte den Körper der Frau in einigen Metern Entfernung sehen. Sie hatte sich wieder an die grüne Tür gelehnt. Ihr Atem ging schnell.

Nach einigen Sekunden waren sie da.

Bazin hörte ihre Schritte auf dem Holz. Es waren zwei Männer.

»Da ist sie, die verdammte Hure.« Bazin musste Janine den Mund zuhalten, als eine Hand klatschend im Gesicht der verletzten Frau landete.

»Lass gut sein, wir müssen hier weg.«

»Verdammt, sie blutet wie ein Schwein. Was fällt dir ein, du blöde Kuh!«

Bazin konnte die Männer nicht sehen. Er versuchte, den Atem anzuhalten.

»Komm, wir müssen weg.«

Zwei Hände griffen den schlaffen Körper und zerrten ihn hoch. Die Frau wimmerte, aber es war nicht das Wimmern, worauf Bazin achtete. Er sah auch nicht das Blut, das vom Mantel tropfte und für lange Zeit das Holz verfärben würde.

Er starrte stattdessen auf die Hände, die er gehofft hatte, nie wiederzusehen. Hände, die er heute schon einmal hatte erdulden müssen.

Kurz darauf wurde es still draußen.

Sie warteten noch eine Weile, nachdem die Stimmen verklungen und die beiden Männer nicht mehr zu sehen waren. Janine weinte, und auf dem Meer warf ein Kutter seine ersten Netze aus.

Der Strand lag noch immer verlassen vor den Toren der Stadt und wartete auf den Ansturm der letzten Badegäste für diese Saison. Es würde ein schöner Tag werden.

»Sind sie weg?«, flüsterte sie.

»Ich glaube, ja.« Bazin versuchte, in der Dunkelheit der Kabine das Zifferblatt seiner Armbanduhr zu erkennen. Zweiundzwanzig Minuten über der Zeit. Schwarz, *Pair*, erste Kolonne.

»Alles wird gut«, flüsterte er und küsste sie auf die Stirn.

In diesem Moment wurde die grüne Tür zu Rita Hayworths Kabine mit einem brutalen Ruck aufgerissen, kalte Luft strömte herein. Gegen das gleißende Licht des frühen Morgens konnte Bazin zuerst nichts erkennen. Er blinzelte, und als er nach draußen gezerrt wurde, sah er zuerst den Totschläger.

»Bruno!«, schrie Janine.

»Halt dein Maul!«

Als der erste Schlag Bazin direkt im Gesicht traf, zersplitterte seine Brille, und er sah verschwommen, wie die Holzplanken auf ihn zurasten. Überall Rot, dachte er. Aus seiner Nase tropfte dickes Blut und vermischte sich mit dem Blut der jungen Frau, die ihm jetzt vorkam wie eine nächtliche Erscheinung, die es nie gegeben hatte. Ein schwerer Stiefel traf ihn in die Seite, er stöhnte auf.

Janines flehende Stimme war verschwunden, vermutlich brachten sie sie zurück. Er dachte an den Nachtbus nach Blonville. Er setzte sich stets in die dritte Reihe, auf der Fahrerseite. Links. Rot. *Manque*, dritte Kolonne. *Impair.*

Als ihn jemand hochriss und in die Dunkelheit einer Kabine zerrte, sah er eine kleine Holzkugel, die über die Kanten und Vorsprünge des Kessels sprang, sich drehte und wendete, als würde sie sich umblicken, wohin sie fallen sollte. Es war immer der schönste Moment seiner Arbeit gewesen. Dieser kurze Moment, bevor die Kugel fiel. Dieser Satz, den nur er sagen durfte, der ihm Macht verlieh. Ihm, der nie Macht hatte haben wollen, sondern nur ein ruhiges Leben in Deauville.

Rien ne va plus.
Draußen lachte hämisch eine Möwe.

KAPITEL 1

Paris
Im Frühling
Fast fünfzig Jahre später

Nicolas Guerlain saß an einem kleinen Holztisch am Fenster eines Cafés in der Avenue Montaigne und ärgerte sich, dass sein Handy klingelte. Er hatte den Passanten draußen auf dem breiten Bürgersteig hinterhergeblickt und sich vorgestellt, wie es wäre, ihr Leben zu leben. Eine Métro zu nehmen, die ihn dorthin fuhr, wo jemand auf ihn wartete. Ein Taxi zu rufen, das ihn fort von hier brachte, wo jemand wie er an einem kleinen Holztisch saß und trüben Gedanken nachhing. Er warf einen Blick auf die Uhr, es war 19.53 Uhr. Die Vorstellung würde in sieben Minuten beginnen.

Draußen löste sich allmählich der feste Knoten des Feierabendverkehrs, Paris schaltete einen Gang runter. Nicolas wusste, dass das ein Trugschluss war, aber der Gedanke an eine Atempause gefiel ihm. Er fischte zwei Münzen aus der Innentasche seines Anzugs und beobachtete ein junges Paar, das eng umschlungen am Fenster des Cafés vorbeilief. Der Frühling kam, schüchtern noch. Wie ein Schüler, der zum ersten Mal die neue Klasse betrat. Vorsichtig anklopfend.

»Ja?«

Nicolas hatte nicht aufs Display schauen müssen, um zu wissen, dass es Bertrand war. Er war der Einzige aus dem Team, der gerade Zeit hatte zu telefonieren. Gilles Jacombe, ihr Chef, war noch im Dienst, und Manou brachte um diese Zeit seine jüngere Tochter ins Bett. Sonst gab es niemanden, der ihn anrufen könnte. Also Bertrand.

»*Salut*, wo steckst du?«

Nicolas blickte hinüber zur anderen Straßenseite, wo die Schlange vor dem imposanten Théâtre des Champs-Élysées jetzt nur noch kurz war. Die Vorstellung war ausverkauft.

»Zuhause«, erwiderte er knapp. Nicolas konnte hören, wie eine Schranktür aufgeschoben wurde, er vernahm das Klappern von Kleiderbügeln.

Er winkte die Bedienung herbei und gab ihr die Münzen, seine Lippen formten ein lautloses »*Merci*«. Er griff nach seinem Mantel und bemerkte aus den Augenwinkeln, dass sie ihm interessiert hinterherblickte.

Das nächste Mal würde er woanders warten.

»Hast du schon gepackt? Vergiss nicht deine Badehose! Und Sonnencreme, es soll warm werden«, sagte Bertrand. Im Hintergrund war das leise Rauschen der Dusche zu hören. Vermutlich Sabrina. Nicolas glaubte jedenfalls, dass Sabrina gerade der angesagte Name war.

»Bringst du die Frau in der Dusche mit?«, fragte er und hielt einer älteren Dame die Tür auf. Draußen war es mild, er hätte seinen Mantel zuhause lassen können.

»Bist du verrückt«, flüsterte Bertrand. »Wir fahren an die Côte d'Azur! Blaues Meer, Sonne, kleine Wassertropfen auf brauner Haut. Mein kleiner Nicolas, du solltest mal abschalten, wir fahren in Urlaub!«

»Aha.«

»Was ist eigentlich mit dir? Wen bringst du mit?«

»Wen sollte ich mitbringen?« Er drückte auf den Knopf an der Fußgängerampel und hielt seine Hand vor das Handy, damit die Straßengeräusche gedämpft wurden.

»Was ist mit der Kleinen, du weißt schon, die aus der Personalstelle?«

»Keine Ahnung, wen du meinst.«

»Ach komm, Nico, entspann dich mal! Sag, stehst du auf dem Balkon, oder was?«

Nicolas blickte auf das große Plakat, das an der weißen Außenwand des Theaters in der Avenue Montaigne befestigt war. Ein Mann rempelte ihn an, ohne sich zu entschuldigen. An einem Kiosk wurden die ersten Ausgaben der Abendzeitung sortiert, zwei Tauben stritten sich um die Krümel, die das Croissant eines kleinen Jungen auf dem abendlichen Trottoir hinterlassen hatte. Das Hupen der Autos wurde nicht leiser.

Er war müde.

»Hör zu, Bertrand, ich muss auflegen. Komm pünktlich morgen, wir fahren um halb sieben los.«

»Und so was nennt man Urlaub«, seufzte Bertrand. »Mitten in der Nacht aufstehen, und das nur, um mit einem schlecht gelaunten Menschen wie dir ans Meer zu fahren.«

»Wir fliegen, Bertrand«, sagte Nicolas. »Und der Minister hat gute Laune. Ganz bestimmt.«

Der Vorplatz des Theaters war mittlerweile menschenleer, die Vorstellung würde in zwei Minuten beginnen. Antonín Dvořáks 9. Sinfonie. Er blickte sich um und merkte, dass er der Letzte war, alle anderen Konzertgäste waren bereits drinnen. Eilig hastete er die Stufen hinauf, nickte den beiden Mitarbeitern am Eingang zu, gab seinen Mantel an der Garderobe ab und schaffte es gerade noch durch die große Flügeltür hinein, bevor sie geschlossen wurde.

Im Saal war das Licht bereits gedämpft, und er erntete böse Blicke, als er sich an Beinen und abgestellten Handtaschen vorbeidrängte. Der Platz zu seiner Rechten war unbesetzt, so wie immer. Applaus brandete auf, als der Dirigent die Bühne betrat.

›Aus der Neuen Welt‹. E-Moll. Nicolas wollte gerade sein Handy stummschalten, als er sah, dass er eine Nachricht erhalten hatte.

Viel Spaß im Konzert. Gruß von den Mädchen. Manou.

Er musste lächeln, zum ersten Mal an diesem Tag.

Als der erste Geiger sich aufrecht hinsetzte und den Dirigenten erwartungsvoll anschaute, lehnte sich Nicolas zurück und schloss die Augen. Langsam atmete er aus und dachte an den warmen Frühling an der Côte d'Azur. Kurz darauf kletterten zwei Akkorde langsam hinauf, bis unter die Decke des großen Saales, und blickten von dort spöttisch herab. Auf ihn und den leeren Platz an seiner Seite.

Nicolas dachte, dass es von dort oben wohl aussehen musste, als würde eine Taste auf einer Klaviatur fehlen.

Eine weiße Taste.

KAPITEL 2

Normandie
Drei Tage später

Drei Stunden bevor Jean Carasso auf den nassen Planken der *Hirondelle de la Mer* ausrutschte und beinahe ins tiefe Wasser vor der Côte Fleurie stürzte, schaute er auf die alte Uhr an der Wand und bemerkte, dass er spät dran war. Ihm blieb nicht viel Zeit, wenn er unterwegs noch einen Espresso trinken wollte. Draußen war es noch stockdunkel, aber das leise Schnarchen des Ozeans auf der anderen Seite der Fensterscheibe beruhigte ihn.

Kein Grund zur Sorge, sagte sich der alte Mann. Es war nur einer von vielen Aufträgen. Er hatte in den vergangenen Jahrzehnten hunderte dieser Fahrten gemacht, und nie hatte ihn seine Liebe zum Meer verlassen. Carasso drückte die Stirn gegen das kalte Glas des Panoramafensters und spürte die Vorfreude in sich aufsteigen. Auch wenn er mit allzu hastigen Schritten auf die siebzig zuging, dort draußen war sein Revier.

Etwas umständlich zog er seine regenfeste Jacke an, steckte ein Stück Baguette und eine Flasche Wasser ein und überprüfte ein letztes Mal den Inhalt seiner Fototasche. Die Kamera, zwei Objektive, Ersatzbatterien, eine kleine eingerollte Reflektorleinwand, falls die Sonne im Laufe des Tages doch noch rauskommen würde. Dazu eine ältere Ersatzkamera und ein kleiner Blasebalg, um Schmutz von der Linse zu pusten. Alles war da.

»Nun denn, alter Freund«, murmelte er und schulterte die Tasche. Er wollte gerade das Licht in der Küche ausschalten, als ein heftiger Hustenanfall ihn hinterrücks anfiel und durchschüttelte. Erst als er einen kräftigen Schluck Wasser nahm und ein trockenes Stück Brot kaute, ging es ihm wieder besser.

»Verdammtes Alter«, murmelte er und schloss kurz darauf die Haustür der Villa Proust hinter sich ab. Den Schlüssel legte er wie immer unter den linken Blumentopf auf der Fensterbank zum Hof. Bei ihm gab es nichts zu holen, und die andere Wohnung im ersten Stock stand derzeit ohnehin leer. Er trat durch das eiserne Tor hinaus auf die Straße. Weiter unten nahm er die Umrisse des »Roches Noires« wahr, des ehemals besten Hotels an der Küste. Proust und Monet hatten hier gewohnt. Jetzt stand das Gebäude leer.

Carasso begann eine hübsche Melodie zu pfeifen, als er in Richtung der Rue d'Orléans aufbrach, wo im »Café de la Marée« vermutlich in diesem Augenblick das Licht über dem Tresen angeknipst wurde. Ein leichter Wind kam auf, und es schien, als würden sich die Strandhäuser nach ihm umdrehen. Die verzierten Dachgauben blickten ihm hinterher, als seine Schritte durch die Stille drangen.

Der Hafen von Trouville war noch nie das Zentrum der Fischerei an der Côte Fleurie gewesen. Und im Laufe der Jahre hatten Le Havre, aber auch Dieppe und Cabourg der Stadt immer mehr den Rang abgelaufen. Und so schaukelte an diesem frühen Morgen gerade einmal ein knappes Dutzend Boote auf dem schwarzen Wasser der Touques, die hier ins Meer mündete und die Trouville von Deauville trennte und die beiden Städte gleichzeitig miteinander verband. Die Flut drückte das Wasser des Ärmelkanals ins Hafenbecken, bald würden die ersten Boote auslaufen können.

Am Rande des Hafenbeckens beleuchteten einige matte Lichter die kleine Fischhalle, die die Stadt erst kürzlich hatte renovieren lassen. Ganz im Gegensatz zu seiner hübscheren, aber etwas in die Jahre gekommenen großen Schwester Deauville auf der anderen Flussseite, baute Trouville auf den Charme eines Fischerortes. In einigen Stunden würden die ersten Touristen an den Ständen entlanglaufen und Ausschau halten nach frischen Makrelen, Austern und Kabeljau. Kinder würden sich die Nase an den Aquarien platt drücken, in denen Langusten und Krabben ihren letzten verzweifelten Tanz aufführten. »Fangfrisch« war das Geheimnis des kleinen Erfolgs von Trouville. Noch aber gähnten sich die Schiffe an diesem Morgen gegenseitig an, streckten und reckten sich, so dass die Planken knarzten und die Seile an den Eisenringen in der Kaimauer scheuerten.

André Dumarc saß mit einem Becher Kaffee in der Hand auf ebendieser Kaimauer und blickte auf sein altes Schiff. Er fuhr seit seiner Kindheit zur See, er kannte jedes Geräusch, das die *Hirondelle de la Mer* von sich gab, wenn sie so wie er ihre steifen Knochen streckte und sich bereit machte für einen weiteren anstrengenden Tag dort draußen. Auf der anderen Seite der Touques-Mündung waren die Schatten zweier großer Kräne zu erkennen, die dunklen Stahl-Giraffen schlummerten am Rande einer Baugrube. Trouville setzte auf seinen Fisch, Deauville auf neue Penthousewohnungen mit Meerblick.

Es würde ein schöner Tag werden, trotz des aufkommenden Windes. Oder womöglich gerade deshalb.

Ein windstiller Tag war vor allem still. Und Stille gab es in Trouville ohnehin mehr, als gut sein konnte, seitdem die großen Zeiten des Fischfangs endgültig vorbei zu sein schienen.

Unten an Deck fluchte einer der Matrosen, die Dumarc heute mit rausnehmen würde.

»Was gibt es?«, rief Dumarc ihm zu, sah aber bereits, was passiert war. Eine der Ketten, mit denen das große Fangnetz hochgeholt wurde, war rostig, und ein Kettenglied hatte sich gelöst.

»Dein Schiff wird alt«, rief der Matrose.

Dumarc kannte ihn seit vielen Jahren und nahm ihm den hämischen Kommentar über seine *Hirondelle* nicht übel. Er hatte recht, sein Schiff war in einem desolaten Zustand, daran änderte auch der frische grüne Anstrich der Außenwand nichts.

»Du solltest es mal ins Dock nach Le Havre bringen, André«, rief ein anderer Fischer.

»Wenn ihr endlich mal ordentlich fischen würdet, anstatt euch Gedanken über mein Schiff zu machen, dann fahr ich nach Le Havre«, antwortete der Kapitän und stand langsam auf, wobei seine müden Knochen so knirschten wie der Kies unter seinen groben Stiefeln.

»Damit sicher nicht.« Die rostige Kette landete auf den Deckplanken.

»Nehmt das Tau, das geht auch. Und beeilt euch, sobald Jean da ist, legen wir ab.« André Dumarc blickte durch den Nebel hindurch nach Nordwesten, wo jenseits der Bucht Le Havre lag, der große Seehafen mit seinen Kränen, den Verladestationen und den Fährterminals.

Und dem Trockendock.

Zwanzigtausend Euro, so viel kostete die Instandsetzung der *Hirondelle de la Mer*, er hatte sich erkundigt. Er hatte gestern drüben angerufen und sein Schiff angemeldet. Die Besatzung wusste davon nichts, und er wollte, dass es vorerst auch dabei blieb.

Im Hafen hier glaubten alle zu wissen, dass er sich die Reparatur nicht leisten konnte.

Bislang jedenfalls.

Flussaufwärts, über den Hügeln des Hinterlandes, war das erste Licht des Tages zu erahnen.

Jean Carasso war mittlerweile in die Rue Croix abgebogen und sah die schwache Außenbeleuchtung des »Café de la Marée« vor sich. Die kleinen Gassen von Trouville waren noch unberührt. Die Stadtreinigung würde erst in einer Stunde die Bürgersteige mit Wasser abspritzen, jetzt aber hatten die Restaurants noch trockene Füße, die guten wie die schlechten. Zwei Minuten später stellte ihm die Besitzerin einen Espresso mit etwas Milch auf den Tresen, schaltete das Radio ein und legte ihm die Zeitung hin.

»Und, was liegt heute an?«, fragte sie, während sie die Tische abwischte. Sie kannten sich seit vielen Jahren.

»Mode«, antwortete Carasso. Ein Pariser Label hatte ihn engagiert, um auf dem Meer Aufnahmen für eine neue Kampagne zu machen.

»Und hast du ein heißes Model dabei?«

Der alte Mann lachte. »Nein, nur das Meer. Sie brauchen es als Hintergrund für ihre Plakate.«

»Das Meer ist immer ein guter Hintergrund«, sagte die Besitzerin und blickte ihn an. »Und wenn ich es mir recht überlege: Ein guter Grund ist das Meer auch.«

»Für was?«

»Keine Ahnung.« Sie lachte. »Für alles? Für das Leben. Die Liebe. Und vor allem für den Regen, der heute noch kommen soll.«

Er schaute aus dem Fenster hinaus auf die Straße und dachte an das, was heute vor ihm lag.

Das Meer.

Er hoffte, dass alles gut gehen würde. Und jetzt musste er sich beeilen.

»Ich muss los, das Meer wartet nicht.«

Die Besitzerin des Cafés schaute dem alten Mann nachdenklich hinterher, als er in der kleinen Gasse verschwand, die sich weiter unten zum Hafen hin öffnete.

Carasso eilte durch die Rue des Bains, und als er kurz darauf zwischen den Häusern hindurch zum Meer blickte, war die Dunkelheit einem Anflug von Grau gewichen. Er winkte André Dumarc von Weitem zu und merkte, dass er sich freute, trotz allem. Als er an die Kaimauer kam, sah er die Fischer der *Hirondelle*, wie sie die Seile aufrollten und Plastikschalen stapelten, in denen später Brassen, Makrelen und hoffentlich auch ein paar Langusten landen würden.

»Eh, Jéjé, ein bisschen früh für dein Alter, oder?«, rief ihm einer der beiden zu und wischte seine Hände an der gelben Ölkleidung ab. »Und angeblich soll es draußen Wellen geben, dann müssen wir deinen Rollstuhl wohl an der Reling festbinden!«

Der Ton unter den Fischern war rau, und Carasso dachte, dass er wohl genau deshalb so gerne hier runter kam.

»Ich habe euch Fischstäbchen eingepackt, was anderes fangt ihr ja doch nicht, ihr Freizeitangler«, brummte er.

»Macht mir den alten Herrn nicht verrückt, in ein paar Jahren fahren wir nur noch für Touristen raus. Und für Fotografen.« Der Kapitän der *Hirondelle de la Mer* umarmte ihn mit einem breiten Lächeln, das makellose Zähne offenbarte, umrahmt von einem Zehntagebart und vielen kleinen Falten. Er schob seine Strickmütze etwas tiefer in die Stirn und schaute in Richtung Hafenausfahrt.

»Es könnte ein bisschen wackelig werden heute, aber du kennst das ja.« Tatsächlich war Carasso schon so oft mit rausgefahren, dass er die Küste mittlerweile nicht weniger gut kannte als die Fischer selbst.

Die große Drehspule, an der später die Netze ins Meer gelassen würden, ließ nicht viel Platz an Deck. Die beiden Seeleute sprangen über Leinen und Streben, sie nutzten jeden Quadratzentimeter aus. Carasso stellte seine Ausrüstung in die Kabine und zog das gelbe Ölzeug über. Es roch nach Fisch, alles hier roch nach Fisch.

»Wir wollten eigentlich Richtung Seine-Mündung fischen, aber die Strömung dort ist heute zu stark. Die Küste runter ist es etwas einfacher.« Dumarc beugte sich über eine Seekarte, gab Koordinaten in sein Steuerpult ein und nahm ein Funkgerät von der Wand.

»Hier spricht die *Hirondelle de la Mer*. Wir brechen jetzt auf, Fahrzeit etwa drei Stunden, Richtung Houlgate.«

»*Bonne route*, bringt mir was mit«, krächzte es aus einem kleinen Lautsprecher, die Hafenmeisterei von Trouville war jetzt informiert. Der Kapitän ließ vorsichtig den Motor an, und kurz darauf schob sich der Bug des Kutters langsam aus dem Hafen.

Carasso sah die Leuchtschrift des Casinos von Trouville auf der rechten Seite, backbord konnte man die Marina von Deauville erahnen, mit ihren überteuerten Wohnungen und den Geschäften für die reichen Yachtbesitzer.

Die Touques trieb sie schnell in Richtung offenes Meer. Kurz hinter dem Casino kamen sie an dem kleinen Bac vorbei, der Fähre, die Trouville und Deauville seit Jahrzehnten miteinander verband, auch wenn sie heute fast niemand mehr nutzte.

Der Bac lag schnarchend an der Kaimauer und Hugo, der junge Kapitän, offenbar noch in seinem Bett, genau wie sein Hund Jalabert. Carasso hätte Hugo gerne aus der Ferne gegrüßt.

»Kaffee?« Dumarc reichte seinem alten Freund eine weiße Kanne und schloss die Tür des Steuerhauses. Draußen machten es sich die beiden Fischer hinter einem Haufen Kisten bequem.

»Hast du gewusst, dass das Meer ein guter Grund ist?« Carasso sah, dass sie gerade an den beiden Signalfeuern am Ende der Hafenausfahrt vorbeikamen. Die ersten Schaumkronen schlugen gegen die Außenwand, draußen wurde es langsam heller.

»Natürlich ist es ein guter Grund«, sagte Dumarc und blickte ihn ernst an. »Und was mich betrifft, auch der einzige.«

Carasso dachte, dass sein Freund traurig aussah.

Als kurz darauf der Bug der *Hirondelle* nach Süden drehte, setzte über dem offenen Meer ein leichter Regen ein.

KAPITEL 3

Côte d'Azur
Zur gleichen Zeit

Nicolas brauchte einen Moment, um sich zu orientieren, aber das leichte Schwanken unter seinen Füßen gab ihm einen ersten Hinweis. Durch ein kleines Bullauge fiel mattes, weiches Licht in seine Kabine. Er fuhr sich mit der Hand übers Gesicht, setzte sich langsam auf und griff nach seiner Armbanduhr. Halb sechs. Sein Blick fiel auf die kleine Medikamentenpackung auf dem Nachttisch. Er dachte kurz über die sich ihm bietende Möglichkeit nach, beschloss dann aber, diesem frühen Tag eine Chance zu geben.

Irgendetwas beunruhigte ihn.

Es war nur ein Gefühl, vielleicht noch nicht einmal das, aber ganz offensichtlich störte ihn etwas. So wie ein leerer Platz an seiner Seite.

Reihe D. Plätze dreizehn und vierzehn. Théâtre des Champs-Élysées, Avenue Montaigne. Paris.

Er zwang seine Gedanken zurück in die Kabine, hier auf dem Schiff. Es ließ ihm keine Ruhe, dieses Gefühl, und so schloss er wieder die Augen und versuchte sich zu erinnern. Was hatte ihn aufgeweckt? Leichte Kopfschmerzen stellten sich ihm in den Weg, zwangen ihn zu einem Umweg, das Denken wollte ihm noch nicht allzu gut gelingen. Er legte sich zurück aufs Bett, exakt in die Position, in der er aufgewacht war, und zog die Decke bis zum Hals hoch. Das Schiff bewegte sich leicht unter ihm, es war ein angenehmes Schaukeln. Er hörte ein leichtes Glucksen auf der anderen Seite der Wand, das Mittelmeer schlief noch.

Alles ist gut, dachte er und wusste doch, dass seine müde Seele ihn schamlos belog.

Eine Tür.

Er hatte das leichte Klacken einer Tür vernommen und war davon aufgewacht.

Seine Kabine befand sich im hinteren Teil der großen Yacht, genau wie die Kabinen der anderen Teammitglieder. Sein Kopf pochte weiter im Rhythmus der Wellen. Der Leiter des kleinen Sicherheitsteams, Gilles Jacombe, seine Frau und die beiden Jungs waren hinten links untergebracht. Gegenüber Manou mit Elise und den Mädchen. Bertrand und er hatten jeweils eine kleine Kabine in der Mitte. Er atmete langsam erst ein und dann wieder aus und dachte dabei an die Medikamente auf seinem Nachttisch.

Trotz allem, die beiden Urlaubstage hatten ihn entspannt. Das Lachen der Kinder, das blaue Meer. Seine Blicke, die irgendwann nicht mehr von links nach rechts geeilt waren, sondern am Glitzern der Sonne hängen blieben. Bertrand hatte den Mädchen auf den anderen Yachten hinterhergepfiffen, und die beiden Jungs hatten ihm nachgeeifert. Er selbst hatte seine freie Zeit damit verbracht, Musik zu hören. Sein kleiner CD-Player lag in der obersten Schublade, immer griffbereit. Brassens und Brel, ein Mann des Südens und einer aus dem Norden.

Diese Himmelsrichtungen konnte er auf seinem Kompass noch erkennen.

Das Geräusch war nicht von hinten gekommen, da war er sich plötzlich sicher. Und genau das beunruhigte ihn. Nicolas kniff die Augen zusammen, um sich zu konzentrieren. Die Verbindungstür im Gang schwang nach außen auf. Holz, Schwingen, kein Klacken. Eine weitere weiße Tür, die in einen Serviceraum führte. Abgeschlossen, er selbst hatte den Schlüssel.

Er setzte sich mit einem Ruck auf, zog eine Hose über und gähnte sein Spiegelbild an, was ihn erfolgreich daran hinderte, es zu lange zu betrachten. Er hatte das Gefühl, sich selbst aufzulösen, wenn er sich zu lange im Spiegel ansah. Nicolas griff nach seiner Waffe, die er im Holster über einen Stuhl gehängt hatte, beschloss dann aber, dass dies etwas übertrieben war. Leise öffnete er die Tür, sah im Gang die verschlossenen Kabinen des Teams und ging zwei Treppenstufen nach oben. Der große Aufenthaltsraum der Yacht war leer.

Einige Champagnergläser standen noch auf dem Tisch, auf den Sesseln hatten sich einsame Luftschlangen und vertrocknete Kuchenreste niedergelassen. In der abgestandenen Luft hing das Echo eines schlecht gesungenen Geburtstagsliedes. Nicolas musste lächeln, als er an Manou dachte, mit einem Napoleon-Hut auf dem Kopf und Taucherflossen an den Füßen. Es war ein schöner Abend gewesen, sogar er hatte sich amüsiert.

Hinter ihm öffnete sich leise eine Tür. Nicolas blickte zurück in den Gang und sah, wie Elise, Manous Frau, ihn müde anschaute.

»Alles gut, Elise, schlaf weiter«, flüsterte er und legte einen Finger auf den Mund. Sie blickte ihn für einige Sekunden an, nickte und schloss die Tür wieder.

Eine leere Packung Chips rutschte von einem der Stühle, und Nicolas bemerkte einen leichten Luftzug auf seinem Unterarm. Die Tür, die auf das seitliche Deck hinausführte, stand offen. Die Tür direkt gegenüber auch. Jemand musste aus den Privaträumen des Ministers gekommen sein.

Mit drei schnellen Schritten war Nicolas draußen. Diffuses Licht empfing ihn, in der Ferne konnte er die Küste sehen.

Das Schiff lag jetzt seit drei Tagen vor Cannes, François Faure und seine Frau waren gestern Mittag zu ihnen gestoßen. Nicolas war erst seit einigen Monaten in diesem Team, es war sein erster Sommerurlaub mit dem Minister. Bertrand hatte ihm erzählt, dass der engste Kreis jedes Jahr für ein paar Tage verreiste, gemeinsam mit den Familien. Es war ein ausdrücklicher Wunsch des Ministers.

Eigentlich eher ein Befehl, dachte Nicolas und ging mit schnellen, aber leisen Schritten die Reling entlang. Das Schiff maß fast fünfundzwanzig Meter, hatte verschiedene Sonnendecks und mehrere kleine Leitern, die hinab ins Wasser führten.

Oder hinauf aufs Schiff. Das hing vom Blickwinkel ab.

Und von der Absicht.

Das Meer war von einem grauen Schleier überzogen, und Nicolas musste die Augen zusammenkneifen, um Konturen auf der Wasseroberfläche zu erkennen. Er hatte mittlerweile die Hälfte des Schiffes überprüft. Womöglich lag der Minister in seinem Bett und schlief. Vielleicht hatte seine Frau einfach vergessen, die Tür zu schließen, entgegen der ausdrücklichen Anweisung des Teams.

Vielleicht.

Nicolas hasste dieses Wort.

Da war ein Kopf.

Anfangs dachte er, es sei die Boje eines benachbarten Schiffes. Dann aber erkannte er auch den Oberkörper, er trieb regungslos an der Wasseroberfläche. Nicolas fluchte und begann zu zählen, während er über das Deck rannte. Eins.

Keine Bewegung im Wasser.

Zwei.

Er riss sich das T-Shirt vom Leib und spürte die kühle Luft auf seinem Rücken.

Drei.

Eine kleinere Welle schwappte über den Körper im Wasser. Nicolas war sich jetzt sicher, dass es ein Mann war.

Vier.

Als er an der großen Schiebetür vorbeikam, die ins Schiffsinnere führte, riss er den Vorhang beiseite und schrie so laut er konnte.

»Gilles! Gilles!«

Mit einem Satz stand er oben auf der Reling, holte tief Luft und sprang. Das Wasser war kälter, als er gedacht hatte.

Fünf.

Gilles Jacombe war seit zwanzig Jahren Personenschützer, die meisten davon im Dienst der französischen Regierung. Für sie beschützte er die Kabinettsmitglieder und ihre Staatsgäste. Seit sieben Jahren war er diesem Ministerium zugeteilt, vor fünf Jahren hatte er die Teamleitung des engsten Zirkels übernommen.

Situationen wie diese empfand er als Niederlage.

Sie hatten den Minister aus dem Wasser gezogen, ihm ein Handtuch gereicht und versucht, seine blasse Gesichtsfarbe zu ignorieren. Kurz darauf hatte sich das Team in Nicolas' Kabine versammelt. Der Teamleiter war der Erste, der etwas sagen durfte, das gehörte zum abgesprochenen Ablauf nach einer Situation wie dieser.

Aber Gilles Jacombe schwieg.

Nicolas blickte auf seinen Nachttisch. Das Glas Wasser stand noch dort, wo er es abgestellt hatte. Die Packung mit den Tabletten hingegen lag dort nicht mehr. Er hatte schnell geduscht, während die anderen auf ihn warteten. Manou stand in der Tür, eine Tasse Kaffee in der Hand. Bertrand, das vierte Mitglied des kleinen Teams, räusperte sich verlegen. Wie ein unsichtbarer Gast hatte sich außerdem die Anspannung in die winzige Kabine geschmuggelt und kalt lächelnd zwischen ihnen Platz genommen.

»Als Erstes möchte ich festhalten, dass du alles richtig gemacht hast, Nicolas.« Jacombe blickte ihn an, er hatte einen festen, durchdringenden Blick.

»Wie geht es dir?«

»Gut, danke.«

»Ich mache dir keinen Vorwurf, niemand hier tut das.« Nicolas dachte, dass es nicht nötig war, ihm das zu sagen. Es sei denn, Gilles machte ihm eben doch einen Vorwurf. Wozu er jedes Recht hatte.

»Wie kommt er auch um diese Uhrzeit auf die Idee, schwimmen zu gehen?«, murmelte Bertrand und erntete dafür einen strengen Blick des Teamleiters.

»Es ist nicht deine Aufgabe, das zu beurteilen, hörst du?« Jacombe wandte sich jetzt an das gesamte Team.

»Wenn der Minister schwimmen will, dann macht er das. Er kennt unsere Sorgen, und dennoch muss er sich nicht rechtfertigen.«

Bertrand zeigte auf Nicolas.

»Du hättest wenigstens eine Unterwasserkamera mitnehmen können. Der Minister mit Schnorchel und Brille, du hättest reich werden können!«

Das Lachen seiner Kollegen löste bei Nicolas ein wenig die Anspannung. Er hatte noch immer Kopfschmerzen und ahnte, dass er die Tabletten später doch noch würde nehmen müssen. Die Tabletten, die irgendjemand vom Nachttisch genommen hatte.

»Schluss jetzt. In drei Stunden brechen wir auf, jeder von euch kennt den Auftrag. In einer Stunde machen wir eine Vorbesprechung, dann teile ich euch ein.« Gilles Jacombe öffnete die Tür zum Gang.

Im Aufenthaltsraum saßen die Kinder beim Frühstück, Manou gab seiner kleinen Tochter Lilli einen Kuss auf die Stirn.

»*Bonjour*, Papa! Was war denn los?«

»Alles gut, meine Kleine. Nico hat zu viel ›Findet Nemo‹ geguckt.«

Nicolas begrüßte die Frau des Ministers, die aus ihrer Kabine kam. Sie sah müde und mitgenommen aus.

»Mein lieber Nicolas, wie geht es Ihnen?«

»*Merci*, Madame. Wie geht es Ihrem Mann? Es tut mir leid, wenn …«

»Machen Sie sich keine Sorgen, der ist doch selbst schuld. Schnorcheln um die Uhrzeit, wer kommt denn auf so eine Idee?«

Draußen auf dem Sonnendeck hatte Lea, Manous ältere Tochter, es sich bereits bequem gemacht und ließ das Display ihres Handys nicht aus dem Auge. Ihre dunkle Sonnenbrille machte jedem deutlich, dass sie nicht angesprochen werden wollte. Die Jungs von Jacombe machten sich fertig für einen weiteren Tag im Meer.

Als Nicolas nach dem Frühstück zurück in seine Kabine kam, lag die kleine Packung mit den Tabletten wieder da.

KAPITEL 4

Cannes
Drei Stunden später

François Faure liebte den großen Auftritt, und er war sich dessen völlig bewusst. Eine gewisse Eitelkeit gehörte einfach dazu, vor allem bei einem Mann in seiner Position, fand er.

Er hatte sich lange durch die Parteiinstanzen beißen müssen, um bei der letzten Regierungsumbildung als Minister gehandelt zu werden. Ein fleißiger Emporkömmling, dem man jedoch lange Jahre einen weiteren Aufstieg in der Politik verwehrt hatte. Zu jung. Faure musste höhnisch lachen, wenn er daran zurückdachte.

Über zehn Jahre hatte er den Großen zugearbeitet, Türen geöffnet und wieder geschlossen, hatte gesehen, welche Inkompetenz ihn umgab, und es still ertragen. Immer war er loyal gewesen, auch wenn er zum wiederholten Male zu verstehen bekam, dass seine Zeit noch nicht gekommen sei. Oder auch nie kommen würde.

Aber Stehvermögen war schon immer eine seiner Stärken gewesen. Schon zu seiner Zeit als Student in Paris hatte er gewusst, wo er hinwollte.

Und jetzt war er da. In der französischen Regierung. Das Ergebnis einer weitreichenden Neuordnung nach dem knappen Wahlausgang vor einem Jahr. Der Wähler hatte ihn nach oben gespült, die Angst der alten Herren vor dem Machtverlust war größer gewesen als ihr Misstrauen ihm gegenüber. Jetzt, mit Anfang fünfzig, war er da. Und er hatte nicht vor, wieder zu gehen, im Gegenteil.

Den lästigen Vorfall am frühen Morgen hatte er längst vergessen und Nicolas bei der Besprechung des Tages freundlich zugenickt. Er hatte kurz an einen Hai denken müssen, als der Mann neben ihm aus dem Wasser geschnellt war und ihn gepackt hatte. Idiot! Aber gut, vergessen. François Faure hatte Großes vor heute, und dafür brauchte er sein strahlendes Lächeln. Eigentlich, so dachte er, brauchte er ausschließlich dieses Lächeln, sonst nichts. Und darauf hatte er sich immer verlassen können.

Vom Festland aus mussten sie ein grandioses Bild bieten. Eines, das Abenteuer und Aufbruch versprach. Als er mit seinen Beratern in Paris diesen Tag plante, war es ihm vor allem um dieses erste Bild gegangen. Am Hafen von Cannes warteten heute hunderte von Fotografen, und er hatte seine Leute streuen lassen, dass er nicht wie alle anderen mit dem Wagen zum Festival anreisen würde. Sollten doch die anderen Minister, sofern sie überhaupt kamen, mit ihren schwarzen Limousinen vorfahren. Er hatte Besseres vor. Der Fahrtwind blies ihm ins Gesicht, und er fragte sich, ob man den Ruhm riechen konnte, den Schauspieler und Regisseure in dieser Stadt verbreiteten.

Nicolas saß im Heck des kleinen Schnellbootes und schaute besorgt zum Hafen hinüber, der langsam näher kam. Für Personenschützer waren solche Veranstaltungen immer ein Grund zur Sorge, und ein Einsatz bei den Filmfestspielen von Cannes war erst recht eine Rechnung mit vielen Unbekannten. Dass der Minister mit seinem Wunsch, das Schnellboot zu benutzen, noch mehr Unbekannte hinzugefügt hatte, hatte Gilles Jacombe und auch ihm selbst einige schlaflose Nächte bereitet. Das Team war nervös, das war schon in der morgendlichen Besprechung deutlich geworden. Bertrand hatte weniger Witze gemacht als sonst, Manou hatte stumm durch ein Bullauge Richtung Festland geblickt, und Gilles hatte ihn selbst noch einmal zur Seite genommen, als die beiden anderen sich umzogen.

»Nicolas, ist alles in Ordnung?«, hatte er mit festem Blick gefragt.

»Alles okay, das mit dem Minister war …«

»Das meine ich nicht. Das ist heute ein verdammt wichtiger Tag für unsere Person, da muss alles klappen.« Gilles hielt ihn am Arm, sein Griff war fest. »Ich muss wissen, ob ich mich auf dich verlassen kann.«

»Ich bin einsatzbereit, das weißt du.«

In Nicolas' Ohr knackte es, während er auf das türkisfarbene Wasser blickte.

»Ankunft in drei Minuten.« Jacombe saß vorne im Schnellboot, die Gischt schien ihm nichts auszumachen. Nicolas konnte sehen, wie der Minister lächelte. Er stand aufrecht am Steuer, das weiße Hemd oben aufgeknöpft, die Smokingjacke lag neben ihm. Ein perfektes Bild.

Ein schöner Präsentierteller.

Jacombes Stimme knarzte wieder in Nicolas' Ohr. »Wir bleiben bei dem, was wir besprochen haben. Denkt an den Abstand.«

Der Minister bestand darauf, dass das Team sich zurückhielt. Er wollte keine grimmigen Personenschützer auf den Bildern der Fotografen.

»Lachen Sie mal, Nicolas«, war einer seiner meistbenutzten Sprüche, wenn er frühmorgens die Fotos in den Zeitungen studierte, die sein Referent ihm auf den Tisch legte.

Bertrand würde die Spitze übernehmen, er war der Rammbock der Gruppe. Der vorderste Mann in einem solchen Team musste Wege schaffen, ungebetene Personen wegbugsieren. Er hatte als Erster die Sicht auf die nächsten Meter, die es zu überwinden galt. Jacombe übernahm als Teamleiter den rechten Flügel. Er würde als Einziger dicht am Minister sein, damit er ihn ansprechen konnte. Er behielt gleichzeitig den Überblick über das Tempo der gesamten Truppe, dirigierte die anderen drei. Jacombes Position nannten sie: »Der Sitz« – er war es, der bei Fahrten in der Limousine auf dem Beifahrersitz Platz nahm und als Erster aus dem Auto ausstieg.

Manou übernahm die linke Seite, er brauchte nicht sehr nah am Minister zu sein, sondern überwachte die umstehenden Personen. Außerdem musste er immer einen Blick nach hinten werfen.

Nicolas überprüfte noch einmal seine Waffe und verlangsamte seine Atmung. Noch fünfhundert Meter. Auf der Uferpromenade konnte er eine beginnende Unruhe erkennen, die Menschenmassen verschoben sich in Richtung Hafeneinfahrt. Der Minister stellte sich noch aufrechter hin und winkte strahlend mit der rechten Hand. Einige Touristen winkten zurück.

Nicolas war der sogenannte Kevlar. Seine Ausrüstung bestand aus einem kleinen Koffer, den er in der linken Hand hielt und mit dem er ganz am Ende des Teams positioniert sein würde. Weil Jacombe in ihm den besten Beobachter sah, musste er von dort aus jeden Passanten, jeden Zaungast im Auge behalten. Und vor allem jeden, der dem Minister die Hand geben würde. Er achtete auf Körperhaltungen, Beinpositionen, Gesichtsausdrücke. Der Kevlar selbst diente dazu, den Ernstfall zu überstehen. Mit einer kleinen Bewegung seines Handgelenks konnte Nicolas den Koffer in eine kugelsichere Wand verwandeln, mit der er sich, wenn es darauf ankam, vor den Minister stellen würde. Aus diesem Grund durfte er vor allem eines niemals aus den Augen verlieren: die Zielperson, die in diesem Augenblick mit einem lauten »*Bonjour, Cannes!*« das Schnellboot am Anleger verließ, mit einem Satz auf der Promenade war und die ersten Touristen begrüßte.

»Showtime«, sagte Jacombe, und sie verteilten sich schnell auf ihre Positionen.

»Zweihundert Meter bis zur Croisette. Denkt an die Fenster in den oberen Stockwerken.«

Wie immer war Jacombe vor einigen Tagen diesen Weg bereits abgeschritten und hatte sich die Gegebenheiten eingeprägt. Aber da hatten ihnen nicht hunderte Menschen den Weg versperrt.

Sie hatten beschlossen, möglichst nah am Hafenbecken entlangzulaufen, damit zumindest von der Seite die Gefahrenquellen überschaubar waren. Manou überprüfte mit schnellen Blicken die kleinen Yachten und achtete auf die Bewegungen der Matrosen, die gerade die Sonnendecks säuberten. Die Besitzer waren vermutlich schon im Festivalgebäude.

»Hafen sauber«, sprach er in ein verstecktes Mikro in seinem Kragen.

»Abbiegung in hundert, ich wiederhole, in hundert Metern. Nicolas, nicht so dicht.«

Nicolas ließ sich leicht zurückfallen und konzentrierte sich auf die Gesichter, die sie umgaben. Der Minister genoss sichtlich das Bad in der Menge und schüttelte unzählige Hände.

»*Bonjour*, was für ein herrlicher Tag, nicht wahr? Ja, ich freue mich, danke!« Seine Smokingjacke würde er erst auf dem roten Teppich anziehen, das hatte er mit seinen Beratern besprochen. Es sah lässiger aus, nicht so steif.

»Gilles, auf ein Uhr.«

»Schon gesehen.« Der Teamleiter machte zwei schnelle

Schritte nach vorne und stellte sich vor einen Mann in der Menge. Er war ihm genau wie Nicolas aufgefallen, weil er als Einziger nicht hektisch war. Er stand nur da, mit Verachtung im Blick.

»Scheiß Politiker«, schimpfte der Mann und drehte sich um. Er verschwand aus Jacombes Blickfeld.

»Gut aufgepasst, Nicolas.«

Sie erreichten die Croisette, die große Prachtstraße in Cannes, und die Menge wurde noch dichter. Erst auf dem abgesperrten Platz vor dem Festivalgebäude würde es freier werden. Bis dahin waren es noch zweihundert Meter.

Nicolas schwitzte. Seine Kopfschmerzen waren nicht verschwunden, und er merkte, wie das Gewicht des Kevlars in seiner Hand immer schwerer wurde. Er hätte ihn gern in die andere Hand genommen, aber seine Rechte musste frei bleiben. Sie war seine Schusshand.

Noch achtzig Meter.

François Faure hatte darauf bestanden, dass er die Stufen zum Palais ohne sein Team zurücklegte, sie würden später durch einen Seiteneingang zu ihm stoßen. Erst nach langem Protest hatte Jacombe sich damit einverstanden erklärt. Ein anderes Team des Dienstes, das einen ausländischen Staatsgast bei dem Festival beschützte, würde solange zwei Mann abstellen. Aber es war riskant.

Noch fünfzig Meter.

Es wurde lauter, die Fotografen schrien einer amerikanischen Schauspielerin etwas zu, die unmittelbar vor ihnen auf dem roten Teppich angekommen war. Sie lächelte gekünstelt und drehte sich einmal im Kreis. Die Fotografen drehten durch.

»Dreißig Meter bis zum Wechsel. Nicolas, du bleibst bis zuletzt bei ihm.«

»Verstanden.« Sein Mund war trocken, und für einen kurzen Augenblick verschwamm das Rot. Der Teppich zerlief vor seinen Augen.

Dann sah er wieder klar.

Es war 11.37 Uhr.

Dreißig Sekunden später ging alles schief.

François Faure hatte soeben die ersten Treppenstufen erklommen und war nach links hinübergegangen, wo Manou stand und seine Seite absicherte. Der Minister schüttelte Hände und verteilte sein Lächeln über die Zuschauer. Nicolas sah, wie Faure Manou zunickte und dann wieder hinüber auf Jacombes Seite ging. Bertrand war bereits abgebogen und machte sich zügig auf den Weg zum Seiteneingang, der nur wenige Meter weiter, hinter einer Ecke war, direkt unterhalb der Treppe. Jacombe schob einen Reporter aus dem Weg, der sein Mikro allzu dicht vor die Nase des Ministers gehalten hatte. Manou stand weiterhin auf der anderen Seite und blickte zu ihnen herüber. Er war gerade dabei, auf ihre Seite zu kommen, um ebenfalls den Seiteneingang zu nehmen, während das andere Team François Faure für diesen kurzen, aber heiklen Moment übernehmen würde.

In diesem Augenblick hatte der Minister eine besonders schlechte Idee. Wobei er selbst diese allerdings für eine gute hielt, für eine sehr gute sogar.

Drei Meter vorher hatte Faure eine ältere Dame bemerkt, die direkt an der Absperrung stand, um den Prominenten zuzujubeln. Zuerst war er an ihr vorbeigegangen und hatte seinen Schritt beschleunigt, um die ersten Stufen mit jugendlichem Schwung zu nehmen.

Nicolas hatte diesen Moment vorhergesehen und war ebenfalls schneller geworden, er befand sich jetzt nur drei Meter hinter Faure.

Aber zwei Dinge hatte Nicolas nicht vorhersehen können.

Dass seine Zielperson spontan zurück zu der alten Dame wollte, um ein Foto mit ihr zu machen.

Und dass Julie in der Menge stand.

Er sah sie aus dem Augenwinkel und drehte sich zu ihr um, mitten im Schwung, den er gerade aufgenommen hatte. Seine rechte Hand griff nach dem Absperrgitter am Rande des roten Teppichs, sein linker Arm schwang herum, damit sich sein Körper nach rechts drehen konnte.

An den Kevlar in seiner Hand dachte er in dem Moment nicht. Und selbst wenn doch, es hätte nichts geändert.

Julie.

Er meinte, ihre Hand auf seinem Arm zu spüren.

Reihe D. Plätze dreizehn und vierzehn.

»Ich bin gleich wieder da, ja?« Dann hatte sie ihre Hand von seinem Arm genommen und war aufgestanden. Kurz bevor der Dirigent die Bühne betrat.

Théâtre des Champs-Élysées. Avenue Montaigne. Paris.

Vor drei Jahren und fünf Tagen.

Der Kevlar traf François Faure mit voller Wucht zwischen den Beinen. Sein strahlendes Lächeln verwandelte sich angesichts mehrerer Kilo kugelsicheren Kevlar-Materials in eine Fratze des Entsetzens, und Gilles Jacombe, der das Ganze aus wenigen Metern Entfernung mitbekam, dachte, dass es aussah, als habe Nicolas dem Minister mit Absicht den Koffer in den Unterleib gerammt.

Der Rest war eine Choreographie des Grauens.

François Faure kippte zur Seite, sein Gesicht prallte auf das Eisengitter der Absperrung und seine Zunge wurde von seinen eigenen Zahnreihen aufgebissen. Der Blutschwall aus seinem Mund ergoss sich über den roten Teppich, wovon der Minister aber nichts mitbekam, weil er zu diesem Zeitpunkt schon bewusstlos war.

»Ziel am Boden«, schrie Gilles Jacombe augenblicklich in sein Mikro, mit einem langen Satz sprang er zum Minister, der nur einen Bruchteil vorher zusammengesackt war. Er deckte ihn so gut es ging mit seinem eigenen Körper ab und riss seine Waffe aus dem Holster. Es war reiner Instinkt. Später würde er in seinem Bericht schreiben, dass er zu diesem Zeitpunkt eine nahezu gespenstische Stille wahrgenommen hatte.

Keine Geräusche. Nur das Röcheln des Mannes unter ihm.

Dann jedoch brach die Hölle los.

Die Schauspielerin, die fast schon oben am Ende der Treppe angekommen war, schrie als Erste, Reporter brüllten ihre Kameramänner an, Fotografen stürmten die Absperrung. Bertrand warf sich ihnen in den Weg, er hatte den Zusammenprall nicht gesehen, sondern nur Jacombes Ruf in seinem Ohr gehört. Er dachte sofort an ein Attentat.

»Scheiße, Scheiße! Notfall, ich wiederhole, Notfall! Zielperson am Boden!«, schrie Bertrand ins Mikro.

Von oben stürmten drei Männer ihres Dienstes die Treppenstufen herunter, sie hatten gerade ein anderes Regierungsmitglied in den großen Saal des Kinos gebracht.

»Anschlag auf Faure«, brüllte einer von ihnen in sein Mikro, ein Reporter redete aufgeregt in eine Kamera. Er war live auf Sendung.

»Schafft ihn hier weg«, schrie Jacombe. »Seiteneingang, sofort.«

Bertrand stemmte sich gegen das Gitter und machte ihnen den Weg frei. Sie hievten den leblosen Körper hoch und schleppten ihn fort von der Treppe. Mehrere Festivalbesucher schrien panisch, eine Frau in der ersten Reihe war bewusstlos umgekippt. Einige machten Handyvideos.

François Faure röchelte, als sie ihn drinnen, in einem Flur des Gebäudes, ablegten. Er blutete stark aus der Nase und aus dem Mund, und sein Kiefer war geschwollen. In Jacombes Ohr explodierten die Stimmen.

»Treppe gesichert.«

»Räumt den Platz. Sofort!«

»Türen zu, sofort Türen zu!«

Er erkannte die Stimme des Sicherheitschefs des Festivals. Und er ahnte, dass nicht alle mitbekommen hatten, dass es gar keinen Anschlag gegeben hatte.

Sondern einen Unfall. Ein tragisches Missgeschick.

So hatte er es jedenfalls erlebt.

Jacombe drehte sich um. Draußen heulten Sirenen, gleißendes Licht fiel durch den Nebeneingang ins Innere des Gebäudes. Über ihnen waren Rufe und Befehle zu hören, das Geräusch mehrerer schwerer Stiefel auf einer Treppe.

Bertrand hatte sein Jackett unter den Kopf des Ministers gelegt. Auf dessen Hemd war bereits eine Menge Blut, und es wurde mit jeder Sekunde mehr. Zwei Sanitäter rannten in ihre Richtung.

Jacombe schloss die Augen.

Als er sie wieder öffnete, schaute er sein Team an. Seine Stimme war ruhig und fest.

»Wo ist Nicolas?«

KAPITEL 5

Cannes, Cimetière du Grand Jas
Siebzehn Minuten später

Das Grab mit den steinernen Engeln lag im oberen Teil des Cimetière du Grand Jas, nur wenige Meter vom Hauptweg entfernt. Die gleißende Sonne schien auf den rissigen Marmor der großen Grabplatten, die schutzlos der aufkommenden Mittagshitze ausgesetzt waren. Von einer nahen Pinie waren die Rufe der Zikaden zu hören, die sich nicht darum scherten, dass sie die Ruhe der Toten störten. Es war windstill. Im Hintergrund erklangen gedämpft die wirbelnden Rotorblätter eines rasch näher kommenden Hubschraubers der Police Nationale.

Nicolas blickte sich um, als wolle er inmitten der Toten ein Lebenszeichen finden. Etwas, das ihm erklärte, warum er hier war. Die Luft flirrte über dem kleinen Kiesweg, den er soeben entlanggeeilt war.

Bis hierher.

Warum bin ich ausgerechnet hier stehen geblieben, überlegte er, und es war der erste ruhige Gedanke, seit er unten vor dem Festivalgebäude François Faure mit dem Kevlar niedergestreckt hatte. Sein Blick glitt über die beiden Engel hinweg, dahinter reihte sich ein steinernes Grab an das nächste. Nicolas wischte sich den Schweiß von der Stirn und bemerkte jetzt erst, dass er seine Dienstwaffe gezogen hatte.

Er wusste nicht mehr, wann.

Irgendwann in den vergangenen siebzehn Minuten. Und die Tatsache, dass seine Waffe entsichert war, machte es nicht gerade besser.

Ein Personenschützer, der sich nicht daran erinnern kann, dass er seine Waffe gezogen und entsichert hat, dachte er, und wenn er gekonnt hätte, er hätte sich zu einem Lächeln durchgerungen.

Aber er konnte nicht. Stattdessen fiel sein Blick auf die Inschrift der Grabplatte, auf der eine Nacktschnecke ihre Spur hinterließ, auf ihrem Weg in den Schatten, den die Flügel der Engel warfen.

Da wusste Nicolas, dass es doch kein Zufall war.

Nichts ist Zufall, dachte er erschöpft, während am Himmel über ihm das Geräusch des Hubschraubers lauter wurde.

Ihm blieben nur noch wenige Minuten.

Florence war an Typhus gestorben, als Kind. Ihr Vater, ein anerkannter Arzt, hatte ihr nicht helfen können. Sie wurde im Alter von acht Jahren auf dem Cimetière du Grand Jas an der Avenue de Grasse unter Anteilnahme der gesamten Stadt beigesetzt. Auf dem Grabstein, vor dem Nicolas stehen geblieben war, hatte der Arzt seinen ganzen Schmerz verewigt.

Florence Germaine Claude Nunez
  1952–1960
  Ne me quitte pas

Verlass mich nicht.

»Und du, verlässt du mich?«
  »Niemals.«
  »Das kannst du nicht wissen.«

»Das ändert aber nichts.«

»Du wirst immer so sentimental, bei dem Lied. Dabei ist es nicht mal sein bestes, nur sein bekanntestes.«

»Ich mag es eben. Und du wolltest doch, dass ich Jacques Brel höre.«

»Ich dachte eher an andere Lieder.«

»Ich mag dieses. Also was ist jetzt?«

»Was soll sein?«

»Was antwortest du, wenn ich sage, verlass mich nicht?«

Julie hatte gelächelt und sich über ihn gebeugt, bis ihre Wimpern sich berührten und das Braun ihrer Augen ihn umschloss.

»Dann sage ich: Alles lässt sich vergessen.«

Ne me quitte pas.
   Il faut oublier. Tout peut s'oublier.

Nicolas blinzelte in die Sonne, die hoch über dem Friedhof stand.

Verlass mich nicht. Alles lässt sich vergessen.

Das sang Brel. Aber er hatte nicht recht.

»Ich bin gleich wieder da, ja?«, schien einer der Engel ihm leise zuzuflüstern.

Er wollte den Engel anbrüllen, schaffte es aber nicht. Stattdessen bemerkte er erstaunt, dass er weinte. Schwere, schuldbehaftete Tränen rannen über sein Gesicht und vermischten sich mit dem Rotz, der ihm aus der Nase lief. Er weinte um Florence Germaine Claude Nunez, die zu früh gestorben war. Und um sich selbst. Sein Körper begann zu zittern, er bemerkte es erst, als der verkrampfte Finger am Abzug seiner Waffe sich bewegte. Nicolas empfand das Gefühl nicht als unangenehm. Aus der Leere in seinem Kopf schlüpfte leise eine Möglichkeit.

Hier und jetzt. Sein Herz raste, seine leere Hand ballte sich mehrfach zu einer Faust, die bereit war, zuzuschlagen.

Ne me quitte pas.
Moi je t'offrirai des perles de pluie.

Ich werde dir Perlen aus Regen schenken.

Auf dem Kiesweg hinter ihm schob sich eine Fußspitze vorsichtig nach vorne. Er hörte das Räuspern aus dem Brustkorb eines nervös atmenden älteren Mannes.

Er schloss die Augen und wartete. Seine Hand am Abzug zitterte noch stärker, und er versuchte, wie um sich abzulenken, die verlorenen siebzehn Minuten zusammenzusetzen. Es fiel ihm schwer, ein Schleier lag über seinen Gedanken.

Julie hatte sich umgedreht und war in der Menge vor dem Festivalgebäude verschwunden. Nachdem Nicolas sich vergewissert hatte, dass sein Team den Minister in Sicherheit brachte, sprang er mit einem gewaltigen Satz über das Absperrgitter, stieß einen herbeieilenden Polizisten zur Seite und ließ die Schockstarre, die sich über das Festival gelegt hatte, hinter sich.

Es war zu diesem Zeitpunkt 11.39 Uhr.

Frühling in Cannes.

Nicolas Guerlain lächelte.

Er blickte die gesperrte Croisette hinunter und sah Beamte hektisch in ihre Funkgeräte brüllen. Fernsehteams liefen in Richtung Casino. Auf der anderen Straßenseite verschwand in der Rue Buttura ein gelbes Sommerkleid, gekonnt ergänzt durch ein rotes Halstuch. Er rannte los, hinter ihm Dutzende ausgestreckter Zeigefinger, die alle in die gleiche Richtung deuteten.

In seine.

»Monsieur? Ist alles in Ordnung mit Ihnen?«

Ein Einsatzfahrzeug der Police Nationale warf im Vorbeifahren ihr blaues Licht an die Außenwand der ehrwürdigen Notre Dame de Bon Voyage. Er hastete weiter Richtung Altstadt und fragte sich, wie lange Julie dieses Tempo würde halten können. Sie war stets durchtrainiert gewesen, aber dennoch nicht auf der Höhe eines ausgebildeten Personenschützers. Weiter vorne sah er sie an den noblen Boutiquen vorbeilaufen. Drei Querstraßen noch, dann kam der Bahnhof. Touristen und Festivalbesucher versperrten ihm die Sicht, nur ab und zu konnte er in der Ferne einen braunen Haarschopf erahnen.

»Monsieur? Soll ich vielleicht Hilfe holen?«

Das gelbe Kleid tauchte als verwaschener Fleck vor einer braunen Fassade auf. Nicolas wunderte sich, dass der Abstand zu Julie immer noch so groß war. Als die Avenue de Grasse sich vor ihm öffnete, konnte er sie schließlich besser sehen. Sie blickte sich um, und er meinte, ein Lächeln zu erkennen.

Kurz darauf erreichte er das Haupttor des Cimetière du Grand Jas. Ein Schatten wanderte über eine steinerne Statue am Ende einer langen Allee. Hastige Schritte durchdrangen die Stille. Kleine Kieselsteine spritzten gegen einen zurückgelassenen Wasserschlauch.

Als er den Friedhof betrat und in den leicht ansteigenden Hauptweg einbog, wurde ihm schwindelig. Er zerrte an seiner Krawatte und atmete durch den weit aufgerissenen Mund.

Es war mittlerweile 11.54 Uhr.

Und als Julie sich plötzlich in Luft auflöste, in ihrem gelben Kleid und dem roten Halstuch, irgendwo in der flimmernden Luft zwischen den Grabstätten, da blieb nur noch diese eine

Zeile, vor der er nun stand, während ein alter Mann sich ihm vorsichtig näherte und ihn fragte, ob alles in Ordnung sei.

Ne me quitte pas.

Nichts war in Ordnung. Er spürte, wie Wind aufkam, als der Hubschrauber der Police Nationale nicht weit entfernt von ihm landete.

»Monsieur, möchten Sie vielleicht etwas trinken?«

Nicolas drehte sich langsam um. Dann ging er zwei Schritte auf den Mann zu, der unschlüssig eine leere grüne Gießkanne in der Hand hielt. Und der nun verängstigt auf die Waffe in Nicolas' zitternder Hand blickte.

»Bitte, Monsieur, ich wollte nur das Grab meiner Frau ...«, stotterte er.

»Haben Sie eine Frau gesehen, Ende zwanzig, in einem gelben Sommerkleid? Sie muss hier langgekommen sein.« Nicolas blickte sein Gegenüber aus rot umränderten Augen an.

Der alte Mann schaute sich um.

»Nein, Monsieur, ich habe ...«

»Sie müssen sie gesehen haben, sie ist vor wenigen Minuten durch das große Tor gekommen.«

Der Hubschrauber hatte den Motor abgestellt, Befehle hallten über die Grabplatten.

»Tut mir leid, Monsieur. Das kann nicht sein. Ich hab bis eben auf einer Bank am Tor gesessen. Bis Sie kamen. Sonst war da niemand, ich hätte es doch gesehen. Sagen Sie, Monsieur, ist Ihnen wirklich gut? Sie zittern ja.«

Nicolas' Waffe löste sich aus seinem Griff und fiel mit einem hässlichen Wehklagen zu Boden.

KAPITEL 6

Normandie
Einige Stunden später

Anders als an der Côte d'Azur lag in der Normandie an diesem späten Nachmittag dichter Nebel über der Küste. Der Frühling an der Côte Fleurie war noch in seinen ersten Zügen, und er erlitt einen wenig überraschenden Rückschlag. Dicke Wolken schoben sich vom Atlantik über die grünen Hügel hinweg, warfen Schatten auf die geduckten Häuser und verschwanden im Hinterland, als hätte es sie nie gegeben. Es war alles in allem ein ereignisarmer Tag, der jetzt nur zu gerne bereit war, in einen blässlichen Abend überzugehen. Im Bassin de Morny schaukelten die schlanken Masten der vertäuten Segelboote.

Hugo hatte den Bac, der Deauville und Trouville an der Mündung der Touques verband, fest an der Kaimauer vertäut. Seit einer Stunde war niemand mehr zu diesem verlassenen Winkel des Hafens gekommen, ohnehin überquerten die meisten Anwohner die Touques weiter vorne über den Pont des Belges. Oftmals waren es Touristen, die sich verlaufen hatten und sich dann, da sie nicht den ganzen Weg zurücklaufen wollten, mit dem Bac hinüberfahren ließen.

Ein Euro, einfache Fahrt. Hunde zahlten nur die Hälfte.

Hugo blickte hinüber zu den beiden kleinen Leuchttürmen und den Signallichtern, die die Einfahrt des Hafens an der Mole markierten. Dahinter lag das offene Meer, mit seinen Verheißungen und seinen Gefahren.

Hugo wartete. Jalabert lag zu seinen Füßen.

Aus einem kleinen Kasten unter dem Steuerrad knisterte der Funkverkehr, den er nun schon seit einigen Stunden abhörte, seitdem ihm zu Ohren gekommen war, was auf der *Hirondelle de la Mer* passiert war.

»Sie kommen bestimmt bald, Jalabert«, murmelte er. Seine Worte wurden vom Glucksen des dunklen Wassers im Hafenbecken verschluckt.

Viel Zeit blieb dem Fischerboot nicht, denn sobald die Ebbe kam, war die Fahrrinne nicht mehr befahrbar. Und das würde dann bis zum nächsten Morgen so bleiben.

Als hätte die *Hirondelle* seine Gedanken gehört, schälte sie sich in diesem Augenblick vorsichtig aus dem Nebel, der sich über die Einfahrt zum Hafen gelegt hatte.

»Das sind sie!«, rief Hugo. »Endlich!«

Dann rannte er los, den Hund unter seinen Arm geklemmt.

Etwas weiter flussaufwärts fiel warmes Licht aus den Restaurants hinaus aufs Wasser der Touques. Der Besitzer des »Le Normand« stand am Eingang, blickte hinüber nach Deauville und dachte über das nach, was im Hafen seit einigen Stunden die Runde machte.

Es begann leicht zu regnen, und er war froh, dass sie vor einer halben Stunde beschlossen hatten, die große Plastikplane über die Markise zu ziehen. Doch der Nebel ließ sich davon nicht aufhalten. Er hinterließ feine Tropfen auf der Unterseite des Stoffs, an manchen Stellen sickerte etwas Wasser ein.

»*Merde*, Marie, wir brauchen demnächst eine neue Markise.«

Seine Frau sortierte Messer und Gabeln in den Besteckkasten, während sie die Tür zur Küche im Auge behielt, wo sie gleich die nächsten Muscheln entgegennehmen würde.

»Das sagst du schon seit vergangenem Herbst, und was ist passiert? Nichts!«

»So ein Ding ist teuer, da können wir nicht mal eben so eine neue kaufen. Aber bei Madame scheint das Geld ja locker zu sitzen.«

»Ach komm, Gerard, verschwinde nach hinten! Du vertreibst hier draußen nur die Kundschaft.«

Energisch schob sie ihren Mann in den hinteren Teil des Restaurants und lächelte einem älteren Ehepaar zu, das an einem kleinen Tisch in der Mitte des Raumes saß.

»Ihre Muscheln kommen sofort«, sagte Marie. Sie goss dem Mann noch ein wenig Weißwein nach und brachte einen Korb mit frischem Baguette an den Nebentisch, wo sich drei junge Frauen über einen Reiseführer beugten. Draußen schlichen vereinzelt Autos über den Boulevard Fernand Moureaux, Trouville hatte es nicht eilig an diesem Abend.

»Marie, komm schnell, schau dir das an!«

Gerard stand jetzt hinter der Theke, polierte ein Weinglas und schaute gebannt auf den kleinen Fernseher vor sich. Es lief eine Ausgabe der landesweiten Nachrichten, ein Reporter stand auf dem roten Teppich in Cannes und berichtete aufgeregt.

»Pass auf, jetzt zeigen sie es noch mal!«

Marie stellte ihr Tablett ab. Die beiden Köche blickten aus der Durchreiche ebenfalls auf den Fernseher.

»Achtung, jetzt … und zack! Voll in die Eier! Und gleich kippt er auf das Geländer. Wahnsinn.« Gerard lachte laut auf, während Marie ungläubig auf den Bildschirm blickte. »Da kann er einem fast leidtun, dieser François Faure!« Gerard grinste. Das Fernsehen zeigte die Szene erneut, diesmal in Zeitlupe und aus einem anderen Winkel.

»Wahnsinn«, sagte einer der Köche. »Der knipst seinen eigenen Minister aus. Spinnt der?«

»Und dann haut er ab. Schau, weg ist er!«

»Der Typ ist ja völlig durchgeknallt.«

Gerard setzte sich seine Brille auf, um besser sehen zu können. Er kniff die Augen zusammen und zeigte auf den Bildschirm. »Verdammt, den kenn ich doch …«

Einige Gäste waren aufgestanden und versammelten sich ebenfalls vor dem Tresen. Gerard stellte den kleinen Kasten neben den Zapfhahn, damit alle etwas sehen konnten.

»Und Achtung … zack!«

François Faure fiel in Zeitlupe auf den roten Teppich, die verwackelten Bilder einer Handykamera zeigten seinen fassungslosen Blick.

Im Restaurant mischte sich Verwunderung mit Lachen, ehe die Gäste wieder an ihre Tische zurückkehrten, um ein unterhaltsames Gesprächsthema reicher.

Die Nachrichten zeigten jetzt die Bilder eines Hubschraubers, der über dem großen Friedhof von Cannes schwebte.

Marie ging zurück an den kleinen Beistelltisch und faltete rote Stoffservietten zusammen. Sie dachte darüber nach, wann sie Nicolas Guerlain das letzte Mal gesehen hatte. Seine Mutter sah sie ab und zu auf dem Markt, aber er selbst war nur noch selten in seiner Heimatstadt. Eigentlich nie. Sie hatte ihn immer gemocht, auch wenn er stets etwas ruhig und in sich gekehrt gewesen war.

Ihre Gedanken wurden von einem heftigen Windstoß unterbrochen, als die Tür des Restaurants aufflog und eine wild gestikulierende Gestalt hereinstürmte.

»*Maman*, *Papa*, sie kommt! Die *Hirondelle* kommt zurück.«

Es war Hugo.

André Dumarc steuerte sein Boot langsam in die Hafeneinfahrt von Trouville, sein Blick ging starr geradeaus. Seine Hände klammerten sich an das Steuerrad, hinter ihm in der engen Kabine standen die beiden Fischer, Mathieu und Baptiste, die seit mehr als zwanzig Jahren mit ihm zur See fuhren. Kratzend schoben die Scheibenwischer den feuchten Nebel fort. Keiner von ihnen sagte etwas.

Sonst war niemand an Bord.

Die anderen Fischerboote lagen an der Kaimauer, ihre Spulen und Netze waren längst gereinigt und bereit für den nächsten Tag. Die Verkäufer in der kleinen Fischhalle hatten die leeren Kisten wieder zurück zu den Booten gebracht und angefangen, den Boden in der Halle mit Wasser abzuspritzen. Abgeschnittene Fischköpfe und die wertlosen Teile dutzender Langusten flogen in hohem Bogen ins Meer, wo sich sofort ein Schwarm Möwen daranmachte, den reich gedeckten Tisch zu erkunden. Ihr aufgeregtes Krächzen drang in die Steuerkabine der *Hirondelle*, als Dumarc das Schiff vorsichtig an die Kaimauer setzte.

Obwohl der Fang gut gewesen war und der Fisch unter Eis verpackt in den Kisten lag, wusste die Besatzung, dass sie zu spät kamen. Längst hatten sich alle Restaurants für den Abend eingedeckt. Und die Laster der großen Handelsketten waren bereits unterwegs ins Hinterland.

Als die Fischer die rostige Leiter nach oben stiegen, streckten sich ihnen gleich mehrere Hände entgegen. Unter den Platanen hatte sich eine kleine Gruppe versammelt, weiter hinten stand ein Fahrzeug der Polizeistation von Deauville. Aus der offenen Tür war das Knistern des Polizeifunks zu hören. Der aufkommende Wind ließ die Blätter in den Baumkronen rascheln, während die ersten neugierigen Möwen aufs Deck des Kutters schielten. Keiner der Anwesenden sagte ein Wort.

Erst als die blaue Strickmütze des Kapitäns zum Vorschein kam und schließlich sein faltiges Gesicht, das selbst in der beginnenden Dämmerung blass wirkte, erklang eine tiefe Stimme: »Was ist passiert, André?«

Michel Bonnet war der Leiter des *Commissariat* drüben in Deauville. Bonnet war mit zwei Kollegen gekommen, nachdem die Hafenmeisterei sie informiert hatte.

»Er ist einfach weg«, erklärte der Kapitän der *Hirondelle*, und die, die ihn kannten, bemerkten, dass seine Stimme zitterte.

»Was meinst du damit, einfach weg?«, fragte Bonnet.

»Na ja, weg eben. Eben stand er noch an der Reling und machte seine Bilder. Dann war er weg.«

»War er denn nicht gesichert?«

Der Kapitän blickte zu Boden. Er flüsterte, als er weitersprach.

»Er ist sonst immer gesichert«, erklärte er. »Aber diesmal schien ihn die ganze Zeit irgendetwas zu behindern. Ich weiß nicht, ob er vielleicht den Haken für einen kurzen Moment gelöst hat.«

»Aber das kann doch nicht sein!«, rief Hugo entsetzt dazwischen.

André Dumarc zeigte auf einen der beiden Fischer.

»Er ist ihm hinterhergesprungen, obwohl er ihn nicht mehr gesehen hat. Wir konnten ihn nur mit Mühe wieder rausholen. Dafür mussten wir ein volles Netz fallen lassen.«

Im Hafenbecken schwappte glucksend das Wasser gegen die Außenwand des Kutters. Eine erste Möwe traute sich an Deck und stocherte gierig an der Plastikplane über den Kisten.

Der Leiter des *Commissariat* blickte den Kapitän der *Hirondelle* an, sie beide kannten sich seit vielen Jahren. Er konnte die Trauer im Blick von André Dumarc erkennen. Jean Carasso war einer der ältesten Weggefährten des Fischers gewesen, oft waren sie gemeinsam hinausgefahren oder hatten bis spät in die Nacht im »Café de la Marée« gesessen. Jeder am Hafen kannte Carasso, und die Nachricht des Unglücks hatte sich schnell herumgesprochen.

Michel Bonnet dachte an das große Ereignis, das den beiden Städten hier an der Côte Fleurie in einigen Tagen bevorstand. Ein Toter war das Letzte, was er jetzt gebrauchen konnte.

»André, du kannst morgen natürlich nicht rausfahren. Wir müssen das Schiff noch mal untersuchen.«

Der Kapitän nickte und schaute seine Matrosen an. Sie würden vielleicht auf einem anderen Kutter unterkommen. Dumarc seufzte. Die *Hirondelle de la Mer* lag erschöpft zu seinen Füßen.

KAPITEL 7

Paris, Rue de Miromesnil
Am nächsten Morgen

Sie waren zu viert. Nicolas wusste nicht, ob er mit mehr oder weniger Vertretern seines Dienstes gerechnet hatte, was womöglich damit zusammenhing, dass er seit seinem Aussetzer in Cannes kaum Zeit gehabt hatte, überhaupt mit etwas zu rechnen.

Außer vielleicht mit dem Schlimmsten.

Aussetzer. Das Wort passte weniger zu dem, was gewesen war, als vielmehr zu dem, was nun folgen würde.

Ein Aussätziger. Nichts anderes würde er sein, dessen war er sich bewusst, lange bevor die vier Männer den großen Besprechungsraum im dritten Stock betraten. Je länger er darüber nachdachte, umso klarer wurde ihm, dass er bei genauer Betrachtung schon seit Langem genau das war.

Ein Aussätziger.

Ein Aussetzer.

Seit mehr als drei Jahren. Seitdem sie aufgestanden und nicht wiedergekommen war, im Théâtre des Champs-Élysées.

Dreimal hatte er sie wieder gesehen. Einmal in Strasbourg, im Foyer des Europaparlaments. In London, im Innenhof des Buckingham Palace. Und jetzt in Cannes.

Dreimal.

»Sie war nicht da«, hatte Manou jedes Mal gesagt. »Verstehst du, du musst sie vergessen. Sie ist weg.«

Sie hatte ihn ausgesetzt.

Links saß ein Kollege von der internen Ermittlung und blätterte beflissen in Unterlagen, die keine Rolle mehr spielten. Daneben Nicolas' Abteilungsleiter. Gilles Jacombe war ebenfalls anwesend, er lächelte Nicolas aufmunternd zu, obwohl dieser genau wusste, dass er sein gesamtes Team im Stich gelassen hatte. Und was das bedeutete, für ihn und für Gilles.

Rechts saß Thomas Bolden, der persönliche Referent des Ministers. Er war ungefähr genauso jung wie Nicolas und galt als unglaublich fleißig, strategisch begabt und vor allem als loyal gegenüber seinem Dienstherrn. Bolden hatte als Einziger keine Dokumente vor sich, keine Fotos, auf denen François Faure zu sehen war, wie er gegen die Brüstung prallte und zu Boden ging. Keine Luftaufnahmen vom Cimetière du Grand Jas, auf denen zwei Menschen zu sehen waren. Er selbst, Nicolas, und ein alter Mann.

Sonst niemand.

»Monsieur Guerlain, verstehen Sie, was ich meine? Es geht uns vor allem um den Ruf dieses Dienstes und natürlich …«

Nicolas hörte nicht auf die Worte, er blickte über die rechte Schulter seines Abteilungsleiters hinaus auf die Rue de Miromesnil. Seine rechte Hand spielte mit einer kleinen Packung in der Tasche seiner Anzughose. Er überlegte seit sieben Minuten, ob er eine Tablette nehmen sollte, viele hatte er nicht mehr. Er würde sich Nachschub besorgen müssen. Und es würde womöglich keinen guten Eindruck machen.

Aber er brauchte sie. Damit alles im Gleichgewicht blieb.

»Sie haben natürlich einen hervorragenden Ruf, vielleicht sogar den besten, aber Sie müssen verstehen …«

Auf der anderen Seite der engen Straße befanden sich die Büroräume einer Bank. Hinter den vier Männern konnte er sehen, wie eine Sekretärin ein Fenster kippte, eine Taube flatterte erschrocken auf. Die Frau konnte ihn und die anderen nicht sehen, da die Fensterscheiben auf ihrer Seite verspiegelt waren. Sie blickte nervös auf eine Wanduhr und strich über ihren knielangen Rock. Dann ging sie zu einer Kaffeemaschine in der Ecke des Büros und holte eine weiße Tasse aus einem Schränkchen. Kurz darauf betrat sie mit einem kleinen Teller Gebäck und dem Kaffee den angrenzenden Raum, der angesichts der Größe das Büro ihres Chefs sein musste. Sie blickte erneut auf die Uhr.

»Wir müssen uns ein bisschen aus der Schusslinie nehmen, verstehen Sie. Es geht immerhin um die Sicherheit der Regierung, und da können wir nicht …«

Nicolas stand auf und ging zum Fenster.

»Monsieur Guerlain?«, fragte der Mann von der internen Ermittlung irritiert. Gilles Jacombe hielt die Luft an.

Unten auf der Straße stieg ein Mann aus einer schwarzen Limousine und betrat mit festem Schritt das Bankgebäude. Er war leicht untersetzt, und Nicolas dachte, dass er aussah, als würde er gerne Gebäck zu seinem Kaffee nehmen.

»Nicolas, würden Sie sich bitte wieder setzen? Oder gibt es ein Problem?«, sagte sein Abteilungsleiter. Seine Stimme war scharf.

»Natürlich«, erwiderte Nicolas und ging zurück zu seinem Platz.

»Gut, es ist ja auch eigentlich alles gesagt«, fuhr der Mann ganz links fort. »Wir sollten vielleicht in einer gemeinsamen Erklärung …«

Nicolas holte sein Mobiltelefon hervor und wählte die Nummer der Auskunft.

»Nicolas, verdammt, reißen Sie sich zusammen!«, fuhr ihn sein Abteilungsleiter an.

»Einen Moment, bitte.«

Im Gebäude gegenüber hatte die Sekretärin sich wieder an ihren Schreibtisch gesetzt und überprüfte nervös die Vollständigkeit ihrer Büroutensilien.

»*Bonjour*, die Nummer der Banque de la Cité, bitte. Ja, vielen Dank.«

Im Gegensatz zu den anderen drei Männern hatte sich Thomas Bolden in seinem Stuhl zurückgelehnt. Er betrachtete den Personenschützer, der keiner mehr sein würde, mit dem unscheinbaren Anflug eines Lächelns.

Die anderen drei blickten sich an, Jacombe hatte die Lippen zusammengepresst.

»*Bonjour*, bitte geben Sie mir das Vorzimmer Ihres Direktors, es ist dringend.«

Er hielt eine Hand vor den Hörer, während er wartete. Hinter der Schulter des nun sichtlich erregten Abteilungsleiters klingelte auf der anderen Seite der Straße ein Telefon, die Sekretärin zuckte zusammen. Dann nahm sie ab.

Das Blackberry, das vor dem Referenten auf dem Tisch lag, summte. Thomas Bolden beugte sich vor und las die eingegangene Nachricht.

»Banque de la Cité, Büro des Direktors, was kann ich für Sie tun?«

»Nicolas, legen Sie auf. Das ist ein Befehl!« Der Abteilungsleiter war aufgestanden, und Nicolas musste sich zur Seite beugen, um die Frau auf der anderen Seite noch sehen zu können.

»Sie haben den Zucker vergessen.«

Als er sein Handy wieder wegsteckte, war es für einen Moment still im Besprechungsraum. Dann räusperte Thomas Bolden sich kurz und zeigte auf sein Blackberry.

»Meine Herren, würden Sie mich und Nicolas Guerlain für einen Moment alleine lassen?«

Auf der anderen Straßenseite stand nun eine Zuckerdose auf dem großen Schreibtisch eines soeben eintreffenden Bankdirektors.

Als sie schließlich allein waren, blickte Nicolas den Referenten an, während sich langsam eine unscheinbare Melodie aus den Untiefen seines Kopfes emporarbeitete. Er begann sie lautlos zu summen, ohne zu wissen, warum es ausgerechnet diese Melodie war.

Sie beruhigte ihn. Das reichte.

Da Da Da Dabadabada…

Er überlegte, woher er sie kannte, aber es fiel ihm nicht ein.

»Du hast gewusst, dass ich sie rausschicken würde, nicht wahr«, sagte der Referent und lächelte. Nicolas zeigte auf das Blackberry.

»Was ist sein Vorschlag?«

Thomas Bolden stand auf und blickte nun seinerseits auf die Straße hinunter. Das Geräusch der Motorroller drang zu ihnen herauf.

»Faure ist im Krankenhaus in Nizza. Ich würde nicht so weit gehen, dass er dich grüßen lässt. Aber immerhin, er denkt offensichtlich an dich.«

Da Da Da Dabadabada…

Nicolas mochte die Melodie und suchte nach einem Namen, einem Künstler. Aber er kam nicht darauf. Bolden hatte die Hände hinter seinem durchgestreckten Rücken verschränkt und beobachtete den Verkehr.

»Was wollen die alle in dieser viel zu kleinen Straße?«, murmelte er.

»Vielleicht dasselbe wie wir. Kommen und gehen.«

»Und vor allem heil durchkommen, nicht wahr?«

Nicolas hatte sich ebenfalls ans Fenster gestellt und sah die kleinen Beulen und tiefen Schrammen, die die Pariser Autos mit einigem Stolz spazieren fuhren.

»Alle schaffen das wohl nicht«, sagte er.

»Nein, das schaffen wahrlich nicht alle.« Bolden betrachtete ihn von der Seite, dann steckte er sein Blackberry weg.

»Du bist raus, Nicolas.«

»Davon gehe ich aus.«

»Aber nicht so, wie du meinst. Der Minister braucht dich noch.«

Nicolas hob verblüfft den Kopf. Er hatte Marke und Dienstwaffe bereits abgeben müssen – und jetzt entließen sie ihn doch nicht?

Die Melodie war schlagartig aus seinem Kopf verschwunden, und er spürte ein leises Bedauern. Es klopfte an der Tür, eine Assistentin kam herein und reichte Thomas Bolden einen Umschlag.

»Ein Mitglied deines Teams wartet unten auf dich. Er wird dich zum Bahnhof fahren. Hier sind dein Ticket und ein Ansprechpartner.«

Nicolas verstand kein Wort und blickte hilfesuchend in das Vorzimmer auf der anderen Straßenseite. Dort stand die Sekretärin am Fenster und blickte nachdenklich hinaus.

»Und wo fahre ich hin?«

»Nach Deauville.«

Nicolas' rechte Hand verkrampfte, er musste sich kurz an einer Stuhllehne festhalten.

»Das ist nicht euer Ernst«, sagte er leise.

»Allerdings ist es das«, antwortete der Referent, der jetzt nicht mehr lächelte. »Ich weiß, dass du lange nicht mehr zuhause warst. Doch darum geht es nicht. In ein paar Tagen beginnt dort einer der größten internationalen Gipfel, die Frankreich seit Langem erlebt hat. Aber wem erzähle ich das. Wir wollen, dass du die örtliche Polizei berätst, mehr nicht. Und sobald der Besuch der Staatschefs beginnt, verschwindest du wieder.« Bolden ging Richtung Tür.

Dann drehte er sich noch einmal um.

»Und eines noch, Nicolas. Hör endlich auf, einem Gespenst hinterherzujagen. Julie ist nicht mehr da, sie war es auch nicht in den vergangenen drei Jahren.« Er nickte Nicolas zu und griff nach der Türklinke.

»Thomas, warte.«

»Was gibt es noch?«

»Gibt es eine Drohung gegen François Faure?«

Der Referent lächelte.

»Gegen François Faure gibt es immer eine Drohung«, antwortete er. Dann verließ er den Raum.

Nicolas öffnete den Umschlag, in dem sich eine kurze Notiz und ein Zugticket auf seinen Namen befanden.

Abfahrt von Paris, Bahnhof St. Lazare. In zwei Stunden.

Sie hatten es eilig, ihn loszuwerden.

KAPITEL 8

Paris/Deauville

Manou wartete in der Tiefgarage auf ihn. Keiner von beiden sprach ein Wort, als der Wagen nach draußen fuhr und sich langsam in den Verkehr einfädelte. Nicolas blickte durch den einsetzenden Regen auf die Fahrzeuge vor ihnen und dachte nach.

»Hast du es gewusst?«, fragte er schließlich. Manou schüttelte den Kopf.

»Bertrand und ich dachten, sie servieren dich sofort ab.«

»Das dachte ich auch. Was hat Faure vor? Warum ausgerechnet nach Deauville?«

Manou zuckte mit den Schultern. Er sah mitgenommen aus, und Nicolas dachte für einen Moment daran, dass das gesamte Team unter seinem Aussetzer litt.

»Ist deine Familie gut nach Paris zurückgekommen?«, fragte er.

»Sie sind noch unten, es ging alles sehr schnell.« Er hieb zweimal auf die Hupe, als ein Motorrad sich an ihnen vorbeidrängte. Dann blickte er Nicolas an.

»Verdammt, was ist bloß in dich gefahren? Ich gucke nach rechts und sehe Faure, wie er zusammenbricht. Und du – haust einfach ab! Ich verstehe das nicht.«

Nicolas fühlte das beruhigende Gewicht einer kleinen Tablette in seiner rechten Hand.

Deauville also.

Es war doch schlimmer gekommen, als er gedacht hatte.

»Nicolas, du musst aufhören damit, hörst du«, redete Manou auf ihn ein. »Sie ist verschwunden. Weg. Und sie war auf gar keinen Fall in Cannes.«

Manou hat recht, dachte er.

Und dennoch.

Eine halbe Stunde später erreichten sie die Place Sainte-Marthe am östlichen Ende des zehnten Arrondissements. Manou wollte unten warten, während Nicolas schnell seinen Koffer packen sollte.

Er lief die vier Stockwerke nach oben, die Luft in seiner Wohnung roch nach abgestandener Abwesenheit. Mattes Licht fiel durch die geschlossenen Vorhänge. Nicolas wechselte das Hemd und den Inhalt seines kleinen Koffers. Im Badezimmer blickte er für einen Moment den fremden Mann im Spiegel an und beschloss, sich von Paris so zu verabschieden, wie diese Stadt es verdient hatte.

Der kurze Regenschauer war vorüber, im Norden konnte Nicolas dunkle Wolken erkennen, als er die kleine Dachterrasse betrat. Er schob eine Liege bis an den äußersten Rand, nur von hier aus konnte er die halbe Spitze des Eiffelturms sehen, die weit entfernt über der Stadt schwebte. Er schloss die Augen und hoffte, dass eine kleine Melodie ihn heimsuchen würde. Aber sein Kopf blieb leer.

Er wollte gerade wieder aufstehen, als sich auf dem Balkon unter ihm jemand räusperte. Tito, sein alter Nachbar, saß also auch draußen, bevor er gleich vor dem Fernseher einschlafen würde. Nicolas sah ihn vor sich, mit einem Dutzend Blätter aus seinem Zeichenblock um sich herum und einer angebrochenen Flasche Rotwein neben sich.

»Bist du da?«, erklang eine brüchige Stimme von unten.

»Nein«, sagte Nicolas.

»Gut.«

Er hörte, wie der Alte eine Schallplatte umständlich aus der Hülle zog und sorgsam den Staub aus den Rillen pustete. Nicolas blickte auf die Uhr.

Also gut, dachte er. Er schloss die Augen, lehnte sich zurück und horchte auf das Kratzen der Nadel, das von zwei Lautsprechern zu ihm heraufgetragen wurde. Tito wusste, dass er seinen Plattenspieler nicht draußen abspielen durfte, seine Frau hatte es ihm verboten.

Aber seine Frau war vor dreizehn Jahren gestorben.

Nicolas erkannte das Lied bereits nach den ersten Tönen, aber er hielt sich an die Regeln des kleinen Wettstreits, die Tito in einer Sommernacht vor einigen Jahren aufgestellt hatte.

Nicht mit ihm. Sondern mit Julie.

»Niemals ein Lied unterbrechen, immer zu Ende hören! Das ist eine Frage des Respekts.«

Nach vier Minuten wurde die Nadel hochgehoben und die Platte umständlich wieder eingepackt.

»Bist du verliebt?«, fragte Nicolas.

»Natürlich bin ich das!«, antwortete Tito und nahm schlürfend einen Schluck aus seinem Rotweinglas. »Lenk nicht ab, was hab ich gespielt?« Seine Stimme klang wie eine Nadel, die zwischen den Rillen einer Platte festhing.

»Léo Ferré. ›L'amour‹. Und jetzt muss ich los, unten wartet ein Kollege.«

Er hörte, wie Tito laut schnaufte und mit Kreide einen Strich auf die kleine schwarze Tafel zeichnete. Unter Nicolas' Namen.

»Wie viel steht es?«

»Du liegst noch immer hoffnungslos hinten«, antwortete

Tito, und Nicolas konnte hören, wie der alte Mann nach seinem Stock griff und die Tür zum Wohnzimmer aufzog.

»Was hast du gezeichnet?«, fragte Nicolas ihn abschließend. Tito zeichnete ohne Unterlass, entweder auf seinem Balkon oder unten im »La Vannier«, dem kleinen Café im Haus, dessen Fenster hinaus auf den Platz und die Platanen gingen.

»Einen Hund. Einen schlauen alten Hund«, sagte er.

»Warum schlau?«

»Weil er sich Zeit nimmt, deshalb. Er kommt immer um die gleiche Uhrzeit, schnüffelt an vier Platanen und geht dann bedächtig zur fünften.«

»Und?«

Tito schnaubte.

»Du denkst zu schnell, junger Nachbar, das tust du immer. Deine kleine Freundin hat sich mehr Zeit genommen zum Denken.«

Kleine Freundin.

Nicolas schloss die Augen. Sein Atem setzte für einen Moment aus, und er lauschte in die Leere hinein.

»Der fünfte Baum ist wichtig, sie wusste das.«

»Der fünfte Baum also.«

»Ja. Und jetzt: Auf Wiedersehen, Nicolas.«

»*Salut*, Tito.«

Als Nicolas in seiner Hosentasche nach dem Schlüssel griff, merkte er, dass er ein wenig Sand mit sich herumtrug. Er schüttelte ihn heraus auf den Terrassenboden, es waren trockene, sonnengebräunte Sandkörner aus dem Cimetière du Grand Jas in Cannes.

Nicolas betrachtete die braunen Sprenkel für einen Augenblick.

»Und sie war doch da«, murmelte er.

Hätte er es nicht so eilig gehabt, dann hätte er gesehen, wie der aufkommende Wind die Sandkörner davontrug, der leuchtenden Nadel des Eiffelturms entgegen, die am anderen Ende der Stadt Richtung Westen blickte. Dorthin, wo die mäandernden Biegungen der Seine sich durch grüne Täler zu winden begannen und wo der Sand jetzt vorbei an den kleinen Städtchen schwebte, entlang des Flusses, bis hinauf in die Normandie. Die kleinen Körner lagen schwerelos in der warmen Frühlingsluft, und als sie schließlich kurz hinter Rouen nach Westen davongetragen wurden, waren sie fast am Ziel.

Der Strand von Deauville erstreckte sich entlang der Côte Fleurie, und er war für den Moment ein guter Ort für ein paar Körner aus dem Süden. So lange, bis die Flut sich über sie werfen würde, eine Decke aus kalter Gischt.

Auf der anderen Seite der Strandpromenade verließ in diesem Augenblick eine Gruppe leicht angetrunkener Japaner laut lachend das Casino von Deauville. Ihre Rufe hallten durch die Rue Edmond Blanc, bevor sie sich langsam im Wind verloren.

Von all dem bekam der alte Mann nichts mit. Er lag gefesselt im Innenraum eines Transporters, der gerade über den Boulevard Eugène Cornuche holperte, so dass der Mann sich mehrfach den Kopf anstieß.

Er fror und merkte, dass er zitterte. Vor Kälte oder Wut, er konnte beides nicht mehr auseinanderhalten, seitdem sie ihn vor wenigen Minuten hier reingeschubst hatten.

Reingeworfen.

Durch den kratzigen Leinensack über seinem Kopf konnte er die salzige Meeresluft riechen. In einiger Entfernung hörte er das Signalhorn eines größeren Schiffes, das vermutlich auf dem Weg nach Le Havre war. Er atmete schwer, seinem alt gewordenen Brustkorb entrann ein keuchendes Würgen, und er musste sich zwingen, nicht zu husten. Und vor allem ruhig zu bleiben. Es gelang ihm kaum.

Bleib ruhig, dachte er. Noch ist nichts passiert.

Sie hatten ihm die Schuhe ausgezogen, unter seinen nackten Füßen spürte er den metallenen Boden des Lieferwagens. Er hatte versucht, sich den Weg zu merken, auf das Bremsen und Beschleunigen zu achten, aber obwohl er die Stadt seit so vielen Jahren kannte, hatte er nach mehreren Kurven und Abzweigungen aufgegeben.

Zumindest das Meer konnte nicht weit sein. Er konnte es riechen.

Nach etwa zwanzig Minuten hielten sie an.

Jemand öffnete die Klappe und zog ihn unsanft aus dem Transporter. Grelles Licht blendete ihn durch den Stoff hindurch, und er kniff die Augen zusammen. Eine Hand schob ihn eine Treppe hinunter. Als er stolperte und fast die Stufen hinabgestürzt wäre, riss ihn jemand an den Armen zurück. Er bildete sich ein, ein Fluchen zu hören, aber sicher war er sich nicht. Niemand hatte bislang ein Wort mit ihm gesprochen.

»Wer sind Sie? Was wollen Sie?«, rief er in die Ungewissheit hinein.

Er erhielt keine Antwort, stattdessen hörte er das rostige Quietschen einer schweren Eisentür. Seine Füße liefen jetzt über kalten Stein, und er selbst lief Gefahr, die Fassung zu verlieren. Er schwitzte unter dem Leinensack, und sein Körper zitterte immer mehr. Er rang nach Luft. Eine weitere Tür, der Boden wurde noch kälter.

Jemand drehte ihn herum, ein Stuhl wurde ihm in die Kniekehlen geschoben.

»Setz dich.«

Er hatte vieles erwartet und sich noch mehr ausgemalt, sogar seinen eigenen Tod. Er hatte während der Fahrt gegrübelt und verzweifelt nach einem Hinweis gesucht. Er hatte sie angeschrien, durch die Wände des Lieferwagens hindurch. Und er hatte Angst gehabt, eine Angst, wie er sie sein ganzes Leben lang nie empfunden hatte.

Jetzt, da er die Stimme erkannte, musste der alte Mann lächeln. Wie befohlen setzte er sich. Als sie ihm den Stoff vom Kopf zogen, sammelte er bereits Speichel in seinem Mund. Der Leinensack kratzte über seine Augen, das Licht einer einzelnen Lampe blendete ihn.

Dann spuckte er.

Im gleichen Augenblick beschloss die Gruppe von Japanern, den Nachmittag in einer Bar in der Rue Hoche ausklingen zu lassen. Der Inhaber lächelte zufrieden, als er sie hereinkommen sah. Es hatte sich also doch gelohnt, früh aufzumachen. Keine achtzig Meter entfernt, schräg gegenüber, rauchte ein mürrischer Pförtner seine heimliche Zigarette vor dem Hintereingang des »Hotel Royal« und überlegte, was er vorhin gesehen hatte. Und wie er es zu Geld machen konnte. Er wusste noch nicht, dass die Bilder der Überwachungskamera über ihm ihn am nächsten Tag den Job kosten würden.

Während all dem landeten am Strand von Deauville einige Sandkörner zu Füßen einer verlassenen Sandburg. Begleitet von den Tönen einer kratzenden Schallplatte.

KAPITEL 9

Normandie
Zwei Stunden später

Nicolas hatte die kurze Zugfahrt von Paris nach Deauville zum Nachdenken nutzen wollen. Über das, was in der Rue de Miromesnil entschieden worden war, oder vielleicht eher in einem Krankenzimmer in Nizza, wo der Minister offensichtlich wieder soweit erholt war, dass er sich Gedanken über Nicolas' Zukunft machen konnte.

Es war völlig unsinnig, was der Minister da veranlasst hatte, aber da Nicolas bereits kurz nach der Abfahrt am Bahnhof von Saint-Lazare einschlief, kam er nicht mehr dazu, sich darüber den Kopf zu zerbrechen.

Stattdessen drang nun das Klingeln seines Mobiltelefons durch das Zugabteil und riss ihn zurück in die Wirklichkeit.

Der Zug nach Deauville.

Seiner Heimatstadt.

Und der von Julie.

Er nahm den Anruf an und bereute es sofort.

»Nicolas, du wolltest doch anrufen!«

Die Stimme seiner Mutter klang wie eine dunkle Vorahnung. Der Zug stand, auch das war ihm vorher nicht aufgefallen, er hatte tief und fest geschlafen. Nicolas blickte aus dem Fenster seines Abteils auf ein altes Bahnhofsgebäude, von dem an einigen Stellen der graue Putz abbröckelte. Sie konnten theoretisch überall in Frankreich sein, und Nicolas überlegte, ob er womöglich in einem falschen Zug saß. Dann sah er auf einem Schild am Bahnhofsgebäude den Ortsnamen. Er gähnte und fuhr sich durchs Haar.

Pont-l'Évêque.

Sie waren bereits in der Normandie, kurz vor dem Ziel.

»Nicolas, hörst du mich? Die Verbindung ist so schlecht!«

Draußen schien die Sonne auf eine Landschaft, die daran nicht gewöhnt war. Das windschiefe Gebäude, in dem der kleine Wartesaal für die Reisenden untergebracht war, stand verloren am Ende des Bahngleises. Niemand wartete hier.

Irgendwo in der zweiten Klasse wurde eine Tür aufgemacht, Nicolas hörte, wie ein schwerer Koffer auf dem grauen Beton des Bahngleises landete. In einiger Entfernung saßen vier Stare auf einem Telefonmast, und er dachte, dass sie überlegen mussten, ob es sich lohnte, auf den gelben Feldern am Rande der Stadt nach etwas Essbarem zu suchen. Aus den Lautsprechern ertönte eine blecherne Stimme und verkündete, dass der Zug aus Paris in zwei Minuten abfahren würde. Nicolas versuchte zu sehen, wer dem Koffer auf den Bahnsteig folgen würde, aber er konnte es von seinem Fenster aus nicht erkennen.

»Nicolas, wo bist du denn jetzt gerade? Bist du schon in Evreux?«

Er legte sein Handy auf den kleinen Tisch am Fenster und stand auf, um seinen Rücken zu strecken. In einem kleinen Spiegel, der oberhalb der Sitze angebracht war, schaute er in ein Gesicht, das ihm nichts sagte. Er drehte den Kopf und bildete sich ein, dass der gesamte Zug sich mit ihm drehte.

Hinter der Stimme seiner Mutter meinte er das Geräusch einer kleinen Raspel zu hören, die in hektischen Bewegungen über einen Fingernagel gezerrt wurde. Er sah seine Mutter in ihrer Boutique, wie sie hinter ihrem Tisch saß und nach draußen schaute, das Telefon zwischen ihre Schulter und den zu großen Ohrring geklemmt.

»Also, wie gesagt, wenn du in Evreux bist, dann meldest du dich, ja? Dann habe ich genug Zeit, um den Wagen zu holen und mich auf den Weg zu machen. Hörst du mich? Nicolas?«

Er beugte sich hinunter und beendete das Gespräch.

Während sein Zug noch immer stand, rollte auf der Gegenseite der Zug Richtung Paris ein. Das laute Quietschen der Bremsen hallte über das Bahnhofsgelände und vertrieb die Stare von dem Mast.

Durch die Fenster des anderen Zuges hindurch konnte Nicolas erkennen, wie ein älterer Mann ausstieg, seinen Hut zurechtrückte und mit schnellen Schritten nach links davonging. Weiter vorne sprangen zwei Schüler aus dem Zug und rannten lachend in die andere Richtung. Der Schatten einer Wolke wanderte über die geduckten Häuser hinter den Gleisen.

Nicolas' Telefon klingelte erneut. Er machte den Ton aus und setzte sich wieder, während sie ruckelnd losfuhren. Auf dem anderen Bahngleis schlossen sich die Türen, ein Pfiff ertönte. Als Nicolas noch einmal durch das Fenster des Abteils nach draußen blickte, war der Bahnhof von Pont-l'Évêque nur noch ein Ort, an dem einmal zwei Züge gehalten hatten.

Auf der Place Louis Armand in Deauville warteten die Taxifahrer auf ihre Kundschaft, die ihnen die Züge aus Paris in regelmäßigen Abständen direkt vor die Füße warfen. An weißen Masten wehten die Fahnen aus aller Herren Länder und täuschten die Ankunft an einem Ort vor, der sich nicht nur dem Meer, sondern gleich der ganzen Welt zuwandte. Hinweisschilder wiesen den Weg zur Pferderennbahn, dem Hippodrome de la Touques oder gleich zum Casino von Deauville. Die Anlaufstellen in dieser Stadt waren immer die gleichen, und so schlossen die Taxifahrer untereinander Wetten ab, wohin der nächste Kunde sie wohl fahren lassen würde. Pferderennbahn. Hotel. Casino. Andere Wetten wurden nicht angenommen.

Nicolas setzte seine Sonnenbrille auf, als er aus der kleinen Vorhalle hinaus ins Licht trat. Die weiß verputzten Wände der Fachwerkhäuser glänzten, die Stadt wusste, dass sie sich anstrengen musste, um Eindruck zu machen. Als er nach rechts blickte, konnte er hinter dem Pont des Belges die Masten der Fischerboote sehen, ein Schwarm Möwen kreiste drüben in Trouville über den Ständen der offenen Markthalle. Nicolas atmete die salzige Meeresluft ein und beschloss, die schlechten Erinnerungen an seine Heimatstadt fürs Erste zu verdrängen. Dafür war später immer noch genug Zeit. Er fischte den Zettel, den der Referent des Ministers ihm gegeben hatte, aus seiner Hosentasche und las die Adresse und den Namen darauf.

Rue Désiré le Hoc. Commissariat de Police. Michel Bonnet.

Der Bahnhof war genau zwischen die beiden Städte gebaut worden, auf eine große Halbinsel entlang der Touques. Von Paris aus betrachtet – und das war die einzig relevante Blickrichtung in Frankreich – lag Trouville rechts. Und Deauville links vom Bahnhof.

Er wollte gerade die Straße überqueren und die wenigen Meter zur Rue Désiré le Hoc hinüberlaufen, als ein grüner Land Rover hupend vor dem Bahnhof vorfuhr und sich rücksichtslos in zweiter Reihe vor die Taxis setzte.

Er hatte gehofft, diesen Augenblick hinauszögern zu können, aber es war ihm nicht vergönnt.

Nicolas' Mutter stieg aus dem Wagen und winkte ihm aufgeregt zu. Er seufzte.

Willkommen zuhause, dachte er.

»Mein Großer, wie schön! Ich freu mich ja so!«

»*Bonjour, Maman*. Wie geht es dir?«

»Na ja, schlecht natürlich!« Sie küsste ihn zur Begrüßung und fuhr ihm über die Haare.

»Es werden weniger, mein kleiner Nicolas, weißt du das?«

»Warum geht es dir schlecht, *Maman?*« Er kannte die Antwort.

»Na, was denkst denn du? Die ganze Welt kommt in meinen Laden und spricht über meinen Sohn und über Cannes. Aber was soll ich sagen, die Leute sind Lästermäuler heutzutage. So, komm, wir müssen ins Hotel!«

»*Maman*, ich habe einen Termin.«

»Ich weiß, mit Michel Bonnet, ich habe ihn angerufen. Er erwartet dich doch erst morgen früh. Um Punkt zehn Uhr im *Commissariat*. Wie spannend, oder? Dass du in Deauville arbeitest!«

Nicolas schloss verzweifelt die Augen und wünschte sich, in Pont-l'Évêque ausgestiegen zu sein. Er hätte den Zug zurück nach Paris mit einem beherzten Sprint noch erwischen können.

Martine Guerlain griff ihren Sohn am Arm und zog ihn in Richtung Auto. Nicolas warf seinen Koffer in den Kofferraum und setzte sich auf den Beifahrersitz. Als sie losfuhren, blickte er in den Rückspiegel und sah, wie zwei Taxis eine Gruppe Japaner vor dem Bahnhof ablieferten.

Glückliche Menschen, dachte er und hielt sich am Türgriff fest, als seine Mutter scharf in den Kreisverkehr einbog. Eine Minute und 46 Sekunden später bremste sie auf dem Mitarbeiterparkplatz des mondänen »Hotel Royal«.

»Warum müssen wir ins Hotel?«, fragte Nicolas. Hinter den kleinen Sträuchern auf der Meeresseite des Boulevard Eugène Cornuche konnte er den Strand erahnen. Er öffnete die Beifahrertür und hörte das beruhigende Rauschen des Ärmelkanals, der sanfte Wellen wie tröstende Worte in seine Richtung schickte.

Ich will nicht hier sein, dachte er, ohne zu wissen, wo er sonst sein wollte. Vielleicht auf Titos Balkon, auch ·wenn der alte Mann auf Dauer anstrengend sein konnte.

»Weil ich den Schlüssel zur Villa im Laden vergessen habe«, sagte Nicolas' Mutter und überprüfte den Sitz ihres Hutes im Außenspiegel. »Außerdem will ich die Kundschaft nicht warten lassen!«

»Deine Kundschaft hat alle Zeit der Welt.«

»Ach Nicolas, sei doch mal freundlich, du bist immer so ernst. Ich hoffe, die Sache in Cannes macht dich nicht noch ernster!«

Er wollte sie fragen, welche Villa sie meinte, ließ es dann aber doch lieber sein.

Nicolas öffnete seiner Mutter die Tür zum Hintereingang des Hotels. Sie gingen durch einen kurzen Flur und erreichten nach wenigen Metern die eindrucksvolle Haupthalle, in der die goldenen Strahlen eines gewaltigen Kronleuchters vom blankgeputzten Marmor widergespiegelt wurden.

»Bevor ich es vergesse, ich soll dich ganz lieb von Marie aus dem ›Le Normand‹ grüßen, erinnerst du dich? Und natürlich von Hugo, der hat ja den Bac übernommen, ist das nicht toll? Du erinnerst dich doch an Hugo, nicht wahr?«

Nicolas' Mutter nickte dem Portier zu und flüsterte dann ihrem Sohn verschwörerisch ins Ohr. »Hector muss heute Nachmittag zum Chef. Er ist draußen beim Rauchen erwischt worden! Es wird ihm wohl an den Kragen gehen.« Sie fuhr sich mit dem rechten Daumen theatralisch über die Kehle.

»*Maman*, bitte.«

»Ich weiß, aber er ist auch wahrlich keine Leuchte. So, da wären wir!«

Sie öffnete die Tür ihres kleinen Ladens im hinteren Bereich der Hotelhalle. Während Postkarten, Konzertbesuche oder Casino-Rundgänge an einem Kiosk neben der Rezeption zu kaufen waren, kümmerte sich Martine Guerlain um die etwas extravaganteren Wünsche der Hotelgäste.

Nicolas' Mutter verkaufte Mode, teure Mode.

An mehreren Kleiderstangen hingen dutzende Kleider und Strandoutfits, die sie am liebsten an berühmte Gäste verkaufte. Sie hatte Filmstars und Politiker durch die Hotelhalle gehen sehen, und sie war sich selbstverständlich niemals zu schade, diese auch umgehend anzusprechen. Etliche Fotos an der Wand hinter ihrem Verkaufstisch belegten dies.

»Ah, da sind sie ja«, rief sie. »Wir können los! Ich habe dir eine Wohnung in einer richtigen Villa besorgt. Sie ist im ersten Stock und hat einen wunderschönen Ausblick. Gehört zum Hotel hier, wird aber derzeit nicht vermietet.«

Nicolas wollte gerade sagen, dass er genauso gut in einem billigen Hotel wohnen konnte, als eine ältere Dame schüchtern an den Türrahmen des kleinen Ladens klopfte.

»Ah, *Bonjour* Madame Payet! Wie geht es Ihnen?«, sagte Nicolas' Mutter.

»*Merci*, ganz gut. Der Wetterumschwung macht mir ein bisschen zu schaffen.« Die elegante Frau stützte sich leicht auf einem Holzstock ab, ihr weißes Haar hatte sie unter einem kleinen Hut mit angesteckter Fasanenfeder kunstvoll hochgesteckt. Oder eher hochstecken lassen. Der Friseursalon des Hotels war nur wenige Schritte entfernt.

Nicolas begann sich zu langweilen.

»Kommen Sie doch rein, Madame, da draußen ist es ja doch immer auch ein bisschen zugig, nicht wahr«, sagte seine Mutter und strahlte, wie sie es immer tat, wenn die vermögende Kundschaft des Hotels ihren Laden betrat.

»Da haben Sie recht, vielen Dank.«

»Sie kommen bestimmt wegen Ihres Sommermantels.«

»Ja, Sie sagten, Sie hätten ihn vielleicht bis heute ändern lassen.«

»Richtig, wo haben wir Sie denn …«

Nicolas nahm den Schlüssel, den seine Mutter aus der Schublade geholt hatte. »Villa Proust« stand auf dem kleinen Anhänger. Er überließ die ältere Kundin seiner Mutter und ihrem Schicksal und durchquerte mit großen, aber leisen Schritten die Hotelhalle, ohne dass die beiden es bemerkten. Der Portier lächelte ihm wissend zu. Nachdem er seinen Koffer aus dem Wagen geholt hatte, lief er die Rue Hoche hinunter zur Vorderseite des »Hotel Royal«.

»Kennen Sie die Villa Proust?«, fragte er einen der dort wartenden Taxifahrer.

»Die finden wir schon, steigen Sie ein.« Während sie dem Meer den Rücken kehrten, funkte der Taxifahrer seine Kollegen an und wurde bald fündig.

»Die ist drüben in Trouville. In Richtung Honfleur, aber direkt am Strand. Sie steht im Moment leer. Glückwunsch, haben Sie die Villa gewonnen?«

»Sieht ganz so aus«, antwortete Nicolas und setzte seine Sonnenbrille auf. Er lehnte den Kopf ans Fenster und sah, wie die sauberen Straßen von Deauville an ihm vorbeizogen. Der Verkehr vor dem Pont des Belges war noch nicht sehr dicht, und so fuhren sie nach wenigen Minuten bereits an den Restaurants und Brasseries im Hafen von Trouville vorbei. Sie hießen »La Crevette«, »Le Petit Moulin« oder eben »Le Normand«, und Nicolas kannte fast jeden der Besitzer von früher. Was ihm angesichts seiner derzeitigen Bekanntheit durchaus Sorgen bereitete.

»Habe ich Sie schon einmal gefahren?«, fragte der Taxifahrer.

»Eher nicht.«

»Kommt mir vor, als hätte ich Sie schon einmal gesehen.«

Kurz vor dem heruntergekommenen Casino bog die Rue Victor Hugo nach rechts ab und suchte sich zwischen den verblichenen Wohnhäusern und dem Gezeter der Möwen über dem Strand ihren Weg entlang des Hügels. Nach weiteren zwei Minuten erreichte das Taxi eine Villa aus rotem Backstein, deren Fensterläden im Obergeschoss geschlossen waren. Schwaches Licht drang durch ein Fenster im Erdgeschoss nach draußen.

Nicolas öffnete das rostige Gatter, nachdem er bezahlt hatte und der Taxifahrer um die nächste Ecke gebogen war, und schloss die weiße Eingangstür auf. Im Treppenhaus wartete abgestandene Luft auf den unerwarteten Besuch, das kannte er von zuhause. Der obere der beiden Briefkästen war von einer dicken Staubschicht bedeckt.

Das ist wohl meiner, dachte er.

Die Haustür mit den kleinen Sichtfenstern fiel hinter ihm ins Schloss, und mit einem Mal wurden die Geräusche der Straße von einer fast vollständigen Stille verschluckt. Nicolas wollte gerade die Treppe hinaufgehen, die nach oben zu seiner Wohnung führte, als er sich noch einmal umdrehte.

Irgendetwas störte ihn.

Wie die verstaubte Rille einer Schallplatte, dachte er.

Er stellte langsam seinen Koffer auf den kalten Steinboden im Treppenhaus und horchte.

In der Ausbildung in Saint-Cyr hatte Gilles Jacombe ihnen immer wieder eingeschärft, auf die Signale ihres Körpers zu achten. Anspannung. Unwohlsein. Der berühmte Blick im Nacken.

»Es ist dein Unterbewusstsein, Nicolas. Es will dir irgendetwas sagen, du musst es nur merken«, hatte er ihm damals erklärt. In solchen Situationen hatte Jacombe ihnen beigebracht, in Gedanken zurückzugehen, bis zu dem Moment, an dem das Gefühl zum ersten Mal aufgetaucht war, am Rande des Bewusstseins.

Wie das Geräusch einer sich öffnenden Tür auf einer Yacht im Mittelmeer.

»Schließ die Augen, Nicolas. Atme tief ein. Und geh im Kopf die letzten Meter einfach nochmal. Die letzten Sekunden. Schau dir selbst dabei zu, geh um dich herum, betrachte dich von oben. Wie eine Kamera, die dich umkreist. Und dann schwenke zur Seite, in alle Richtungen. Was siehst du? Und was hörst du?«

Also schloss Nicolas im Treppenhaus der Villa Proust die Augen, stieg im Geiste noch einmal aus dem Taxi, bezahlte durch das Fahrerfenster hindurch und öffnete das Gartentor. Er überquerte mit fünf großen und einem kleinen Schritt die Kiesfläche vor dem Haus und steckte den Schlüssel in die Eingangstür. Durch die kleinen Fenster fiel mattes Licht von draußen in den Hausflur. Staub auf dem Briefkasten, das war dann wohl seiner. Die Fußmatte war braun. Links im Treppenhaus befand sich die Tür zu einer Wohnung im Erdgeschoss. Kein Namensschild, dafür ein Guckloch, ein Türspion auf Augenhöhe.

Da war es!

Das vorsichtige Einsaugen von Luft durch die Vorderzähne. Pause.

Ein langsames Ausatmen. Konzentriert. Abwartend. Kaum hörbar durch das Holz der Tür.

Nicolas griff langsam unter sein Jackett und fluchte lautlos. Keine Dienstwaffe mehr, er hatte sie in der Rue de Miromesnil abgegeben.

»Du wirst sie nicht mehr brauchen«, hatte der Referent des Ministers selbstzufrieden gesagt. »Du sollst die Kollegen vor Ort nur bei Sicherheitsfragen beraten, sonst nichts.«

Statt der Waffe holte Nicolas sein Handy aus dem Jackett,

hielt es ans Ohr und bedankte sich bei seiner Mutter, die vermutlich immer noch so sehr ins Gespräch mit ihrer Kundin vertieft war, dass sie sein Verschwinden noch gar nicht bemerkt hatte.

»Hallo, *Maman*. Ja, es ist absolut in Ordnung. Vielen Dank. Ja, ich habe es gut gefunden.«

Dann nahm er seinen Koffer wieder in die Hand und ging zur Treppe.

»Ja, ich weiß, die obere. Ich habe kurz überlegt. *Oui*, bis morgen. *Salut*.«

Vier Stufen hoch. Die fünfte knarzte.

Auf der siebten ging er auf der Stelle und zog dabei langsam seinen Mantel aus. Dann seine Schuhe. Nicolas setzte sich auf das breite Geländer, wartete kurz und glitt dann darauf nach unten. Er ging vorsichtig auf Strümpfen die Wand entlang zurück zur Tür der anderen Wohnung, er wusste immer noch nicht, warum.

Ein Gefühl, mehr nicht.

Es war still. Kein Atmen.

Vielleicht hatte er sich getäuscht.

Er schob sich noch näher heran, schloss die Augen und legte sein Ohr an das weiße Holz.

Dahinter hörte er das Ticken einer Standuhr. Das gedämpfte Plappern der Möwen durch ein geöffnetes Fenster. Zehn Zentimeter neben ihm war der Türspion. Nicolas machte seine Augen weit auf und zwinkerte zweimal. Dann schob er sich mit einem schnellen Ruck direkt vor das kleine Loch und blickte nach drinnen. Durch das diffuse Licht konnte er nur Schatten erkennen. Er stellte sich vor, wie sein Auge von der anderen Seite der Tür betrachtet aussah. Und er hörte, wie Gilles Jacombe diese Übung abbrechen würde, mit den Worten: »Du bist tot.«

Einer der Schatten glitt zur Seite.

Nicolas hörte das Knarzen des alten Dielenbodens unter schweren Stiefeln und kurz darauf das hastige Aufreißen der Terrassentür.

Er drückte die Klinke der Wohnungstür nach unten. Verschlossen.

Er hechtete durch den Hausflur und die Eingangstür der Villa nach draußen, dann die Mauer entlang nach links. Spitze Kieselsteine bohrten sich in seine Fußsohlen. Als er die Garage erreichte, wusste er, dass er genau die falsche Richtung gewählt hatte, auf dieser Seite gab es keinen Weg ums Haus herum.

Fünf Sekunden später rannte er um die andere Ecke des Hauses, durchbrach eine kleine Lücke in einer dichten Hecke und erreichte die Rasenfläche hinter der roten Backsteinvilla. Die Terrassentür stand offen. Nicolas lief quer durch den Garten zum Ende des Grundstücks, von wo aus eine kleine Steintreppe hinunter zum Strand führte. Er blickte nach links, in der Ferne konnte er die beiden kleinen Leuchttürme in der Hafeneinfahrt erkennen. Grün und rot. Zwei Tennisplätze und ein Spielplatz lagen am Rande der Uferpromenade. Es war Ebbe, und eine blässliche Sonne schien auf die Spuren der Traktoren, die gerade dabei waren, die Sonnenstühle und Schirme zu ihren Plätzen zu bringen. Er zählte sechs Spaziergänger, die ohne Hast und getrennt voneinander über die kleine Promenade liefen. Ein junges Paar warf einen roten Ball in eine große Pfütze, die das Meer auf seinem Rückzug zurückgelassen hatte, ein schwarzer Hund sprang erfreut hinterher, sein nasses Fell glänzte in der Sonne. In einiger Entfernung liefen zwei Jogger über den Strand.

Nicolas stand noch für ein paar Sekunden oberhalb der Strandmauer und atmete die salzige Luft ein. Keiner der Spaziergänger bewegte sich so, als sei er gerade aus einer Villa geflohen. Er drehte sich um und ging durch die Terrassentür nach drinnen.

Es war das reinste Chaos.

Jemand hatte die gesamte Wohnung durchwühlt. Überall waren aufgeklappte Fotobände und Ordner mit Unterlagen, eine zerbrochene Kaffeetasse und ein Stückchen angebissenes Baguette lagen auf dem Boden. Auch die Bücher aus den Regalen lagen zerstreut im Raum. In der Küche waren die Einbauschränke ausgeräumt, selbst der Vorratsschrank war durchwühlt worden. Im Schlafzimmer lagen ebenfalls Kisten und Kommoden übereinander.

Die Tür zur Wohnung war abgeschlossen, aber es steckte kein Schlüssel.

Im Flur standen mehrere Paar Schuhe, die meisten davon grobes Schuhwerk. Nicolas ging durch die Terrassentür wieder nach draußen, umrundete das Haus und suchte hinter Töpfen und auf Fensterbänken nach einem Schlüssel. Er fand keinen. Zurück im Flur wählte er die Nummer der Taxizentrale.

»Ich glaube, ich habe meinen Schal in einem Ihrer Taxis liegengelassen. Es war der Wagen mit der Nummer 76615. Der Fahrer hieß Bartholomé.«

»Gut aufgepasst«, wunderte sich die Frau in der Zentrale und versprach ihm, dass der Fahrer umgehend zurückrufen würde.

Nicolas ging die Treppe nach oben, schloss die Tür zur Wohnung auf und hängte seinen Mantel an einen Haken im Flur. Er durchquerte die Räume und öffnete die Tür zum Balkon. Draußen empfingen ihn der Jubel der Möwen und das Profil einer englischen Fähre, die den Horizont von links nach rechts entlangfuhr. Er lehnte sich an das Geländer und blickte auf den Strand. Die Traktoren waren fast fertig mit ihrer Arbeit.

Gerade als er beschloss, doch seine Mutter anzurufen,

klingelte sein Handy. Es war der Taxifahrer, der ihn hergefahren hatte.

»Monsieur, Sie haben bei mir keinen Schal verloren. Ich habe nachgesehen. Sie müssen ihn vorher verlegt haben.«

»Ich weiß, keine Sorge. Ich habe ihn mittlerweile gefunden«, antwortete Nicolas.

»Na, dann ist ja alles gut.« Im Hintergrund hörte er die Durchsage eines ankommenden Zuges.

»Auf was haben Sie gesetzt?«, fragte er den Taxifahrer.

»Wie bitte?«

»Der nächste Fahrgast, was haben Sie gewettet?«

»Sie kennen sich aber gut aus, Monsieur. Ich habe auf Hotel gesetzt, fünf Euro.«

»Wenig Risiko um diese Uhrzeit.«

Der Taxifahrer lachte laut auf. »Ich habe ja auch schon genug Geld verloren in den vergangenen Tagen. Das Casino ist irgendwie kein Selbstläufer mehr.«

»Sagen Sie, als Sie vorhin meinten, die Villa Proust stehe leer, wie ist das zu verstehen?«

»Na, das hat mir ein Kollege erzählt, dass sie jetzt leer stehen würde.«

»Was meinte er mit ›jetzt‹?«

»Na ja, er sagte, die Wohnung im Erdgeschoss stehe seit Kurzem leer.«

»Wusste er auch, warum?«

»Na, weil doch der Fotograf, Carasso, da jetzt nicht mehr wohnt. Der ist doch ertrunken, gestern war das wohl. Oder ist schon wieder jemand eingezogen? Das geht aber fix.«

»Nein, nein, alles gut. Ich wollte nur mal nachfragen.«

»Also, Monsieur, wenn Sie mal wieder ein Taxi brauchen …«

»Ja, vielen Dank. *Salut.*«

Nicolas atmete tief ein. Er musste sich eingestehen, dass er den Geruch des Meeres vermisst hatte. Trotz allem. Erst nach ein paar Minuten ging er wieder hinein, schloss die Balkontür hinter sich und zog die weißen Laken von den Möbeln.

KAPITEL 10

Deauville, ein Keller
Zur gleichen Zeit

Ein Tropfen löste sich mit quälender Langsamkeit von einem Wasserhahn. Er hing für einige Sekunden unheilvoll am Rande des Metalls, als wolle er all seine zerstörerische Wucht anhäufen, bevor er in das Waschbecken hinabfiel und mit ohrenbetäubendem Lärm auf dem rissigen Keramikboden aufschlug.

Er hatte aufgehört zu zählen.

Wenn er sich recht erinnerte, war er bis 47 gekommen, aber es mussten noch unzählige weitere Tropfen gefallen sein, seitdem die Tür sich langsam hinter ihnen geschlossen hatte. Er hatte mehrmals das Bewusstsein verloren, und jedes Mal war es dieser Tropfen gewesen, der ihn aus seiner Flucht wieder zurück in diesen Keller gezerrt hatte.

Denn das muss es wohl sein, ein Keller, dachte er und versuchte, sich auf die Umrisse der Tür zu konzentrieren. Er meinte, dahinter einen Schatten zu erkennen, aber er war sich nicht sicher.

Sein Arm begann zu schmerzen, die Infusion verlor ihre Wirkung.

Das Wasser sammelte sich erneut am metallenen Ring des Wasserhahns. Er sah es nicht, aber er konnte es spüren. Sein Magen krampfte sich zusammen.

Er hatte sie gebeten, den Wasserhahn abzuschrauben oder zumindest ein Laken in das Becken zu legen. Sie hatten nur gelächelt und stumm den Kopf geschüttelt. Und ihm dann ein leeres Blatt Papier und einen Stift hingehalten. Ein Name gegen den Wasserhahn.

Das war jetzt der neue Deal.

Den ersten hatte er abgelehnt, weil er zu spät erkannt hatte, dass dies keine Option war. Zumindest keine ohne Folgen. Und jetzt lag sein linker Arm schlaff auf der breiten Lehne des Holzstuhls, und eine Infusion pumpte Schmerzmittel in ihn hinein. Noch.

Natürlich war er nicht sonderlich diplomatisch vorgegangen. Er hatte sie ausgelacht, verhöhnt, sie beschimpft.

Diese Versager. Nichts würde er ihnen sagen. Das war seine Antwort gewesen. Und so war es auch immer noch. Darauf konnten sie sich verlassen.

»Wir stellen die Frage genau zwei Mal«, hatten sie gesagt. Und dann hatten sie die Axt hervorgeholt.

Der Name.

Er hatte höhnisch gelacht. Und sie dann wieder angespuckt.

Falsche Antwort.

Jetzt war er allein, und der Schmerz kam zurück. Trotz der Medikamente, womöglich war es Morphium. Sie kannten sich aus, natürlich taten sie das. Sein Arm war verbunden, die Wunde gereinigt und versorgt.

Der Schmerz war zurückgekommen, so wie das Meer sich aufs Neue an die Küste anschlich. Langsam, geduldig.

Aus Ebbe wurde Flut. Tropfen für Tropfen.

Neben ihm fiel Wasser auf Keramik und ließ ihn zusammenzucken.

Die Tür zu seinem Verlies ging auf, ohne Vorwarnung. Jemand kam zu ihm herein, gab ihm zu trinken und blickte ihm in die Augen.

Dann zum Wasserhahn.

Er wollte etwas sagen, wollte fluchen und schreien, aber es gelang ihm nicht. Als er spürte, wie ihm ein Stift zwischen die Finger seiner rechten Hand gesteckt wurde, legte er all seinen Hass in seinen Blick.

Das Rascheln von Papier.

Schreib, sagten die Augen.

Schreib, schrie der Tropfen.

Dann ging die Tür wieder zu, und auf der anderen Seite blickten sich zwei Augenpaare an, bevor die Blicke durch ein kleines mattes Fenster hinein in den Keller wanderten, wo der alte Mann gefesselt auf einem Stuhl saß und auf ein Blatt Papier starrte.

Lange sprach keiner von ihnen ein Wort.

Dann erklang ein Räuspern.

»Wir können nicht mehr zurück.« Es war ein Flüstern, obwohl der Mann drinnen sie durch die Tür nicht hören konnte.

»Nein.«

Die leisen Stimmen lösten sich schnell in der Dunkelheit auf, wurden verschluckt von der staubigen Luft und den schmutzigen Wänden.

Blicke suchten und fanden sich, eine Hand krallte sich in den Türrahmen.

»Was ist, wenn er nichts sagt?«

»Er wird, vertrau mir.«

»Aber was, wenn nicht?«

Für einen kurzen Moment war es wieder still.

»Dann will ich sterben.«

»Sag das nicht!«

»Aber so ist es. Und du wusstest das. Ein ganzes Leben ver-pfuscht. Bis jetzt.«

Sie vergewisserten sich, dass die Tür zum Verlies verschlossen war und warfen einen letzten Blick hinein. Der alte Mann war eingeschlafen.

Oder ohnmächtig.

»Er wird den Namen sagen, glaub mir. Und wir werden sie sehen. Und wenn es nur das eine Mal ist. Dann war es das wert. Und dann kann er gehen.«

Kalte Luft strömte vom Garten zu ihnen hinab, als sie den Keller verließen und nach oben stiegen. Draußen war es still, selbst die Brandung des nahen Meeres war nur gedämpft zu hören. Es schien, als würde Deauville den Atem anhalten.

KAPITEL 11

Nicolas blickte auf den Strand hinunter und fragte sich, was er hier machte. Am Horizont begann der Tag sich zu verabschieden, ein rötlicher Schimmer legte sich auf die zugeklappten Sonnenschirme, eine zurückgelassene Tageszeitung raschelte leicht im Wind.

Vermutlich bin ich auf der Titelseite, dachte Nicolas. Ein prügelnder Personenschützer.

Amok auf dem roten Teppich.

Und jetzt also die Normandie. Er lehnte sich an die Balkonbrüstung und blickte in den Garten unter sich. Die Terrassentür zur Wohnung des Fotografen hatte er angelehnt, zu holen gab es dort ohnehin nichts mehr.

Jean Carasso.

Er erinnerte sich an den netten alten Mann, der ihnen immer zugewinkt hatte, wenn er auf einem der Fischerboote hinausfuhr, vorbei an Nicolas' alter Schule, die direkt am Hafenbecken an der Mündung der Touques lag, drüben in Deauville.

Carasso war damals schon überall bekannt gewesen, als talentierter Fotograf, der es sogar in Paris hätte schaffen können. Der das aber gar nicht wollte, weil Paris schließlich nicht am Meer lag.

Manchmal hatte er die Schulkinder fotografiert, wenn er auf

einem Kutter an ihnen vorbeifuhr. Nicolas meinte, dass seine Mutter ein Bild von Carasso in ihrer Wohnung hängen hatte, das ihn selbst als Kind zeigte.

»Er sieht Dinge, die nicht viele sehen«, hatte sie stolz gesagt. Und nie aufgehört zu betonen, wie schade es sei, dass ein Mann wie Carasso alleine lebte.

Schon immer.

Und jetzt war er dort draußen über Bord gegangen, ertrunken in dem Meer, das er nie hatte verlassen wollen.

Bis zum Schluss, dachte Nicolas.

Als er hörte, dass in der Wohnung sein Handy klingelte, ging er hinein.

Nur dass jemand Carassos Wohnung durchsucht hatte, das passte nicht ins Bild.

Der Anruf kam aus Paris. Es war Thomas Bolden, und Nicolas stellte sich vor, dass er in der Rue de Miromesnil am Fenster stand und beobachtete, wie unten auf dem gegenüberliegenden Bürgersteig die Kellnerin des kleinen Cafés das Menü auf die Tafel schrieb.

Steak Tartar. Tagessuppe. Pasta mit Thunfisch. Es war Donnerstag.

»*Salut*, Nicolas, hier ist Thomas. Bist du gut angekommen?«

»Sagen wir, ich bin angekommen.« Nicolas räumte einige Lebensmittel, die er vorhin schnell eingekauft hatte, in den Kühlschrank.

»Gilles Jacombe sitzt bei mir, ich schalte dich mal laut«, sagte der Referent, und Nicolas meinte zu sehen, wie sein Teamleiter kerzengerade vor dem großen Besprechungstisch stand.

»*Salut*, Gilles.«

»Hallo, Nicolas.«

»Ich nehme an, ihr ruft nicht an, um mich zurückzuholen.«

Er hörte Thomas Bolden leise auflachen.

»Du hast Humor, Nicolas. Wir hätten dich feuern können. Stattdessen kriegst du noch eine Chance.«

»Ich würde es eher als Abstellgleis bezeichnen«, antwortete Nicolas. »Kontaktmann für die lokale Polizei, bis auf Weiteres. Das klingt für mich nach Kündigung.«

»Nicolas, wir haben ein Problem.«

Gilles kommt wie immer gleich zur Sache, dachte Nicolas und ging wieder auf den Balkon, wo die Verbindung besser war. Er blickte den Strand entlang hinüber zur Mündung. In einer halben Stunde war er mit seiner Mutter verabredet, drüben im Casino.

Es ist wahrlich nicht mein Tag, dachte er.

»Was für ein Problem?«

»Es geht um François Faure.«

Nicolas sah den Minister vor sich, wie er auf einem Krankenbett lag, den hochgereckten Daumen in eine Kamera hielt und dabei grinste.

Da bin ich wieder.

Vermutlich waren es drei Kameras, mindestens.

»Was ist mit ihm, geht es ihm schlechter?«, fragte Nicolas.

»Nein, es geht ihm gut, er erholt sich. Aber wir haben eine Lage.«

Nicolas atmete langsam die salzige Luft ein. Eine Lage war nichts anderes als ein freundlicheres Wort für Bedrohung.

Aus seinem Handy erklang ein Signalton.

»Ich habe dir ein Bild geschickt, Nicolas«, sagte der Referent. »Es wurde heute am späten Vormittag in der Poststelle des Ministeriums abgegeben, mit der normalen Post.«

»Absender?«

»Unbekannt. Die Kollegen untersuchen den Brief noch, aber es gibt wohl nichts.«

Nicolas öffnete den Anhang der Nachricht. Auf dem Display seines Handys erschien François Faure. Er kannte die Aufnahme, sie zeigte den Minister kurz bevor er selbst ihn mit dem Kevlar niedergestreckt hatte.

Über die Aufnahme hatte jemand ein Fadenkreuz gelegt.

Nicolas runzelte die Stirn.

»So was kriegt Faure doch dreimal die Woche«, sagte er.

»Das stimmt«, schaltete Jacombe sich ein. »Aber diesmal ist es anders.«

»Warum?«

Jacombe zögerte kurz. Nicolas nahm an, dass sein Teamleiter sich stumm die Genehmigung des Referenten einholte.

»Sagen Sie es ihm, Gilles«, sagte Bolden knapp.

Jacombe räusperte sich kurz.

»Die Drohung wurde nicht nur ans Ministerium geschickt. Sondern auch an alle wichtigen Zeitungen des Landes.«

Der Wind wurde stärker, und Nicolas musste die Hand vor den Hörer halten, um Jacombe zu verstehen.

»Es ist überall das genau gleiche Bild«, erklärte dieser weiter. »Und Hélène Faure hat ebenfalls eines erhalten. Ehrlich gesagt sind wir durchaus besorgter als normalerweise.«

Nicolas dachte an die unbeschwerten Tage vor der Küste von Cannes, er hatte die Frau des Ministers als eine warmherzige, wenn auch zurückgezogene Frau kennengelernt.

Er ging hinein und zog die Balkontür hinter sich zu.

»Und warum ruft ihr mich an?«, fügte er an. »Der Minister liegt noch an der Côte d'Azur im Krankenhaus, ich bin in der Normandie …«

Er hörte, wie Thomas Bolden laut seufzte.

»Und zwar zu Recht. Das Problem ist nur, Nicolas, dass François Faure seit dem Vorfall in Cannes an Sympathie noch gewonnen hat. Die Franzosen haben Mitleid, es ist kaum zu glauben.«

»Und warum ist das für euch ein Problem?«

»Weil er das ausnutzen will. In zwei Jahren ist Präsident-schaftswahl, ich muss dir nicht sagen, was das bedeutet. Faure will so schnell wie möglich zurück auf die Bühne.«

In Nicolas' Kopf begann sich eine Ahnung zu bilden, aber Thomas Bolden kam ihm zuvor.

»Er kommt zum Gipfel, Nicolas. François Faure kommt nach Deauville.«

Kurz darauf standen der Referent des Ministers und Gilles Jacombe noch für einen Moment am Fenster und blickten hinab auf die Straße.

»Da gibt es noch etwas, Gilles«, sagte Thomas Bolden und dachte an die Nachricht, die der Minister ihm vor einer Stunde geschickt hatte.

»Er will Nicolas zurück im Team«, witzelte Jacombe und lachte bitter über seinen eigenen Vorschlag.

»Nein, das nicht.«

»Sondern?«

»Er will eine Frau.« Bolden hob entschuldigend die Hände, er hatte mit diesem Plan nichts zu tun.

»Warum denn das?« Jacombe sah gerade seine Liste mit den potentiellen Kandidaten für Nicolas' Job empfindlich zusam-menschrumpfen. Beziehungsweise sich in Luft auflösen.

»Weil er es will, so einfach ist das.«

»Aha.«

»Die deutsche Kanzlerin hat auch eine Frau. Sagt er.«

»Da hat er recht.« Was für eine Argumentation.

»Kriegst du das hin?«

Jacombe atmete langsam aus. Er umrundete den Tisch und nahm sich einen der Becher, die für den Wasserspender vor-gesehen waren.

»Immerhin, Bertrand wird es begrüßen. Er hat noch nie mit einer Frau im Team zusammengearbeitet.« Er ließ Wasser in den Becher laufen und nahm einen Schluck.

»Ich will keine Geschichten, Gilles. Nur eine Frau. Und zwar eine verdammt gute. Aber sieh zu, dass sie nicht zu gut aussieht. Du kennst den Minister.«

Allerdings, dachte Jacombe.

KAPITEL 12

Deauville
Am Abend

Am Strand von Deauville, abseits der großen Leuchtreklame des Casinos und der mittlerweile verlassen daliegenden Sonnenschirme, standen zwei schwarze Schatten schweigend am Wasser und blickten aufs kalte Meer hinaus. Keiner von ihnen hatte ein Wort gesprochen, seitdem sie hierhergekommen waren. Vor ihren Füßen züngelte das Wasser ein letztes Mal verzweifelt am weichen Sand, bevor die Gezeiten alles mit sich ziehen würden.

Die Ebbe kam.

Deswegen waren sie hier.

»Es war ein Fehler.«

»Natürlich war es das. Aber es ist nun mal geschehen.«

In der Außentasche einer Jacke steckte eine rechte Hand, die mit dem Schlüssel eines Kleintransporters spielte.

»Er wird den Namen sagen. Mach dir keine Sorgen.«

»Meinst du, er wird es überstehen?«

»Wir haben gesagt, wir töten ihn nicht. Dabei bleiben wir.«

»Aber es wird knapp.«

Ein Innehalten, ein Gedanke. Dann ein tiefes Einatmen.

»Sehr knapp.«

Sie schwiegen wieder. Ihre prüfenden Blicke drangen in

die Dunkelheit vor, versuchten auf dem Strand Schatten von anderen Schatten zu unterscheiden. Hinter ihnen reihten sich die grünen Holztüren der Umkleidekabinen auf den *Planches* aneinander, die weißen Geländer schoben sich wie kleine Arme in die Dunkelheit.

Sie waren allein.

Die rechte Hand ließ den Schlüssel los und griff nach einer Plastiktüte, die im Sand abgelegt war.

»Also los, sonst kommt noch jemand. Außerdem müssen wir zu ihm zurück.«

Ein rascher Griff in die Tüte, ein gegenseitiger Blick, das Einatmen der frischen Meeresluft.

Ein rechter Arm, der Schwung holte.

Das Geräusch eines Gegenstandes, der nach kurzem Flug durch die Nacht auf die kalte Oberfläche des Ärmelkanals traf und jämmerlich versank. Nur um kurz darauf wieder an die Oberfläche zu kommen und nach Westen zu treiben, dem Sog der Ebbe folgend.

KAPITEL 13

Chef, warten Sie kurz!«

Michel Bonnet, der Leiter des kleinen *Commissariat* von Deauville, hatte die Hand bereits auf dem Türgriff und ordnete im Kopf den vor ihm liegenden späten Abend. Ein kurzer Gang hinüber in die Rue Olliffe, ein paar Nudeln und ein kaltes Bier. Dann zurück in die Rue Désiré le Hoc, den Dienstwagen holen und über den Ponts des Belges hinüber nach Trouville. Die Fenster etwas heruntergekurbelt, damit er den salzigen Duft des Hafens riechen konnte. Tief einatmen. Nicht links in den Boulevard einbiegen, der hinüber zum Casino führte, sondern die kleinen Straßen oben am Hang entlangfahren. Das dauerte etwas länger, aber er brauchte Zeit zum Nachdenken.

»Also, Chef, ich wollte nur sagen, … also … ich weiß nicht, wie ich mich ausdrücken soll …«

»Schon gut, Alphonse.« Bonnet sah den diensthabenden Beamten an, der vor einer halben Stunde im Eingangsbereich seine Spätschicht begonnen hatte. Alphonse war so etwas wie die gute Seele des *Commissariat* und gleichzeitig ihr Aushängeschild, denn er versah seinen Dienst stets ausschließlich in der kleinen Eingangshalle. Wer in Deauville zur Polizei wollte, der kam mit einiger Sicherheit zu Alphonse.

»Es tut uns allen sehr leid.«

113

»Ich weiß, Alphonse, ich weiß.«

Bonnet hatte den kleinen schwarzen Regenschirm in seinem Büro vergessen, beschloss aber bei einem Blick nach draußen, dass es auch so gehen würde. Alphonse war hinter seinem Tresen hervorgekommen. Seine Uniform spannte deutlich dort, wo er seine Herkunft als Sohn einer Gastronomenfamilie nicht leugnen konnte. Im abgedunkelten Licht des Eingangsbereichs leuchtete matt das Signal eines eingehenden Anrufs.

»Das ist wieder die Alte, es ist schon der dritte Anruf heute Abend«, sagte Alphonse lächelnd. »Aber irgendwann muss selbst sie einsehen, dass wir nicht nur für sie da sind.«

Bonnet kramte ein paar Münzen aus seiner Hosentasche und zählte nach, ob es noch für ein Dessert reichen würde. Er hatte Hunger, es war ein langer, aufreibender Tag gewesen.

»Gibt es denn etwas Neues, Chef?«

»Nein, Alphonse, es gibt nichts Neues. Gar nichts«, murmelte Bonnet.

»Der alte Mann ist also einfach weg, über Bord gegangen, ja?«

»So sieht es aus. Wenn man da draußen über Bord geht, ist die Wahrscheinlichkeit, dass man nochmal auftaucht nicht so groß. Leider.« Für einen Moment legte sich echte Trauer über das Gesicht des Dienststellenleiters. Dann fuhr er sich über die Augen und lächelte müde.

»Ich hab ihm schon seit Langem gesagt, dass er nicht mehr in dem Alter ist, da draußen rumzuturnen. Aber so ist er, stur bis zum Schluss.«

Von der Straße schoben sich die Geräusche eines sehnsüchtig erwarteten Feierabends zu ihnen herein. Als würde jemand der Stadt an der Côte Fleurie ein kleines Kissen in den Nacken legen und ihr ein Glas Calvados reichen.

»Und der Kutter?«, fragte Alphonse.

»Die Kollegen von der Spurensicherung in Caen untersuchen jetzt, ob die Halterung an der Reling vielleicht defekt war.«

»Na, dann haben wir ja bis Weihnachten ein Ergebnis.«

Bonnet lachte, es war das erste Mal an diesem Tag.

»Vielleicht schaffen sie es ja bis zum Herbst!«

Er machte den Reißverschluss seiner Jacke zu und klopfte Alphonse auf die Schulter.

»Einen schönen Abend und vor allem eine ruhige Nacht. Ruf mich an, wenn etwas Besonderes sein sollte.«

»Und die Taucher?«

Michel Bonnet drehte sich noch einmal um. »Wo sollen die tauchen, Alphonse? Vor Houlgate? Vor Honfleur? Im Hafenbecken von Le Havre? In Dieppe? Du weißt doch, wie die Strömung da draußen ist. Da treibt es einen schnell mal bis in die Mündung der Themse hinein. Na ja, nicht ganz, aber zumindest schnell weit weg.«

Erneut blinkte die Telefonanlage.

»Na, geh mal ran. Sonst denkt die Dame noch, wir hätten die Stadt dem organisierten Verbrechen überlassen.«

»Alles klar, Chef. Einen schönen Abend.«

Bonnet öffnete die Tür, er spürte einen leichten Wind im Gesicht und wandte sich nach rechts in Richtung Place Morny. Die ersten Frühjahrstouristen sondierten das Angebot auf den ausgestellten Menüs der Restaurants. Dass sie in dieser Straße kaum etwas Brauchbares finden würden, behielt Bonnet für sich.

Eine knappe Stunde später parkte er seinen Dienstwagen in einer Ladezone der Rue Paul Besson in Trouville und atmete zweimal tief ein und wieder aus. Er stieg aus dem Auto und ging die wenigen Meter zum »Café de la Marée« hinüber, aus dem warmes Licht und kalte Trauer nach draußen drangen.

Bonnet öffnete die Tür, nickte zwei bekannten Gesichtern zu und legte seine Jacke auf den einzigen leeren Hocker am Ende des Tresens. Der Raum war voller Menschen. Gesprächsfetzen stiegen empor und wanderten über die Köpfe hinweg, vorbei an den Tauen und Fahnen, die die Wände zierten. Ein Duft, der an anderen Abenden glücklich machen konnte, begann das Café auszufüllen. Es roch nach dem Meer dort draußen, nach ausgepulten Krabben und nach zu kleinen Makrelen, die zurück ins Wasser geworfen worden waren.

Michel Bonnet schloss die Augen und meinte, die Wellen zu hören, die gegen den Bug eines Fischerbootes schlugen. Er winkte der Besitzerin zu, die gerade zwei Fischern ihr Bier hinstellte, und gab ihr ein Zeichen. Kurz darauf stand ein doppelter Espresso vor ihm, das umständliche Aufreißen einer kleinen Zuckertüte ersparte ihm einen längeren Augenkontakt mit der jungen Cafébesitzerin. Ein Stuhl wurde gerückt, ein schwerer Körper erhob sich langsam, und aus dem gedämpften Murmeln wurde eine erwartungsvolle Stille. Wollmützen wurden abgesetzt, Blicke gesenkt, ein vorbeifahrendes Auto schickte das matte Licht seiner Scheinwerfer durch die beschlagenen Scheiben.

Der Kapitän der *Hirondelle de la Mer* blickte um sich und erhob seine raue Stimme.

»Wie ihr alle wisst, bin ich kein großer Redner. Also will ich mich kurz fassen.«

André Dumarc räusperte sich, seine Hände spielten mit einem leeren Glas Calvados in seiner Hand. Seine Stimme stockte, als er sprach.

»Ich möchte euch zuerst bitten, dass wir kurz aufstehen und unseres Freundes gedenken.«

Die Fischer standen auf, und fast schien es, als hätten über diesem Teil der Stadt selbst die Möwen kurz beschlossen, auf ihren abendlichen Abgesang zu verzichten. Bonnet konnte von seinem Platz aus sehen, dass einige Männer ihre Augen geschlossen hatten. Andere steckten ihre großen Hände in die Jackentaschen, weil sie nicht wussten, was sie sonst mit ihnen anstellen sollten.

»Danke.«

André Dumarc stellte sein Glas ab und blickte sich um. Als er Bonnet an der Bar erblickte, nickte er ihm zu. Nach einer kurzen Pause, die die Fischer nutzten, um ihre Gläser nachzufüllen, erhob er wieder seine raue und müde Stimme.

»Wir alle haben Jean Carasso gekannt. Die einen gut, die anderen weniger. Aber alle habt ihr von ihm gehört. Bei einigen hängen sogar Abzüge seiner Bilder an der Wand. Bei mir sind es viele.«

Der Kapitän der *Hirondelle* blickte jetzt von einem Fischer zum nächsten.

»Mit vielen von euch ist er zur See gefahren. Dort hat er seine Fotos gemacht und Geschichten erzählt. Über die See, die Küste, den Himmel. Jean Carasso war ein Fischer, ohne zu fischen. Er war einer von uns, und genau so sollten wir ihn in Erinnerung behalten.«

Diejenigen, die direkt neben ihm saßen, konnten sehen, dass André Dumarc mehrfach schlucken musste.

»Ich bin vor mehr als dreißig Jahren zum ersten Mal mit ihm rausgefahren. Und damals, genau wie heute, hat er immer gelacht, wenn es durch die Hafenausfahrt hinausging. Dort draußen hat er sich immer am wohlsten gefühlt.«

Einige der Fischer lächelten jetzt und nickten. Sie alle hatten Jean Carasso erlebt, wie er mit seiner Kamera um den Hals zur Seite gelehnt versuchte, einen Moment festzuhalten. Ihn einzufangen.

Eine Bedienung sammelte die leeren Gläser ein und nahm

neue Bestellungen auf. Immerhin, das Café würde an diesem traurigen Abend gut verdienen.

André Dumarc erhob sein Glas, das inzwischen wieder gut gefüllt war.

»Jean Carasso war ein echter Gentleman, immer hat er sich zurückgestellt, manchmal vielleicht zu sehr. Aber uns hat er jedenfalls immer zugehört. Und wir wissen alle, dass uns nicht mehr viele Menschen zuhören. Die Fischerei ist ein elendes Geschäft, und daran wird sich nichts mehr ändern.«

Die Fischer murmelten Flüche und nickten ihm zu.

»Dort draußen aber ist das alles vergessen. Dort draußen sind wir einfach nur Fischer, die das machen, was sie am besten können. Das Geld, die Sorgen, der Markt, der immer kleiner wird –, dort draußen ist das egal, und Jean hat euch allen das immer wieder gesagt.«

»Schau aufs Meer und freu dich«, murmelte jemand und nahm einen Schluck aus seinem bauchigen Glas.

»Darum trinke ich jetzt auf Jean Carasso, den alten Idioten, der nie auf mich hören wollte. Und auf uns alle.«

Die letzten zerbrechlichen Worte gingen unter im wilden Klopfen der kleinen Schnapsgläser, im Klatschen rissiger Fischerhände und in den lauten Rufen einiger Matrosen.

»Auf Jéjé! Auf Carasso!«

»Auf uns!«

Kurz darauf holten die Männer im Café ihren Tabak hervor, eine erste Pfeife wurde genüsslich angesteckt. Der alte Carasso hätte ihnen versichert, dass dies kein Ort der Trauer war. Die Fischer hatten sich in kleinen Gruppen rund um den Tresen versammelt, und wie immer, wenn die Seeleute miteinander tranken und redeten, ging es schnell um die schlechte Lage unten am Hafen.

»Die Discounter wollen schon wieder die Preise drücken, die Halsabschneider.«

»Zwei Hotels überlegen, ob sie den Fisch vielleicht aus Paris anliefern lassen. Stell dir das mal vor.«

»Ich hab meinem Sohn gesagt, er soll sich was in Caen suchen. Oder in Rouen.«

»Da sieht man das Meer nicht, aber dafür vielleicht eine Zukunft.«

»Womit du verdammt nochmal recht hast!«

»Auf Jean, verdammte Scheiße.«

»Auf Carasso.«

Michel Bonnet stellte sich zu einer Gruppe, die etwas abseits hitzig diskutierte. Fünf Fischer redeten durcheinander und schimpften in immer lauterem Ton. Er ahnte schon, worüber, die Sperrung des gesamten Hafens für die Tage des Gipfels erhitzte die Gemüter. Es gehörte zu seinen Aufgaben, Wogen zu glätten. Auch wenn draußen auf dem Meer immer wieder neue entstanden und nicht selten als Wellen der Empörung auf die Küste trafen. Die Fischer waren aufgeladen.

»Ah, Michel! Gut, dass du da bist.«

»*Salut*. Na, ich hoffe, du sagst das, um endlich deinen Strafzettel bei mir zu bezahlen.«

»Michel, meint ihr das wirklich ernst mit der Hafensperre während des Gipfels?«

»Es ist nicht unsere Idee. Das wisst ihr ganz genau«, antwortete Bonnet.

»Verdammt, das ist doch egal. Wollt ihr uns fertigmachen?«

Die anderen Fischer nickten zustimmend, Bonnet spürte, wie sich in seinem Rücken weitere Männer zu der Gruppe gesellten. Das Thema war offensichtlich auch an diesem Abend wichtig.

Wichtiger als der Tod, dachte Bonnet.

»Also, hört zu …«, begann er vorsichtig.

»Nein, verdammt, du hörst zu! Das kostet uns viel Geld. Das ist eine Katastrophe! Du weißt ganz genau, wie schlecht es uns geht.«

»Ich weiß. Aber ich kann da nichts machen.«

Die Fischer fluchten, Hände schossen gestikulierend in die Höhe, große Schlucke Bier verschwanden in erregt geöffneten Mündern.

»Nichts machen, von wegen! Ihr könntet uns einen Ausgleich zahlen!«, sagte einer der Fischer.

»Du weißt ganz genau, dass es den nicht geben wird. Frag doch die Amerikaner, es ist deren Idee.«

»Und ihr macht einfach, was die sagen, diese scheiß Amerikaner?«, rief ein weiterer empört.

Bonnet hatte gehofft, diesen Fragen wenigstens an diesem Abend aus dem Weg gehen zu können. Aber offensichtlich verloren die meisten Fischer an Land die Ruhe, die sie draußen auf dem Meer besaßen.

»Ja, wir machen in diesem Fall das, was die scheiß Amerikaner uns sagen«, erwiderte er verärgert. »Weil wir keine Wahl haben. Weil Paris es genauso haben will. Und deshalb wird es genauso gemacht.«

»Aber gleich drei Tage!«, fluchte einer der Männer. »Drei Tage nicht rausfahren, sollen wir vielleicht unsere Schiffe putzen, solange die feinen Herren gemeinsam die Welt retten?«

»Es ist ja noch ein bisschen hin«, versuchte Bonnet sie zu beruhigen. Wohl wissend, dass die Anforderungen des Secret Service in der Zwischenzeit eher noch strenger werden würden. Aber das würden die aufgebrachten Fischer noch früh genug erfahren.

Er nickte den Männern zu und setzte sich an den kleinen Tisch, an dem André Dumarc saß, in sich und in ein halbleeres Glas Calvados gekehrt.

»Schöne Rede, André.«

»Schöne Scheiße, würde es wohl besser treffen.«

Bonnet lächelte und holte zwei Geldscheine aus seinem Portemonnaie.

»Wie lange hast du keinen Tropfen mehr angerührt, André?«

Dumarc blickte ihn schweigend an. Dann senkte sich sein Blick und er schaute auf das Glas in seiner Hand.

»Zwölf Jahre.«

»Ist eine lange Zeit.«

»Ja.«

»Pass auf dich auf, André.«

»Wie meinst du das?«

»Pass einfach auf dich auf, ja? Ich habe demnächst genug um die Ohren, ich kann nicht auch noch auf dich achtgeben.«

»Keine Sorge, hier im Café bin ich gut aufgehoben.«

»Das befürchte ich auch. Ich werde mit der Besitzerin sprechen.«

»Warum?«

»Deshalb.« Bonnet zeigte auf das Glas in Dumarcs Hand und erhob sich. Er zog den Reißverschluss seiner warmen Dienstjacke zu und holte einen Schlüssel aus der Tasche.

»Hier, ich hab die *Hirondelle* wieder freigegeben. Wir haben nichts gefunden. Die Jungs in Caen überprüfen noch den Sicherungshaken.«

»Sag Bescheid, wenn du irgendetwas erfährst, ja?«

»Mach ich. *Salut*.«

»*Salut*, Michel.«

Der Leiter des *Commissariat* zahlte am Tresen seine Rechnung, sprach noch kurz mit der Besitzerin über André Dumarcs Schwäche für Calvados und ging nach draußen.

Einige andere Fischer verließen ebenfalls das »Café de la Marée«. Sie nickten ihm mit ernster Miene zu, während sie ihre

Mützen aufsetzten und sich voneinander verabschiedeten. Ihre Schatten verloren sich unter dem matten Licht der Laternen, bevor sie in den engen Gassen der Stadt verschwanden. Trouville würde an diesem Abend in einen tiefen, aber unruhigen Schlaf fallen.

KAPITEL 14

Deauville/Trouville
Am nächsten Morgen

Es war Viertel vor acht, und Hugo hatte es nicht eilig. Seitdem er vor einem Jahr den Bac übernommen hatte, achtete er penibel darauf, dass die Fährzeiten, die an einem weißen Schild über der Steintreppe angebracht waren, eingehalten wurden.

Bei Flut fuhr die Fähre um acht. Nicht vorher.

Und so blickten er und Jalabert erstaunt auf, als hinter dem heruntergekommenen Casino von Trouville ein Jogger auftauchte und zielstrebig auf den Bac zulief.

»Der ist zu früh, der muss warten«, murmelte Hugo und setzte seine blaue Kapitänsmütze auf, die ihm eine gewisse Autorität verlieh. Da war er sich sicher.

Der Mann kam näher, er lief in schnellen, gleichmäßigen Schritten.

Ein geübter Läufer, dachte Hugo und löste gemächlich das dicke Tau vom Ring an der Mauer.

Kurz darauf stoppte der Mann direkt vor dem Bac.

»*Salut*, Hugo. Hast du schon angefangen?«

Überrascht blickte der kleine Fährmann nach oben, konnte aber gegen die noch tiefstehende Sonne nur einen Umriss erkennen. Er legte die Hand an seine Augen und blinzelte.

»Nein, wir machen erst in fünfzehn Minuten die erste Überfahrt.«

»Das ist aber schade.«

Hugo betrachtete verwundert den morgendlichen Besucher.

»Kenne ich Sie?«, fragte er.

»Allerdings.« Nicolas sprang auf das Deck hinunter, nahm seine Sonnenbrille ab und blickte seinem ehemaligen Schulkameraden in die Augen.

»Nicolas! Tatsächlich, ich fasse es nicht.« Hugo drückte ihn spontan an sich. Nicolas versteifte sich, ließ die Umarmung jedoch über sich ergehen.

»Du warst ewig nicht mehr in der Stadt, seitdem damals …«, fing Hugo an, bevor ihn Nicolas schnell unterbrach.

»Drei Jahre, ich weiß. Aber jetzt bin ich hier. Und du bist Kapitän, ich habe dich gestern im Hafen gesehen, als ich mit dem Taxi angekommen bin.« Er betrachtete die kleine Fähre.

»Ja, toll, oder? Ich wollte schon immer Kapitän sein.«

»Dann könntest du mich ja vielleicht ausnahmsweise schon rüberfahren, was meinst du? Ich bin ein bisschen spät dran.«

Kurz darauf lenkte Hugo den Bac gegen die leichte Strömung in Richtung des anderen Ufers. Die Überfahrt dauerte keine zwei Minuten, Nicolas fühlte sich wohl zwischen den beiden Ufern und merkte, wie er mit dem Losfahren des Bootes seine Gedanken hinter sich ließ und für einen kurzen Augenblick zwischen den Dingen weilte. Er tauchte eine Hand ins Wasser und fühlte den Wind auf seiner Haut. Die Musik in seinen Kopfhörern hatte er ausgemacht. Brel konnte warten.

»Was machst du jetzt, Nicolas? Ich meine, du bist doch so ein Personenschützer oder so was, oder?«

»Ich bin jetzt erst mal hier. Mal sehen.«

»Du willst nicht drüber reden, oder? Über die Sache mit dem Minister, meine ich.«

Nicolas schmunzelte.

»Richtig, Hugo, ich will nicht drüber reden. Sei nicht böse, ja?«

»Kein Problem.« Als der Fährmann mit dem Bac an der Kaimauer auf der anderen Seite anlegte, schaute ein einsamer Angler verdutzt auf seine Uhr. Nicolas sprang an Land und winkte seinem Kapitän zum Abschied zu.

Er lief in ruhigem Tempo an seiner alten Schule vorbei und bog gegenüber der Rue Hoche nach rechts auf den Strand ab. Vor ihm schälte sich das Casino von Deauville aus dem Morgendunst, und als er den feinen Rauch aus einem Schornstein aufsteigen sah, dachte er an all das Geld, das in der vergangenen Nacht verbrannt worden war, an die grünen Roulettetischen und den einarmigen Banditen.

Der Rauch verflüchtigte sich so schnell wie die Träume der Spieler. Und in wenigen Tagen würde vor der breiten Treppe, die hinaus auf den Boulevard ging, ein roter Teppich ausgerollt. Das Casino würde der Schauplatz des großen Gipfels der Staats- und Regierungschefs sein.

Nicolas spürte den weichen Sand unter den Sohlen seiner Laufschuhe.

Ich werde diesen roten Teppich nicht betreten, dachte er. Es ist besser für alle. Auch für mich.

Hinter den *Planches* mit ihren Umkleidekabinen begannen die Strandvillen und Ferienhäuser, eingesäumt von blühenden Büschen und schlanken Bäumen, die ihre Schatten auf fein säuberlich gemähte Rasenflächen warfen. Weiter vorne sah er eine ältere Frau, die mit drei Kindern auf einer ausgebreiteten Decke am Strand saß und eine Bäckertüte aus einem Korb holte. Das kleine Mädchen und die beiden Jungen strahlten, und Nicolas sog etwas frische Luft ein, in der Hoffnung auf den Geruch nach zerlassener Butter. Aber dafür war er noch zu weit weg.

»*Allez!*«, rief die Großmutter plötzlich, und die beiden Jungs flitzten los. Erst Händewaschen, dann die Croissants. Einmal zum Meer und zurück, Hände bis zum Ellenbogen rein. So waren die Regeln, Nicolas erinnerte sich an seine eigenen Strandbesuche als Kind.

Es war ein Wettrennen um das größte Croissant, womöglich war es mit Schokolade gefüllt.

Es ging um Leben und Tod.

Nicolas beschleunigte leicht und lief diagonal zum Wasser hinunter. Die beiden Jungen rannten über Muscheln und kleinste Krabben, Seite an Seite. Noch waren es etwa hundert Meter bis zum Wasser.

Nicolas tippte auf den etwas kleineren der beiden als Sieger, er würde im Wasser möglicherweise flinker sein. Die Hände im genau richtigen Winkel rein, den Radius des Wendekreises vorher berechnet, nicht zu weit in die Wellen reintreiben.

Alles eine Frage des Timings.

Noch zwanzig Meter.

Nicolas konnte ihren schnellen Atem hören, als er näher kam.

Jacques Brel sang jetzt von den Alten, die nicht mehr sprachen.

Kurz darauf flogen die beiden ins Wasser, feinste Tropfen stoben durch die kühle Luft. Der Sand wurde aufgewühlt, als sich vier Fersen in ihn hineinbohrten und das Gewicht ruckartig verlagerten.

Jetzt zurück.

Es war der Ältere, der zuerst aus dem Wasser kam. Nicolas hatte die beiden fast erreicht. Er würde noch ungefähr zwei Kilometer weiterlaufen und dann umkehren.

Dann aber sah er, dass der kleinere Bruder nicht aus dem Wasser gekommen war.

Wie sich später herausstellte, hieß der Junge Matteo, er war zwei Jahre jünger als sein Bruder Louis. Sein Brustkorb hob und senkte sich, sein Atem ging schnell. Auf seiner Haut glänzte das kalte Wasser, das er hochgewirbelt hatte, als er mit vollem Schwung zur Wende ansetzte.

Seine Fußsohlen mussten schmerzen von den harten Kanten der Sandrillen, die das Meer bei seinem Rückzug in der Nacht zurückgelassen hatte.

Er zitterte.

Louis war am Strand stehen geblieben und schaute verunsichert zu ihm zurück. Matteo wollte ihm etwas zurufen, aber er war immer noch außer Atem. Dann blickte er wieder ins Wasser.

Vor ihm schwamm eine Hand.

Eine abgetrennte linke Hand.

Links ist da, wo der Daumen rechts ist. Dieser Daumen allerdings war angeknabbert, offensichtlich von den kleinen Fischen, die auch jetzt um die Hand herumschwammen.

Er sah plötzlich ziemlich blass aus.

Dann nahm er all seinen Mut zusammen, beugte sich nach vorne und griff vorsichtig nach der Hand.

»Stopp! Nicht anfassen!«

Nicolas watete durch das flache Wasser auf den Jungen zu. Als er ihn erreichte, sah er, dass er unter Schock stand.

»Um was seid ihr gelaufen? Ein Croissant? Weißt du, ich war früher auch hier als Junge. Aber ich habe immer verloren.«

Matteo schluckte etwas salziges Wasser hinunter.

»Ich hätte bestimmt gewonnen«, stammelte er.

»Das hab ich gesehen«, munterte Nicolas ihn auf. »Aber jetzt geht ihr beide dort hinter zu eurer Großmutter. Das ist sie doch, oder? Und ich kümmere mich um die Hand.«

Matteos Gesichtsausdruck veränderte sich mit einem Mal. Seine Augen wurden größer.

»Die Hand muss doch zur Polizei, Monsieur«, protestierte er.

Nicolas blickte den Strand entlang.

»Weißt du, das trifft sich gut, ich bin gerade auf dem Weg dahin.«

Es war die gut erhaltene linke Hand eines alten Mannes, so viel konnte Nicolas erkennen. Einen Ring trug sie nicht, auch ein Abdruck war nicht zu sehen.

Nicolas wickelte die Hand in die graue Tüte ein, die er kurz zuvor von einem Hundebesitzer bekommen hatte und die normalerweise für Hundekot vorgesehen war, und verstaute sie dann vorsichtig in der rechten Außentasche seiner Trainingsjacke. Er lief mit schnellen Schritten los.

Bereits nach wenigen Augenblicken erreichte er die Promenade Michel d'Ornano. Senioren in beigen Jacken schlenderten in Sichtweite zum Meer an kleinen Blumenbeeten vorbei. Zwei Surfer trugen fröhlich feixend ihre Bretter über den Strand, noch ohne zu wissen, dass der Wind sie heute im Stich lassen würde.

Nicolas spürte die Blicke der ihm entgegenkommenden Spaziergänger auf seiner rechten Jackentasche. Oder er bildete es sich ein.

Ich habe zwei linke Hände, dachte er.

Nach einigen Minuten erreichte er das kleine *Commissariat* in der Rue Désiré le Hoc. Die Tür stand offen.

Nicolas fuhr sich durch die verschwitzten Haare und betrat den Eingangsbereich des eleganten Fachwerkhauses. Die Polizei in Deauville hatte keinen Anlass gesehen, sich nicht an die mondäne Architektur ihres Einsatzortes anzupassen.

Er trat an den kleinen Tresen und blickte in den Raum dahinter. Die beiden Schreibtische waren verwaist. Links befand sich eine Durchgangstür, sie war grün gestrichen und geschlossen. Darüber war eine kleine Überwachungskamera installiert.

Er war alleine.

Draußen fuhr ein Lastwagen in Richtung Place Morny. Die Cafés und Restaurants bekamen ihren Fisch für die Mittagskarte.

Nicolas blickte sich erneut um und zog dann die Tüte mit der Hand aus seiner Tasche.

»Bitte klingeln« stand auf einem kleinen Schild. Eine Klingel gab es aber nicht. Er zählte bis zehn und legte die abgetrennte Hand auf den Tresen, direkt neben das Schild. Im Hinausgehen wählte er auf dem Handy die Nummer der Polizei von Deauville, kurz darauf klingelte in dem kleinen Büro das Telefon.

Er warf einen längeren Blick in Richtung der Überwachungskamera, schloss die Eingangstür hinter sich und holte draußen die kleinen Kopfhörer aus seiner Innentasche. Als er in Richtung Pont des Belges lief, sang Jacques Brel bereits von der Straßenbahn mit der Nummer 33.

KAPITEL 15

Er konnte Licht sehen. Oder zumindest die Ahnung davon.

Sie waren nicht mehr gekommen, die ganze Nacht nicht. Oder was er eben für die Nacht hielt.

Etwas, das noch dunkler war als der Tag.

Er hob langsam den Kopf und versuchte, sich auf das schwache Licht zu konzentrieren. Es gelang ihm kaum. Sein Atem ging flach und immer noch zu schnell.

Sie hatten seinen Stuhl verrückt, als sie das letzte Mal gekommen waren, mit dem Stift und dem Zettel, der immer noch vor ihm lag. Sein Stuhl stand jetzt noch näher an der Wand.

Noch näher am Wasserhahn.

Noch näher am Abgrund.

Sein Geist war vom Zucken seines eigenen Körpers wach geworden. Es war ein Schütteln, ein Aufbäumen, und mittlerweile wusste der alte Mann nicht mehr, was ihm mehr zusetzte.

Das Tropfen.

Oder die Angst zu ersticken in diesem Loch.

Sie hatten den Stift mit einem Klebeband zwischen seine Finger geklebt. Aber es würde ihnen nichts bringen.

Vielleicht hätte er den Namen verraten, wenn sie ihn freundlich darum gebeten hätten.

Vielleicht aber auch nicht.

Wahrscheinlich nicht.

Aber ihn zu entführen, ihn zu fesseln und in diesem Keller festzuhalten. Nach all den Jahren.

Er wusste nicht, woher er die Kraft nahm, aber er würde nicht weich werden.

Nicht er.

Ihr Name. Er war ihm scheißegal. War es schon immer gewesen.

Er hatte ihn fast vergessen und lange nachdenken müssen, bis er ihm wieder eingefallen war. Jetzt wusste er ihn wieder. Und er wusste auch, wo sie mittlerweile wohnte.

Aber das Blatt vor ihm blieb leer, diesen Gefallen tat er ihnen nicht. Er hatte nichts zu verlieren, nicht in seinem Alter.

Die Gewissheit, dass er nicht nachgeben würde, einfach so, weil er es wollte, ließ in ihm eine diabolische Freude aufsteigen. Dass er standhielt, trotz der Hand. Dafür würden sie zahlen, ganz sicher. Irgendwann.

Für einen kurzen Moment spürte er wieder etwas Kraft.

Euch zeige ich es, dachte er. Ich werde hier sterben, es macht mir nichts mehr aus. Aber ich bestimme, was ich zurücklasse.

Sie würden damit ohnehin nicht durchkommen, die Stadt musste doch nur so wimmeln vor Polizisten, schließlich begann hier demnächst der große Gipfel.

Sie würden ihn suchen und ihn finden.

Bevor er den Namen doch noch aufschreiben würde.

Weil er vielleicht noch durchdrehte, hier auf diesem Stuhl.

Wahnsinn, dachte er, es ist Wahnsinn. Ohne Vorwarnung war die Axt auf ihn heruntergesaust.

So viel Zorn.

Das Wasser sammelte sich wieder am Wasserhahn, es rief seine Truppen zusammen mit lauten Trompeten. Kleinste Teilchen nahmen an Gewicht zu, vereinten sich und machten sich bereit zum Absprung.

Zwischen den Tropfen lagen 98 Sekunden, er hatte gezählt.

98 Sekunden bis zur Erlösung.

98 Sekunden bis zum Tod.

Ihm fiel ein, dass sie doch noch einmal zu ihm gekommen sein mussten in dieser Nacht, denn er trug den kratzigen Sack über dem Kopf nicht mehr, den sie ihm beim Fortgehen übergezogen hatten. Er war also ohnmächtig geworden. Und jetzt war der Sack weg.

Dafür konnte er ein Licht sehen. Er war sich jetzt ganz sicher. Ein graues Licht schimmerte durch die Ritzen einer schweren Tür.

Grau war besser als schwarz.

»Hallo! Ist da jemand?« Seine Stimme war vermutlich auf der anderen Seite der Tür schon nicht mehr zu hören. Er hätte gerne lauter geschrien, aber er bekam immer schlechter Luft.

Sie würden dafür büßen, das schwor er sich.

Er würde als Racheengel über sie kommen. Als einarmiger Bandit, dachte er höhnisch und versuchte, nicht an den Stumpf zu denken, der unter den sorgfältig angelegten Kompressen und Verbänden das Ende seines linken Arms darstellte. Die Schmerzen waren nicht mehr ganz so schlimm, also hatten sie ihm vermutlich noch mehr Schmerzmittel verabreicht, als sie kurz bei ihm waren.

Ich habe nicht mal mehr genug Spucke für sie übrig, dachte er. Nur noch eine Hand und nicht genug Spucke.

Er hätte gerne das Meer gesehen in diesem Augenblick.

Dann schlief er ein.

Für 98 Sekunden.

Als er wieder erwachte, überkam ihn eine grausame Gewiss-heit. Die Polizisten in der Stadt waren ihm keine Hilfe, der Gipfel und seine Vorboten würden ihn nicht retten. Denn dafür bedurfte es einer Voraussetzung, die sein immer noch rational funktionierendes Gehirn als nicht sehr wahrscheinlich ein-stufte.

Wer ihn finden wollte, musste ihn suchen.

Wer ihn suchen wollte, musste ihn vermissen.

Was aber, wenn ihn niemand vermisste?

Hinter der Tür hörte er das klappernde Geräusch eines schwe-ren Schlüsselbundes.

Sie kamen zurück.

Er würde sie bitten, das Tropfen abzustellen.

Ganz freundlich bitten.

In seinen Fingern zitterte der Stift.

Bitte.

Er merkte, wie seine Brust sich plötzlich zusammenzog.

KAPITEL 16

Deauville, Rue Désiré le Hoc
Eine Stunde später

Zwischen Nicolas' erstem Besuch im *Commissariat* von Deauville und seinem zweiten lagen 53 Minuten. Der grausame Fund der beiden Jungen am Strand hatte seinen Zeitplan durcheinandergebracht, und er musste ein Taxi nehmen, um es pünktlich wieder hinüber nach Deauville zu schaffen. Zu frühstücken hatte er ohnehin nichts gefunden in seiner Wohnung in der Villa Proust. Nur einen Zettel seiner Mutter auf dem kleinen Küchentisch.

»Willkommen zuhause!« stand dort in geschwungener Schrift. Das Briefpapier roch nach Lavendel. Er würde sie später anrufen. Oder auch nicht.

Der Taxifahrer setzte ihn direkt vor dem *Commissariat* ab, beschwerte sich über den großen Schein, mit dem Nicolas bezahlte, und fuhr dann entrüstet weiter in Richtung Place Morny, wo womöglich ältere Kundschaft mit kleineren Scheinen und größerem Trinkgeld auf ihn wartete.

Nicolas steckte die linke Hand in seine Hosentasche und ging hinein.

Das Bild hatte sich vollständig geändert. Wo vor 53 Minuten noch eine verschlafene Leere geherrscht hatte, wimmelte es nun vor Menschen. Ein Polizist in Zivil stand mit dem Rücken zu ihm am Tresen und redete lautstark auf einen anderen

Beamten ein. Zwei Telefone klingelten, ein weiterer Mann sprach aufgeregt in sein Handy. Auf einem Tisch stand der aufgeklappte Koffer eines offensichtlich eilig herbeigerufenen Forensikers. Die grüne Tür an der hinteren Wand stand offen, Nicolas erkannte dahinter einen schmalen Gang, von dem mehrere Zimmer abgingen. Jemand drängelte sich von draußen an ihm vorbei in den Eingangsbereich und beugte sich über einen Computer.

»Ich hab es gleich.«

»*Merde*, mach hin, was dauert das denn so lange?«

»Ist ja gut, nur ein kurzes Update.«

»Scheiß auf dein Update, bring das Ding endlich zum Laufen!«

Durch die großen Fenster fiel die warme Vormittagssonne auf den Tresen. Die Tüte mit der Hand lag nicht mehr da.

»Und was ist mit dem Anruf?«, rief jemand.

»Klären wir gerade.«

»Gerade ist zu spät!«

Nicolas schloss für einen kurzen Moment die Augen und dachte an das leise Kratzen einer Plattennadel und an Titos ebenso kratzende Stimme, die zu ihm in die obere Wohnung hinaufschwebte.

»Ihre kleine Freundin versteht mehr von Musik als Sie«, hatte er immer gesagt und dabei eine neue Platte aufgelegt.

Nicolas meinte, den leichten Wind auf der Place Sainte-Marthe zu spüren, unter den Füßen die weißen Kieselsteine und über ihnen das Rascheln der Blätter eines fünften Baumes. Julie nahm ihn an der Hand und zog ihn lachend in den Schatten einer Platane. Im matten Licht des »La Vannier« saß Tito, der sie zeichnete.

Julie hatte die Zeichnung später eingerahmt und in die Küche gehängt.

»Er benutzt einen Bleistift mit weicher Mine«, hatte sie erklärt, und Nicolas wusste nicht, warum er das in seiner Erinnerung behalten hatte. Und warum er jetzt daran dachte, im Eingangsbereich des *Commissariat* von Deauville, drei Jahre später.

In der Innentasche seines Anzugs spürte er das vertraute Gewicht einer neuen Schachtel Medikamente.

Einer angebrochenen neuen Schachtel.

Er fühlte sich etwas leichter im Kopf, als hätte ein drückender Nebel sich langsam aufgelöst. Wenigstens für den Augenblick.

»Michel, wir haben es! Es kann losgehen!«

Nicolas sah, wie ein Mann, der offensichtlich der Leiter des *Commissariat* war, aus einem Büro am Ende des Gangs kam und sich vor einen Bildschirm stellte. Er sprach kein Wort, aber seine zusammengepressten Lippen ließen seine Verfassung erahnen.

Nicolas holte den Zettel hervor, den er in der Rue de Miromesnil in Paris bekommen hatte, gemeinsam mit dem Zugticket nach Deauville.

Michel Bonnet. Das musste er sein.

»Hier! Das war vor etwa einer Stunde.«

»53 Minuten«, sagte Bonnet und bat die Kollegen um Ruhe.

»Wie bitte?«, fragte der Techniker.

»Verdammt nochmal!« Bonnet hieb mit der flachen Hand auf den Tisch. »Ihr seid ein Haufen Amateure, wisst ihr das? *Merde!* Hier kann man also einfach mal eine abgehackte Hand abgeben, ja? Einfach so! Weil die Herrschaften gerade Besseres zu tun hatten. Die Kamera zeichnet ja alles auf, kein Problem! Ja, schön, so eine Kamera. Wenn man sie mal verstehen würde, diese Kamera!«

Es war sofort still geworden, ein etwas rundlicher Polizist räusperte sich verlegen. Nicolas tippte auf ihn als Hauptschuldigen, der sich ein zweites Frühstück in der Teeküche gegönnt hatte. Er tat ihm fast leid.

»Michel, die Kamera ist neu und …«

»Und du bist auch gleich neu, Alphonse, und zwar ganz neu, ganz woanders! Weißt du eigentlich, wie schön es ist im Frühling in Le Havre?«

»Nein, aber ich …« Der dicke Polizist blickte hilfesuchend zu seinen Kollegen, aber die hatten anderes zu tun, als ihn zu unterstützen. Die Knöpfe ihrer Uniformen ordnen zum Beispiel.

»Le Havre ist überhaupt nicht schön im Frühling, vor allem nicht dort, wo ich dich gleich hinversetze! Hast du mich verstanden?«

»*Oui*, Chef.«

Michel Bonnet schaute sich im Raum um. Sein Blick fiel auf Nicolas, der im Rahmen der Eingangstür stand und sie alle aufmerksam beobachtete. Er trug einen maßgeschneiderten dunklen Anzug.

»Und wer bitte sind Sie?« Mit finsterer Miene musterte Bonnet ihn. In seinem Blick lag etwas wie Wiedererkennen.

Du kennst mich aus dem Fernsehen, dachte Nicolas.

»Guten Tag, ich will gar nicht stören«, sagte er.

»Sie stören nicht, wie können wir Ihnen helfen? Es sind ja wahrlich genug Polizisten da, nicht wahr?«

»Richtig, neun, um genau zu sein. Ein zehnter ist gerade nach hinten verschwunden.«

Bonnet runzelte die Stirn.

»Aha.«

»Ich wollte eigentlich nur wissen, ob ich meinen Wagen kurz vor der Tür parken darf. Ich bin gegenüber im Café, wenn etwas sein sollte.«

»Kein Problem!« Alphonse lächelte ihn an. Alle anderen hatten sich bereits wieder dem Bildschirm zugewandt.

Als Nicolas sich umdrehte und hinaus in die Sonne ging, hörte er die unheilvolle Stimme von Michel Bonnet.

»So, jetzt nochmal von vorne. Es ist kurz vor neun. Gleich müsste er reinkommen. Spul doch mal vor.«

»Das geht mit dem Programm nicht, Chef.«

»*Merde!* Ihr macht mich krank hier!«

Nicolas überquerte die Rue Désiré le Hoc, betrat das kleine Café, bestellte einen Espresso und setzte sich an einen Tisch am Fenster. Hinter ihm saß eine junge Frau mit kurzen schwarzen Haaren und spielte mit der Zigarette, die sie gerade aus einer Packung gezogen hatte. Vor ihr stand ein schwarzer Kaffee. Kein Zucker.

Nicolas blickte auf die Straße hinaus.

»Rauchst du?«

Er drehte sich um. Die junge Frau lächelte ihn an, und er sah, dass sie höchstens Anfang zwanzig war. Wenn überhaupt. Sie hatte einen wachen Blick.

»Nein«, sagte er.

»Na, sei froh. Ich dachte nur, ich muss gleich raus, scheiß Sucht, und vielleicht hättest du ja Lust gehabt, auch da draußen zu stehen. Ist doch okay, wenn ich Du sage? Also der Bürgersteig ist zu klein, und die Autos fahren hier immer gefährlich nah, aber es ist eben nicht erlaubt, hier drinnen zu rauchen, obwohl das ja Blödsinn ist, wer sollte sich daran stören, du etwa? Nein, das glaube ich nicht. Aber du bist sicher, dass du nicht rauchst?«

»Ganz sicher.« Nicolas blickte aus dem Fenster hinüber zum *Commissariat*. Ihm war nicht nach einem Gespräch mit einer Unbekannten. Obwohl sie durchaus attraktiv war, wenn auch sehr jung.

»Aha, ganz sicher. Schön. Also, wenn ich gleich da draußen

stehe und rauche, dann kannst du hier drinnen sitzen und froh sein. Ganz ehrlich, sei froh. Nicht, weil es ungesund ist, aber draußen stehen und rauchen ist irgendwie total out. Findest du nicht?«

»Redest du immer so schnell?« Nicolas nippte an seinem Espresso, fast hätte er gelächelt.

»Rede ich schnell? Ich dachte, ich rede langsam. Ich bin etwas nervös, ich fange heute einen neuen Job an, einen sehr wichtigen, und da darf man ja etwas nervös sein. Aber eigentlich rede ich langsamer, wenn ich nervös bin.«

»Dein Kaffee wird kalt.«

»Ich mag ihn so. Kalt.«

»Das waren zwei kurze Sätze.«

Sie lachte laut auf und warf ihren Kopf nach hinten. Er konnte an ihrem Halsansatz einen kleinen tätowierten Anker erkennen.

»Ja, manchmal passiert mir das, kurze Sätze, aber nicht oft. Ich bin Claire. Claire mit den langen Sätzen und den kurzen Haaren.« Sie reichte ihm die Hand.

»Hallo Claire, ich bin Nicolas. Könntest du mir einen Gefallen tun?« Er hatte unauffällig einen weiteren Blick nach draußen geworfen. Im *Commissariat* gegenüber schien sich etwas zu tun.

»Klar, soll ich noch einen kurzen Satz sagen? Mal sehen …«

»Nein, aber du könntest deine Tasse nehmen und dich an den hintersten Tisch im Café setzen.«

Sie blickte ihn mit offenem Mund an.

»Tu es einfach,« sagte Nicolas mit einigem Nachdruck. Für ein Lächeln war es jetzt ohnehin zu spät. Die Tür des *Commissariat* wurde mit einem Schlag aufgerissen.

»Bist du immer so übellaunig?«

»Ja. Und jetzt steh bitte auf. Genau so, danke. Nimm die

Tasse, Claire, und geh zu dem Tisch da hinten. Du hast noch etwa zehn Sekunden.«

Sie starrte ihn an.

»Was bist denn du für ein Freak?«

»Nichtraucher eben.« Er zeigte mit dem Kopf in den hinteren Teil des Cafés.

Claire nahm schließlich ihre Tasse und ihre Zigaretten und ging zögerlich ein paar Tische weiter.

Durch das Fenster konnte Nicolas sehen, wie aus dem *Commissariat* gegenüber vier Polizisten rannten und zu ihm herüberblickten.

»Ach, Claire?«

»Ja?«

»Nicht erschrecken, bitte.«

Die Tür zum Café wurde geräuschvoll aufgestoßen. Warme Frühlingsluft strömte herein.

Zehn Minuten später saß Nicolas in einem kleinen Verhörraum einem Mann gegenüber, der ganz offensichtlich leicht verstimmt war. Er hatte sich ihm knapp als Luc Roussel vorgestellt, er war etwa Anfang fünfzig und für sein Alter hervorragend in Form. Seine Lederjacke hatte er über einen Stuhl gehängt und die weißen Hemdsärmel hochgekrempelt. Da es ein maßgeschneidertes Hemd war, ging Nicolas davon aus, dass Luc Roussel entweder Bestechungsgelder annahm oder ins Casino ging. Und gewann.

Alles war möglich.

Und nichts ging mehr.

»So, Monsieur Guerlain. Sie sind also ein lustiger Kerl, ja?«

Es war das Erste, was Roussel außer seinem Namen sagte, seitdem er vor fünf Minuten den Raum betreten hatte. Nicolas hatte allein hier gesessen, nachdem ihn die vier Polizisten, darunter Roussel, eher unsanft aus dem Café gegenüber hierhergebracht hatten.

»Nein, eher nicht.« Nicolas lächelte Roussel an und war froh, dass er die kleine Schachtel mit den Tabletten nicht draußen in seinem Mantel gelassen hatte.

Sein Gegenüber öffnete langsam die Zellophanhülle einer roten Zigarettenpackung und suchte in der Hosentasche nach einem Feuerzeug.

»Also ich finde Sie lustig. Finden Sie sich nicht lustig?«

»Wie gesagt, eher nicht.«

»Haben Sie ein Feuerzeug?«

»Nein, tut mir leid, ich rauche nicht.« Nicolas musterte den Polizisten.

Roussel hatte einen stechenden, leicht abschätzigen Blick. Er hatte die Beine übereinandergeschlagen und lächelte kalt. Vor ihm auf dem Tisch lag ein Blatt Papier, es war der Ausdruck einer Nachricht aus Paris, die erst vor wenigen Minuten aus der Rue de Miromesnil nach Deauville geschickt worden war. Nicolas konnte sich vorstellen, wie begeistert man bei seinem Dienst war, dass er sich gleich nach seiner Abschiebung in die Provinz festnehmen ließ. Ausgerechnet von den Beamten, die er eigentlich im Vorfeld des bald beginnenden Gipfels unterstützen und beraten sollte.

Luc Roussel war das Alphatier im *Commissariat*, ein schwer zu bändigender Charakter, aufbrausend und berechnend zugleich. Den diensthabenden Beamten im Flur hatte er zuvor keines Blickes gewürdigt.

»Was war denn lustiger für Sie? Die Hand einfach auf den Tresen zu legen oder drüben im Café noch einen netten Plausch zu halten?«

»Der Plausch war nett, aber lustig war er auch nicht. Wir wurden sehr früh unterbrochen.«

141

»Richtig, entschuldigen Sie bitte. Das war unhöflich von uns.« Roussel hatte sein Feuerzeug gefunden und zündete sich eine Zigarette an.

»Ich wusste nicht, dass Rauchen hier drin erlaubt ist.«

Sein Gegenüber lächelte.

»Monsieur Guerlain, Sie wissen so einiges nicht.«

»Offensichtlich.«

Luc Roussel zog an seiner Zigarette und drückte sie dann mit einer schnellen Bewegung auf der Nachricht aus Paris aus. Nicolas musste zugeben, dass die Geste eine gewisse Wirkung hatte.

»Die Cafébesitzerin hat sich vermutlich sehr erschreckt«, sagte er.

»Ach, das macht doch nichts. Das kriegen wir wieder hin«, antwortete der Polizist.

Nicolas blickte sich um. Der Verhörraum war ganz in Grau gestrichen und hätte sich genauso gut in einem *Commissariat* in Mantes-la-Jolie oder in Bourg-en-Bresse befinden können. Nun war es also Deauville, und Nicolas fand, dass sein Comeback in seiner Heimatstadt zumindest interessant war. Jedenfalls anders als erwartet, auch wenn er nach wie vor gut darauf hätte verzichten können. Auf seine Heimatstadt. Sein Comeback. Auf das alles hier.

»Wie Sie ja in der Mail gelesen haben, arbeite ich für den Dienst der französischen Regierung. Ich bin als Kontaktmann für den Gipfel hierhergeschickt worden.«

Er ärgerte sich, dass seine Stimme nicht mehr so fest klang wie zu Beginn des Gesprächs. Roussel war ein Profi, und Nicolas vermutete, dass er nicht sein gesamtes Leben als Polizist in Deauville verbracht hatte. Sondern irgendwo, wo der Ton rau und der erste Eindruck entscheidend war.

»Einen Scheiß sind Sie, Monsieur Guerlain. Sie haben in

Cannes einen Minister umgehauen und sich feige aus dem Staub gemacht. Dann hat man Sie in die Normandie geschickt, genauer gesagt zu uns. Und Kontaktmann klingt für mich nach Kontaktbörse.«

»Tja, das tut mir leid.«

»Mir nicht.« Roussel lehnte sich nach hinten und betrachtete ihn für ein paar Sekunden. »Tragen alle Arschlöcher in Ihrem Dienst eigentlich Anzug und Krawatte? Ich habe mich immer gefragt, ob das bequem ist.«

»Das kommt auf die Qualität des Anzugs an. Und der Hemden, aber das wissen Sie ja selbst.«

»Einen Scheiß weiß ich«, fuhr ihn Roussel an. »Das Einzige, was ich weiß, ist, dass Sie hier mit einer abgehackten Hand reinspazieren und mit einem Lächeln wieder raus.«

»Ich hatte einen Termin um zehn, ich hatte es eilig.«

»Natürlich. Einen Termin bei uns.«

»Richtig, mit Monsieur Bonnet. Meinem neuen Vorgesetzten. Und Ihrem, nehme ich an?«

Es klopfte. Die Tür ging auf, und Alphonse, der Polizist aus dem Eingangsbereich, streckte den Kopf herein.

»Ihr sollt zum Chef kommen, Luc.«

Roussel nickte langsam, steckte seine Packung Zigaretten weg und blickte Nicolas an.

»Willkommen in Deauville, Bodyguard.«

Nicolas blickte auf die teure Armbanduhr an Roussels linker Hand.

»Sagen Sie, Roussel, spielen Sie zufällig?«

Der Besprechungsraum des *Commissariat* lag im hinteren Teil des Gebäudes. Ein großer Holztisch stand in der Mitte des Raums, auf den Stühlen saßen eine Handvoll Ermittler und warteten. Streifenpolizisten in ihren blauen Uniformen standen an den Wänden und unterhielten sich. Die Gespräche verstummten abrupt, als Roussel und Nicolas eintraten. Sie setzten sich auf die beiden verbliebenen freien Plätze am Tisch.

Nicolas blickte in die Gesichter der Anwesenden und beschloss, dass ein freundliches Lächeln jetzt wenig glaubwürdig war. Er überprüfte seinen Krawattenknoten und zupfte an den weißen Hemdsärmeln.

Am vorderen Ende des Tisches räusperte sich Michel Bonnet und blickte in die Runde.

»So, Herrschaften. Ich mache es kurz, wir haben viel zu tun. Es sind noch ein paar Tage bis zum Gipfel, und so etwas wie heute Morgen können wir nicht gebrauchen.«

Er blickte Nicolas an.

»Womit ich gleich mal zu Ihnen komme, Monsieur Guerlain. Wir hätten uns gefreut, wenn Ihre Ankunft bei uns etwas normaler gewesen wäre.«

»Das verstehe ich«, antwortete Nicolas und blickte ihm fest in die Augen. Auf dem Stuhl neben ihm spielte Roussel mit einer neuen Zigarette.

»Wie auch immer, jetzt ist es eben so. Herzlich willkommen in Deauville, auch im Namen des Teams.«

»Vielen Dank.«

»Und was machen Sie bei uns? Ich meine, außer eine abgehackte Hand vorbeizubringen?«

Die Frage kam von einem älteren Beamten, der Nicolas gegenübersaß. Er blätterte in einem Stapel Unterlagen. Gelbe Merkzettel schauten aus einem Ordner heraus, Nicolas konnte Straßenpläne und Tabellen mit Zeitkorridoren erkennen. Der Mann hatte nicht aufgeblickt, als er seine Frage stellte.

»Monsieur Guerlain, darf ich vorstellen?«, sagte Michel Bonnet mit einem Seufzen. »Yves Colinas, einer unserer Ermittler. Er kümmert sich hauptsächlich um den Gipfel.«

Colinas blätterte weiter in dem Ordner.

»Ich dachte, Sie freuen sich vielleicht über ein Gastgeschenk«, sagte Nicolas in seine Richtung.

»Das tue ich, Monsieur«, murmelte Colinas. »Das tue ich tatsächlich, vor allem, wenn es so schön verpackt ist, wie in diesem Fall. In einer Tüte für Hundescheiße.«

»Immerhin war sie noch nicht benutzt.«

Jetzt blickte der Mann auf, und Nicolas meinte, den Anflug eines Lächelns zu sehen.

»Da haben Sie natürlich recht, Monsieur Guerlain.«

»Nicolas Guerlain wird uns unterstützen. Als Kontaktmann des Dienstes in Paris für alle Sicherheitsfragen rund um den Gipfel. Er kann uns auf mögliche Lücken in unserem Sicherheitsnetz hinweisen.«

»Es heißt, Sie seien durchgedreht, Monsieur, stimmt das?«

»Yves!«

Aus den Augenwinkeln konnte Nicolas erkennen, wie Roussel seinen Kollegen feixend ansah.

»Schon in Ordnung«, beschwichtigte Nicolas und blickte in die Runde. In seinem Hinterkopf formte sich das Bild einer rissigen Marmorplatte, über die eine Nacktschnecke wanderte, angetrieben von der Glut der Mittagssonne über dem Friedhof von Cannes. Das Geräusch eines Hubschraubers. Ein alter Mann, der ihn erschrocken ansah, ein mobiles Einsatzkommando, das zwischen den Gräbern hindurch auf ihn zukam.

Die Sturmgewehre im Anschlag.

Cannes ist noch lange nicht vorbei, dachte Nicolas und lächelte trotz der aufsteigenden Kopfschmerzen seine neuen Kollegen an. Er würde nach der Besprechung eine weitere Tablette nehmen.

»Ja, es stimmt«, sagte er. »Ich bin durchgedreht. Und das Beste ist, es kann jederzeit wieder passieren.«

Neben ihm ließ Roussel die Zigarette über die Fingerkuppen

seiner rechten Hand tanzen. Dann stopfte er sie zurück in die Packung und blickte den Leiter des *Commissariat* an.

»Gut, dann haben wir jetzt einen durchgeknallten Bodyguard, der Leichenteile als Geschenk mitbringt und ganz offensichtlich überhaupt keine Lust hat, hier zu sein. Habe ich das so richtig zusammengefasst?«

»Bis auf den Begriff Bodyguard, ja«, antwortete Nicolas.

»Und was stört dich daran, Bodyguard?«

»Ich schütze nicht den Körper. Ich schütze die Person«, sagte Nicolas. Genau so hatte es ihm Gilles Jacombe immer eingetrichtert, als er ihn anwarb.

»Mir egal, Bodyguard. Du bleibst einfach schön hier sitzen und lässt uns unsere Arbeit machen, einverstanden?«

»Roussel, es reicht. Über den Auftritt heute Morgen werde ich mit Monsieur Guerlain noch zu sprechen haben. Beweismaterial dieser Güte legt man nicht auf dem Tresen ab. Zeugen wie die beiden Jungen müssen vernommen werden, und der Fundort gehört abgesperrt. Dafür ist es jetzt zu spät. Und es ist nicht mehr zu ändern. Monsieur Guerlain hat offensichtlich diesen Teil seiner Ausbildung vergessen, aber er ist auch nicht als Polizist hier. Sondern als Berater seines Dienstes, und ich werde darauf achten, dass Sie das nicht vergessen, Monsieur. Jetzt aber sollten wir uns an die Arbeit machen. Denn die Hand hat womöglich etwas hiermit zu tun.«

Er klappte den Laptop auf, der neben ihm auf einem kleinen Rollwagen stand. Die Fotos auf dem Bildschirm wurden von einem Beamer an die Wand projiziert. Nicolas sah den Hafen von Trouville, im Zentrum des Bildes lag ein grüner Fischkutter an der Kaimauer.

Bereits morgen Abend gab es wieder ein Konzert im Théâtre des Champs-Élysées in der Avenue Montaigne in Paris. Er würde dort sein, er wusste nur noch nicht, wie.

»Das hier ist die *Hirondelle de la Mer*«, sagte Michel Bonnet und stand auf. »Das Schiff von André Dumarc, manche von euch kennen ihn.«

Einige nickten, Notizblöcke wurden aufgeschlagen, Kugelschreiber in Position gebracht.

»Vor zwei Tagen ist auf diesem Schiff ein Fotograf namens Jean Carasso über Bord gegangen. Wer von euch kennt ihn?«

Mehrere Arme gingen nach oben.

»Gut, das hier ist ein Bild von ihm. Es wurde vor einigen Wochen von einer Cafébesitzerin drüben in Trouville gemacht. Im ›Café de la Marée‹.«

Auf der Wand erschien das Bild eines alten Mannes. Er lehnte an einem Tresen und zwinkerte der Fotografin zu. In der linken Hand hielt er eine Lesebrille, seine weißen Haare waren leicht zerzaust. Jean Carasso trug auf dem Bild einen blauen Strickpullover und ein weißes Halstuch.

Nicolas hatte das Gefühl, den Mann erst vor Kurzem gesehen zu haben, was aber unmöglich war. Nachdenklich blickte er auf das Bild und versuchte, sich Carasso in einer alltäglichen Situation vorzustellen.

Beim Einkaufen.

Beim Autofahren.

Autofahren …

Der Zug!

In Pont-l'Évêque, aber das war nicht möglich. Nicolas blickte auf Carassos linke Hand, die die Lesebrille hielt.

Kein Ring.

»Wir überprüfen gerade, ob das dort draußen auf dem Meer ein Unglück war oder nicht«, fuhr Bonnet fort. »Die Kollegen untersuchen derzeit den Verschluss des Seils, durch das er gesichert war.«

»Wohin wollte die *Hirondelle*?«, fragte eine Ermittlerin.

Nicolas konnte ihren Namen auf einem ungeöffneten Briefumschlag lesen, der vor ihr auf dem Tisch lag. Sandrine Poulainc. Sie war in Roussels Alter, und Nicolas wunderte es nicht, dass dessen Blicke den kurzen Rock der Kollegin entlangwanderten.

»Richtung Houlgate. Die Strömung war sehr stark vor zwei Tagen, der Wind auch.«

Roussel kaute scheinbar gelangweilt auf einem Zahnstocher. Dann holte er ein Geldstück hervor und drehte es auf der Tischplatte.

»Gestern haben Fischer die Mütze von Carasso im Meer gefunden«, fuhr Bonnet fort. »In einer Hummerfalle. Der Rest bleibt spurlos verschwunden.« Dann drückte er auf eine Taste am Laptop, und an der Wand erschien das Bild einer blauen Wollmütze in einem Korb für Langusten.

»Möglicherweise ist Carasso einfach über Bord gegangen, tragischerweise. Dagegen spricht jedoch die abgehackte Hand, die jetzt aufgetaucht ist. Gefunden von unserem verehrten Kollegen, Monsieur Guerlain.«

»Du meinst, der hat da seine Hand im Spiel«, rief Alphonse und grinste. Wahrscheinlich hatte er sich diesen Spruch schon vor fünf Minuten zurechtgelegt. Als niemand lachte, verzog er beleidigt den Mund und sagte keinen Ton mehr.

»Die Hand haben wir natürlich nach Caen geschickt. Glücklicherweise war das Wasser kalt, sie ist in relativ gutem Zustand.«

»Wir haben also einen verschwundenen alten Mann, seine Mütze und eine linke Hand, die womöglich seine ist. Wir wissen aber nicht, von wem und vor allem, warum sie abgehackt wurde«, schaltete Nicolas sich ein. »Das ist ganz schön viel, wenige Tage vor dem Gipfel.«

Der Leiter des *Commissariat* blickte mit ernster Miene seine Mitarbeiter an.

»Ihr alle wisst, was demnächst hier in der Stadt los sein wird. Es wird hier schon bald nur so wimmeln von Polizisten, Sicherheitsexperten und Secret-Service-Typen, die alle so schöne Anzüge tragen wie unser Monsieur Guerlain hier.« Er legte die Hand auf Nicolas' Schulter und drückte fest zu. »Ich kann keine abgetrennte Hand gebrauchen in dieser Stadt. Nicht jetzt. Und ich kann vor allem niemanden gebrauchen, der dafür verantwortlich ist. Habt ihr das verstanden? Ich will keine Leichenteile so kurz vor dem wichtigsten internationalen Gipfel in diesem Jahr! Wir kriegen ohnehin schon genug Druck aus Paris, weil wir hier keine Erfahrung mit dem Schutz von Staatsgästen haben.«

Deauville hatte in den vergangenen Wochen viel Kritik einstecken müssen, vor allem in der Presse. Die Wahl des Ortes für den Gipfel hatte der französische Präsident während eines privaten Besuches im Casino getroffen. Der Blick aufs Meer hatte ihm gefallen. Dass die Landebahn des nahen Flughafens von Saint-Gatien womöglich zu kurz für die großen Regierungsmaschinen war, durfte da nicht weiter stören.

»Roussel, du kümmerst dich um den Hafen. Vielleicht hat einer der Fischer etwas bemerkt. Sprich auch mit den Besatzungen der anderen Kutter. Aber pass auf, die Stimmung ist aufgeladen. Die Fischer sind stinksauer wegen der Hafensperre.«

»Zu Recht«, murmelte Roussel und schob den Zahnstocher in seinem Mund von einer Seite auf die andere.

»Sandrine, du sprichst mit den beiden Jungs.« Er blickte streng zu Nicolas herüber. »Und entschuldige dich im Namen der Polizei für die schlampige Arbeit.«

Die Sitzung löste sich langsam auf, einige Polizisten zogen ihre Jacken an, Yves Colinas schob seine Akten zusammen.

Bonnet wandte sich an Nicolas.

»Monsieur Guerlain, Sie kommen bitte in mein Büro. Wir müssen uns unterhalten, glaube ich.«

Nicolas räusperte sich.

»Wenn Sie mögen, könnten wir das unterwegs machen.«

Bonnet blickte ihn überrascht an.

»Unterwegs wohin?«

»Nach Trouville, in die Wohnung des Fotografen. Ich denke, das wollen Sie sich selbst ansehen.«

Blitzartig wurde es still. Alle Polizisten blickten auf Nicolas.

»Monsieur Guerlain«, sagte Bonnet mit ruhiger Stimme. »Wollen Sie uns etwa sagen, dass Sie bereits in Carassos Wohnung waren?«

Nicolas hob entschuldigend die Hände.

»Leider wohne ich gewissermaßen dort«, fügte er an. »Und an dieser Tatsache bin ich ausnahmsweise unschuldig.«

Merci, Maman, dachte er.

Roussel spuckte den Zahnstocher aus, er landete vor Alphonses Füßen, der immer noch auf seinem Stuhl an der Wand saß und schmollte.

Der Leiter des *Commissariat* legte langsam seinen Kugelschreiber auf die Tischplatte und versuchte ruhig zu bleiben. Es gelang ihm nicht. Gerade als er tief Luft holte, klopfte es an der Tür.

»Was ist?«, brüllte er. Die Tür zum Besprechungsraum öffnete sich mit einem leisen Quietschen, und eine zierliche Gestalt mit kurzen dunklen Haaren und einer kleinen Anker-Tätowierung am Hals schaute herein.

»*Salut*, ich bin Claire. Die neue Praktikantin. Ich soll mich hier melden. Aber vorne war niemand. Und da ist auch überhaupt keine Klingel, nur ein Schild. Störe ich?«

KAPITEL 17

Deauville/Trouville
Dreißig Minuten später

Nicht weit entfernt vom Pont des Belges, der Brücke, die über die Touques hinüber nach Trouville führte, standen einige Fischer vor einem kleinen Café und blickten abschätzig auf die weißen Segelboote im Bassin de Morny. Vor ihren Augen versuchte ein Mann in rosafarbenem Polohemd ein Tau vom Poller zu lösen, das sein schlankes Schiff an Land hielt. Er versuchte es mehrfach, schaffte es aber nicht. Die Fischer blickten zu ihm hinüber, dann zu der Frau, die an Deck stand und in ihrer überdimensionalen Handtasche etwas suchte. Vermutlich die Nummer des Skippers.

»Vielleicht könnten Sie mir ja kurz helfen?«, fragte der Mann in Richtung der Fischer.

Er erhielt keine Antwort. Die Männer hatten sich abgewendet, einer von ihnen spuckte etwas Kautabak auf die Planken des Stegs. Hinter ihnen rauschte der Verkehr über die Brücke, in dem Café, vor dem sie standen, gurgelte eine billige Kaffeemaschine.

»Heute also rosa«, murmelte einer der Männer.

»Besser als das scheußliche Grün von gestern«, erwiderte ein anderer und blickte hinüber zum großen Hafenbecken.

Die Kutter waren fort und mit ihnen die Aussicht auf einen Tageslohn. Die Schiffe hatten ihre Stammbesatzungen gekürzt, und hier vor dem kleinen Café standen die, die wieder einmal an Land bleiben mussten.

Kein Bedarf.

Der Mann im rosa Polohemd stand ratlos vor seinem Boot und blickte auf seine weiß leuchtenden Segelschuhe.

»Der Skipper lässt sie warten.«

»Recht hat er.«

Die Männer kannten das Paar, es kam öfter aus Paris, um einige Tage in seiner Wohnung in der Marina von Deauville zu verbringen, eine der Wohnungen, die den Fischern vor dem Café die Sicht auf das Meer versperrten.

Ein kleiner silberner Fisch glitt durch das Hafenbecken, als Roussel und Claire sich der Gruppe vor dem Café näherten. Die Männer nickten dem Zivilbeamten zu, der seine Sonnenbrille abnahm und der Bedienung ein Zeichen gab.

»Einen Espresso, ja?« Claire fragte er nicht.

»*Salut*, Roussel.« Argwöhnisch betrachteten die Männer ihn und die junge Frau, die neben ihm stand. Claire blickte freundlich zurück.

Einer der Fischer hob sein Bierglas.

»Auch einen Schluck, Mademoiselle?«

»Nein, danke. Ich trinke so früh noch nicht. Aber Ihnen scheint es ja zu schmecken, Monsieur.«

Der Mann grinste.

»Seit wann nimmst du Kinder mit zur Arbeit, Roussel?«

Roussel schälte einen Kaugummi betont langsam aus der Verpackung. Er blickte hinüber zu den Segelbooten.

»Hat sich viel verändert hier, oder?«

»Allerdings. Offensichtlich trägt man jetzt auf See Rosa.« Eine Ladung Kautabak landete vor Claires Füßen, sie machte unwillkürlich einen Schritt zurück.

»Habt ihr mal wieder keinen Kutter abbekommen heute?«, fragte Roussel.

»Würden wir sonst hier stehen?« Einer der Männer fuhr sich fahrig durch die grauen Bartstoppeln und zeigte mit dem Daumen hinter sich, wo träge die Touques ihrer Mündung entgegenfloss. »Drüben am Hafen findest du noch ein paar von uns. Es wird immer schwerer ohne Stammkutter.«

»Hab ich gehört.«

»Also, Roussel, was willst du? Wir würden sonst nämlich gerne hier in Ruhe stehen und die Sonne genießen. Gerne mit Mademoiselle, wenn sie möchte.« Der Fischer mit dem Bierglas klopfte einladend auf einen Barhocker neben sich und schaute verblüfft, als Claire seine Einladung dankend annahm.

»Ich bin Claire, das ist mein erster Tag heute, und ich bin einfach mal mit meinem Kollegen losgegangen, um etwas zu lernen. Ich komme aus Le Havre, Mont-Gaillard genauer gesagt.«

»Kenn ich. Kein angenehmes Viertel.«

»Geht so, sagen Sie, war einer von Ihnen eigentlich auch auf der *Hirondelle de la Mer*, als Monsieur Carasso über Bord ging?«

Roussel verdrehte die Augen und verfluchte den Dienststellenleiter, dass er ihm die Praktikantin mitgegeben hatte. Jetzt hatte er die Kleine am Bein, er konnte sie ungefähr so gut gebrauchen wie eine Pechsträhne im Casino.

Die Männer schauten sich an.

»Nein, keiner von uns. Warum wollen Sie das wissen?«, antwortete der Fischer leicht verstört.

»Weil wir eine abgehackte Hand gefunden haben, und die gehört vielleicht ihm, wissen Sie? Und jetzt fragen sich mein Kollege und ich, was da wohl genau passiert ist, an Bord der *Hirondelle*.«

Der Mann wurde blass. Seine linke Hand tastete nach dem Bierglas.

Roussel verschluckte sich an seinem Kaugummi.

Kaum einen halben Kilometer entfernt liefen Michel Bonnet und Nicolas in Trouville, auf der anderen Seite der Touques-Mündung, barfuß über den Strand. Es war Nicolas' Idee gewesen, den Wagen in einer Seitenstraße stehen zu lassen, und Bonnet hatte missmutig eingewilligt.

Ihre Fußspuren verloren sich zwischen den Handtüchern, Strandmatten und Plastikbällen, die allmählich begannen, den Strand zu erobern.

»Was sollte das mit der Hand?«, meinte Bonnet barsch. »So viel Polizeiausbildung haben doch selbst Sie als Personenschützer genossen, um so etwas als Schwachsinn zu erkennen, oder?« Er war noch immer sauer, und er hatte allen Grund.

»Wissen Sie, Bonnet«, antwortete Nicolas und blickte dabei hinaus aufs Meer, wo eine Fähre den Horizont entlangfuhr, »ich bin aus zwei Gründen hier. Aber nur einer zählt wirklich.«

Bonnet schwieg.

»Ich kann Sie bei Sicherheitsfragen beraten. Ich kann Ihnen zum Beispiel auch sagen, dass Ihr Mann für den Gipfel, Yves Colinas, überarbeitet ist und Fehler macht. Dass er abgelenkt ist und gerne mal die gleiche Akte zweimal liest. Und dass die schusssicheren Westen, die ich im Eingangsbereich gesehen habe, veraltet sind. Das alles kann ich Ihnen sagen.«

»Natürlich sind sie veraltet«, fluchte Bonnet. »Und dass Yves Colinas zu viel arbeitet, weiß ich selbst. Aber ich kann es nicht ändern.«

»Aha«, sagte Nicolas.

»Und was ist der zweite Grund?«, fragte Bonnet genervt.

»Den kennen Sie ganz genau«, sagte Nicolas und setzte seine Sonnenbrille auf. »Oder gucken Sie kein Fernsehen? Falls doch, dann würden Sie sich nicht über eine Hand wundern, die ich irgendwo ablege.«

Sie waren stehen geblieben und blickten sich an. Direkt neben ihnen begann ein kleiner Junge, eine Sandburg zu bauen. Er muss sie weiter oben am Strand bauen, dachte Nicolas. Die Flut würde kommen und die Mauern überspülen. So wie sie seine Mauern überspült hatte.

Weit über ihnen kreiste eine Möwe. Bonnet runzelte die Stirn.

»Ich werde Sie im Auge behalten«, erklärte er.

»Dann haben Sie mir etwas voraus«, sagte Nicolas. Er hatte sich selbst schon seit Langem aus den Augen verloren.

Sie liefen an den Tennisplätzen und Volleyballfeldern vorbei. Links von ihnen konnte Nicolas in der Ferne die rauchenden Schlote von Le Havre erkennen, davor öffnete sich die Mündung der Seine in den Ärmelkanal. Frankreichs bekanntester Fluss vereinte sich im Süden der großen Industriestadt mit dem kalten Wasser des Atlantiks, langsam und ohne Hast, so wie die Seine bereits hunderte Kilometer zuvor am Eiffelturm in Paris vorbeigeflossen war.

Paris.

Er musste morgen Abend dort sein, er wollte das Konzert nicht verpassen. Er wollte kein einziges verpassen.

Eine andere Spur zu Julie hatte er nicht.

Wenige Minuten später öffneten sie vorsichtig die Terrassentür im Erdgeschoss der Villa Proust und betraten die Wohnung von Jean Carasso. Anders als bei seinem ersten Besuch zog Nicolas sich jetzt Latexhandschuhe über, die Bonnet ihm reichte.

Es roch nach Staub und den zurückgelassenen Resten eines

alten Lebens. In einem Küchenregal standen Marmeladengläser mit Kräutern und Gewürzen, im Flur hing eine gelbe Fischerjacke. Nicolas sammelte vor der Wohnungstür ein paar Erdkrumen auf. Hier hatte jemand gestanden und ihn am Vorabend bei seiner Ankunft durch den Türspion beobachtet.

Bonnet ging ins Schlafzimmer und pfiff leise durch die Zähne.

»Da war jemand aber sehr gründlich.«

Am schlimmsten sah es in den hinteren Räumen aus, wo Jean Carasso sich offensichtlich einen Arbeitsplatz eingerichtet hatte. Kisten mit Fotografien und Dias waren ausgeschüttet worden und lagen quer im Raum verteilt. Zwei gerahmte Bilder hingen schief an der Wand, das Glas war zerbrochen. Durch eine unscheinbare Tür gelangte Nicolas in eine kleine Dunkelkammer. Zwei gelbe Plastikschalen standen auf einem Tisch, an der Wäscheleine darüber hingen drei Bilder.

Eine Möwe am Strand, offensichtlich vom Garten aus fotografiert. Nicolas betrachtete sie für einen Moment, konnte aber nichts Besonderes an den Bildern finden. Außer, dass sie ihm gefielen.

Bonnet kam in den Raum und schwenkte einen Schlüssel in seiner rechten Hand. »Der lag auf dem Boden.«

»Danach hat er also nicht gesucht.«

»Oder er hat ihn mitgebracht und bei seiner Flucht verloren.« Der Schlüssel passte von innen ins Schloss der Wohnungstür, die ins Treppenhaus führte.

Nachdem sie nichts weiter fanden, versiegelten sie beide Eingänge mit einem blauen Aufkleber und verließen das Grundstück über die kleine Treppe zum Strand.

Als Nicolas sich noch einmal umblickte, spiegelte sich die Sonne in den Fenstern seiner Wohnung im ersten Stock.

»Das hast du ganz prima gemacht, kleine Praktikantin!«

Roussel schäumte. Nicht nur, dass ihm Bonnet die Kleine mitgegeben hatte, sie versaute ihm auch noch den Kontakt zu den Fischern.

»Entschuldigung«, murmelte Claire.

Sie kapierte aber auch gar nichts!

»Entschuldigung, scheiß drauf, dafür ist es jetzt zu spät. Du hältst ab sofort die Klappe! Einfach zuhören und Klappe halten, meine Kleine, ja? Vielen Dank!«

»Ist ja gut!« Claire rollte mit den Augen und wartete, bis Roussel seine Brandrede zu Ende gebracht hatte.

Sie liefen am Ufer der Touques entlang, und als sie kurz darauf die Fischhalle erreichten, hob sich Claires Laune bereits wieder.

»Warte, ich mach es wieder gut!« Sie stürmte los.

»Verdammt, was ist denn jetzt schon wieder?«, rief Roussel ihr hinterher und beschloss, später ein Wörtchen mit seinem Chef zu wechseln.

Das Wasser im Hafen von Trouville glitzerte zwischen den heimkehrenden Fischerbooten, die Stunden zuvor im Morgengrauen hinausgefahren waren. Seeleute hoben ihre Plastikkörbe auf die Kaimauer, wo begierige Hände sie entgegennahmen und sofort an den Ständen der Markthalle verteilten. Der Lastwagen einer Handelskette parkte unter den Platanen, sein Heck war geöffnet wie das Maul eines Walfisches, der darauf wartete, dass die Strömung ihn mit Essen versorgte. Roussel ging durch die Markthalle, nickte einigen Fischern zu und genoss den Geruch von frischen Krabben.

»*Bonjour*, habt ihr Dumarc gesehen, den Kapitän der *Hirondelle*?«, rief er einem Verkäufer zu, der gerade dabei war, einer Kundin zwei Heringe einzupacken.

»Nein, keine Ahnung. Wir haben den Fisch von der *Elise*.«

Roussel ging an den Ständen vorbei und erreichte die Liegeplätze der Fischkutter. Die *Hirondelle de la Mer* lag schaukelnd auf ihrem angestammten Platz. Die Körbe und Eimer befanden sich sorgfältig vertäut an Deck, die große Spule war gesäubert und trocken. So trocken, dass Roussel nicht glaubte, sie sei heute schon im Einsatz gewesen.

»Die *Hirondelle* war heute gar nicht draußen.«

Er drehte sich um, vor ihm stand Claire, grinste und hielt ihm ein Baguette mit Krabbenfleisch hin.

»Hier, als Entschuldigung.«

»Woher weißt du das mit der *Hirondelle?*«, fragte er sie und griff nach dem Baguette. Er würde trotzdem mit Bonnet reden.

»Sagen wir mal, ich habe den Stand nicht nur nach der Qualität des Fisches ausgesucht.« Sie lächelte verschmitzt.

»Und weißt du auch, warum das Schiff heute nicht rausgefahren ist?«

»Klar.« Sie biss beherzt in ihr Baguette und setzte eine riesige Sonnenbrille auf. Wie eine Fliege, dachte Roussel.

»Und?« Die Kleine machte ihn wahnsinnig. Jetzt wollte sie auch noch ihren kleinen Erfolg auskosten. Er musste nur rübergehen in die Halle und jemanden fragen, er kannte schließlich so gut wie jeden hier.

»Weil André Dumarc heute nicht erschienen ist. Einfach so, nicht gekommen.«

»Aha.«

»Ja, aha. Und angeblich ist er voll wie ein Eimer.«

KAPITEL 18

Deauville/Trouville
Am Abend

Das Licht der mächtigen Kronleuchter spiegelte sich in den Fenstern, die bis auf den Boden reichten und den Blick freigaben auf einen flammenden Horizont. Südlich von England ging die Sonne im Meer unter, und es war, als hätte sie beschlossen, zum Abschied ihr schönstes Abendkleid anzuziehen. In strahlenden Farben eroberte sie den großen Saal des Restaurants und zog die Blicke der anwesenden Gäste auf sich. Direkt an den großen Panoramascheiben waren die Tische immer schon Wochen im Voraus ausgebucht. Das »Le Canard« galt immerhin als das beste Restaurant im besten Hotel der Stadt. Die leisen Klavierklänge perlten an den Verzierungen der Wände entlang, glitten an den samtenen Vorhängen hinab und landeten sanft segelnd auf einem schweren Teppich. Dort vermischten sie sich mit dem Murmeln der Gäste, die in leiser Verzückung ihre *Foie Gras* betrachteten und nach dem zweiten Bissen jeglichen Gedanken an die später zu begleichende Rechnung von sich schoben.

Auch Nicolas' Mutter liebte *Foie Gras*, und er konnte sie gerade noch daran hindern, einen lauten Jubelschrei von sich zu geben.

»*Maman*, bitte!«

»Nicolas, probier doch mal! Es ist so himmlisch. Hier, nimm

ein Stück!« Sie streckte ihm so auffällig ihre Gabel entgegen, dass der Kellner zwei Tische weiter einen spontanen Schwächeanfall bekam.

»Lass gut sein, *Maman.*« Er tupfte seine Mundwinkel mit einer Serviette ab und blickte sich um. Wohlstand lag in der Luft, dazu eine Mischung aus gelangweilter Eleganz und einer nicht zu übersehenden Routine.

Sie saßen an einem kleinen Tisch in der Mitte des Raums, den der Hotelbesitzer wie selbstverständlich für »unsere Madame Guerlain« hatte herrichten lassen. Nicolas fühlte sich unwohl. In seinem Rücken waren noch drei weitere Tische, dahinter öffnete sich eine kleine Schwingtür zur Küche hin. Eine Tür, die er von seinem Platz aus nicht einsehen konnte, er hasste das. Aber seine Mutter hatte darauf bestanden, dass er freie Sicht auf den Sonnenuntergang hätte.

Nicolas hatte versucht, sich die Gesichter aller Gäste einzuprägen, als er gemeinsam mit seiner Mutter das Restaurant betrat. So wie er es immer tat, wenn er in einen Raum mit vielen Menschen kam. Er hatte im Vorbeigehen beobachtet, wer die Gabel in der rechten Hand hielt, und sich die Gesichter derer gemerkt, die allein hier waren. Es waren nicht viele.

Seine Blicke wanderten unauffällig durch den Raum, während seine Mutter einfach weiterredete.

»Weißt du eigentlich, Nicolas, dass ich seit Tagen bei der Polizei anrufe, um mich zu beschweren?«

»Nein, *Maman.*«

»Doch, doch. Aber ständig wimmeln sie mich ab oder gehen gar nicht erst ans Telefon. Kannst du dir das vorstellen? Die gehen nicht mal ans Telefon, wenn man den Notruf wählt!«

Allerdings nicht, dachte Nicolas und erinnerte sich an den verwaisten Empfangsbereich an jenem Morgen, als er mit einer rechten und zwei linken Händen durch Deauville lief.

»Sie sehen deine Nummer«, erklärte er. »Deshalb gehen sie vermutlich nicht ran.« Er musste zugeben, dass die Fischsuppe köstlich war.

»Eine Unverschämtheit ist das. Dabei kosten mich diese falsch geparkten Fahrzeuge wirklich Zeit und Nerven. Die stehen auf dem Parkplatz, der für meine Boutique reserviert ist!«

»Dann lass sie abschleppen, *Maman*.«

»Wie sieht das denn aus? Ich bin hier nicht irgendwer. Nein, die Polizei soll bitte schön etwas unternehmen! Dafür ist sie doch da, oder?«

Nicolas dachte an die vielen Touristen, die verzweifelt versuchten, den horrenden Parkgebühren zu entgehen, und die direkt vor dem Hintereingang des Hotels ihr unverhofftes Glück fanden.

»Neulich stand sogar so ein Kastenwagen auf meinem Platz, kannst du dir das vorstellen? Ich wollte abends nochmal in den Laden, und da stand er.«

Nicolas sah auf die Uhr. Morgen um diese Zeit würde er in Paris sein, im Théâtre des Champs-Élysées. Er würde Michel Bonnet einfach erzählen, dass sein Dienst ihn kurz zurückbeordert hatte. Eine Besprechung.

»*Maman*, wir müssen noch etwas bereden.«

»Ach ja? Wie findest du denn eigentlich die Wohnung drüben in Trouville? Gut, es ist Trouville, aber es geht doch hoffentlich, oder? Wenn du magst, kann ich den Hotelbesitzer mal fragen, ob er eine freie Wohnung hier in Deauville hat.«

»Nein, es ist prima. Wirklich.« Ein Kellner räumte die Teller ab und wechselte freundlich ein paar Worte mit Nicolas' Mutter.

Als er ging, konnte Nicolas sehen, wie er zurück an ihren Tisch deutete und einem Kollegen einen Schlag mit einem imaginären Koffer versetzte. Die beiden lachten, so wie Kellner lachen, die dabei nicht ertappt werden wollen.

»*Maman*, hör zu …«

»Nicolas, Moment! Siehst du den Herrn dort drüben, im Smoking? Das ist ein sehr netter Kunde von mir. Ihm gehört die Pferderennbahn von Clairefontaine, kannst du dir das vorstellen? Also, er hat sehr viel Geld.« Sie winkte dem Smoking zu und bekam zur Belohnung ein anerkennendes Lächeln und ein höfliches Kopfnicken.

»Und das dort hinten, das sind Monsieur und Madame Corneille, siehst du sie? Sie ist ein bisschen aus dem Leim gegangen, aber er ist wirklich sehr nett.«

»Was besitzen sie?« Nicolas wusste, dass dies die einzig wichtige Frage war.

»Sie besitzen nichts, sie bauen! Er hat die Marina geplant, wirklich schön ist sie geworden.« Der Kellner brachte eine Fischplatte für zwei Personen an ihren Tisch.

»Und dahinten ist Madame Payet, du kennst sie ja bereits. Warte, ich bin sofort wieder da, der Fisch schwimmt ja nicht weg. Ach, mein Nicolas, es ist wirklich schön, dass du wieder zuhause bist!«

»*Maman* …«

»Moment, *cheri*, ich sage nur kurz hallo.«

Fünf Minuten später fragte sich Nicolas, ob es unhöflich wäre, in so einem Restaurant das Handy herauszuholen und die Polizei anzurufen. *Nicolas Guerlain hier, hallo Alphonse. Bitte nehmen Sie meine Mutter fest.*

»So, da bin ich wieder, schmeckt es dir?«

»Ich habe auf dich gewartet«, sagte Nicolas und reichte seiner Mutter eine kleine Schale mit Zitronen.

»Musst du nicht, fang ruhig an. Ich wollte nur kurz wissen, ob Madame Payets Mann schon abgereist ist. Sie verbringt jedes Jahr noch ein paar Tage alleine im Hotel, weil er schon wieder arbeiten muss. Eine ganz reizende Frau ist das.«

»Und?«

»Und was?«, erwiderte sie und knackte beherzt ein Krebsbein auf.

»Ist er schon abgereist?« Nicht, dass es ihn interessiert hätte.

»Ist er. Aber sie hat ihn noch nicht erreicht, telefonisch meine ich. Er ist ein sehr erfolgreicher Geschäftsmann. Eigentlich schon in Rente, aber du weißt ja, die Guten braucht man immer.«

»Ist das so?«

»Natürlich! Deshalb hat dich der Präsident ja auch nach Deauville geschickt!«

Nicolas blies seine Backen auf und lächelte einem kleinen Mädchen zu, das bestimmt gehofft hatte, mit seinen Eltern Nudeln essen zu gehen. Und das jetzt ebenso hier gestrandet war wie er. Das Mädchen lächelte zurück.

»Selbst der amerikanische Präsident kommt ja hierher. Mein Gott, vielleicht will seine Frau ja etwas kaufen! Hältst du das für möglich, Nicolas? Du kennst die doch alle.«

»Bestimmt will sie einen Bademantel kaufen.«

»Meinst du? Ich muss sie unbedingt auf den Zoll hinweisen. Das vergessen die immer!«

»Ich werde sie dran erinnern«, beruhigte Nicolas sie.

Seine Mutter starrte ihn fragend an, ein kleiner Fleck selbstgemachter Thunfisch-Creme hing an ihrer Lippe.

»Nur ein Witz, *Maman*.« Die Kleine am Nachbartisch zerlegte ihren Fisch in seine Einzelteile und stellte mit Bedauern fest, dass dennoch keine Fischstäbchen daraus wurden.

»*Maman*, hör mal zu, ich muss dir noch etwas sagen«, schob er schnell nach, bevor sie sich aufmachen konnte, um jemanden an einem der anderen Nachbartische zu begrüßen.

»Ja?«

»Es geht um Julie.«

Sie legte das Besteck zur Seite und rückte ihren eleganten nachtblauen Rock zurecht, der noch am Morgen in einer Boutique nahe des Casinos gehangen hatte.

»Nicolas«, begann sie. »Ich weiß, wie sehr dich das alles mitgenommen hat. Aber du musst es endlich hinter dir lassen, es ist drei Jahre her!«

»*Maman*, ich habe sie gesehen. Ich schwöre, ich habe sie gesehen!«

Sie blickte ihn mit ernster Miene an.

»Lass es gut sein, Nicolas. Du weißt, dass du sie nicht wirklich gesehen hast. Und ich möchte so etwas wie damals nicht noch einmal mit dir erleben.« Sie tätschelte seinen Unterarm. »Du wirst schon eine neue … ah, da ist ja Madame Blanchard! *Bonsoir*, Madame!«

Eine ältere Dame kam lächelnd an ihren Tisch.

Nicolas lächelte zurück.

Eine gute Stunde später setzte ihn ein Taxifahrer vor der Villa Proust ab. Nicolas gab ihm zu viel Trinkgeld und öffnete das rostige Tor. Das Haus stand dunkel und still da. Wenn du ein Geheimnis hast, sag es mir, dachte er.

Er steckte den Schlüssel ins Schloss, es hallte laut durchs Treppenhaus. An der Tür zu Carassos Wohnung klebte ein neues blaues Siegel; die Spurensicherung war da gewesen. Auf halber Höhe des Treppenhauses konnte er das Meer durch ein kleines Fenster erkennen. Am Strand liefen zwei Hundebesitzer ihre späte Runde, eine Möwe trottete in Richtung Hafen, zu müde oder zu vollgefressen, um zu fliegen.

Man sollte sie zeichnen, nicht fotografieren, dachte er. Mit einem weichen Bleistift.

»Jede Möwe gibt es immer dreimal«, hatte Julie ihm einmal erklärt, als sie unten am Wasser entlangliefen.

»Warum dreimal?«

»Na, an Land, in der Luft und natürlich im Wasser.«

»Und wo gefallen sie dir am besten?«

Julie hatte gesagt, dass sie darüber nachdenken müsse. Und ihre gelbe, zu große Strickmütze war ihr ins Gesicht gerutscht, so weit, bis nur noch ihre Nasenspitze herausschaute.

Nicolas zog seinen Mantel aus und ging weiter die Treppe nach oben. Neunzehn Stufen insgesamt. Die fünfte knarzte. Die zehnte auch.

Er dachte an das Abendessen mit seiner Mutter und versuchte, sich an die Namen der ihm vorgestellten Personen zu erinnern. Es fiel ihm schwer.

Die Tür zu seiner Wohnung stand offen.

Schwaches Licht drang in das dunkle Treppenhaus, in dem er jetzt stand und die Luft anhielt. Dann ließ er langsam seinen Mantel zu Boden gleiten und schlüpfte aus seinen Schuhen. Lautlos ging er die letzten drei Stufen hinauf und drückte vorsichtig die Tür auf.

In der Küche weiter hinten brannte Licht, und er erinnerte sich genau daran, es am Morgen ausgemacht zu haben. Nicolas konnte den Schimmer der kleinen Lampe am Ende des Flurs erkennen. Er blickte dennoch zuerst vorsichtig nach links ins Schlafzimmer.

Es war leer.

Langsam schob er sich an der Wand den Flur entlang und griff nach der leeren Porzellanvase auf der Kommode.

Diesmal wurde kein Atem hinter einer Tür angehalten, keine Schuhspitze drückte sich gegen das Holz. Keine Klinke wurde festgehalten.

Nicolas schloss die Augen und lauschte.

»Kommen Sie endlich rein, und machen Sie die Tür zu. Es zieht.«

Michel Bonnet, der Leiter des *Commissariat*, hatte seine Jacke über den Stuhl neben sich gehängt, auf dem Tisch standen zwei Weingläser.

»Haben Sie einen Flaschenöffner?«

»Keine Ahnung.« Nicolas stellte die Vase vorsichtig auf den Tisch und zog eine Schublade auf. Nach kurzem Suchen wurde er fündig.

»Trinken Sie überhaupt, oder macht das jemand wie Sie nicht?«, fragte Bonnet.

»Sie meinen, ein Durchgeknallter wie ich?« Nicolas reichte ihm den Flaschenöffner.

»Das haben Sie gesagt.«

»Nein, das sagt das Fernsehen.«

Das Aroma von Rotwein eroberte den kleinen Raum, während draußen die Dunkelheit das Haus umschloss. Bonnet füllte die beiden Gläser zur Hälfte.

»Wie auch immer, ich glaube, wir sollten uns unterhalten.«

Nicolas löste seinen Krawattenknoten und setzte sich. Er war müde.

»Was wollen Sie wissen?«

Bonnet lächelte.

»Ich habe vorhin mit Ihrem Dienst telefoniert. Mit einem gewissen Gilles Jacombe.«

»Dann wissen Sie ja einiges.«

»Richtig, einiges. Aber nicht alles. Und mich interessiert vor allem eine Frage.«

Nicolas nahm einen Schluck aus dem bauchigen Glas und schloss für einen Moment die Augen. »Und die wäre?«, murmelte er und unterdrückte ein Gähnen.

Bonnet blickte ihn ernst an.

»Sind Sie ein Problem für mich, Monsieur Guerlain? Denn wenn das so ist, wüsste ich das gerne jetzt.«

Nicolas öffnete die Augen und schwieg für einen Moment. Der Rotwein lag weich wie Samt auf dem Gaumen, Bonnet musste eine ordentliche Summe ausgegeben haben.

»Nein, ich bin kein Problem. Zumindest nicht Ihres.«

Das schwache Licht der Küchenlampe warf die Schatten der beiden Männer an die Wand, Bonnet seufzte kurz und griff in die Innentasche seiner Jacke.

»Es könnte sein, dass Sie sich da täuschen, Monsieur Guerlain.«

Er zog einen Umschlag heraus.

»Den hier habe ich vorhin aus Ihrem Briefkasten gefischt. Es kam mir komisch vor, in dieser Wohnung hier oben wohnt ja offiziell niemand.«

»Allerdings«, sagte Nicolas.

»Er ist völlig unbeschriftet. Kein Absender, kein Empfänger, nichts. Ich habe ihn geöffnet, ich war so frei.«

Nicolas runzelte die Stirn und beugte sich vor. Bonnet holte ein Foto aus dem Umschlag und legte es auf den Tisch, in den Schein der Küchenlampe.

Nicolas' Müdigkeit verschwand augenblicklich. Er kannte das Bild, zumindest den Teil, der nicht bearbeitet worden war.

François Faure auf dem roten Teppich. Getroffen vom Kevlar in Nicolas' Hand.

Darüber ein Fadenkreuz.

»Wollen Sie mir vielleicht etwas sagen, Monsieur Guerlain?«, fragte Bonnet leise, aber Nicolas hörte ihm nicht mehr zu. Er blickte noch immer auf das Foto.

Jemand hatte den Hintergrund, das Festivalgebäude in Cannes, ausgetauscht. Nicht sehr professionell, aber letztendlich erfolgreich. Jetzt standen François Faure und er selbst vor dem Casino von Deauville. Genau dort, wo in wenigen Tagen der internationale Gipfel beginnen würde.

Michel Bonnet nahm einen großen Schluck Wein und schenkte Nicolas nach. Dann tippte er auf das Fadenkreuz auf der Stirn des Ministers.

»Das hier, Monsieur Guerlain, wird nicht passieren«, zischte er. »Nicht in meiner Stadt. Und Sie werden dafür sorgen. Und es ist mir völlig egal, ob Sie dabei durchdrehen, weil Sie glauben, Ihre kleine Freundin zu sehen, oder nicht.«

Bonnet lehnte sich auf seinem Stuhl zurück und atmete geräuschvoll aus.

»Eigentlich müsste ich sofort in Paris anrufen und eine Sondereinheit anfordern. Aber das werde ich nicht tun. Und wissen Sie, warum? Weil mir Paris schon jetzt gehörig auf die Eier geht. Ich kann nicht noch welche von Ihrer Sorte gebrauchen, also werden Sie hier Ihren Job machen und jegliche Gefahr von vornherein erkennen und ausschalten. Haben Sie mich verstanden?«

Nicolas blickte stumm in sein Glas und betrachtete die tiefrote Farbe des Weins, in dem sich sein Gesicht spiegelte.

Weder er noch Bonnet konnten ahnen, dass es genau diese Farbe war, die sich in ebendiesem Augenblick auf der anderen Seite der Touques über den Holzboden einer Umkleidekabine ergoss. Eine grüne Holztür wurde hastig zugeworfen, die Schritte zweier Menschen entfernten sich. Über die tiefrote Farbe legte sich der Schatten der Nacht.

Auf dem weißen Geländer vor der Kabine stand in schwarzen Lettern der Name einer fast vergessenen Schauspielerin.

Teil zwei

FLUT

Deauville
Im Herbst 1967
Kurz zuvor

»Da Da Da Dabadabada…«

Sie hatte die Melodie am Morgen zum ersten Mal im Kopf gehabt, sie wusste nicht mehr, warum. Irgendwann zu Beginn dieses grässlichen Tages hatte sie angefangen, sie zu summen. Und jetzt, wo der Tag längst einer dunklen Nacht gewichen war, war sie wieder da. Die Melodie schob sich aus den Untiefen ihres Kopfes nach vorne, breitete ihre Flügel aus und erfüllte die kalte Luft vor ihren rissigen Lippen mit einem kaum hörbaren Klang. Ihr heiseres Flüstern drang als einziges Geräusch durch den feuchten Nebel von Deauville.

»Da Da Da Dabadabada…«

Sie würde diese Melodie so lange summen, bis diese Nacht ein Ende hatte. Barfuß auf dem grauen Trottoir vor dem Haus dachte sie, dass diese Melodie das einzig Gute war an ihr. Und dass es doch tröstlich war, sein Leben mit etwas Gutem im Sinn zu beenden.

Zögerlich tasteten sich ihre Zehen nach vorne, erreichten die Kante des Bürgersteigs und neigten sich nach unten. Einige Tropfen Blut fielen hinab und wurden vom feuchten Straßenbelag bereitwillig aufgesogen. Ihr war kalt, sie hatte im Hausflur blind nach einem der Mäntel gegriffen. Und jetzt stand sie umhüllt von Nebel und einem zu großen Mantel in der

Kälte und wünschte sich, sie könnte schreien. Es wäre ihr egal gewesen, wenn sie dann ihr Verschwinden bemerkt hätten. Es machte keinen Unterschied. Sie war nicht vor ihnen geflohen.

Sie floh vor sich selbst.

Hustend stolperte sie den Zaun entlang bis zur Straßenecke. Eine gelb leuchtende Laterne blickte ohne Mitleid auf sie herab, die Scheinwerfer eines langsam vorbeifahrenden Autos erfassten für einen kurzen Augenblick ihre Beine. Sie bog in eine Seitenstraße ein und sah in einiger Entfernung das Licht des Casinos von Deauville.

Er war noch nicht wieder von dort zurückgekommen.

Sie stellte sich vor, wie sie blutend die große Treppe hinauflaufen würde, vorbei an den ekelverzerrten Blicken der Gäste. Ein Portier würde sie aufhalten, sie würde ihn anschreien. Mit spitzen, animalischen Schreien würde sie ihn und die anderen erschrecken. So lange, bis sie ihn gefunden hätte. Dann würde sie den Mantel ausziehen und sich dafür entschuldigen, dass sie ihr Abendkleid vergessen hatte.

Bei diesem Gedanken musste sie lachen, ihre Kehle brannte. Zwischen den Beinen merkte sie, wie ihre Blase sich entleerte.

Sie hielt sich am Zaun einer alten Villa fest und schloss die Augen. Für einen kurzen Moment konnte sie in ihrem Kopf die Möwen am Strand hören, ein roter Kinderdrachen flatterte im Wind. Eine Frau lachte im Arm eines Mannes, der sie hochhob. Ein Wagen fuhr runde Spuren in den harten Sand.

»Da Da Da Dabadabada…«

Erinnerungen an einen Film.

Das einzig Gute in dieser Nacht.

Sie dachte an Jule und Philippe, ihre Söhne. Sie würde sie nicht wiedersehen.

Tief in ihrem Innern schrie sie um Hilfe. Um Hilfe für ihre Söhne, nicht für sich.

Als sie die Rue du Général Leclerc überquerte, sah sie, dass sie sich getäuscht hatte. Es brannte gar kein Licht. Das Casino lag im Dunkeln vor ihr, nur die beleuchteten Werbetafeln auf der Rückseite des Gebäudes warfen noch etwas Licht in die Nacht. Sie stöhnte und fuhr sich mit der Hand durch die Haare. Zitternd lehnte sie sich an das rostige Gitter einer Boutique und atmete tief ein. Aus der Ferne konnte sie Stimmen hören. Langsam schob sie sich an der Hauswand entlang, bis sie die Straßenecke erreichte. Dort verließen sie die Kräfte, und sie sackte geräuschlos zu Boden, klappte wie eine Schaufensterpuppe zusammen und legte den Kopf auf den nassen Asphalt. Alles war still, auch das wenige Gute.

Schritte waren auf dem Trottoir zu hören, gefolgt von einer gemurmelten Begrüßung und dem Geräusch eines billigen Feuerzeugs. Sie konnte die Spitze eines Männerschuhs sehen. Zigarettenasche fiel zu Boden. Zwei fremde Männer standen nur Zentimeter entfernt von ihr hinter der Straßenecke. Sie wollte sie fragen, wann das Casino wieder aufmachen würde, aber sie hatte keine Kraft mehr.

»Ist eine lange Nacht, oder?«, sagte der eine.

»Genauso lange wie jede andere«, antwortete der andere.

»Alles in Ordnung, Bécaud?«

»Keine Ahnung, sag du es mir.«

»Bei mir war heute Abend alles ruhig. Keine zu hohen Einsätze, keine zu hohen Gewinne. Alles ruhig. Und bei dir?«

Die Schuhspitze bewegte sich und zerdrückte die Zigarettenkippe, die leuchtend auf dem Boden gelandet war.

»Bei mir stimmte irgendetwas nicht. Ich weiß nicht, was, aber etwas stimmte nicht heute.«

Sie vernahm die Stimmen der Männer jetzt nur noch als dumpfes Echo in ihrem Kopf. Eine Haarsträhne löste sich und hing ihr ins Gesicht. Es klebte Blut daran. Sie wollte stöhnen, war aber zu müde. Ihre Hand tastete sich an der Wand entlang, bis ihre Fingerspitzen die Hausecke erreicht hatten. Das Bein des älteren Mannes war jetzt nur noch wenige Zentimeter entfernt. Ihr abgebrochener Nagel kratzte am Putz.

»Wovon sprichst du?«

»Ich weiß nicht, irgendwie war Bazin heute seltsam.«

»Antoine? Der ist doch immer seltsam. Kein Wunder, der wohnt noch bei seiner Mutter.«

»Das ist es nicht.«

»Ach komm, der ist doch harmlos. Ein Zahlenspinner, für ihn ist Roulette alles. Der würde doch am liebsten mit einer rollenden Kugel zur Arbeit kommen.« Er lachte, aufgekratzt und selbstbewusst am Ende einer Nacht, die nicht länger war als jede andere.

Sie hörte das Geräusch eines näher kommenden Busses. Es musste der erste sein. Der erste an diesem neuen Tag.

»Nein, heute war Bazin anders. Sonst ist er immer bei der Sache, er ist ein sehr guter Croupier.«

»Das solltest du ihm mal sagen, er würde sich bestimmt freuen.«

»Kann sein. Heute war er aber plötzlich anders. Ich weiß noch nicht, was es war, aber ich werde draufkommen. Er wird es mir schon noch sagen.«

Der Bus hielt an, das Quietschen der Bremsen mischte sich mit dem schreienden Schmerz in ihrem Körper. Sie würde hier verbluten, während zwei Männer ihre Zigaretten wegwarfen und nach Hause fuhren.

»Ach komm, Bécaud, er wird das Casino schon nicht betrogen haben.«

»Besser wäre es. Sonst ist er ein toter Mann.«

Da Da Da Dabadabada…

Der Film hatte am Strand gespielt, an ihrem Strand. Sie hatte sich vorgestellt, dass er ihre Geschichte erzählte. Aber er erzählte eine ganz andere Geschichte. Eine gute.

Ihre Geschichte war schlecht. Und sie würde nicht hier an dieser Straßenecke enden, sondern dort, wo sie es wollte. An ihrem Strand.

Mühsam zog sie sich an der Hauswand empor, ihre Unterarme hinterließen blutige Streifen auf dem Putz. Ein dunkler Fleck auf dem Bürgersteig zeigte, wo sie gelegen hatte. Sie keuchte jetzt, es gelang ihr nicht mehr, ruhig zu atmen. Ihre Schmerzen waren zu groß.

Sie biss sich in die Hand, als sie mit einem kleinen Schritt auf die Straße trat. Tränen flossen ihr Gesicht hinab, ihre linke Hand hielt verzweifelt den Mantel zusammen, durch den jetzt ein kalter Wind fuhr. Sie zitterte am ganzen Körper, während sie die Rue Gontaut Biron entlangtaumelte, hinter sich die Spur ihrer roten Fußabdrücke. Es war nicht mehr weit bis zum Strand, sie würde es schaffen. Sie musste es schaffen.

Während es vor ihr noch finster war, konnte sie bei einem Blick nach hinten bereits den neuen Tag erahnen. Ein grauer Streifen schob sich durch die Dunkelheit, tastete sich voran, so wie sie sich an den teuren Boutiquen und den Restaurants vorbeitastete. Unsicher. Aber unaufhaltsam.

Noch etwa hundert Meter.

Sie überquerte den großen Boulevard vor dem Casino und machte auf dem schmalen Grünstreifen eine Pause. Ihr Bauch pulsierte, ihre Beine schwankten wie die Masten der Boote, die nicht weit entfernt im Hafenbecken lagen.

Kein Auto fuhr vorbei, die Spieler hatten ihre Suche nach dem Glück für einen Moment unterbrochen und schliefen ihren kurzen Schlaf zwischen Hoffen und Bangen. Das Casino lag im Dunst eines neuen Tages, der viel Geld einbringen würde. Wieder einmal.

Sie fuhr sich über die Augen und sah nicht weit entfernt die *Planches* von Deauville. Sie liebte diesen Ort, schon als Kind hatte sie im Sommer zwischen den Mauern der Umkleidekabinen und des Badehauses verstecken gespielt. Es war ein Ort zum Träumen, an den sie sich in Gedanken schon oft geflüchtet hatte. Jetzt lagen die *Planches* schweigend vor ihr, und fast schien es, als wollten die Schatten zwischen den kleinen Häusern ihr zuflüstern, dass jetzt alles gut war. Sie war angekommen.

Ihre Hand fuhr die weißen Geländer entlang und hinterließ eine hässliche dunkle Spur. Sie schämte sich dafür. Die Namen der Schauspieler verschwammen vor ihren Augen, und sie spürte, dass ihr nicht mehr viel Zeit blieb.

Die grünen Türen waren verschlossen, die Holzbretter waren am Abend zuvor ordentlich gefegt worden. Einige Meter entfernt lag der unberührte Sand und wartete darauf, von kleinen Kinderhänden zu einer Muschel oder einer Eiswaffel geformt zu werden.

So, wie sie es früher in den Ferien getan hatte.

Mit einem leisen Seufzen und unter unsagbaren Schmerzen sackte sie vor einer der Türen zusammen. Sie lehnte sich mit dem Rücken an das Holz und blickte hinaus aufs Meer, wo die Dunkelheit sich aufmachte, Platz zu schaffen. Auf den weißen Geländern standen zwei Namen. Rock Hudson und Shelley Winters.

Durch den blutigen Schleier in ihrem Kopf drang ein warmes Lachen, nicht weit entfernt.

»Janine, warte!«

»Komm, Antoine!«

Sie hörte das Ausklopfen von Schuhen, Sand rieselte auf das Holz, irgendwo links von ihr. Eine kleine Möwe spazierte durch ihr Blickfeld und schaute neugierig auf den unerwarteten Gast an diesem frühen Morgen. Dann flog sie davon.

Ihr Kopf fiel langsam zur Seite. Sie lächelte.

Sie war Strandgut.

»Janine, warte mal … Da liegt jemand.«

Der Tag war lang gewesen. Die Nacht auch. Und jetzt begann ein neuer Tag, und es würde ein kurzer sein. Sie spürte, wie Blut ihre Schenkel entlanglief und auf das Holz tropfte. Das schöne Holz. Tief in ihr drin entstand wieder diese Melodie, die sie durch die Nacht getragen hatte.

»Da Da Da Dabadabada …«

Ob er viel gewonnen hatte, heute im Casino? Dann würde er es vielleicht verschmerzen, dass er sie verlor. Ganz sicher sogar.

»*Oh, mon Dieu!*«, flüsterte jemand. Es war die Stimme einer jungen Frau. Neben ihr hielt ein Mann den Atem an.

»Ist sie tot?«, fragte die Frau, und sie hätte ihr am liebsten gesagt, dass sie das tatsächlich war.

Tot.

»Da Da Da Dabadabada …«

»Janine, wir müssen Hilfe holen.«

»Ich kenne diese Melodie«, sagte die Frau jetzt leise. »Ich habe sie schon einmal gehört, und ich weiß auch, wo.«

Mit einer letzten verzweifelten Anstrengung öffnete sie die Augen und sah wie durch einen Schleier, dass die Nacht zu Ende ging. In der Ferne hörte sie das Rauschen der Brandung, ein Sportwagen fuhr in ihrer Erinnerung weiter runde Spuren in den Sand. Hoch oben am hellen Himmel flatterte wieder ein roter Drachen, und ein Liebespaar tanzte über den Strand.

Ein gutes Ende.

Sie blickte zu dem Mann, der sich über sie gebeugt hatte. Er sah aus wie ein gewissenhafter Mensch.

KAPITEL 19

Deauville/Trouville
Am nächsten Morgen

André Dumarc, der Kapitän der *Hirondelle de la Mer*, saß an einem kleinen Holztisch, blickte nach draußen und störte sich nicht daran, dass eine Kellnerin um ihn herum den Boden wischte. Als Roussel in Begleitung einer jungen Frau durch die Tür des »Café de la Marée« kam, schaute er nicht auf. Er hatte bereits durch das Fenster gesehen, wie sie ihren Wagen geparkt hatten und wie der Polizist die Frau zurechtgewiesen hatte. Er kannte Roussel und wusste, dass er gerne sein Revier markierte.

Wie ein Hund, der alle Bäume anpinkelt, dachte Dumarc. Er machte der Bedienung ein Zeichen, dass er noch einen Kaffee mit Rum nehmen würde. Sie schob nachdenklich eine Espressotasse unter den kleinen metallenen Ausfluss.

»Machst du mir auch einen?«, sagte Roussel und legte seine Lederjacke über einen der Barhocker.

»*Salut*, André.«

»*Salut*, Roussel«. Der Kapitän nickte den beiden zu, seine Augen waren rot und trugen die Zeichen einer langen und gleichzeitig zu kurzen Nacht.

»Wie kann ich euch helfen, dir und deiner jungen Begleitung?«

Bevor Roussel sie daran hindern konnte, reichte Claire dem alten Kapitän die Hand und strahlte ihn an.

»Ich bin Claire. Claire Cantalle aus Le Havre. Also jetzt natürlich aus Deauville.«

Der Kapitän der *Hirondelle de la Mer* musste lächeln. Roussels Ärger entging ihm nicht.

»Sie reden schnell, junge Dame«, sagte er und nickte der Kellnerin zu, die ihm eine dampfende Tasse hinstellte. Man konnte den Rum riechen.

»Das hat mir schon mal einer gesagt, wissen Sie«, antwortete Claire. »Gestern, es war auch in einem Café, aber drüben in Deauville. Ein netter Typ, wenn auch etwas merkwürdig. Und dann kam mein Kollege hier durch die Tür, mit gezogener Waffe, Sie hätten ihn mal sehen sollen!«

»Claire, halt die Klappe.« Roussel setzte sich an den kleinen Tisch und gab ihr ein Zeichen, dass er jetzt in Ruhe und vor allem alleine mit Dumarc sprechen wollte.

»Du bist heute nicht draußen, André. Und gestern warst du's auch nicht«, meinte er.

»So sieht es wohl aus«, antwortete Dumarc und nippte an seinem Kaffee. Seine Hand zitterte leicht, als er die Tasse wieder absetzte.

»Nicht schön für deine Besatzung.«

»Ich zahle sie trotzdem.«

»Und wovon? Ich weiß, dass du es nicht besonders dicke hast.«

»Wenn du das sagst.«

»Komm schon, Herr Kapitän, die *Hirondelle* liegt dort unten und lässt sich von den Wellen im Hafenbecken den Bauch kraulen. Gefällt dir das? Immerhin müsst ihr alle eure Boote demnächst für ein paar Tage stehen lassen.«

Dumarc blickte ihn an und schüttelte den Kopf.

»Das kann dir doch scheißegal sein. Du hast ja deine Einnahmen sicher, nicht wahr?«

»Vorsicht, alter Mann.« Roussel holte einen Kaugummi aus seiner Hemdtasche, wickelte ihn aus und schob ihn in den Mund. Die Muskeln seines breiten Kiefers begannen zu mahlen. Er schwieg für einen Moment. Im hinteren Teil des Cafés spielte ein Radio die Ballade von Johnny und Jane.

Der Kapitän hustete, stand mühsam auf und setzte sich seine blaue Fischermütze auf.

»André, wenn du etwas wüsstest, du würdest es mir doch sagen, nicht wahr?«, fragte Roussel mit einem lauernden Unterton.

Der Kapitän blickte ihn mit ernster Miene an, in seinen Augen schwamm in einem Meer von Rum die Sorge um einen Freund. Dann lächelte er.

»Nein, würde ich nicht.«

»Habe ich mir gedacht«, antwortete Roussel. »Wann willst du wieder rausfahren?«

»Wenn mir wieder danach ist. Aber mach dir keine Sorgen, ich treffe die Hafenausfahrt auch im Suff.«

Claire reichte ihm seinen Schal.

»Haben Sie von der Hand gehört, Monsieur? Bestimmt haben Sie das, Sie kennen ja alle hier, und so groß ist Trouville ja wirklich nicht, nicht wahr?«

Der Kapitän blieb stehen und blickte für einige Sekunden durch die Tür nach draußen. Ein Reinigungswagen der Stadt säuberte die Bordsteine, brackiges Wasser lief die Rue Tarale hinunter.

»Ja, ich habe davon gehört«, sagte er leise.

»Und, glauben Sie, sie gehört Jean Carasso?«

Roussel brodelte geradezu.

»Nein, Mademoiselle, das glaube ich nicht. Ich will es zumindest nicht glauben.«

»Aber wem könnte sie denn dann …«

»Claire, es reicht. Herr Dumarc muss jetzt los, das Meer wartet.« Roussel hielt ihm die Tür auf.

»Das Meer ist geduldig«, murmelte der alte Mann und nickte ihnen zu.

»Wir sehen uns«, rief ihm Roussel hinterher und legte einen Schein auf den Tresen.

»Seit wann trinkt er wieder?«, fragte er die Besitzerin des »Café de la Marée«. »Und warum?«

»Na, was glaubst denn du?«, schnaubte diese und legte ihm sein Wechselgeld hin. »Carasso war sein bester Freund. Dass er ertrunken ist, hat ihn schwer getroffen. Ausgerechnet auf seinem Schiff. Er fühlt sich schuldig.«

»Der Kapitän ist immer schuld.« Roussel grinste und zog seine Lederjacke an. Claire rollte mit den Augen.

Während ihr Wagen kurz darauf in Richtung Hafen hinunterrollte, lief André Dumarc langsam und nachdenklich die Rue Berthier entlang. Sein Rücken schmerzte, und er kämpfte jetzt schon gegen das Verlangen, irgendwo erneut einen Schluck zu trinken.

Er vermisste das Meer.

Sein Schiff lag dort unten, und er sah sich nicht in der Lage, hinauszufahren. Immer wieder sah er die Stelle, wo eben noch Jean Carasso gestanden hatte. Jetzt war er weg.

Schließlich gab er sich einen Ruck und holte sein Handy. Genug war genug. Er wählte eine Nummer, die geheim war, geheim und verboten.

Jemand hob ab.

»Warum sagst du mir nicht, was bei euch los ist?«, flüsterte Dumarc hinter vorgehaltener Hand.

»Weil es besser so ist«, antwortete eine müde Stimme. »Mach dir keine Sorgen.«

Aber ich mache mir Sorgen, dachte Dumarc und betrachtete seine zitternde Hand.

»Ich weiß nicht, ob ich das schaffe«, flüsterte er ins Handy. Die Verbindung war schlecht. Am anderen Ende der Leitung redete sein Gesprächspartner beruhigend auf ihn ein.

»Ich hätte da nicht mitmachen dürfen. Es war ein Fehler.«

Das Rauschen in der Leitung wurde stärker.

»Ich höre dich kaum noch … hör zu, wir müssen reden … mir ist das alles zu viel … und dann das mit der Hand … Hallo?«

Er hörte die Bruchstücke einer Antwort. Der Versuch, ihn zu besänftigen. Zu vertrösten.

Dumarc roch die salzige Meeresluft. In der Leitung war es jetzt still.

»Ich gebe dir das Geld zurück. Ich kann ohnehin nicht mehr rausfahren …«

Er blickte durch die schmale Gasse hinunter zum Hafen, wo sein Schiff auf ihn wartete. Seine Hand zitterte immer noch.

Ich brauche etwas zu trinken, dachte er.

Die Verbindung war abgebrochen.

Im Halbdunkel eines Kellervorraums auf der anderen Seite der Touques blickte ein Mann nachdenklich auf das Handy in seiner Hand. Hinter ihm ging knarzend eine Tür auf.

»Was ist los?«

»Es war Dumarc. Offensichtlich hat er wieder mit dem Trinken angefangen.«

»Tut mir leid, das zu hören.«

Der Mann setzte sich auf eine Holzkiste und blickte durch die geöffnete Tür in den Kellerraum. Er meinte, das Tropfen eines Wasserhahns zu hören.

»Der Preis ist so hoch. Es geht so vieles schief«, murmelte er. Eine Hand legte sich auf seine Schulter.

»Ich weiß. Glaub mir, niemand weiß das besser als ich. Aber wir sind fast am Ziel.«

Seufzend erhob sich der Mann.

»Dann bringen wir es zu Ende.«

KAPITEL 20

Deauville

Dreißig Minuten später

Für die Presse war die Lage einfach: Wenige Tage vor dem bedeutsamen europäischen Gipfel in Deauville verschwand ein stadtbekannter Fotograf. Kurz darauf wurde seine abgehackte Hand an Land gespült. War der Gipfel in Gefahr? Was tat die Polizei?

Die Polizei traf sich um zehn Uhr, wie jeden Morgen. Diesmal jedoch immerhin um einige Erkenntnisse und um eine Praktikantin reicher. Zudem hatte ihnen Caen einige Beamte zur Verstärkung geschickt. Die Polizei durfte keine Schwäche zeigen, unmittelbar vor dem Gipfel.

Yves Colinas blätterte müde in einem Ordner und blieb an einer Luftaufnahme des Casinos hängen.

»Guten Morgen.« Michel Bonnet trat ein und nickte in die Runde. »Es gibt ein paar Entwicklungen, über die wir sprechen müssen. Außerdem habe ich endlich Neuigkeiten über den Ablaufplan während des Gipfels.«

Roussel hörte auf zu kauen und schaute sich um.

»Wo ist denn eigentlich der Bodyguard?«, fragte er und blickte dann zu Bonnet. »Frühstückt der noch? Oder sitzt er wieder im Café gegenüber und wartet auf uns?«

»Stürm doch einfach rein, zieh deine Waffe und frag ihn«, sagte jemand und hatte die Lacher auf seiner Seite.

»Halt's Maul«, fauchte Roussel.

»Aber bring mir einen Espresso mit, ja?«, rief ein anderer.

»Und für mich eine heiße Schokolade. Aber mit Sahne«, sagte Claire und verstummte sofort. Roussel blickte sie scharf an.

Bonnet räusperte sich.

»Es ist gut jetzt, ja? Mademoiselle Cantalle soll doch einen guten Eindruck bekommen, bevor sie wieder auf die Schulbank zurückgeht.«

Roussel grinste.

»Monsieur Guerlain ist heute sehr früh nach Paris gefahren, ich werde euch gleich sagen, warum. Es gibt eine neue Lage«, fuhr der Leiter des *Commissariat* fort und zuckte mit den Schultern. »Ehrlich gesagt, werde ich auch nicht richtig schlau aus ihm. Aber es hilft nichts, er ist unser Kontaktmann zu den Personenschützern, und diese Jungs werden wir demnächst noch brauchen.«

»Und die uns«, murmelte jemand.

»Richtig. Guerlain kümmert sich übrigens ausschließlich um den Gipfel, er ist hier nicht als Ermittler. Nur, damit es alle mal gehört haben. Und jetzt machen wir weiter. Hat die Spurensicherung in der Wohnung des Fotografen etwas gefunden?«

»Da war nicht mehr viel zu holen«, sagte einer der Beamten. »Die Wohnung wurde komplett auf den Kopf gestellt, da hat jemand ganze Arbeit geleistet.«

»Irgendeine Vermutung, wonach dieser Jemand gesucht hat?«

»Leider nicht. Offenbar gibt es keine Fingerabdrücke außer von Carasso selbst. Und von unserem Bodyguard.«

»Natürlich«, seufzte Michel Bonnet. »Ihr bleibt da dran. Wir brauchen alle Kontakte, die Jean Carasso vor seinem Verschwinden hatte, Telefon, Mails, Post. Nachbarn. Einfach alles. Schaut euch seine Bilder an, vielleicht hat er ja irgendwo noch einen Rechner liegen. Oder eine Festplatte.«

Einige Kollegen machten sich Notizen, andere blickten nur gespannt zu Bonnet, der jetzt eine Mappe aufschlug und daraus ein Bild hervorholte. Ein Foto der abgehackten Hand.

»Die Kollegen in Caen sagen, sie lag nicht sehr lange im Wasser. Keine zwölf Stunden, eher kürzer.«

Yves Colinas hatte noch kein Wort gesagt, seit die Besprechung begonnen hatte, er tippte stattdessen entschlossen etwas in sein Notebook. Dann nickte er zufrieden und drehte den Bildschirm herum.

»Dann würde das ja passen. Schaut mal hier drauf«, sagte er. Claire musste aufstehen, damit sie etwas erkennen konnte. Colinas zeigte auf eine Karte, auf der die Küste der Normandie zwischen Cherbourg und Fécamp zu erkennen war. Striche und Kreise waren in verschiedenen Farben eingezeichnet.

»Das hier ist ein Strömungsbild. Und zwar von der Nacht auf den gestrigen Tag.«

»Also von der Nacht, in der die Hand angespült wurde«, sagte Sandrine Poulainc.

»Ah, Madame hat aufgepasst«, sagte Roussel und schaute ihr ungeniert in den Ausschnitt, während sie sich nach vorne zum Bildschirm beugte.

»Also, wenn ich das richtig sehe, dann hatten wir in dieser Nacht eine relativ starke Strömung. Und zwar aus Richtung der Seine-Mündung, was ja normal ist.« Colinas putzte seine Brille mit einem Stofftaschentuch.

»Also wurde die Hand in Paris reingeworfen und ist bei uns rausgekommen«, warf jemand lachend ein.

Michel Bonnet schaute den Kollegen ernst an.

»Yves, du prüfst das bitte. Ruf bei der Hafenmeisterei an.

Oder der Fischereibehörde, mir egal. Ich will wissen, wo die Hand gewesen sein könnte, bevor sie hier angespült wurde.«

»Na, hier zum Beispiel.« Roussel deutete auf einen Punkt im Meer, nicht weit entfernt von der Küste. »Hier war die *Hirondelle* am Tag davor.«

»Roussel, du kümmerst dich weiter um die Fischer.« Bonnet blickte auf sein Handy, das vor ihm auf dem Tisch lag und lautlos einen Anruf aus Paris ankündigte.

»Ja, Bonnet am Apparat?«

Die anderen sortierten ihre Unterlagen, drückten Teebeutel über ihren Tassen aus und blickten auf das Strömungsbild auf Colinas' Rechner.

Roussel klebte seinen Kaugummi unter die Tischplatte.

»Was ist, Chef?«, fragte Sandrine Poulainc, als Bonnet wieder auflegte.

»Das war Gilles Jacombe. Er leitet den Personenschutz von François Faure, für alle, die es noch nicht mitbekommen haben. Wie gesagt, es gibt eine neue Lage. Und sie nehmen sie ernst.«

»Mal wieder«, murmelte Yves Colinas, rückte seine Brille zurecht und öffnete eine weitere Akte, die sich mit den Vorbereitungen auf den Gipfel befasste.

Michel Bonnet legte behutsam das Foto auf den Tisch, das er am Abend zuvor Nicolas gezeigt hatte. Alle im Raum starrten augenblicklich auf das Fadenkreuz über der Stirn des Ministers.

»*Merde*«, murmelte Sandrine Poulainc.

Ansonsten sagte niemand etwas. Claire beugte sich nach vorne, um das Foto genauer zu betrachten, und schluckte schwer. Roussel drückte immer noch den Kaugummi gegen das Holz. Draußen klingelte das Telefon.

Zweimal.

Dreimal.

»Ausgerechnet jetzt«, schimpfte Alphonse und ging widerwillig in den Eingangsbereich.

»Woher haben Sie das Foto?«, wollte Colinas wissen. »Immerhin könnte es ein Hinweis auf einen geplanten Anschlag sein.«

Bonnet blickte in die Runde und hob entschuldigend die Hände.

»Ich habe es aus einem Briefkasten geholt. Aus seinem.« Er tippte auf das Foto, auf dem Nicolas gerade mit dem Kevlar ausholte.

Yves Colinas pfiff leise durch die Zähne.

Draußen auf der Straße kam ein leichter Wind auf.

KAPITEL 21

Paris, Jardin des Tuileries
Zur gleichen Zeit

Gilles Jacombe steckte das Handy in die Innentasche seiner Jacke und blickte auf den Mann, der neben ihm auf einem der grünen Metallstühle eingeschlafen war. Vielleicht hat er im Schlaf seinen Frieden, dachte er und lehnte sich für einen kurzen Moment ebenfalls zurück und hielt sein Gesicht in die Morgensonne.

Er hatte in Deauville angerufen, um den Leiter der dortigen Dienststelle über eine Entscheidung des Ministers zu informieren. Gilles Jacombe hatte diese Entscheidung erwartet, er arbeitete jetzt schon lange genug für François Faure. Selbstverständlich würde Faure bei seinem Plan bleiben, nach Deauville zu fahren, um am Gipfel teilzunehmen. Einem der wichtigsten internationalen Gipfel, die Frankreich je erlebt hatte. Trotz der Möglichkeit eines Attentats.

Trotz Cannes.

Immerhin, der sonst so selbstgefällige Ton in seiner Stimme war einer deutlichen Nervosität gewichen. François Faure war besorgt, und das war nicht oft der Fall.

Das Foto mit dem Fadenkreuz war zuerst an das Ministerium geschickt worden. Absender unbekannt. Dann an die Privatadresse des Ministers. Etwa zur gleichen Zeit war ein weiteres in einem Briefkasten in Trouville gelandet, in Nicolas' Briefkasten. Mit dem einzigen Unterschied, dass der Hintergrund auf diesem Foto ein anderer war.

Faure war nicht mehr in Cannes, sondern vor dem Casino in Deauville zu sehen, wo sich die Gipfelteilnehmer in sechs Tagen versammeln würden. Der Ort, an dem vieles passieren durfte, aber unter gar keinen Umständen ein Attentat.

Jacombe blickte zu Nicolas, der immer noch neben ihm auf dem Stuhl saß und gleichmäßig atmete. Er wusste, dass er ihn nur kurz antippen musste, und er würde sofort hellwach sein.

Tiefschlaf ist nicht unsere Stärke, dachte er.

Er würde Manou und Bertrand zusammenrufen. Und eine neue Kollegin würde er auch finden müssen, jetzt erst recht.

Und er musste vor allen Dingen herausbekommen, wer Faure bedrohte, was ihn wiederum zu Nicolas führte. Was für eine verdammte Geschichte, dachte Jacombe und legte seine Hand auf Nicolas' Schulter.

»Was hat Bonnet gesagt?«, fragte dieser augenblicklich.

»Dass du zu wenig schläfst«, sagte Jacombe. »Lass uns gehen.«

Die Sonne glitzerte auf dem Wasser vor ihnen und wärmte die Besucher des Parks, die rund um das große Becken saßen und sich sonnten. Ein ferngesteuertes Motorboot drehte wagemutig seine Kreise und schob kleine Wellen vor sich her. Am Rand hockte ein Junge, hochkonzentriert und begleitet von den stolzen Blicken seines Vaters. Einige Meter hinter ihm saßen zwei Rentner an einem kleinen Tisch und spielten Schach. Andere standen um sie herum und betrachteten wortlos den verbissenen Kampf zwischen Weiß und Schwarz. Zwei Jogger liefen auf der gegenüberliegenden Seite um das Becken herum und verschwanden unter den Bäumen. Weiter links war der erhobene Sonnenschirm einer Reiseführerin zu sehen, die eine Gruppe

Japaner in Richtung Louvre führte. Der Louvre blickte nach rechts und sah die Spitze des Obelisken, die in der Frühlingssonne leuchtete.

All das sahen sie beide, ohne bewusst darauf zu achten. Aber jede Gefahr begann zuerst am Rande des Blickfeldes. Dort, wo zwei Jogger unter den Bäumen verschwanden. Dort, wo einer der Schachspieler zu ihnen herüberblickte.

Nicolas hatte noch spät in der Nacht zuvor auf seinem Balkon gestanden und hinaus in die Dunkelheit über dem Meer geblickt. Als die ersten Möwen wach wurden und das Schwarz allmählich seinen erbitterten Kampf gegen das Weiß verlor, hatte er Gilles Jacombe in Paris angerufen und war hinüber zum Bahnhof gelaufen. Auf der Strecke hatte der Zug in Pont-l'Évêque gehalten. Schüler waren ausgestiegen und nach rechts geeilt, in Richtung Ausgang. Als der Zug wieder anfuhr, hatte Nicolas nach links geblickt, aber da war nichts.

Warum blicke ich nach links, hatte er sich gefragt, war aber zu müde gewesen, um auf eine Antwort zu warten.

Und nun hatten sie beide in der vergangenen Stunde im Jardin des Tuileries am Becken gesessen und die Lage besprochen.

Und waren danach keinen Schritt weiter.

Gilles Jacombe rief den Referenten des Ministers an. Nicolas holte sich derweil einen Espresso und hoffte, dass ihn niemand erkannte. Die Nachrichten hatten seinen Namen noch nicht vergessen, sein Gesicht ohnehin nicht.

»Ich soll dich von Thomas grüßen,« sagte Jacombe, als er zu ihm zurückkehrte.

»Was hat er gesagt?« Nicolas sah den Referenten vor sich, wie er etwas in sein Blackberry tippte.

»François Faure wird heute Nachmittag wieder im Ministerium sein. Dann gibt es eine Lagebesprechung, ich werde dabei sein. Du natürlich nicht.«

»Natürlich.«

Nicolas nahm einen Schluck aus seinem Becher und blickte in die Schatten unter den Bäumen, während sie durch den Park liefen. Er wusste, dass Jacombe auf seiner Seite das Gleiche tat. Der Kies unter ihren Füßen knirschte.

»Ich könnte bei der Planung helfen«, sagte Nicolas.

»Nein.« Jacombe war stehen geblieben. »Du bist raus, besser du akzeptierst das. Du wirst weder in die Planungen zum Gipfel noch in die Sache mit dem Foto mit einbezogen.«

»Immerhin lag es in meinem Briefkasten.«

»Was, meinst du, passiert, wenn das jemand erfährt?«

»Und was werdet ihr jetzt machen?«

»Wir werden dem Minister erneut abraten, nach Deauville zu fahren.«

»Er wird es trotzdem machen.«

»Natürlich wird er das. Aber wir werden es noch einmal probieren. Und dann werden wir die Sicherheitsvorkehrungen noch einmal durchspielen. Und sie erhöhen. Und du wirst mit der Polizei in Deauville zusammenarbeiten, hörst du?«

»Die Polizei wird ermitteln. Wegen der Hand. Und wegen des Fotos.«

»Das sollen sie auch, das habe ich mit deinem neuen Chef so besprochen, diesem Bonnet. Aber du konzentrierst dich auf die Sicherheit in der Stadt.« Gilles Jacombes letztes Wort, bevor ihre Wege sich trennten.

Nicolas atmete die warme Frühlingsluft ein, die sanft durch den Park wehte. Er vermisste Paris.

Nicolas warf seinen Becher in einen Mülleimer und sah sich nach einem Taxi um, das ihn zurück zur Gare Saint-Lazare bringen würde. Es war keines zu sehen. Das Meer von Touristen rund um die Glaspyramide vor dem Louvre schlug immer höhere Wellen. Dutzende Busse hielten an der Place du Carousel und führten der gefräßigen Warteschlange weitere Opfer zu. Die meisten von ihnen würden zur Joconde gehen, der Mona Lisa, würden ein Foto machen, auf dem möglichst auch sie selbst zu sehen waren, und würden dann schnellstmöglich weiterziehen.

Nicolas setzte sich auf eine Parkbank und schloss die Augen. Er dachte an die salzige Meeresluft auf seinem Balkon in Trouville, hörte das Rauschen der Brandung und das monotone Tuckern eines Fischkutters, der in Richtung Honfleur fuhr. Das Wasser stieg an. Nach der Ebbe kam die Flut, und das Meer spülte tote Dinge an Land.

Wie die Wellen auch ihn an den Strand geworfen hatten.

Nur nicht vom Meer aus.

»Monsieur, ein Bild vielleicht?«

Nicolas öffnete die Augen. Vor ihm stand ein alter Mann mit krummem Rücken und einer geraden Leinwand, die er mit einigen schnellen Handgriffen aufbaute. Er trug einen löchrigen Pullover und eine fleckige Hose, zwischen seinen gelben Zähnen klemmte eine erstorbene Zigarette.

»Es dauert nur zwei Minuten, Monsieur, Sie können sogar sitzen bleiben. Nur Sie und die Pyramide, einverstanden? Zwanzig Euro für Monsieur.«

Nicolas wollte bereits aufstehen und sich mit Nachdruck bedanken. Dann überlegte er es sich jedoch anders. Er wusste selbst nicht, warum.

»Haben Sie einen Bleistift? Einen mit weicher Mine?«, meinte er zu dem Alten.

»Selbstverständlich, Monsieur. Aber ich habe auch Farbe, es ist Frühling in Paris!«

»Nein, nehmen Sie den Bleistift. Und beeilen Sie sich.«

Der alte Mann lächelte zufrieden, holte einen abgekauten

Bleistift aus seiner Hosentasche und setzte sich auf einen kleinen Schemel.

»Sind Sie zum ersten Mal in Paris, Monsieur?«

»Ja, bin ich.« Nicolas hörte dem Mann nicht richtig zu.

Irgendetwas stimmte nicht. Etwas ließ ihn frösteln, obwohl die Sonne schien.

»Nicht bewegen, Monsieur! Bestimmt finden Sie in Paris die große Liebe, nicht wahr. *Grande amour!*«

Nicolas schloss die Augen und konzentrierte sich auf die Geräusche in seiner Umgebung. Er hörte das Kratzen des Stiftes auf dem Papier. Aber da war noch etwas, er konnte es nicht greifen.

»Beeilen Sie sich, ja?«, forderte er den Mann auf.

»Natürlich.«

Zwei Touristen blieben stehen, betrachteten den Maler und sein Werk und liefen dann naserümpfend weiter. Offensichtlich hatte er keinen Picasso gebucht. Er dachte an den alten Tito, seinen Nachbarn, und seine faltigen Finger, die über den Zeichenblock glitten, während draußen auf der Place Sainte-Marthe ein Akkordeonspieler das Lied der sterbenden Blätter spielte. Und ein schlauer alter Hund zu ihm herüberblickte.

»So, fertig, Monsieur!«

Nicolas drehte sich augenblicklich um und blickte auf den Eingang des Louvre und die Menschen, die davor standen.

Er sah nichts Auffälliges.

Der alte Mann zog das Blatt von der Leinwand. Nicolas musste unweigerlich lächeln. Seine Nase glich einer gewaltigen Aubergine, die auf einem runden Kopf von der Größe einer Melone saß. Sein linkes Ohr zeigte in Richtung Süden und hatte die Form eines Fledermausflügels. Im Hintergrund überraschte die Glaspyramide mit einer verblüffenden bildlichen Nähe zum schiefen Turm von Pisa.

»Fantasie, Monsieur! Es ist alles möglich mit Fantasie!« Der alte Mann lachte und packte seine Sachen, er war offensichtlich an eine schnelle Flucht nach getaner Arbeit gewöhnt. Nicolas wollte das Bild gerade zusammenrollen und schaute sich bereits wieder nach einem Taxi um, da bemerkte er, dass er eine Gänsehaut hatte. Seine linke Hand zitterte leicht.

Auf dem Papier vor ihm war über seiner linken Schulter eine Gestalt gezeichnet.

Es war eine Frau.

Sie hatte sich offenbar gerade in die lange Schlange zum Louvre eingereiht und blickte zurück in Richtung des Malers.

Und in seine.

Ihre schulterlangen Haare hatte sie zu einem Pferdeschwanz zusammengefasst, sie trug einen hellen Trenchcoat, der mit einem Gürtel gebunden war.

Über ihm begannen sich Unwetterwolken zu türmen, aus den Augenwinkeln sah er, wie jemand einen roten Schirm aufspannte. Nicolas merkte, dass er den Atem anhielt.

Der alte Mann war verschwunden, er konnte ihn nicht mehr fragen, warum er ausgerechnet diese Frau als einzige richtig gezeichnet hatte. Während er, Nicolas, aussah wie ein Verkäufer von Frischgemüse in einem Kindercomic.

Als er langsam von der Bank aufstand, zitterten seine Knie, er ging mit zögerlichen Schritten in Richtung der Pyramide. Ihm war schwindelig, er merkte, wie sein Mund nach Luft schnappte. Hinter der Sonnenbrille schoss sein flackernder Blick in alle Richtungen.

Autos und Busse.

Touristen und Reiseführer.

Die Schlange an der Pyramide.

Die Spiegelung in den kleinen Wasserbecken davor.

Sein Atem ging jetzt schnell, er merkte, wie er unter seinem

Anzug schwitzte. Er blickte neben sich und sah einen leeren Platz in einem großen Konzertsaal. Es war ein roter Sessel aus Samt mit einer goldenen Nummer auf dem Rücken.

Reihe D.

Platz vierzehn.

Er stand nicht länger vor dem Louvre, er befand sich jetzt im Théâtre des Champs-Élysées in der Avenue Montaigne. Und der Platz neben ihm war leer.

Wo blieb Julie so lange?

»Ich bin gleich wieder da«, hatte sie geflüstert und seine Hand gedrückt. Dann war sie gegangen und nicht zurückgekommen.

Vor drei Jahren.

Er war schließlich aufgestanden und hatte sie gesucht. Drei Jahre lang. Und jetzt stand sie da, kalt lächelnd über seiner Schulter, am Rande einer Seite aus billigem Zeichenpapier.

Er stand am Anfang der langen Warteschlange, direkt vor dem Eingang zum Louvre.

Da war niemand.

Sein Handy klingelte.

Einmal.

Zweimal.

Er konnte keinen Trenchcoat sehen und keinen Pferdeschwanz. Er blickte noch einmal auf die Zeichnung, genau hier musste sie sein. Eine deutsche Touristengruppe drängte ihn zur Seite, die Schlange bekam neues Futter.

Dreimal.

Viermal.

Dann setzte das Klingeln aus. Und begann von vorne.

Die Gesichter der Menschen verschwammen zu einer zähen Masse aus Haut und Knochen, das Blitzlicht einer Fotokamera blendete ihn für einen Augenblick. In der Luft hing der Geruch von Thunfisch und Eiern, die lieblos auf ein billiges Baguette gelegt worden waren.

Die Flügeltüren des Konzertsaals in der Avenue Montaigne schlossen sich hinter ihm.

»Nein, Monsieur, vor Ihnen ist keine Dame aus dem Saal gekommen«, sagte ein Angestellter in livrierter Uniform.

Nicolas stand im Foyer des Théâtre des Champs-Élysées und zerrte an seiner Krawatte.

Über dem Louvre formierten sich weitere Wolkenberge. Nicolas blickte sich verzweifelt um. Da war nichts. Und niemand. Er nahm sein aufgeregt klingelndes Handy aus der Tasche und schluckte bitteren Speichel. Während er auf eine Taste drückte, blickte er durch die Glasscheibe hinunter auf die Menschen im unteren Teil der Pyramide. Ameisen, die Rolltreppen bevölkerten, Ticketschalter und Garderoben eroberten.

Ameisen, die das Meer hier angespült hatte.

Keine Spur von einer Frau im Trenchcoat. Der Frau im gelben Sommerkleid.

Julie.

Er blickte erneut auf die Zeichnung.

Da stand sie, über seiner Schulter, und blickte zu ihm herüber.

Aber hier war niemand. Und dort unten auch nicht.

»Guerlain, endlich gehen Sie ran!«

Die ferne Stimme von Michel Bonnet drang an sein Ohr.

»Sie sollten schnellstmöglich hierherkommen. Hören Sie, Guerlain? Sind Sie noch dran?«

Nicolas wollte fragen, warum, aber es schien, als würde selbst seine Stimme Ausschau halten nach einer Frau, die es nicht gab.

»Wir haben eine Leiche.«

Sie lächelte auf dem Bild. Sie lächelte ihn an, als wollte sie sagen: »Da bist du also.«

Es war ein kleines, unscheinbares Lächeln. Festgehalten mit einem Bleistift mit weicher Mine.

Auf der Place Saint-Marthe packte der Akkordeonspieler sein Instrument ein, und der schlaue alte Hund näherte sich dem fünften Baum.

»Verdammt, warum antworten Sie nicht, Guerlain? Eine Leiche, hören Sie? In einer Umkleidekabine auf den *Planches*. Und sie hat noch beide Hände.«

Hinter den schweren Flügeltüren im Théâtre des Champs-Élysées hob der Dirigent seinen Taktstock.

Rien ne va plus.

KAPITEL 22

Deauville, ein Keller
Zur gleichen Zeit

Am Ende war alles schiefgegangen.

Sie saßen auf alten Holzstühlen, hielten jeder ein Glas in der Hand und blickten auf den toten Mann vor sich. Sein Kopf war nach vorn auf die Brust gerutscht, die Augen waren weit geöffnet. Aus seinem Mund floss ein langer Speichelfaden und hinterließ einen dunklen Fleck auf seinem Hemd. Die rechte Hand lag auf der Armlehne, die Finger zu einer Kralle verformt.

Die linke fehlte.

An der Wand lehnte eine kleine Axt. Klein und scharf.

Sie waren in den Keller gekommen, um zu sehen, ob er seine Meinung geändert hatte. Zwei Tage lang hatten sie nicht begreifen können, wie er so sehr an allem festhalten konnte.

Trotz der Sache mit der Hand, die so nicht geplant gewesen war. Trotz allem.

Und jetzt war alles schiefgegangen.

Die rostige Tür hatte gequietscht, als sie in den Keller zurückkamen, ausgelaugt und erschöpft von dem, was sie kurz zuvor erlebt hatten. Aber anders als bisher hatte er den Kopf nicht gehoben, um sie hasserfüllt und verächtlich anzublicken.

Weil er es nicht mehr konnte.

Er war einfach gestorben. Er hat sich davongemacht, dachten sie beide.

Sie hatten seinen Puls überprüft und ihm die Fesseln abgenommen. Und dann hatten sie auf das Blatt Papier auf dem Tisch geblickt. Darauf standen ein Name und eine Adresse.

Jetzt saßen sie auf ihren Stühlen, keiner von ihnen sprach ein Wort, und an der Wand tropfte leise ein Wasserhahn.

Alle 98 Sekunden.

Am Ende also ein Wasserhahn. Ein Tropfen, alle 98 Sekunden, hatte ihn besiegt.

Einer von ihnen stand auf und drehte den Hahn fest zu. Es war still hier unten, stiller als zuvor.

Sie blickten stumm auf den reglosen Körper und wussten nicht, was sie denken sollten. Das Licht ging mit einem nervösen Flackern an und beleuchtete jeden Winkel des Verlieses. Die feuchten Wände rückten bedrohlich nah. Es war eng hier unten, zu eng für drei Menschen und ein Verbrechen.

Eine müde Stimme erklang.

»Wir sind Mörder.«

»Er ist an seinem Herzen gestorben.«

»Dennoch.«

Hände fanden sich im grellen Licht der Deckenlampe, Blicke trafen sich im Angesicht ihrer Schuld.

Und für einen fürchterlich schönen Augenblick erfüllte das zögerliche Klingen ihrer Gläser den Raum.

KAPITEL 23

Deauville
Zwei Stunden später

Als Nicolas nach seiner raschen Rückfahrt aus Paris die *Planches* in Deauville erreichte, hörte er bereits von Weitem die aufgebrachte Stimme von Michel Bonnet. Der aufkommende Wind wehte Wortfetzen und Ausrufezeichen herüber zum Boulevard de la Mer, wo der Taxifahrer ihn abgesetzt hatte. Schaulustige drängten sich an der Absperrung, der Wagen eines lokalen Fernsehteams aus Rouen brachte seine Satellitenschüssel in Stellung.

Willkommen zurück, dachte Nicolas und zeigte einem Kollegen an der Absperrung seinen Ausweis. Die Stadt war ohnehin in Aufruhr, der Gipfel rückte näher, und am Morgen war bekannt geworden, dass der gesamte Abschnitt zwischen dem Boulevard de Benerville und dem Quai de la Marine eine große Sicherheitszone werden würde. Die Zeitungen hatten Stadtpläne abgedruckt, in denen die Anwohner sehen konnten, ob ihre Häuser betroffen sein würden. Die Polizei hatte in einem offenen Brief um Verständnis gebeten. Was nicht viel geändert hatte, seit dem frühen Morgen klingelte das Telefon im *Commissariat* ohne Unterlass.

Als Nicolas um die Ecke bog, sah er, was Bonnet so sehr aufregte. Es war noch niemand von der Spurensicherung vor Ort.

»Ist mir scheißegal, dass Sie einen Großeinsatz haben, Sie

kommen sofort hierher, sonst können Sie gleich meine Spuren sichern! Und zwar in Ihrem Gesicht, Sie Versager!« Bonnet brüllte in sein Handy, Roussel neben ihm wich vorsichtshalber zurück. Als Roussel Nicolas näher kommen sah, verdunkelte sich sein Blick.

»Ah, Monsieur *le Bodyguard*, sehr schick. Ausgeschlafen?«

»Guten Morgen, Roussel. Ja, vielen Dank. Ich kann das Frühstück in Paris wirklich empfehlen. Wie war Ihr Morgen bislang? Glück im Spiel oder eher in der Liebe?«

»Fick dich, Bodyguard. Wenn du nichts dagegen hast, wir haben das hier im Griff.«

»Das sehe ich. Wer ist der Tote?«

»Das geht dich …«

»Roussel, lass es sein«, ging Bonnet dazwischen. »Ich habe Guerlain angerufen und hergebeten. Ich denke, ein Toter am Strand ist durchaus ein Sicherheitsproblem, so kurz vor dem Gipfel.« Er winkte Nicolas herbei und fauchte gleichzeitig weiter in sein Handy, bevor er es mit einem verächtlichen Blick wegsteckte.

»Diese Trottel aus Caen sind immer noch nicht da. Und laut neuester Anordnung sollen wir unbedingt auf sie warten. Wegen des Gipfels. Und weil sie Spezialisten haben, für so etwas hier.« Er fluchte und schaute den Strand entlang. »Ich habe jetzt schon seit drei Stunden den Strandabschnitt gesperrt, die Stadt jubelt, das können Sie mir glauben. Die Umkleidekabinen sind auch alle abgeriegelt, außerdem der Zugang auf die *Planches*, aber das haben Sie ja gesehen.« Er blickte Nicolas mit ernster Miene an, während das Funkgerät an seinem Gürtel knisterte.

»Wo ist der Mann?«, fragte Nicolas.

»Hören Sie zu, Guerlain, Sie sind nicht als Polizist hier, Sie werden uns nicht in die Arbeit pfuschen. Roussel wird sich um die Ermittlungen kümmern.«

»Warum bin ich dann hier?«

»Weil Sie ein mögliches Attentat während des Gipfels verhindern sollen. Und weil ich nicht weiß, ob unser Toter hier nicht vielleicht doch etwas damit zu tun hat.«

»Dann sollte ich ihn mir zumindest mal anschauen, finden Sie nicht?«

»Meinetwegen. Er liegt dort drüben, bei Elizabeth Taylor.«

In Nicolas machte sich eine böse Vorahnung breit.

Er ging ein paar Schritte weiter, bis er die richtige Stelle gefunden hatte. Auf den weißen Geländern vor den Umkleidekabinen standen die Namen der Festivalgrößen wie auf einem in Stein gemeißelten Abspann am Ende eines Kinofilms. Eines Films mit vielen Stars.

Michael Douglas.

Spike Lee.

Glenn Close.

Elizabeth Taylor.

Die grüne Tür, um die es ging, war zugezogen, damit kein aufdringlicher Reporter heimlich ein Foto schoss. Als Nicolas sie öffnete, spürte er das rissige Holz in seiner Hand und atmete die feuchte Luft ein, die hier in den Kabinen herrschte.

Der Mann saß vor einer kleinen Sitzbank auf dem Boden und blickte an die Decke. Nicolas folgte dem Blick, konnte aber nichts entdecken. Er war vollständig angekleidet, seine Füße steckten in billigen schwarzen Slippern. Sein Hemdkragen war blutig, und Nicolas erkannte an seinem Hinterkopf eine klaffende Wunde. Der Mann war etwa Ende vierzig, leicht untersetzt, Raucher. Letzteres war nicht schwer zu erraten, in seiner Brusttasche steckte eine halbleere Packung Zigaretten. Nicolas blickte unweigerlich auf die Hände des Toten.

Sie waren beide noch da.

»Woran ist er gestorben?«

»Das erklären uns die Kollegen aus Caen, sie müssten gleich

da sein«, sagte Bonnet. »Aber ich würde mal sagen, an seiner Wunde am Hinterkopf. Wir haben weiter hinten Blut an einem Geländer gefunden. Möglich, dass er dort getötet wurde.«

»Welcher Name?«

»Wie bitte?«, frage Bonnet unwirsch.

»Das Geländer, welcher Name steht drauf?,« wollte Nicolas wissen.

»Was spielt das für eine Rolle? Aber bitte … Roussel, welches Geländer ist das mit dem Blut?«

Roussel rollte mit den Augen und ging einige Kabinen weiter.

»Rita Hayworth.«

»Aha.«

Nicolas schloss die Tür zur Umkleidekabine wieder. Das Wasser kam näher, es war Flut. In einer Stunde würde es kurz vor den *Planches* stehen, bevor es wieder umdrehte, gefangen im ewigen Lauf der Gezeiten.

Nicolas überlegte, ob er selbst nicht auch Gefangener war. Ein Gefangener, der seinen Zellenschlüssel weggeworfen hatte. Er tastete in der Hosentasche nach seinen Medikamenten. Das war er, sein Schlüssel. Mittlerweile seit mehr als zwei Jahren.

Er drehte sich zu Bonnet um.

»Ich habe den Mann schon einmal gesehen. Er arbeitete im ›Hotel Royal‹. Am Empfang.«

»Richtig«, erwiderte der Leiter des *Commissariat*. »Er heißt Hector Cordier. Aber er ist gestern Abend entlassen worden.«

»Weil er beim Rauchen erwischt wurde?«, wunderte sich Nicolas und dachte an die hämischen Bemerkungen seiner Mutter bei seinem ersten Besuch im Hotel.

»Sie sind gut informiert.« Michel Bonnet hob erstaunt die Augenbrauen.

»Wer hat ihn gefunden?«

»Hugo. Sie kennen ihn, der Junge vom Bac. Sein Hund hat hier angeschlagen, er hat wohl den Toten gerochen. Sonst hätten wir die Leiche womöglich erst sehr viel später entdeckt. Die Tür war abgeschlossen.«

Abgeschlossen. Nicolas' Vorahnung nahm langsam Gestalt an. Er blickte auf die lange Reihe der grünen Türen, von denen einige offen standen.

»Einige der Kabinen sind, wie Sie vermutlich wissen, quasi auf Lebenszeit verpachtet. Diese gehört dazu.«

»Haben Sie denn schon geklärt, wem sie gehört?« Nicolas merkte jetzt, dass er heute noch nichts gegessen hatte. Deauville–Paris und zurück. Er würde in der Villa Proust endlich seinen Kühlschrank auffüllen müssen.

»Tja, das ist der zweite Grund, weshalb ich Sie in Paris angerufen habe.« Bonnet blickte hinaus aufs Meer, wo in einiger Entfernung ein Schwarm Möwen hungrig über einem Fischerboot auf das Mittagessen wartete.

»Die Kabine gehört Ihrer Mutter. Ich habe sie bereits angerufen.«

Die Flut war jetzt da.

In den vergangenen Stunden hatten die heranrollenden Wellen den Strand erobert, und sie waren so schnell nicht bereit, ihn wieder herzugeben. Das Wasser hatte die Sandburgen erst umspült und dann zerstört, hatte Muscheln und Algen fortgezogen und griff nun gierig nach Nicolas' schwarzen Lederschuhen. Er blickte hinaus auf den Ärmelkanal und spürte, wie eine enorme Müdigkeit ihn überkam, während irgendwo dort draußen jemand Wellen in seine Richtung schob.

Ich kenne dein Spiel, dachte er und warf etwas Sand ins Wasser. Vielleicht als Opfergabe, er wusste es nicht. Das Wasser würde seine Schuhe nicht erreichen, er wusste noch von früher, wo er zu stehen hatte, um trocken zu bleiben. Es gab eine unsichtbare Linie, die die Grenze zwischen Wasser und Sand markierte, eine Schwelle, die das Wasser nicht überschreiten konnte, nicht an einem normalen Tag am Strand von Deauville mit einem Toten, der in einer grünen Umkleidekabine saß und an die Decke blickte.

Nicolas stand vor seiner Linie und dachte, dass dies ein guter Platz war. Er konnte eine Handvoll Sand hinüberschmeißen, ohne dabei selbst nass zu werden. Das Meer würde sich zufriedengeben müssen, dort draußen würde jemand irgendwann seine Truppen zurückrufen. In einigen Stunden würde es eine neue Linie geben, irgendwo dort, wo jetzt das Meer war. Eine neue Grenze zwischen den Gezeiten. Diesmal würde das Wasser die Kontrolle haben und seinerseits zu ihm sagen: Bis hierhin, nicht weiter.

Dann würde wieder Ebbe sein.

Er selbst würde irgendwann für immer weichen, das wusste er. Irgendwann würde er seine Truppen zurückrufen und die Linie überschreiten, Wasser in die Hand nehmen und seine eigene Sandburg zerstören.

Sein Handy klingelte, es war seine Mutter. Er drückte sie weg und zog zuerst seinen rechten Schuh aus. Dann den linken. Seine Strümpfe schoben sich einige Zentimeter nach vorne, der warme Sand wich einem kalten Versprechen. Die Sonne schien jetzt von links und wärmte seine Schulter.

Ein betrunkener Kapitän rief: »Volle Kraft voraus!« Alle Segel gesetzt. Der Wind kam von hinten.

Nicolas holte Schwung und schleuderte seinen rechten Schuh weit hinaus ins Wasser. Den linken stellte er neben sich in den Sand, nur einen Zentimeter von der Linie entfernt.

Ich komme wieder, dachte er, zog seine Strümpfe aus und krempelte die Hose hoch. Dann ging er barfuß zurück zu den

Planches, wo Claire nachdenklich auf den Holzplanken saß und schwieg, als er an ihr vorbeiging.

Mittlerweile waren die Männer der Spurensicherung aus Caen angekommen, und hinter der Absperrung erblickte er seine Mutter, hektisch winkend. Roussel stand neben der Kabine, beobachtete die Kollegen und rauchte gelangweilt eine Zigarette. Nicolas spürte das rissige Holz unter seinen Füßen und überlegte, ob es ratsam war, später seine Mutter nach einem guten Schuhgeschäft zu fragen.

»Kalte Füße gekriegt?« Roussel blies Rauch in die Luft.

»Hat Claire die Leiche gesehen? Sie ist Praktikantin, sie sollte nicht hier sein.« Er blickte sich nach Michel Bonnet um, der vermutlich dabei war, seine Mutter zu besänftigen.

»Tja, sie wollte was lernen. Jetzt hat sie was gelernt.«

»Sie sind ein Idiot, Roussel.« Nicolas drehte sich um, als er Schritte hörte. Claire klopfte sich den Sand von der Hose und versuchte, ein Lächeln aufzusetzen. Ihr Gesicht war blass.

»Tut mir leid, dass du das hier gesehen hast«, sagte Nicolas und überlegte, ob er sie in den Arm nehmen sollte. Er wusste nur nicht genau, wie.

»Schon in Ordnung, ich bin selbst daran schuld. Große Klappe und so. Der Chef will uns sehen. In zehn Minuten im *Commissariat*. Dich auch, Luc.«

»Dann sollten wir uns beeilen«, sagte Nicolas. »Sie kennen nicht zufällig ein gutes Schuhgeschäft, Roussel?«

KAPITEL 24

Deauville / Paris
Kurze Zeit später

Während Nicolas' schwarzer rechter Schuh von einer leichten Strömung in Richtung Norden getrieben wurde, begannen in Paris und Deauville zeitgleich zwei Besprechungen, für die es in beiden Fällen einen ernsten Hintergrund gab. Nicolas' Füße steckten in einem neuen Paar neongelber Turnschuhe, das er auf dem Rückweg in die Rue Désiré le Hoc erstanden hatte. Für die Wahl passenderer Schuhe hatte schlicht die Zeit gefehlt, Michel Bonnet war ohnehin schon schlecht gelaunt, und Nicolas ahnte, dass er seinen Ruf nicht noch weiter strapazieren durfte.

Eine Leiche mit zwei Händen.
  Eine Hand ohne Leiche.
  Die Warnung vor einem Attentat.
  Und die Polizei in Deauville hatte nichts vorzuweisen.

Nicolas spürte den Nachgeschmack der Tablette im Mund. Neben ihm saß Claire und ignorierte die Blicke der Kollegen, die ihr zu verstehen geben wollten, dass ihr Platz nicht hier am Besprechungstisch, sondern dort drüben an der Wand war. In der zweiten Reihe. Aber sie hatte keine Lust mehr auf diese Spielchen, sie hatte immerhin ihre erste Leiche gesehen.

Michel Bonnet betrat den Raum, und sie alle konnten sehen, dass er keineswegs schlecht gelaunt war. Es war schlimmer.

»So, alle sind da, lasst uns anfangen. Bevor dieses *Commissariat* wegen umfassender Umbauarbeiten vorübergehend geschlossen wird.« Er knallte einen Stapel Unterlagen auf den Tisch. Draußen klingelte ein Telefon.

Einmal.

Zweimal.

Keiner sprach ein Wort.

Beim dritten Klingeln eilte Alphonse mit hochrotem Kopf nach draußen. Nicolas bückte sich und riss unauffällig die Preisschilder von seinen neuen Schuhen.

»Also«, seufzte Bonnet und blickte sein Team an. »Wir haben viel zu tun, und vor allem haben wir viele offene Fragen. Ich will bis heute Abend erste Ergebnisse, sonst kriegen wir hier alle miteinander ein Problem.«

Sandrine Poulainc blickte auf ihren Notizblock, auf den sie ein paar Zeilen geschrieben hatte. Nicolas dachte, dass sie offensichtlich zu der Sorte Ermittler gehörte, die sich alles notierte und aufschrieb, was sie später vielleicht gebrauchen konnte. Eine gewissenhafte Polizistin. Ein bisschen fantasielos, aber gewissenhaft, dachte er sich.

»Ich glaube, wir sind uns einig, dass wir uns auf den Gipfel konzentrieren müssen«, sagte sie und blickte in die Runde. »Die Warnung vor dem Attentat sollte oberste Priorität haben«, fuhr die Ermittlerin fort. »Das Foto. Wir dürfen uns nicht verzetteln.«

»Wie könnte Hector Cordier, der Tote in der Kabine, ins Bild passen?«, fragte Roussel.

Sandrine Poulainc zuckte mit den Schultern.

»Er hat zum Beispiel am Empfang des ›Hotel Royal‹ gearbeitet. Dort, wo in ein paar Tagen alle Politiker absteigen werden.«

»François Faure nicht«, erwiderte Nicolas und überlegte, ob er die Turnschuhe eine Nummer größer hätte kaufen sollen. Die anderen im Raum schauten ihn verdutzt an.

»Verdammt, was willst du uns damit sagen?«, fragte Roussel. »Colinas hat doch mittlerweile alle Büros angefragt.« Er zeigte auf einen Plan mit unzähligen Fotos an der Wand. »Da, siehst du. ›Hotel Royal‹. Alle bis auf den Italiener, der reist direkt weiter.«

»Richtig«, sagte Nicolas. »Aber glauben Sie mir, François Faure wird kurz vor dem Gipfel eine Änderung bekanntgeben. Das macht er immer so.«

Nicolas erinnerte sich an einen Einsatz im vergangenen Jahr, als der Minister während des Wirtschaftstreffens in Davos spontan im Chalet eines guten Freundes übernachtete und nicht im Hotel wie alle anderen. Zum morgendlichen Treffen mit Wirtschaftsvertretern war er auf Skiern erschienen, Bertrand hatte sich bei dem Versuch, ihm zu folgen, den Knöchel verstaucht.

»Faure braucht den Auftritt, jetzt erst recht. Er wird sich etwas einfallen lassen. Da bin ich mir sicher.«

In Paris betrat ebendieser François Faure im gleichen Augenblick sein Büro mit einem strahlenden Lächeln und der Ankündigung, dass er sich etwas habe einfallen lassen.

Die eine Hälfte seines Gesichts war noch etwas geschwollen und die Wunde am Kiefer noch nicht vollständig verheilt. Auf seiner Nase thronte ein dünnes Pflaster, und in seinem Blick lag ein leichtes Flackern. Faure hatte noch Schmerzen. Und er war verunsichert, was aber nur diejenigen sahen, die ihn gut kannten.

Wie Gilles Jacombe, sein Personenschützer.

Sechs Fotos waren mittlerweile aufgetaucht, sechsmal

prangte ein Fadenkreuz über der Stirn des Ministers. Das ließ selbst François Faure nicht kalt.

»Guten Morgen, schön, Sie zu sehen. Wie geht es unserem jungen Koffer-Schläger?«

»Monsieur, ich muss mich im Namen des gesamten Teams …«, fing Jacombe an.

»Hören Sie auf!« Faure lachte. »Haben Sie meine Umfragewerte gesehen? Wenn wir in zwei Jahren nicht hier, sondern im Élysée-Palast des Präsidenten unsere Besprechungen abhalten, dann war es das hier wert!« Er tippte sich zweimal auf die Nase.

Jacombe lächelte gequält.

»Kommen Sie schon, mein lieber Jacombe! Ihr Team hat Scheiße gebaut, Sie haben Scheiße gebaut. Es ist nun mal passiert. Und jetzt machen wir das Beste draus!« Er haute ihm fest auf die Schulter und umrundete den großen Mahagoni-Tisch. »Ich habe heute noch jede Menge Interviews, also bitte, meine Herren, fassen Sie sich kurz.«

Bolden legte sein Blackberry auf den Besprechungstisch und holte einige Unterlagen aus einer dünnen Aktentasche.

»Gut, dann wollen wir mal. Wir müssen zuerst über Deauville reden, Monsieur *le Ministre*.« Er setzte sich gerade hin und strich sich die Hose glatt. Draußen sprengte ein Gärtner den Rasen, die Sonne schien auf die im Hof geparkten Luxuslimousinen, und die Tricolore flatterte hoch oben über dem Dach des Ministeriums.

»Allerdings müssen wir das, mein lieber Thomas. Das wird unser Comeback!« Faure setzte sich und fuhr über die Armlehnen seines Stuhls. »Ich habe mir etwas überlegt, und ich wäre dankbar für Ihre Meinung.«

»Monsieur …«, hob Gilles Jacombe an, er stand noch immer an seinem Platz, von wo aus er sowohl in den Hof als auch auf die Türklinke blicken konnte, die in der Spiegelung eines gerahmten Kunstdruckes zu sehen war. »Wir möchten Sie um etwas bitten …«

»Ich weiß«, unterbrach ihn der Minister, »meine Gesundheit, aber mir geht es gut. Danke für Ihre Fürsorge, die ich aber erst wieder auf dem roten Teppich von Deauville brauche, glauben Sie mir. Ach ja, und heute Abend, das Fernsehen will mich live im Studio, passt uns das?«

»Von dem Termin weiß ich nichts«, sagte sein Referent überrascht.

»Sie wissen ja auch nichts von der neuen Nachrichtenproduzentin«, antwortete Faure und grinste breit. »Ich habe sie vorgeschlagen, immerhin bin ich im Aufsichtsgremium!«

Jacombe hatte bereits inoffiziell vom nächtlichen Ausflug des Ministers erfahren, Manou und Bertrand hatten ihn zu einer Penthousewohnung auf der Île de la Jatte gefahren.

»Ach übrigens, lieber Jacombe«, sagte Faure nachdenklich, »Ihre Mitarbeiter, sind die eigentlich vertrauenswürdig? Ich meine …«

»Es sind meine besten Männer, sie sind absolut verschwiegen«, antwortete Jacombe.

»Das will ich hoffen«, erwiderte der Minister. »Also, ins Fernsehstudio, heute Abend, ja?«

»Abfahrt 19.20 Uhr, wie immer«, sagte Jacombe.

»Gut! Also, hören Sie zu. Was halten Sie davon, wenn wir spontan beschließen, während des Gipfels gar nicht in Deauville zu übernachten?«

»Sondern wo?« Jacombe merkte, wie ihm heiß wurde. Aber er hatte es geahnt.

»Wir übernachten gar nicht!«

»Wie bitte?« Jacombe beschloss, dass jetzt ein guter Zeitpunkt war, um sich zu setzen.

»Ja, ist doch eine super Idee, oder?«

»Monsieur ...«

Aber Faure war nicht mehr zu bremsen, und Jacombe gab die Hoffnung auf, ihn noch umzustimmen. Er hatte zu viele solcher Gespräche geführt in den vergangenen Jahren.

»Der Steuerzahler spart Geld, und wir können glaubhaft erklären, dass wir diesen teuren Wahnsinn in dem heruntergekommenen Seebad nicht mitmachen.« Faure stand auf und ging ans Fenster.

»Das Wort ›heruntergekommen‹ sollten Sie vielleicht vermeiden«, murmelte Bolden.

»Schon klar. Aber wir müssen eben arbeiten, so wie alle anderen Franzosen auch. Also fahren wir morgens mit dem Zug hin und abends wieder zurück.«

Jacombe schloss die Augen und fragte sich, ob der Unfall in Cannes nicht vielleicht doch mehr angerichtet hatte, als ein dünnes Pflaster auf der Nase zu verbergen vermochte.

Der Referent fuhr sich durch die Haare und blickte dann zum Minister.

»Das geht nicht, Monsieur. Sie haben in Deauville Termine bis in den späten Abend.«

»Es gibt doch späte Züge zurück nach Paris, oder etwa nicht?«

»Nur bis 22.30 Uhr«, sagte Bolden, und Jacombe fragte sich, ob das ein Bluff war oder ob der Referent sogar das wusste.

Faure hingegen hatte auch dafür eine Lösung.

»Dann würde ich sagen, ich telefoniere mal schnell mit dem Verkehrsminister, nicht wahr?«

Draußen im Garten erklang das monotone Summen einer Heckenschere, von jenseits des großen Tores waren gedämpft die Geräusche aus dem echten Leben zu hören.

Bolden seufzte und blickte zu Jacombe.

»Gilles, kriegen wir das hin?«, fragte er leise.

»Ich gebe zu bedenken, dass wir eine klare Drohung gegen Sie auf dem Tisch haben, Monsieur *le Ministre*, und da wäre es …«

Faure unterbrach ihn unwirsch.

»Schluss damit, diese dämlichen Fotos, da erlaubt sich doch jemand einen Streich!« Er deutete auf Jacombe. »Ihre Mitarbeiter haben gestern im Wagen auch immer davon angefangen. Sie wurden richtig penetrant!«

»Das ist ihr Job, Monsieu, es geht uns nur um …«

»Ich weiß, ich weiß. Aber irgendwann ist es genug. Immer nur die Sicherheit, wie soll man da in Ruhe seinen Bedürfnissen nachkommen? Wenn Sie verstehen, was ich meine.«

»Natürlich.« Jacombe atmete langsam aus. Manou hatte ihn am frühen Morgen angerufen und den ungefähren Wortlaut des Gesprächs auf dem Weg zur Île de la Jatte wiedergegeben. Der Begriff »Bedürfnisse« war nicht gefallen.

Faure hatte Manou mitgeteilt, dass er gedenke, »jetzt in Ruhe ficken zu gehen«, was Manou ja ganz offensichtlich seit einiger Zeit nicht mehr gelänge. Jacombe hatte Manou am Telefon minutenlang besänftigen müssen und ihm für heute freigegeben.

»Ihre Frau sah zumindest sehr ungefickt aus an der Côte d'Azur.«

Jacombe konnte Manou gut verstehen.

Bertrand würde heute Abend allein den Besuch beim Fernsehen übernehmen. Und er selbst würde also einen Plan ausarbeiten für die Zugfahrten in die Normandie.

Dieser verdammte Gipfel, dachte Jacombe zum wiederholten Mal.

In Deauville verteilte ein missmutiger Michel Bonnet derweil die Aufgaben für den Nachmittag. Am frühen Abend sollten alle wieder hier im *Commissariat* zusammenkommen und sich austauschen. Danach würde man weitersehen.

Roussel würde ins »Hotel Royal« gehen und dort sowohl mit dem Besitzer als auch mit Nicolas' Mutter sprechen. Von Letzterer erhoffte sich jedoch keiner wirklich viel.

»Sie hat diese Kabine quasi nie genutzt«, hatte Michel Bonnet erwähnt. Der dort gefundene Leichnam von Hector Cordier war ihnen allen noch ein Rätsel. Und Rätsel gab es zu viele derzeit, auch da waren sie sich einig.

Ein Fotograf verschwand auf offener See.

Eine Hand wurde angespült.

Ein Mann saß tot auf den *Planches*.

Ein Fadenkreuz prangte auf der Stirn eines Ministers.

Zu viele Rätsel.

Nicolas sollte noch einmal die Strecke rund um die Place Morny ablaufen. Auf dem Platz würden in einigen Tagen die Gipfelgäste erstmals zusammenkommen, um dann gemeinsam hinüber zum Casino zu gehen, wo das eigentliche Treffen offiziell beginnen würde.

Nicolas wollte einwenden, dass er sich doch vielmehr um das Foto kümmern sollte, das in seinem Briefkasten gelandet war.

»Sie machen einfach mal das, wofür Sie hier sind«, hatte ihm Bonnet gesagt. »Sie sind Kontaktmann zum Personenschutz, kein Polizist, vergessen Sie das nicht.«

Kontaktmann. Das klang nach Kontaktanzeige, da hatte Roussel schon recht.

»Sie werden den Weg von der Place Morny bis zum Casino abgehen, und ich will, dass Sie uns alle kritischen Punkte aufzeigen.«

»Das sind viele. Jedes Fenster ist ein kritischer Punkt«, erwiderte Nicolas

»Verdammt, Guerlain, machen Sie einfach, was ich Ihnen sage. Und keine Alleingänge, verstanden?« Bonnet haute mit der flachen Hand auf die Tischplatte, und Nicolas spürte neben sich das breite Grinsen von Roussel.

»Natürlich, kein Problem.«

Bonnet blickte jeden von ihnen einzeln an und zeigte dann aus dem Fenster.

»Dort draußen stimmt etwas nicht. Und das passt mir nicht, und ich hoffe, euch auch nicht. Wir haben bis jetzt gar nichts, und ich will, dass sich das ändert. Und zwar heute noch. Sonst dürft ihr während des Gipfels am Strand Croissants verkaufen, verstanden?«

Sie schwiegen.

»Mademoiselle Cantalle, was ist mit Ihnen?«

Claire schreckte auf.

»Wie bitte?«, antwortete sie überrascht.

»Schlafen Sie?« Die anderen begannen bereits, ihre Unterlagen und gewissenhaft ausgefüllte Notizblöcke zusammenzusuchen.

»Nein! Ich dachte nur, also …«, stotterte Claire.

»Wenn Sie schon denken, dann sagen Sie uns doch, an was Sie denken.«

»Also, es ist Folgendes. Ich kenne drüben in Le Havre jemanden, der im Dock arbeitet, es ist ein Freund von mir, also eigentlich eher ein Bekannter, und ich …«

»Mademoiselle, kommen Sie zum Punkt, wir haben keine Zeit.«

»Entschuldigung«, stammelte Claire, die zu überlegen schien, ob ihr Gedanke es überhaupt wert war, ausgesprochen zu werden. »Ich dachte nur, also dieser Freund hat mir erzählt, dass die *Hirondelle de la Mer* nächsten Monat zur Reparatur angemeldet ist, auf dem Dock.«

»Und?« Roussel hatte bereits seine Jacke angezogen.

»Das soll ganz schön teuer sein«, fügte Claire an und wartete auf eine Reaktion des Dienststellenleiters. Aber Bonnet hatte sich schon wieder in eine Akte vertieft. Als er kurz aufblickte, seufzte er.

»Wissen Sie was, Mademoiselle, fragen Sie ihn doch einfach, den Kapitän, meine ich. Was halten Sie davon?«

»Gerne!« Claire blickte zu Roussel, doch der war schon davongezogen.

Sie würde doch tatsächlich alleine ermitteln.

In Paris standen Gilles Jacombe und Thomas Bolden im Innenhof des Ministeriums und betrachteten die säuberlich gestutzten Hecken. Draußen vor dem Tor fuhr der Bus in Richtung Place de l'Étoile vorbei.

»Keine späten Züge zurück nach Paris, ja?«, sagte Jacombe anerkennend.

»War ein Versuch.« Der Referent lächelte ihn an.

»Ich hatte schon Angst vor dir und deinem Wissen.«

»Jetzt hat François Faure wenigstens einen Grund, beim Verkehrsminister anzurufen. Die beiden sind gute Freunde.«

»Natürlich sind sie das.« Jacombe sortierte mit den Füßen die Kieselsteine auf der Auffahrt und überlegte, wie viel Zeit ihn die Aufgabe kosten würde, die François Faure ihm mit auf den Weg gegeben hatte.

Eine schriftliche Gefährdungsanalyse.

Potentielle Gefahrenquellen.

Mögliche Attentatsszenarien.

Bis übermorgen. Immerhin stand bis dahin kein größerer Einsatz an, an dem er persönlich beteiligt sein müsste. Außer dem Termin beim Fernsehen heute Abend.

»Was war da los gestern im Wagen?«, fragte der Referent und tippte dabei etwas in sein Blackberry.

»Gar nichts.«

»Ach komm, Gilles, mir kannst du es doch sagen.«

Jacombe blickte zum Fenster des Ministers und atmete laut auf.

»Er ist nervös, wegen der Fotos. Und er wird ausfällig, meinen Leuten gegenüber. Ziemlich sogar.«

Bolden blickte ihn nachdenklich an.

»Ich werde mit ihm reden. Aber sag deinen Leuten, dass sie sich eine dicke Haut zulegen sollen. In zwei Jahren sind Wahlen, da wird es mit ihm nicht unbedingt leichter werden.«

Jacombe nickte.

»Und was Deauville betrifft, haben wir da alles unter Kontrolle?«, fragte Bolden.

Jacombe dachte kurz nach. Sechs Fotos. Ein labiler Personenschützer. Ein unbekannter Toter am Strand und eine erfolglose Suche nach einem Mann über Bord. Und der Minister bestand auf der fixen Idee, mit der Bahn anzureisen. Insgesamt viermal hin und zurück. Höchste Gefahrenstufe.

Sie hatten gar nichts unter Kontrolle.

»Wir haben alles im Griff, Thomas«, versicherte er und blickte dem Referenten dabei fest in die Augen.

Bolden nickte ihm zu und ging in Richtung seines Büros. Dann blickte er sich noch einmal um und lächelte.

»Hast du mittlerweile eine Nachfolgerin für Nicolas gefunden?«

»Ja, habe ich. Aber es war nicht so einfach.«

»Wer ist es?«

»Carole Adams. Du wirst sie mögen.«

Bolden lachte laut auf und zeigte hinauf zum Büro des Ministers.

»Es geht hier nicht um mich, Gilles. Es geht um ihn. Immer nur um ihn.«

Allerdings, dachte Jacombe.

KAPITEL 25

Deauville/Trouville
Zwei Stunden später

Am Nachmittag kamen die Flut und der Frühsommer, wobei Letzterer die Stadt auf dem falschen Fuß erwischte. Die Besitzer der Cafés blinzelten ungläubig in die Sonne, als sich die letzten Wolken über dem Hinterland träge in Richtung Paris verabschiedeten. Geschäfte öffneten ihre Türen, Markisen schoben sich frohgemut über die Terrassen der Restaurants. Die Schritte wurden beschwingter, Regenschirme verschwanden in den Tiefen rasch gepackter Strandtaschen. Deauville begann sich zu freuen, auf all das, was die Jahreszeit so mit sich brachte.

Michel Bonnet blickte aus dem Fenster hinaus auf die Rue Désiré le Hoc und dachte, dass er jetzt gerne einen Spaziergang am Strand machen würde. Hinüber nach Blonville, vielleicht sogar weiter, er war lange nicht mehr dort draußen gewesen. Er würde seine Schuhe ausziehen und das kalte Wasser an seinen Füßen spüren, er würde den Kite-Surfern zuschauen und sich in Villers-sur-Mer ein Bier kaufen. Eine weiße Bank auf der kleinen Strandpromenade, der Blick streng nach Westen gerichtet. Ein Fischkutter, begleitet von einem Schwarm Möwen, der sich von links ins Bild schieben und ihm den Weg zurück nach Hause weisen würde.

Dieser verdammte Gipfel.

Wenn sie nicht bald Ergebnisse lieferten, würde Paris sie alle während der drei Tage in einem Keller einschließen. Oder in ein Ruderboot setzen und ihnen hinterherwinken, bis sie am Horizont verschwunden wären.

Paddelt, ihr Versager. Und kommt nicht wieder.

Er seufzte und beschloss, auf einen schnellen Espresso gegenüber ins Café zu gehen.

Wenigstens das.

Martine Guerlain stand in ihrem Laden und versuchte ruhig zu bleiben, was ihr jedoch nicht gelang. Hektisch durchwühlte sie die oberste Schublade ihres Schreibtisches und stieß dabei spitze Schreie der Verzweiflung aus.

»*Oh, mon Dieu!* Das ist doch, das darf doch nicht …«

Roussel lehnte an der offenen Eingangstür ihrer Boutique, holte eine Zigarette aus der Packung in seiner Hand und schaute zu, wie Nicolas' Mutter mit dem Leben und seinen Unverschämtheiten haderte.

»Ich kann ihn nirgendwo finden. Das ist alles ein Albtraum.«

Zwei teure Lippenstifte und ein Maßband flogen durch die Luft, gefolgt von Wagenschlüsseln und einer Visitenkarte.

»Madame, sind Sie denn sicher, dass Sie ihn dort aufbewahrt haben?«, fragte Roussel und suchte seinen Lederblouson nach einem Feuerzeug ab. Die Mutter war noch schlimmer als der Sohn. Womöglich würde sie gleich eine abgehackte Hand aus der Schublade holen und sie triumphierend vor seine Nase halten.

»Natürlich bin ich sicher, ich bitte Sie«, schnaubte sie und hob verzweifelt die Hände in die Luft. Dann setzte sie sich erschöpft auf einen Stuhl, ohne auf die Seidenbluse zu achten, die dort lag.

»Keiner wird mir mehr vertrauen, wenn das herauskommt.«

Sie blickte Roussel an. »Monsieur, das muss unter uns bleiben, niemand darf davon erfahren, hören Sie. Mein Sohn wird das alles regeln! Wissen Sie …«

»Ja, ich weiß, er arbeitet für den Präsidenten.« Wo war dieses verfluchte Feuerzeug?

»Genau, für den Präsidenten. Monsieur, hier drin dürfen Sie aber nicht rauchen!«

Roussel dachte, dass ihm das völlig egal war, und blickte sie unwirsch an. Diesmal musste er unbedingt ein Ergebnis liefern. Und zwar vor den anderen, das war er sich schuldig. Sich und seinen Plänen. In drei Jahren würde Michel Bonnet in Rente gehen, und ihm fiel auch bei längerem Überlegen niemand ein, der ihn beerben könnte. Niemand außer ihm selbst.

Also brauchte er Ergebnisse.

»Seit wann, sagten Sie, haben Sie diese Kabine auf den *Planches*?«

Martine Guerlain seufzte.

»Das habe ich doch schon Monsieur Bonnet gesagt, wissen Sie, wir sind sehr gute Freunde.«

Roussel nahm sich vor, sie in exakt dreißig Sekunden anzubrüllen, wenn sie so weitermachte. Er blickte auf die Uhr und fing im Kopf an zu zählen.

»Die Kabine gehört unserer Familie, seit ungefähr dreißig Jahren. So lange mieten wir sie schon von der Stadt. Und nie gab es Probleme, wissen Sie, man kennt uns ja hier sehr gut.« Sie zeigte in Richtung Rezeption.

Aha, dachte Roussel, und deinen verrückten Sohn kennt jetzt auch jeder.

»Madame, wer hat denn Zugang zu Ihrem Laden?«

»Niemand«, entrüstete sie sich. »Nur das Hotel natürlich. Aber das ist ein exquisites Haus, wissen Sie? Hier kommt nichts weg!«

»Natürlich nicht, Madame.« Roussel fand, dass ein Schlüssel

und ein Mitarbeiter, der inzwischen tot war, durchaus aus dem mondänen »Hotel Royal« weggekommen waren.

»Und wer wusste von dieser Kabine? Und von dem Schlüssel?«, blaffte er sie genervt an.

Martine Guerlain zerrte an ihrem schweren Collier, das sie zu strangulieren schien wie die feste Schlinge eines Seils.

»Von der Kabine wissen eigentlich alle, so etwas erzählt man ja auch. Das hat ja nicht jeder.«

»Und von dem Schlüssel?«

»Keine Ahnung, vielleicht habe ich den mal gezeigt, wenn ich von der Kabine erzählt habe. Ja, das habe ich wohl ab und zu.«

»Also wussten durchaus einige Leute davon?« Roussel wollte jetzt unbedingt eine Zigarette rauchen, er war in fünf Minuten mit dem Empfangschef verabredet. Das nächste Verhör. Er brauchte Ergebnisse.

Martine Guerlain nickte erschöpft. »Wir müssen Nicolas anrufen, der wird das alles aufklären.«

Natürlich, dachte Roussel.

»Ich brauche eine Liste der Kunden, die in den vergangenen Tagen in Ihrem Laden waren«, erklärte er ihr ungeduldig.

»Das ist unmöglich!« Sie blickte ihn entsetzt an. »Meine Kunden sind doch keine Laufkundschaft, das sind alles ehrbare Personen.«

»Madame, es muss sein«, betonte Roussel und nickte ihr zum Abschied zu. »Ich brauche die Liste so schnell wie möglich. Am besten setzen Sie sich gleich an Ihren Schreibtisch und schreiben sie.«

Sie seufzte und blickte müde auf das Durcheinander, das sie angerichtet hatte. Es war tatsächlich ein Albtraum.

»Und da wäre noch etwas, Madame«, fügte Roussel hinzu.

»Ja?«, fragte sie widerwillig.

»Wusste Ihr Sohn eigentlich auch von dem Schlüssel?«

Nicolas saß in einem kleinen Café am Rande der Place Morny und wartete. Draußen wanderten einzelne Sonnenstrahlen über den Platz und vertrieben die Schatten von den Holzbänken und den Fassaden der Häuser. Vor der *Boulangerie* hatte sich eine Schlange gebildet, und er konnte sehen, wie zufriedene Menschen mit ihren Baguettes oder einer Tüte mit *Pains aux raisins* in den Seitenstraßen verschwanden. Er lehnte sich gegen das rote Polster auf seinem Stuhl und schloss die Augen.

Das Licht wurde blasser, die Häuser rückten näher heran, aus dem Asphalt der Straße sprossen grüne Bäume. Der Platz veränderte sich, wurde kleiner, bis Nicolas die Place Sainte-Marthe in Paris erkennen konnte. Die Laternen gingen an, zwischen den Ästen hingen nun kleine bunte Lampions, die sich leicht im aufkommenden Wind bewegten. Ein Hund schnüffelte an seinem ersten Baum, die Spitze einer weichen Bleistiftmine senkte sich auf die noch leere Seite eines Zeichenblocks. Ein Taktstock erhob sich, ein gelbes Sommerkleid verschwand hinter den festen Mauern einer steinernen Kirche. Jacques Brel sang in einem Garten mit Orchideen und vor staunenden Kinderaugen von einem Abend im Sommer.

»Es ist ein schöner Gedanke, ein Sommerabend zu sein, oder?«, hatte Julie gesagt, als sie auf seiner Terrasse saßen und auf die Lichter der Stadt blickten. Über ihrer linken Schulter war der Eiffelturm in der Ferne zu erkennen.

»Ich vermute, ich wäre eher ein Morgen im Herbst«, hatte er geantwortet, und sie beide hatten Tito gelauscht, der umständlich eine Platte aus der Hülle holte.

»He, Tito«, hatte sie ihm zugerufen.

»He, Mademoiselle Julie. Ich habe hier was für Sie.«

Im Nachhinein fand Nicolas es merkwürdig, dass Tito ein Lied ausgesucht hatte, das von toten Blättern erzählte.

Eine Woche später waren Julie und er in die Avenue Montaigne gefahren, um im Théâtre des Champs-Élysées ein klassisches Konzert zu besuchen.

»Ich bin gleich wieder da«, hatte sie geflüstert.

Es war das letzte Mal, dass er sie gesehen hatte.

Stimmt nicht, dachte er. In Cannes. Und vor dem Louvre. Da war sie. Ganz sicher.

»Sie sind ein seltsamer Mann, Monsieur Guerlain.«

Nicolas öffnete die Augen und erblickte Yves Colinas, der an seinen Tisch getreten war. Mit ungewöhnlich leisem Schritt, dachte er, er hatte ihn nicht kommen hören.

»Das haben wir zwei womöglich gemeinsam, Monsieur Colinas«, antwortete Nicolas und sah durchs Fenster, wie der Hund sich zu ihm umdrehte, um dann hinter einer Häuserecke an der Place Sainte-Marthe zu verschwinden. Die Lampions schaukelten nicht mehr im Wind, das Kratzen des Bleistifts verstummte. Er fuhr sich übers Gesicht und spürte die Wirkung der kleinen Tablette.

»Aber ich sitze nicht mit dem Rücken zur Wand, so wie Sie.« Colinas nahm Platz, bestellte einen *Café Crème* und lächelte ihn an.

»Schlechte Angewohnheit«, erwiderte Nicolas und ertappte sich bei dem Gedanken, dass ihm der ältere Mann mit seinen Unterlagen und der randlosen Brille durchaus nicht unsympathisch war.

»Wir haben alle eine Krankheit, nicht wahr?«

»Welche ist Ihre, Colinas?«

Der Ermittler blickte ihn ernst durch seine Brille an, schüttete etwas Zucker in seine Tasse und rührte den *Café Crème* langsam um. Für einen kurzen Augenblick meinte Nicolas, eine tiefe Traurigkeit im Blick seines Gegenübers zu erkennen. Aber dann lächelte Colinas wieder sein leicht spöttisches Lächeln, unzählige Falten umrahmten seine Augen, wie Sonnenstrahlen, die gerade um die Place Morny herumtanzten.

»Ich denke, derzeit heißt meine Krankheit wohl ›Internationaler Gipfel‹. Und entschuldigen Sie bitte die Verspätung.«

»Wie lange arbeiten Sie schon daran?«, fragte Nicolas. Aus den Augenwinkeln sah er, wie eine Kellnerin in seine Richtung blickte und mit einem Kollegen tuschelte.

Cannes, ein Kevlar und kein Ende.

»Nun, seitdem der Präsident die glorreiche Idee hatte, den wichtigsten internationalen Gipfel der vergangenen Jahre in ein kleines, verschlafenes Seebad zu legen, in dem es mehr Roulettetische als geeignete Hotels gibt. Und wo jeder normale Ablaufplan für ein solches Großereignis außer Kaft gesetzt wird.«

Nicolas dachte an seine Mutter, die in diesem Augenblick hoffentlich von Roussel verhaftet und abgeführt wurde. Er würde ihn nicht daran hindern. Vermutlich erzählte sie ihm gerade, dass ihr Sohn für den Präsidenten arbeitete.

»Was machen Sie eigentlich hier in der Stadt?«, fragte ihn Yves Colinas.

»Ich unterstütze Sie im Vorfeld des Gipfels.«

»Und während des Gipfels? Angeblich will man Sie in den drei Tagen nicht in der Nähe des Casinos sehen.«

»Da wissen Sie mehr als ich.« Die Information überraschte Nicolas aber nicht. Eine Aufnahme von ihm in Deauville in den Abendnachrichten würde dem Dienst noch weiter schaden. Was er dann tatsächlich hier machte, war jedoch auch ihm ein Rätsel. Er würde Jacombe, seinen Teamleiter, bei ihrem nächsten Gespräch danach fragen.

Colinas stand auf und legte zwei Geldstücke auf einen kleinen weißen Teller.

»Lassen Sie uns gehen. Wir sollten die Strecke von hier bis

zum Casino ablaufen. Und Sie können mir dabei vielleicht wirklich etwas erzählen.«

»Gerne. Ich denke, die problematischste Stelle ist die Ecke zur Rue Gontaut-Biron.«

Er öffnete dem älteren Kollegen die Tür, und sie traten hinaus in die warme Luft auf der Place Morny. Von hier waren es nur wenige hundert Meter bis zum Casino.

»Ich meinte nicht nur, dass Sie mir etwas über die Straßen hier erzählen.«

»Sondern?« Nicolas zog sein Jackett aus, es war warm geworden.

Yves Colinas blickte ihn erneut mit einem Lächeln an.

»Ich dachte, Sie erzählen mir, was dort unten in Cannes schiefgelaufen ist.«

Claire überquerte den Pont des Belges mit einem seltsamen Gefühl in der Magengegend. Sie hatte ihre Sonnenbrille aufgesetzt und hielt ihre Sommerjacke in der linken Hand. Mit der rechten tippte sie eine Nachricht an eine Freundin in ihr Handy.

Ich ermittle! Spannend!

Die beiden Ausrufezeichen konnten nicht verhindern, dass sie an das Wort dachte, das sie nicht in ihr Handy getippt hatte.

Alleine.

Reiß dich zusammen, Claire, dachte sie und überquerte die Straße. Sie hatte im *Commissariat* einige Minuten gewartet und Michel Bonnet die Chance gegeben, sich anders zu entscheiden. Aber offenbar hatte er es ernst gemeint, als er sagte, sie solle doch einfach persönlich mit dem Kapitän der *Hirondelle de la Mer* reden. Jedenfalls war er nicht in seinem Büro gewesen, als sie ihn noch einmal fragen wollte. Der dicke Alphonse am Empfang hatte ihr gesagt, er sei drüben im Café, und da dürfe man ihn eher nicht stören. Jedenfalls nicht sie.

Also hatte sie ihre Sachen genommen und war losgezogen. Und jetzt schien die Sonne über der Touques, Claire hatte den Anblick der Leiche verdaut und würde also in ihrem ersten Mordfall allein ermitteln. Und warum Nicolas seinen Schuh ins Meer geworfen hatte, würde sie ihn später noch fragen.

Seltsam ist er schon, dachte Claire.

Auf der anderen Seite des Flusses wurde sie von den Schreien der Möwen und dem Geruch von frischem Fisch empfangen.

»Hey, dich kenne ich doch!«

Sie blickte von ihrem Handy auf und erblickte auf einer Parkbank einen der Fischer aus dem Hafen. Offensichtlich hatte die andauernde Flaute bei den Aufträgen ihn hierher gespült, neben ihm stand eine leere Flasche Bier, die zweite hielt er fest in den Händen.

Bloß keinen Tropfen verschütten, dachte sie.

»*Salut*, wie geht es Ihnen?«, sagte sie. »Sie haben sich ein schönes Plätzchen ausgesucht, von hier sieht man alles, den Hafen, die Schiffe, die Straße …«

»Die Straße interessiert mich nicht.«

»Ja, verstehe ich.« Claire verstand ihn nicht. Sie blickte auf die Uhr, sie wollte unbedingt zur Besprechung am späten Nachmittag wieder zurück sein. Hoffentlich mit Neuigkeiten über André Dumarc und einer Antwort auf die Frage, ob er sein Schiff tatsächlich zur Reparatur angemeldet hatte.

Eine Frage, die im *Commissariat* kaum jemanden interessierte. Ihr sollte es recht sein, Hauptsache, nicht wieder mit Roussel auf Tour gehen.

»Haben Sie es eilig, Mademoiselle?« Der Fischer war offenbar nicht mehr im besten Zustand, Claire schätzte, dass die beiden Flaschen nicht die ersten waren an diesem Tag.

»Ehrlich gesagt, ein bisschen, ich will noch zum ›Café de la Marée‹, das kennen Sie ja sicherlich. Und bis dahin ist es noch ein Stück, also muss ich jetzt auch los. Ich wünsche Ihnen einen tollen Tag.«

Der Mann musterte sie aus glasigen Augen. Eine Möwe landete wagemutig hinter ihm auf dem Brückengeländer und spähte nach etwas Essbarem.

»Was wollen Sie denn da?«, nuschelte er und hob seine Flasche an den Mund. Claire überlegte kurz, beschloss dann aber, dass sie ja nun wahrlich kein Geheimnis aus ihrem Auftrag machen musste.

»Ich suche André Dumarc, den Kapitän der *Hirondelle*. Ich hätte da nämlich noch eine Frage, wissen Sie. Also, wir sehen uns.« Sie hatte jetzt genug Zeit vertrödelt.

»Der Mistkerl ist nicht in dem Café«, nuschelte der Fischer und lächelte sie dann an. »Aber ich kann Ihnen sagen, wo er ist.«

Claire guckte ihn überrascht an. Daran, dass der Kapitän womöglich gar nicht mehr aus dem kleinen Buntglasfenster hinaus auf die Straße blickte und trüben Gedanken nachhing, hatte sie gar nicht gedacht.

»Und wo ist er?«

»Wie gesagt, das kann ich Ihnen sagen.« Er lächelte immer noch.

Scheiße, dachte Claire. Kaum ermittle ich, schon muss ich jemanden bestechen. Sie kramte ein Zwei-Euro-Stück aus der Hosentasche.

»Mehr hab ich nicht, aber das reicht für ein Bier.« Sie warf ihm so abschätzig wie möglich das Geld hin.

»Was wollen Sie ihn denn fragen, den Herrn Kapitän?«

»Das ist Polizeiarbeit, das geht Sie nichts an.« Sie schaute erneut auf die Uhr.

»Tja, dann weiß ich auch nicht, wo er ist.«

»Kommen Sie schon!«

»Sie können mich ja verhaften, wenn Sie wollen. Oder dürfen Sie das gar nicht? Hehe!« Er grinste sie mit gelblichen Zähnen hinter einem fleckigen Bart an und hielt ihr seine Hände hin. Claire seufzte und dachte, dass sie nichts zu verlieren hatte.

»Ich möchte ihn fragen, ob er sein Schiff drüben in Le Havre reparieren lässt.«

Aber der Mann hatte schon wieder das Interesse an ihr verloren und widmete sich lieber eingehend dem Geldstück in seiner Hand.

»Also, wo ist er jetzt?« Claire merkte, wie sie sauer wurde. Der Fischer zeigte mit dem Daumen hinter sich. Sie blickte in die angezeigte Richtung und sah, wie ein ganzes Stück entfernt eines der Fischerboote gerade dabei war, von der Kaimauer abzulegen.

Es war die *Hirondelle de la Mer*.

»Und der Idiot nimmt mich wieder nicht mit«, beschwerte sich der Fischer und erhob sich schwankend. »Dabei bin ich ein verflucht guter Fischer, ich habe nämlich ein Näschen für die Fische, verstehen Sie? Ich kann sie riechen, ich weiß, wo sie sich verstecken, diese kleinen Biester. Aber nein, der Herr Kapitän braucht mich mal wieder nicht. Mistkerl!«

Erstaunt blickte er auf die Stelle, wo eben noch die Polizistin gestanden hatte. Er bemerkte zu spät, dass ihm das Geldstück aus den unruhigen Fingern glitt und ins stille Wasser des Hafenbeckens fiel.

Der Nachmittag nahm seinen Lauf, so wie Claire gewissermaßen ihren Lauf nahm, um die *Hirondelle* einzuholen, bevor der Kutter den Hafen verließ und hinaus aufs Meer fuhr. Erst ganz am Ende der Hafenausfahrt, kurz vor den beiden Signalfeuern, würde der Kapitän auf sie aufmerksam werden, auf diese kleine Person, die schreiend und gestikulierend die Mole entlangrannte, mit einem kleinen Anker am Hals und der besorgten

Nachricht einer Freundin auf dem Handy. Aber bis dahin geschahen noch weitere Dinge, und dies zeitgleich, ohne dass sie in direktem Zusammenhang zueinander gestanden hätten.

Der Fischer auf der Brücke schaffte es doch tatsächlich, die Münze, die er von Claire erhalten hatte, in die Touques fallen zu lassen, wo sie noch schneller im dunklen Wasser versank als seine Aussicht auf eine neue Flasche Bier.

»Ich kann euch riechen!«, brüllte er in seiner Verzweiflung zwei schillernde Fische an, die knapp unterhalb der Wasseroberfläche schwammen und in Deauville eine Seltenheit waren, weil sie zu den wenigen Geschöpfen gehörten, die sich aus Geld nichts machten.

Im gleichen Augenblick trank Michel Bonnet seinen Espresso aus und faltete die Lokalseite der Tageszeitung zusammen, während auf der anderen Straßenseite Alphonse mit einem lauten Seufzen einen weiteren Anruf der empörten Martine Guerlain entgegennahm. Es war der dritte an diesem Tag. Es ging wieder einmal um ihren Parkplatz.

Währenddessen standen Nicolas und Yves Colinas an der Ecke zur Rue Gontaut-Biron und blickten mit ernster Miene auf ein Sicherheitsrisiko, nämlich das Baugerüst, das das alte Gebäude mit der Hausnummer 36 schmückte. Nicolas' Handy vibrierte kurz, er hatte eine Nachricht erhalten. In exakt fünfzehn Sekunden würde er sich von Colinas verabschieden und losrennen.

Nicht weit entfernt von den beiden zog derweil Roussel genüsslich an einer Zigarette, während ihm der Empfangschef des »Hotel Royal« die am Hintereingang installierte Kamera erklärte.

Noch eine Minute, bis Claire das Ende der Mole erreichen und die *Hirondelle de la Mer* einholen würde.

Und genau jetzt stieß Sandrine Poulainc im Erdgeschoss der Villa Proust in Trouville einen leisen Pfiff aus.

»Da haben wir doch etwas«, murmelte sie und nahm den Aktenordner, den sie soeben durchgeblättert hatte, mit nach draußen, wo die wärmer werdende Frühlingssonne sie wohlwollend empfing. Sie holte ihr Handy aus der Hosentasche und rief in Deauville an.

Kurz darauf klingelte in dem kleinen Café gegenüber des *Commissariat* ein Handy.

Michel Bonnet hörte zuerst das entfernte Krächzen der Möwen über der Villa Proust in der Leitung.

»Chef, ich hab was!«, rief Sandrine Poulainc aufgeregt.

»Schieß los.«

»Ich habe einen Ordner mit Jean Carassos Bankunterlagen gefunden. Darunter sind auch einige Auszüge eines Kontos bei einer Bank in Rouen.«

»Und weiter?«

»Er hatte ganz offensichtlich eine Lebensversicherung bei der Bank, seit Jahrzehnten schon. Sie muss ziemlich hoch sein, denn er hat monatlich hohe Raten eingezahlt.«

Bonnet pfiff leise durch die Zähne.

»Das heißt, es gibt da jemanden, der von seinem Tod profitiert.«

»Das Problem ist, wir wissen nicht, wer. Er hat keine engen Familienmitglieder mehr, es könnte also im Grunde jeder sein.«

»Das lassen wir prüfen, ich werde bei der Bank nachfragen. Gute Arbeit, Sandrine.«

»Chef, da ist noch was.«

Bonnet schaute ungeduldig auf die Uhr, er war schon zu lange hier im Café.

»Jean Carasso hat vor wenigen Tagen eine große Summe Geld überwiesen. 50.000 Euro.«

»An wen?«

»An André Dumarc, den Kapitän der *Hirondelle*.«

»Ach du Scheiße.«

»Du sagst es, Chef.«

»Und ich weiß auch, wofür Dumarc das Geld braucht. Für die Reparatur seines Schiffes.«

»Das ist möglich, so etwas ist nicht billig. Das Dock ist ständig ausgebucht, habe ich gehört.«

»Danke, Sandrine.«

Auf beiden Seiten der Touques wurde das Gespräch beendet, aber Bonnet führte sofort ein weiteres. Mit der Hafenmeisterei, die ihm zwanzig Sekunden später sagen konnte, wo sich die *Hirondelle de la Mer* im Augenblick befand.

Sie lief gerade aus dem Hafen aus. Was seltsam war, denn alle anderen Fischerboote waren längst wieder zurück.

Nur drei weitere Sekunden später rief Bonnet der Besitzerin des Cafés zu, dass er später bezahlen würde. Als er nach draußen eilte, fiel ihm plötzlich ein, wer genau in diesem Moment unterwegs war, um mit dem Kapitän zu sprechen.

Allein.

Über das, was ein Freund, nein, ein Bekannter ihr drüben in Le Havre erzählt hatte.

Und er hatte sie losgeschickt, weil er die Praktikantin aus dem Weg haben wollte, wie er sich jetzt eingestehen musste.

»Alphonse!«, brüllte er ins Telefon, während er aus dem Café stürzte. »Ich brauche sofort den Wagen!« Er rannte in den Hof des *Commissariat* und verfluchte jedes Stück Kuchen, das Alphonse sich in den vergangenen 46 Jahren genehmigt hatte.

Es dauerte zu lange.

Keuchend bog der dicke Polizist schließlich um die Ecke und brachte Bonnet den Schlüssel des Dienstwagens. Bonnet ließ den Motor aufheulen und wollte gerade aus der Einfahrt in die Rue Désiré le Hoc schießen, als er abrupt auf die Bremse trat. Seine Stirn knallte gegen das Lenkrad.

»*Putain de merde!* Was für eine Scheiße!«, schrie er laut auf.

Auf dem Bürgersteig vor ihm stand Nicolas Guerlain, die Stoßstange des Wagens berührte fast seine Schienbeine. Ungläubig sah Bonnet, wie Nicolas sich den Staub von der Anzughose klopfte, mit den neongelben Turnschuhen um den Wagen herumging und die Fahrertür aufriss.

»Rutschen Sie rüber. Ich fahre.«

»Wie bitte, verdammte Scheiße, was soll das? Ich habe es eilig!«

»Ich weiß. Deswegen fahre ich.«

Nicolas trat das Gaspedal durch und trieb den Wagen von der Rue Désiré le Hoc mit schnell ansteigender Geschwindigkeit in den Kreisverkehr am Bahnhof.

»Zum Hafen, schnell!«, schrie Bonnet. »Ich glaube, Claire hat ein Problem.«

»Das glaube ich auch«, sagte Nicolas, während er in Richtung Pont des Belges fuhr. Er zeigte dem Leiter des *Commissariat* sein Handy. Auf dem Display leuchtete eine Nachricht auf, die vor knapp zwei Minuten eingegangen war.

»*Hirondelle* fährt raus. Um die Zeit. Komisch. Gruß, Hugo.«

Bonnet pfiff leise durch die Zähne, als er die Nachricht des Bac-Besitzers las.

»Na, Sie haben ja schon ein ganz gutes Netz an Informanten, Guerlain.«

»Man tut, was man kann.«

Kurz vor dem nächsten Kreisverkehr klingelte Bonnets Handy.

»Roussel, was ist? Ich kann jetzt nicht! Fahren Sie doch nicht so riskant, verdammt! Nein, nicht du, Roussel.«

Der Wagen schoss über die Brücke hinüber nach Trouville, die Masten der Segelboote rauschten wie ein Wald aus schlanken weißen Bäumen an ihnen vorbei. Zwei Möwen kreischten entsetzt auf und landeten kurz darauf ermattet neben einer Parkbank, auf der ein versoffener Fischer saß und über die Tragik einer ins Wasser gefallenen Münze nachdachte.

»Ein Band? Was für ein Band?«, brüllte Bonnet ins Telefon.

Nicolas bog scharf nach links auf den Boulevard Fernand Moureaux ein und beschleunigte zum Entsetzen seines Mitfahrers weiter. Eine alte Frau überquerte gerade den Zebrastreifen, er riss das Steuer im letzten Augenblick herum und rammte mit der Schnauze fast einen entgegenkommenden Schulbus. Das Heck brach aus, aber Nicolas brachte den Wagen wieder unter Kontrolle und schaltete einen Gang hoch.

»*Merde*, das hier ist nicht der Pèriphérique in Paris«, fluchte Bonnet.

Links von ihnen glitzerte das Wasser der Touques, auf der gegenüberliegenden Seite tauchten die Kräne auf, die ein neues Viertel in die Mitte des Flusses setzen würden. Nicolas' Augen flogen vom Rückspiegel wieder nach vorn und von dort aus zu den Seitenspiegeln. Er atmete jetzt gleichmäßig, wie immer in Stresssituationen, und überlegte, warum Roussel wohl nach einem Band fragte.

»Nein, ganz sicher, da war nichts. Hector Cordier hatte nichts bei sich.« Bonnet hörte Roussel noch eine Weile zu und drehte sich dann zu Nicolas um.

»Haben Sie ein Band bei Cordier gesehen?«

»Was für ein Band?« Er zog den Wagen mit einem harten Ruck nach links, und sie schlitterten über den großen Parkplatz auf der Rückseite des heruntergekommenen Casinos von Trouville. Nicolas musste lächeln, als er in der Mündung des Flusses den Bac sah. Hugo rief zwei Anglern etwas zu, während die kleine Fähre die Flut nutzte und rasch an Fahrt aufnahm. Inzwischen hatte Bonnet aufgelegt.

»Roussel hat was. Womöglich ein Motiv für den Mord an Hector Cordier. Ein Band der Überwachungskamera am Hinterausgang des ›Hotel Royal‹.«

»Und was soll darauf zu sehen sein?«

»Cordier selbst, wie er heimlich raucht. Aber wohl noch etwas anderes, denn Cordier wollte das Band unbedingt haben, als das Hotel ihn feuerte …«

»Seltsam.« Und kurz darauf ist er tot, ergänzte Nicolas in Gedanken und dachte an die Umkleidekabine seiner Mutter. Er spürte, wie sein Puls sich weiter verlangsamte. Seine Hand wanderte ruhig zur Handbremse. »Aber erklären Sie mir jetzt lieber, was mit André Dumarc und der *Hirondelle* ist.«

»Der Kapitän verbirgt etwas vor uns, Jean Carasso hat ihm eine ganze Stange Geld gegeben, für sein Schiff. Claire hatte also recht.«

»Da vorne ist er«, rief Nicolas in diesem Augenblick.

Sie sahen beide den Mast eines Fischkutters, der gerade dabei war, die Hafenausfahrt zu verlassen. Der Wagen jagte über den rissigen Asphalt des Parkplatzes, kurz darauf hörte Nicolas das Geräusch der Holzbohlen unter den Reifen.

Sie waren auf der Mole.

»Hören Sie, Sie fahren viel zu schnell«, rief Bonnet verzweifelt und klammerte sich an seinen Sitz. »Die Mole ist gleich zu Ende!«

Der Kutter war jetzt kurz vor der Ausfahrt, sie hatten nicht mehr viel Zeit.

Jetzt oder nie.

Rot oder schwarz.

Manque oder *Passe*.

Hoher Einsatz.

»Verdammt! Bremsen Sie!«

Nicolas umklammerte die Handbremse und schätzte die restliche Entfernung ab. Er dachte an Gilles Jacombe, der bei unzähligen Fahrtrainings neben ihm im Wagen gesessen hatte.

»Nicolas, du musst atmen. Ruhig atmen. Konzentrier dich auf die Linie«, hatte er immer gepredigt.

Sie hatten auf dem Trainingsgelände mit Kreide eine weiße Linie gezogen. Am Ende des Tages hatte Manou gewonnen. Zehn Zentimeter vor der Linie war er zum Stehen gekommen. Bertrand hatte sich bei einem halben Meter eingependelt.

Beides sehr gut.

Er selbst war bei drei Versuchen zweimal über die Linie gerutscht. Beim dritten Mal blieben noch fünf Meter.

»Das sind fünf Meter, die der Kunde laufen muss, bevor er endgültig in Sicherheit ist«, hatte Jacombe ihn ermahnt.

Mit einem harten Ruck riss er jetzt die Handbremse nach oben und trat voll auf die Bremse. Der Wagen schien sich hinten leicht zu erheben, die Schnauze wurde nahezu in das Holz der Mole getrieben. Neben ihm hatte Bonnet die Augen geschlossen. Das Kreischen der Bremsen fuhr durch die salzige Luft wie eine kratzige Plattennadel über eine staubige Rille.

Sie waren zu spät.

Der Wagen kam zitternd wie ein zu Tode gehetztes Reh zum Stehen, acht Zentimeter vor dem kleinen Leuchtturm, an dessen Spitze eine rote Signallampe ihre Strahlen hinaus aufs Meer sandte. Für einen kurzen Moment war nichts zu hören.

Dann erklang ein lautes »Bravo!«, und das begeisterte Klatschen einer japanischen Reisegruppe an Bord des Fischkutters drang zu ihnen ins Auto. Als Nicolas die Fahrertür öffnete und hinaus auf die Holzplanken der Mole trat, fuhr die *Elise* in langsamer Fahrt aus dem Hafen von Trouville hinaus aufs Meer. Die Japaner winkten noch einmal freundlich, bevor sie begannen, die beiden Männer zu fotografieren, die etwas atemlos zu ihnen hinüberblickten.

»Touristen statt Fische, vielleicht ist das die Zukunft.« Mit zitternden Beinen trat Michel Bonnet neben Nicolas und blickte weiter hinaus aufs Meer, wo in einiger Entfernung die *Hirondelle de la Mer* eine Spur aus weißer Gischt und hungrigen Möwen hinter sich herzog.

»Sie schmecken nur nicht so gut«, antwortete Nicolas. Als er merkte, dass seine linke Hand leicht zitterte, steckte er sie in die Hosentasche, wo sie eine Schachtel Medikamente umschloss.

»Sie sind ein seltsamer Mensch«, sagte der Leiter des *Commissariat*. »Aber ein guter Fahrer.«

»Und dennoch sind wir zu spät.«

»Ja. Aber auch wir haben Boote, wir werden ihn dort draußen holen, wenn er nicht freiwillig zurückkommt.«

Nicolas blickte hinaus zum Kutter. Die Gischt war weniger geworden, die Möwen bewegten sich jetzt auf der Stelle und beäugten das Schiff hungrig von oben.

Die *Hirondelle de la Mer* hatte ihren Motor ausgemacht.

KAPITEL 26

Deauville, ein Keller
Zur gleichen Zeit

Der Tag war gekommen, vor dem sie sich am meisten gefürchtet hatten, womöglich noch mehr als vor ihrem Plan selbst. Wenn alles vorbei war, würden sie sich trennen. Er würde vorfahren, um alles vorzubereiten. Vorher aber kam noch der Anruf.

Sie hatten den Keller ausgeräumt, machten sich jedoch keine Illusionen darüber, dass man später ihre Spuren hier finden würde. Ihre Spuren. Und seine.

Sie hatten ihn fortgeschafft, und nun wusste keiner, was er sagen sollte. Aber sie wussten, was zu tun war.

Draußen in der Stadt waren immer mehr Polizisten unterwegs, die Stimmung war angespannt. Für sie beide hatte der Gipfel etwas Gutes, darauf hatten sie gesetzt, und es war richtig gewesen. Die Polizei hatte anderes zu tun.

Jetzt blieb nichts mehr übrig. Nur noch das eine.

Das Blatt Papier mit dem Namen und der Adresse lag vor ihnen, ein Handy direkt daneben. Sie hatten die Nummer schnell herausgefunden. Ein Anschluss in Paris.

Und jetzt zögerten sie.

Wochenlang hatten sie über diesen Moment gesprochen, ihren Plan verworfen und verändert, neu geplant und schließlich begonnen, ihn in die Tat umzusetzen.

All das für einen Namen.

Ein Name. Am Ende eines Lebens.

Fast wäre alles gescheitert, kurz vor dem Ziel. Weil er sich geweigert hatte, hier drinnen im Keller. Und weil jemand sie gesehen hatte, und das gegen sie verwenden wollte.

Ein Treffen.

Ein Band.

Eine Forderung.

Viel Geld.

Das Schicksal ließ die Kugel rollen. Und sie gewannen.

Weil der Mann nicht aufgepasst hatte, weil er übermütig gelacht hatte, auch noch, als er stolperte und mit dem Kopf gegen die Kante des Geländers stieß.

Rita Hayworth. Rot gewinnt.

Dass es schiefgehen konnte, hatten sie beide in Kauf genommen. Es war an der Zeit gewesen. Sie konnten nicht mehr.

Nicht, nachdem er sie verhöhnt hatte, wie so oft. Und plötzlich das gesagt hatte, das zu all dem führte: *Sie ist tot.*

Sie griff nach dem Handy und wählte die Nummer.

Es klingelte viermal. Danach war ein Klicken zu hören. Und eine Frauenstimme, warm, freundlich.

»*Salut*, dies ist der Anschluss von Mathilde Malraux. Ich bin derzeit nicht zuhause, rufe aber gerne zurück.«

Sie atmete tief ein. Als sie zu reden begann, war ihre Stimme fest und voller Vorfreude.

Dann legte sie auf. Sie weinte.

Zwanzig Minuten später klingelte das Handy.

KAPITEL 27

Claire blickte hinaus aufs Wasser und dachte, dass sie viel zu selten hier draußen war. Sie kam zwar aus Le Havre, und doch bestand ihr Kontakt mit dem Meer vor ihrer Haustür entweder aus kurzen Besuchen am Strand oder aus sehnsüchtigen Blicken, die sie über das Wasser hinwegschickte, dorthin, wo womöglich etwas viel Spannenderes auf sie wartete als der Alltag in ihrer Hochhaussiedlung.

Jetzt gerade blickte sie zurück in Richtung Festland und überlegte, wie es wohl war, ein Fischer zu sein. Jeden Tag hier draußen.

Wer sagte eigentlich, dass nicht das Land dort hinten, die Normandie mit ihren weiß-braunen Kühen und den endlos langen Stränden, in Wahrheit irgendwo dort draußen lag? Und eben nicht das Meer, auf dem die *Hirondelle* sanft schaukelte, weil der Kapitän soeben den Motor ausgemacht hatte und die Wellen das Schiff leise umschmeichelten. Das Meer und der Himmel und dazwischen ein Boot, gefolgt von einem Schwarm Möwen. Den Claire verdächtigte, ihr jeden Moment auf den Kopf zu machen.

Es hätte zu diesem Tag gepasst. Ein Tag, an dem sie lauter hatte kreischen müssen als jede Möwe, um ein Schiff aufzuhalten. Ein Schiff ohne Besatzung. Ein Fischkutter, der nicht zum

Fischen rausfuhr, mit einem Kapitän, der nicht mit ihr redete. Argwöhnisch blickte sie zuerst nach oben und anschließend in das Innere der Kabine.

André Dumarc hatte beide Hände aufs Steuerrad gelegt. Seitdem er sie widerwillig am Ende der Mole aufgelesen hatte, war seine einzige Bemerkung gewesen, dass sie bitte schön die Klappe halten solle. Das hatte sie gemacht, auch wenn es ihr schwerfiel.

Und jetzt war der Motor aus, und sie beschlich das Gefühl, dass die kackenden Möwen nicht ihr wahres Problem waren. Reiß dich zusammen, Claire, schimpfte sie sich, und sie beschloss, ihre einzige Waffe einzusetzen, die sie mit an Bord gebracht hatte. Ihr Mundwerk.

Sie klopfte zaghaft an der Tür mit dem kleinen Sichtfenster und drückte die Klinke hinunter. Im Innern der Kabine roch es nach altem Öl, dreckiger Fischerkleidung und Alkohol. Der Kapitän der *Hirondelle* rührte sich nicht, als sie vorsichtig die Tür schloss und sich neben ihn stellte.

»Seit wann fahren Sie schon mit diesem Kutter raus?«, fragte sie und hoffte, dass diese möglichst belanglose Frage ein guter Einstieg für ein Gespräch war.

Für ein Verhör, denn das sollte es werden.

Wurde es aber nicht.

Denn als sie zu André Dumarc blickte, sah sie mit einigem Erstaunen, dass er leise weinte. Seine Augen waren gerötet, und sein Blick ging zu einem unsichtbaren Punkt irgendwo dort draußen am Horizont. Er räusperte sich, fuhr sich mit der Hand über die Augen und blickte sie an.

»Was wollen Sie?«, fragte er.

»Ehrlich gesagt, ich weiß es nicht genau«, antwortete sie. »Ich hatte nur so ein Gefühl, dass da noch etwas ist.«

»Was soll da noch sein?« Dumarc blickte wieder nach vorne.

»Warum haben Sie den Motor abgestellt?«

Sie bekam darauf keine Antwort. Draußen kräuselte ein leichter Wind die Wellen, und das Meer schmiegte sich schmatzend an die Bordwand. In der Ferne sah sie die Umrisse eines großen Containerschiffs.

»Es ist schön hier«, fuhr sie fort.

»Und es ist ruhig, wissen Sie?«, sprach Dumarc. »An Land ist es laut, immer nur laut, jeden Moment, jeden Augenblick. Nie Stille. Hier draußen ist immer Stille.«

»Hat Ihr Freund, Jean Carasso, die Stille auch so gemocht wie Sie?«, fragte sie und hoffte, dass er nicht wieder zu weinen anfangen würde. Aber er lächelte, und fast schien es, als wolle er ihr über den Kopf streichen.

»Das hat er tatsächlich. Jean hat die Stille hier sehr geliebt. Er hat immer gesagt: Die Möwen kreischen, der Wind pfeift, die Wellen schlagen. Und doch ist es still.«

»Sie waren gut befreundet, nicht wahr?«

»So gut man in unserem Alter eben befreundet sein kann. Ein ganzes Leben. Aber jetzt verraten Sie mir, was soll das sein, was Sie noch wissen müssen?«

»Sie haben Ihr Schiff zur Reparatur angemeldet, nicht wahr? Drüben in Le Havre.«

»Wer sagt das?«

»Ein Freund von mir, also eigentlich ist es eher ein Bekannter, aber jedenfalls hat der mir gesagt …«

Der Kapitän blickte sie finster von der Seite an.

»Eine Reparatur kann ich mir nicht leisten, das ist viel zu teuer«, erklärte er.

Claire fühlte sich fehl am Platz.

»Das sagte mir mein Bekannter auch. Aber angeblich haben Sie schon etwas bezahlt.« Sie überlegte, ob es wirklich klug war, André Dumarc hier draußen in die Enge zu treiben.

Sie schlang die Arme um ihren Körper, sie war zu dünn angezogen für eine Fahrt aufs Meer, auch wenn der Frühling sich heute weit vorgewagt hatte.

Das Funkgerät neben dem Steuerrad knisterte. Jemand versuchte, die *Hirondelle de la Mer* zu erreichen.

»Hören Sie, wir zwei haben hier ein Problem …«, murmelte der Kapitän plötzlich und nahm einen Schluck aus einer kleinen flachen Flasche.

Claire blickte unauffällig auf ihr Handy. Kein Netz.

Sie wich einen Schritt zurück.

André Dumarc hielt sich jetzt mit aller Kraft an seinem Schiff fest. Claire überlegte, wer wohl den Kutter zu erreichen versuchte.

»Wollen Sie nicht hören, was die wollen?« Sie zeigte auf das Funkgerät. »Das mit dem Reparaturdock ist ja auch vielleicht gar nicht so wichtig …«

Aber der Kapitän der *Hirondelle* wollte nicht ans Funkgerät gehen. Stattdessen öffnete er eine Kiste, die an der linken Wand der Kabine befestigt war. Er nahm einen großen Schraubenschlüssel heraus und wog ihn prüfend in der Hand.

Claire schwitzte und schluckte schwer.

»Hören Sie …«, setzte sie an.

Das Funkgerät knisterte wieder.

»Mademoiselle, ich glaube, Sie und ich haben ein Problem. Und ich weiß immer noch nicht, worauf Sie hinauswollen.« André Dumarc öffnete die Kabinentür, trat in die Sonne und machte eine Klappe auf dem Deck der *Hirondelle* auf.

Claire atmete tief durch.

»Sie springt manchmal nicht an, aber keine Sorge!«, hörte sie Dumarc von draußen rufen. Sie blickte zum Funkgerät. Wenn sie gewusst hätte, wie es funktionierte, hätte sie sich gemeldet.

Bei wem auch immer.

Claire blickte sich in der Kabine um und befahl sich, ruhig zu bleiben. Alles war gut. Nicht mehr lange, und sie würden in den Hafen zurückkehren.

»Können Sie mal den Motor starten?«, rief Dumarc von draußen.

»Mach ich!«, antwortete sie und war froh, etwas zu tun zu haben. Sie griff nach dem Schlüssel und fluchte, als er ihr aus den Fingern glitt. Dumarc hatte ihn mit Öl beschmiert.

»Aber nicht zu stark, mit Gefühl!«

»Ja, ja, mach ich. Einen Augenblick!« Sie bückte sich und tastete nach dem Schlüssel, der irgendwo in eine Ritze gefallen sein musste. Sie musste lachen über ihren eigenen Anblick, auf allen vieren in der Kabine eines Fischkutters auf hoher See. Und mit einer albernen Todesangst.

Wieder knisterte das Funkgerät. Da schien es aber jemand eilig zu haben. Vielleicht wurde die Verbindung besser, wenn der Motor lief.

Als sie mit ihren Fingern in einer kleinen Ecke suchte, spürte sie einen Widerstand. Womöglich war dieser verdammte Schlüssel hinter die Verkleidung gerutscht.

»Machen Sie schon, ich heb mir hier einen Bruch!«

»Moment noch!« Sie zog ein kleines bisschen an der Verkleidung und spürte tatsächlich das kalte Metall des Schlüssels.

Mit einem leichten Kratzen löste sich plötzlich eine Spanplatte und fiel ihr entgegen.

»*Merde!*« Staub wirbelte auf, sie hustete und wuchtete die Platte von sich. Sie war nicht besonders schwer, und da lag auch endlich der Schlüssel.

»Ich habe ihn, Achtung, gleich geht es los!«

Sie wollte gerade wieder aufstehen, als ihr Blick auf den Hohlraum hinter der Verkleidung fiel. Sie spürte, wie ihr Kopf heiß wurde. Kurz darauf fiel ihr der Schlüssel wieder aus der Hand.

»*Merde.*« Während Claire ungläubig in den Hohlraum blickte, der gerade mal groß genug für eine Person war, bemerkte sie, dass sie am ganzen Körper zitterte.

Sie hatte Angst.

In dem kleinen Verschlag unterhalb des Steuerrades lag ein schwarzer Rucksack mit vielen Taschen.

Ein Rucksack, wie er von Fotografen benutzt wurde.

Ein Rucksack, auf den jetzt der Schatten eines alten Mannes mit ölverschmierten Händen fiel, der in der Tür stand und auf sie herabblickte.

KAPITEL 28

Paris
Kurz darauf

Es war ungewöhnlich still. Gilles Jacombe blickte von seinen Unterlagen auf und schaute aus dem Fenster hinab in den Innenhof. Die wenigen Bäume warfen lange Schatten auf die Mauern des Ministeriums.

Kein schönes Leben, als Baum in einem Innenhof in einer Stadt wie Paris, dachte er und blickte auf die Uhr. Der Nachmittag war an ihm vorbeigerauscht, ohne dass er ihn bemerkt hatte. In seinem kleinen Büro war es dämmrig geworden, und er knipste die Schreibtischlampe an. Die Kabinettssitzung dauerte offensichtlich länger als geplant, sonst wäre es nicht so still auf dieser Etage. Die engsten Mitarbeiter begleiteten François Faure öfter, wenn der Premierminister im Hotel Matignon die Regierungsmitglieder zusammenrief. Noch zwei Stunden, dann würde Jacombe nach Hause gehen, zum ersten Mal in dieser Woche. Faure wollte später noch Akten durcharbeiten und nach seinem Auftritt bei den Nachrichten hier im Ministerium übernachten.

»Kein Personenschutz mehr, machen Sie sich einen schönen Abend, Gilles«, hatte er gesagt, und Jacombe überlegte, ob die Unterlagen vor ihm die richtige Definition eines schönen Abends waren. Eine kleine Musikanlage im Regal hinter ihm spielte Jazz, der sanfte Klang einer gedämpften Trompete umhüllte ihn.

Er arbeitete an den Einsatzplänen für den Gipfel in Deauville. Außerdem an einer Liste mit möglichen Szenarien, Empfehlungen für Fluchtwege und Alternativrouten. Unzählige Fotos von allen Teilnehmern der Konferenz und ihren jeweiligen Partnern lagen vor ihm. Er kannte bereits das Menü für das Abendessen am ersten Tag des Gipfels, außerdem die Zimmerbelegung im »Hotel Royal« und die Akkreditierungsliste der Journalisten aus dem In- und Ausland. Es waren viele.

Er seufzte und wandte sich wieder dem Dossier zu, an dem er gerade geschrieben hatte und das Thomas Bolden morgen früh auf seinem Schreibtisch haben wollte. Mehrere Seiten mit Straßenkarten, Skizzen, möglichen Abläufen des Gipfels und einer Bewertung aller kritischen Punkte an der Strecke zwischen der Place Morny und dem Casino. Gilles Jacombe arbeitete unter Hochdruck an einer umfassenden Gefährdungsanalyse.

Nicolas hatte ihm vorhin eine Einschätzung durchgegeben, nachdem er mit einem gewissen Yves Colinas die Route abgelaufen war. Vor allem ein Gebäude an der Ecke zur Rue Gontaut-Biron stufte er als mögliche Gefahrenquelle ein. Ein Gebäude, das mit einer blickdichten Plane überzogen war, weil es renoviert wurde. Die Arbeiten würden mit Beginn des Gipfels beendet sein, das hatte die Stadtverwaltung mehrmals versichert. Eine Garantie gab es natürlich nicht. Sie würden Polizisten abziehen müssen, um das Haus zu sichern. Er fluchte. Aber die Amerikaner würden sonst einfach die Route ändern.

Jacombe dachte darüber nach, ob es tatsächlich so schlau war, ihnen nichts von der Drohung gegen François Faure zu erzählen. Der Minister bestand zwar darauf, nicht schon wieder als Opfer in der Öffentlichkeit gesehen zu werden. Aber dennoch.

»Nehmen Sie den Spinner fest, und fertig«, war seine Ansage. Und jetzt saß Jacombe in seinem dämmrigen Zimmer und hoffte, dass Nicolas etwas erreichte in Deauville.

Er blickte noch einmal auf sein Dossier. Er hatte die infrage kommenden Drahtzieher aufgelistet. Es gab einige Möglichkeiten, doch keine davon schien ihm schlüssig. Es sah tatsächlich wie die Drohung einer einzelnen Person aus. Eines Spinners.

Er atmete tief ein, streckte seinen Rücken und legte die ausgedruckten Fahrpläne der Gare Saint-Lazare in die Mitte des Schreibtisches. Faure würde pünktlich zur Rushhour am Bahnhof erscheinen, und das bereitete seinem Team jetzt schon Kopfschmerzen.

Die Gare Saint-Lazare war kein Ort für gute Laune und ein Albtraum für jeden Personenschützer.

Jemand klopfte an der Tür.

»*Oui?*«

»*Bonsoir*, Gilles. Sie sind ja noch da.«

Er blickte auf und erhob sich, als er sah, wer sein Büro betrat. Hélène Faure kam selten in die Räume der Personenschützer, wie sie überhaupt sehr selten im Ministerium anzutreffen war. Und dennoch kannte er die Frau des Ministers gut, schließlich hatte er sie und ihren Mann auf vielen Reisen begleitet. Sie trug eine lange schwarze Strickjacke über einem hellen Shirt, ihre Haare hatte sie zu einem Knoten gebunden. Sie sieht müde aus, dachte er.

»Madame, wie kann ich Ihnen helfen?«

»Gar nicht, Gilles, bleiben Sie sitzen, bitte. Warum sind Sie noch nicht zuhause, haben Sie nicht frei heute Nachmittag?«

»Es gibt noch ein paar Dinge, die ich erledigen muss, dann bin ich weg.«

Er mochte sie, sie war unkompliziert und stets höflich. Eine ruhige Frau, die nie viel Aufhebens um ihre Person machte.

»Darf ich mich trotzdem kurz setzen?« Sie zeigte auf einen Sessel in der Ecke.

»Natürlich, Madame.«

»Haben Sie für mich auch eine Tasse Tee?«

»Selbstverständlich.« Er holte eine Tasse aus dem Schrank hinter sich und goss ihr Tee aus der Kanne ein, die auf dem Schreibtisch stand.

»Ist das Miles Davis?«, wollte sie wissen und zeigte auf die Musikanlage.

»Ehrlich gesagt, Madame, ich weiß es nicht«, erwiderte er. »Ich bin bei Musik nicht sonderlich bewandert.«

»Sie hören Jazz, das ist doch schon mal was.« Sie lächelte und blickte aus dem Fenster. Jacombe nahm sich vor, bei nächster Gelegenheit seine Kenntnisse über Jazz zu vertiefen. Er war der Meinung, dass ein guter Personenschützer sich in allen Feldern auskennen musste, die seinen Kunden interessierten. Das galt für Jazz genauso wie für die Zugfahrpläne der Gare Saint-Lazare.

Hélène Faure blickte immer noch stumm aus dem Fenster. Sie machte keine Anstalten, ein Gespräch zu beginnen. Er betrachtete sie unauffällig von der Seite. Ihr Haaransatz war etwas breiter geworden, einige graue Strähnen durchliefen auch die Längen.

»Madame, ist alles in Ordnung?«

Sie drehte sich zu ihm um und lächelte.

»Ja, natürlich. Es geht mir gut, ich bin nur etwas neben der Spur heute.«

»Wenn ich etwas tun kann, Madame …«

Sie betrachtete die Fotos an der Wand. Fotos von Auslandsreisen, Bilder von Jacombe neben dem Präsidenten. Hinter dem Premierminister. An der Seite des Dalai Lama. Auf dem Beifahrersitz einer schwarzen Limousine.

»Sind Sie das?« Sie deutete auf ein Bild, das ihn bei einem Schießtraining vor vielen Jahren zeigte.

»Ja, das bin ich.« Er schmunzelte. »Die Mode war damals durchaus eine andere.«

»Stand Ihnen gut, der Schnurrbart.«

»Sie sind keine gute Lügnerin, Madame.«

»Nein, das kann mein Mann besser.«

Das war es also.

Jacombe verfluchte sich, dass er es nicht vorher gemerkt hatte. Er hätte ahnen müssen, warum sie derart betrübt war, er kannte diese Situation bereits. Aber die Vorbereitungen für den Gipfel hatten ihn abgelenkt.

»Madame, wenn Sie mir etwas …«

»Schon gut, Gilles.« Sie stand auf und stellte die Tasse auf den Tisch. In der Tür drehte sie sich noch einmal zu ihm um.

»Wie geht es eigentlich Nicolas?«

Die Frage überraschte ihn, und es beschlich ihn das Gefühl, dass sie vor allem für diese Frage in sein Büro gekommen war.

»Es geht ihm gut, glaube ich. Ich habe seit dem Vorfall in Cannes und den Gesprächen danach nicht mehr mit ihm gesprochen. Aber ich denke, es geht ihm gut.«

Sie betrachtete ihn einige Zeit und lächelte dann müde.

»Sie sind auch ein schlechter Lügner, Gilles. Er leidet noch immer, oder?«

Er lächelte sie an. Er hatte die Frau des Ministers schon immer als scharfsinnige Person wahrgenommen, und daran konnte auch ihr Zustand nichts ändern.

»Sie haben recht«, erklärte er. »Er leidet noch immer, und deshalb ist es uns derzeit nicht möglich, ihn als Personenschützer zu beschäftigen. Wir dachten, er kriegt es in den Griff, aber so ist es nicht.«

»Wie lange ist es jetzt her, seitdem seine Partnerin verschwand? Julie hieß sie, nicht wahr?«

»Ja, so hieß sie. Drei Jahre, ziemlich genau. Sie verschwand während eines Konzerts im Théâtre des Champs-Élysées. Sie war mit ihm dort.«

»Das ist fürchterlich«, sagte sie leise. »Wenn ein Mensch, den man liebt, einfach so verschwindet.«

Dann schien es, als würde sie sich sammeln, ihr Blick wurde klar, und sie zog die Strickjacke fest um ihren Körper.

»Wenn Deauville vorbei ist, würde ich gerne etwas mit Ihnen besprechen, Gilles.«

»Darf ich fragen, um was es geht, Madame?«

Sie blickte ihn mit ernster Miene an.

»Nicht um was. Um wen. Natürlich um meinen Mann. Und um eine Frau. Aber machen Sie sich keine Sorgen.«

Sie lächelte sanft und schloss die Tür hinter sich. Jacombe blickte ein paar Sekunden nachdenklich ins Leere und fragte sich, ob er sich nicht doch Sorgen machen sollte.

KAPITEL 29

Deauville/Trouville
Zur gleichen Zeit

Nicolas stand unter den Platanen an der Kaimauer und blickte auf den träge dahinfließenden Fluss, in dessen Wasser die Farben eines ersten schönen Frühlingstages versanken. Die Flut zog sich allmählich zurück und ließ die rostigen Sprossen der Leitern zum Vorschein kommen, die Schritt um Schritt hinab ins Wasser führten. Mit dem Pegel sanken die festgemachten Fischkutter immer weiter ab, bald würden die großen Drehspulen am Heck zum Einholen der Netze von der Straße aus nicht mehr zu sehen sein.

Nicolas schloss die drei Knöpfe seines schwarzen Mantels und blickte hinaus zur Mole, wo die *Hirondelle de la Mer* gerade noch rechtzeitig von einem anderen Kutter in den Hafen gezogen wurde, bevor die Ebbe die Fahrrinne unpassierbar machen würde. Unauffällig blickte er sich um und holte die Schachtel mit den Medikamenten aus seiner Hosentasche.

Er wollte sich leichter fühlen. Unbeschwerter.

Seine Hand zitterte nicht mehr, den Wagen hatte er am Straßenrand abgestellt, schräg gegenüber des »Le Normand«, vor dem eine Frau stand und ihm freundlich zuwinkte.

Hugos Mutter, dachte er. Marie, so meinte er sich zu erinnern, es war lange her. Er winkte zurück und machte ihr ein Zeichen, dass er demnächst zum Essen vorbeikommen würde.

»Sie machen gute Muscheln«, sagte Bonnet, der sich zu ihm an die Kaimauer gesellte. »Vielleicht sogar die besten hier unten am Hafen.«

»Ich bin nicht wirklich ein Freund von Muscheln«, sagte Nicolas und sah, wie sich das Deck eines Fischkutters langsam herabsenkte. Die Ebbe zog das Wasser aus dem Hafenbecken, erbarmungslos.

»Sie sind nicht wirklich ein Freund von so einigem. Von einer gewissen Person abgesehen, die seit drei Jahren verschwunden ist. Wie hieß sie noch gleich?«

Nicolas spürte, wie sein Magen verkrampfte. Die Frage überrumpelte ihn, und vermutlich hatte der Leiter des *Commissariat* genau das vorgehabt. Seine rechte Hand ballte sich zur Faust, und er musste sich räuspern, um die Unsicherheit hinunterzuschlucken. Ihm war fürchterlich heiß.

»Kommen Sie, ich bin nicht blöd«, fuhr Bonnet fort. »Ich erkundige mich, ich rufe Leute an. Leute, die Sie gut kennen. Ich will wissen, wer da in meinem Team spielt. Vor allem jetzt.«

»Es spielt keine Rolle.«

Bonnet blickte ihn von der Seite an.

»Julie, nicht wahr? Das war doch ihr Name? Und kam sie nicht auch aus Deauville?«

Der Kutter hatte die *Hirondelle de la Mer* bis an ihren Liegeplatz gezogen, Hafenarbeiter holten sie an die Kaimauer und sprangen an Deck. Drei Polizisten aus dem *Commissariat* folgten ihnen, einer hatte seine Waffe gezogen. Gebellte Befehle drangen zu ihnen herauf, und Nicolas sah, wie sich jemand erhob, der eben noch nachdenklich auf einer Kiste gesessen hatte.

Er blickte Bonnet an.

»Sie heißt immer noch so.«

André Dumarc hatte keinen Widerstand geleistet, als er kurz darauf von Bord gebracht wurde, begleitet von den verwunderten Blicken einiger Schaulustiger.

Die *Hirondelle de la Mer* schaukelte jetzt verlassen auf dem Wasser, schwach beleuchtet von den Außenlichtern der benachbarten Boote. Nichts bewegte sich an Deck. Nicolas stützte sich an einem Poller ab und stieg hinab zur *Hirondelle*, die jetzt schon ein gutes Stück unterhalb der Platanen im Fluss lag. Das Wasser gluckste gegen die Außenwand. Er legte eine weiße Plastikkiste wieder ordentlich auf ihren Stapel und betrachtete die geöffnete Motorklappe. Daneben lag ein großer Schraubenschlüssel, ölverschmiert und fallen gelassen von einem alten Mann, der sich schon vor langer Zeit aufgegeben hatte.

Als Nicolas ein Geräusch hörte, öffnete er vorsichtig die Tür zur Kabine. Claire saß auf dem Boden, mit dem Rücken an einen Rettungsring gelehnt, die Augen geschlossen. Ihr Gesicht war staubig.

Er schloss die Tür und setzte sich neben sie. Durch eine Öffnung in der Holzverkleidung sah er einen schwarzen Rucksack, der unberührt dalag. Der weiche Schein einer Straßenlaterne beleuchtete das Innere der Kabine, draußen wurde es allmählich dunkel.

»Das letzte Mal wolltest du, dass ich mich woanders hinsetze«, murmelte Claire. Ihre Augen waren noch immer geschlossen.

Er blickte das Mädchen an, es kam ihm wie eine Ewigkeit vor, seit sie sich zum ersten Mal im Café gegenüber dem *Commissariat* getroffen hatten. Dabei waren erst zwei Tage vergangen.

Zwei Tage, eine Leiche und ein Foto von François Faure später, dachte er. Er konnte sehen, dass Claire geweint hatte.

Weil er kein Taschentuch dabeihatte, öffnete er den obersten Knopf seines Hemdes, löste die Krawatte und gab sie ihr.

»Hat er dich bedroht?«, fragte er etwas unbeholfen.

»Was glaubst du?«, erwiderte sie und blickte ihn an.

Nicolas sagte nichts und schloss müde die Augen.

»Was für ein seltsamer Kerl«, murmelte Claire.

»Wer, der Kapitän?«

»Der auch.«

Eine Stunde später schien das Licht aus dem *Commissariat* hinaus auf die Straßen von Deauville so hell, als wären alle Beamten mitsamt ihren Familien hier eingezogen.

In einem kleinen Verhörraum weit hinten in dem Gebäude saß André Dumarc an einem Metalltisch. Er hatte beide Hände auf die Tischplatte gelegt, sein Blick schien durch die Wand hinaus aufs Meer zu gehen.

Die Wellen des Ärmelkanals spiegelten sich geradezu in seinen Augen, und seine Nase konnte die salzige Luft einatmen. Er hörte die Begrüßung der Möwen und das rostige Geräusch der großen Spule, mit der ein volles Netz nach oben gezogen wurde. Das Schlagen der Fischschwänze, das Schnappen der Hummerzangen. Die Gezeiten hoben das Heck der *Hirondelle* empor und ließen das Schiff gen Himmel steigen. Die Sonne brach durch die dichte Wolkendecke, und dahinter blickten die grünen Hügel der Côte Fleurie neidvoll auf die Weite des Meeres, die sie nur anschauen, aber nie berühren durften. Im Gegensatz zu ihm, André Dumarc, Kapitän des schönsten Kutters an der Küste und Freund eines alten Mannes, der verschwunden war.

Und der ihn um einen letzten Gefallen gebeten hatte.

»Er ist also nicht über Bord gefallen, ist es das, was du mir sagen willst?«, fragte Bonnet bereits zum dritten Mal. Er spielte mit dem Gedanken, dem Kapitän einen Schnaps zu holen. Dumarc war auf seinem Stuhl zusammengesunken, und es

machte ihm offensichtlich einige Mühe, nicht noch weiter ab-
zurutschen.

»André, das ist alles eine riesen Scheiße, das ist dir schon
klar, oder?«

Der Kapitän der *Hirondelle* blickte noch immer starr geradeaus. Dann aber schien es, als sei er zu einem Entschluss gekommen. Er legte seine Mütze auf den Tisch und schaute auf
zum Leiter des *Commissariat*.

»Ich werde dir alles erzählen, Michel. Alles, was ich weiß.
Und dann ist es gut.«

»Gut. Fangen wir mit dem Wichtigsten an: Wo ist Jean Carasso, André?«

»Ich weiß es nicht, Michel. Ich weiß es wirklich nicht«, antwortete der Kapitän und blickte sein Gegenüber aus geröteten
Augen an. »Ich weiß nur, dass irgendetwas schiefgelaufen sein
muss.«

Dann begann André Dumarc langsam zu erzählen, seine
Stimme stockte mehrmals. Der Alkohol und die Lage, in der
er sich befand, hatten sich als doppelte Last auf seine Zunge
gelegt.

»Es war vor vier Wochen«, begann er mit brüchiger Stimme.
»Da hat Jean mir erzählt, dass er weg will. Einfach so. Dass er
mir den Grund nicht nennen kann, aber dass er beschlossen hat,
die Küste zu verlassen.«

»Und du hast nicht nachgefragt?«, wunderte sich Bonnet.

»Natürlich habe ich das, jeden Tag seit diesem Abend!« Dumarc klammerte sich an der Tischkante fest. »Aber er hat es mir
nicht gesagt. Er hat sich dafür entschuldigt, jedes Mal. Vertrau
mir, André, hat er gesagt, es steht zu viel auf dem Spiel!«

Er fuhr sich über die Augen und räusperte sich.

»Er hat mir ein Konto angelegt, bei einer Bank in Rouen.
Damit sollte ich die *Hirondelle* reparieren lassen und meine

Mannschaft bezahlen. Ich musste ihm nur beim Verschwinden helfen.«

»Das ist doch komplett verrückt, André«, sagte Bonnet und lief im Verhörraum auf und ab. »Völlig verrückt, Jean Carasso war doch kein Spinner!«

»Er war seltsam seit einiger Zeit. Fröhlich und bedrückt zugleich«, sagte der Kapitän. »Und er hatte Angst, so hat er es selbst gesagt. Ich habe auch Angst, André, das waren seine Worte.«

»Vor was?«, fragte Bonnet. Und vor wem, dachte er.

»Ich weiß es nicht. Wir sind an jenem Morgen rausgefahren, und er hat seinen Sicherungshaken gelöst.«

»Und als keiner aufpasste, ist Jean in den Verschlag geklettert, und du hast so getan, als sei er über Bord gefallen?«

»Ja. Und als wir zurück im Hafen waren und ihr alle oben unter den Platanen gestanden und auf mich eingeredet habt, da ist er leise raus und über die anderen Schiffe weg. Es war ja keiner mehr an Bord.«

»Aber warum, verdammt?«

»Ich weiß es nicht!« Dumarc schrie ihn an, Speichel lief ihm aus dem Mund, und seine Hände zitterten. Dann flüsterte er wieder heiser.

»Ich weiß nur, dass er überlegt hat, die Polizei auf eine falsche Fährte zu locken. Wegen des Gipfels.«

Bonnet dachte an das Foto in Nicolas' Briefkasten. Wenn es das war, dann hatte der Trick funktioniert, sie hatten sich zunehmend auf eine mögliche Gefahr für den Minister fokussiert.

»André, ich habe vorhin einen Anruf aus Caen bekommen. Die Hand ist zumindest nicht Jean Carassos. Das hat ein DNA-Test ergeben. Aber wir haben keine Ahnung, wem sie tatsächlich gehört.«

»Ich auch nicht, das musst du mir glauben.«

Bonnet merkte, dass der Kapitän immer mehr zitterte. Sein Blick wurde glasig, und seine Füße scharrten über den Boden. Der Alkohol hatte ihn fest im Griff.

»Du hast Angst um Jean, nicht wahr«, fragte Bonnet leise. »Und es ist alles zu viel für dich.«

Dumarc nickte langsam und blickte ihn an.

»Ich wollte Jean helfen. Aber ich wusste nicht, dass es um so etwas geht.«

»Was meinst du mit ›so etwas‹?«

Für einen Moment war es still in dem kleinen Verhörraum.

»So etwas Schlimmes.«

Es klopfte an der Tür.

»Jetzt nicht!«, brüllte Bonnet.

Die Tür ging auf. Es war Roussel.

»Verdammt, Roussel, ich sagte doch, jetzt nicht!«

»Tut mir leid, Chef. Aber ich glaube, du solltest mal rauskommen.«

»Warum?«

»Wir haben einen Anruf bekommen. Du solltest wirklich kurz nach hinten kommen.«

Verärgert stand Bonnet auf, blickte aber noch einmal zu Dumarc, der zusammengesunken auf seinem Stuhl saß.

»André, wusstest du, dass Jean eine Lebensversicherung abgeschlossen hat?«

Der Kapitän blickte ihn überrascht an.

»Nein, das wusste ich nicht. Er hat mir nur gesagt, dass er alles geregelt hat. Aber von einer Lebensversicherung weiß ich nichts.«

Bonnet nickte nachdenklich.

»Die Bank kann uns nicht sagen, wer der Empfänger ist. Angeblich steht die Person in Jeans Testament. Und das ist nicht aufzufinden.«

»Von einem Testament weiß ich auch nichts.«

Bonnet folgte Roussel durch den Gang zum Besprechungsraum, in dem alle diensthabenden Beamten versammelt waren, auch die Verstärkung aus Caen. Ebenso Alphonse, der mit einem kleinen Zettel bewaffnet den Raum betreten hatte. Bonnet konnte sehen, dass er nervös war.

»Macht schnell, Dumarc ist gerade in Redelaune. Ratet mal: Jean Carasso ist gar nicht ertrunken. Er hat sich an Bord versteckt, und nun ist er verschwunden, und Dumarc weiß nicht, wo er ist.«

Yves Colinas pfiff durch die Zähne.

»Also, Chef …«, stotterte Alphonse.

»Komm schon, raus damit. Was ist los?«

»Es war das ›Hotel Royal‹, am Telefon. So wie es aussieht, vermissen sie einen Gast.«

Die Ebbe hatte alles mitgenommen. Sand, Muscheln, Zigarettenstummel. Das Wasser hatte sich ohne Rücksicht zurückgezogen und dabei alles überspült. Ein roter Sandeimer mit grünem Griff lag umgekippt auf der Seite, ein Strandkrebs floh in Richtung Wasser. Ohne jegliche Vorwarnung fiel er in ein tiefes Loch, das der Abdruck eines neongelben Sportschuhs hinterlassen hatte.

»Was machen wir hier?«, fragte Claire zum wiederholten Mal.

»Warte ab.« Nicolas blickte kurz hinter sich, wo seine Fußspuren sich im Dunkel verloren und die Schatten der Strandvillen sich aneinanderschmiegten. Die *Planches* von Deauville waren etwas weiter in Richtung Casino zu sehen.

»Nicolas, ich bin müde, und es gibt nicht sehr viele Züge, die um diese Zeit noch zurück nach Le Havre fahren.«

»Gleich. Da vorne ist es.«

»Was?« Sie fror, und sie wollte diesen Tag und seine Gefahren endlich hinter sich lassen. Aber Nicolas hatte sie überredet. Und weil er trotz seines offensichtlich komplizierten Wesens ein hübsches Lächeln hatte, hatte sie zugestimmt.

Und jetzt wurden ihre Füße nass.

Doch offenbar waren sie endlich am Ziel: Sie hatten das Wasser erreicht.

»Genau hier haben wir früher die Mädchen hingeführt, wenn wir sie beeindrucken wollten«, erklärte er und lächelte.

Oh mein Gott, dachte sie. Jetzt bitte keine Romantik. Sie war dafür zu müde.

»Und was ist jetzt hier so Beeindruckendes?«, fragte sie und unterdrückte ein Gähnen.

Nicolas zeigte auf das Meer hinaus.

»Es gibt jede Menge Strömungen direkt vor der Küste. Weil die Touques gleich nebenan ins Meer fließt, genau wie die große Seine ein paar Kilometer weiter. Die beiden schieben viel Wasser vor sich her.«

»Und?«

»Hugo, der Fährmann aus dem Hafen, hat uns früher in der Schule erklärt, dass es auch kreisrunde Strömungen gibt, sogar sehr kleine. Sie befinden sich manchmal dicht am Ufer, und sie trotzen sogar Ebbe und Flut.«

»Aha.«

Nicolas hatte seine Schuhe ausgezogen. Sie tat es ihm gleich, wenn auch widerwillig. Immerhin, das Wasser war wärmer als erwartet.

»Gewissermaßen verdankten ihm damals viele von uns Jungs die Anerkennung der Mädchen.«

»Und warum?« Sie blickte ungeduldig auf die Uhr. Es konnte doch nicht sein, dass dieser ansonsten so in sich gekehrte Mann ihr hier plötzlich mit Charme aufwarten wollte und sie deshalb ihren Zug verpasste.

»Weil er uns gezeigt hat, wo so eine Strömung beginnt und wo sie endet. Und dann haben wir kleine Zettel in Flaschen gesteckt und sie ins Meer geworfen. Dort drüben!«

Nicolas zeigte zurück auf eine dunkle Stelle etwas abseits der *Planches*.

»Und dann mussten wir nur einmal Flut und Ebbe abwarten und ans Ende der Strömung gehen«, fuhr er fort.

Claire begann den Trick zu verstehen und musste trotz ihrer Müdigkeit lächeln.

Das war wahrlich romantisch.

»Ihr seid mit den Mädchen hierhergekommen. Und ganz zufällig haben die dann eine Flaschenpost gefunden!«

»Genau. Und ganz zufällig mit ihrem Namen drauf. Es hat nicht immer funktioniert, aber manchmal eben schon.«

Claire war nun tatsächlich beeindruckt. Sie zog ihre Hose etwas hoch, das Wasser wurde tiefer. Unter ihren Fußsohlen fühlte sie den weichen Sand des Meeresbodens.

Nicolas blickte sich um. Dann watete er drei Meter nach links und griff ins Wasser.

»Claire, mach die Augen zu!«

Er wirkte jetzt wie ein aufgeregter kleiner Junge, fand sie. Sie tat ihm den Gefallen.

»Wehe, du stößt mich ins Wasser! Was hast du für mich?«

»Eine Flaschenpost. Augen auf.«

Claire stand im knietiefen Wasser vor Deauville und fror nicht mehr. Sie dachte auch nicht an den letzten Zug nach Le Havre, den sie womöglich verpassen würde.

Vor ihr, in Nicolas' Hand, lag ein schwarzer Herrenschuh. Ein rechter. Das Leder glänzte im fahlen Licht, und sie fand, dass er sich erstaunlich gut gehalten hatte.

Sie blickte Nicolas an.

»Und was sagt uns das jetzt? Dass dein Schuh schwimmen kann?«

»Allerdings«, sagte Nicolas und lächelte. »Und zwar, weil er sehr leicht ist. Genau genommen wiegt er nicht viel mehr als eine linke Hand, die jemand dort hinten ins Wasser geschmissen hat. Und die genau an dieser Stelle von zwei Jungs gefunden wurde.«

Sie beide blickten jetzt den Strand entlang, bis zu der Stelle, die Nicolas meinte.

»Und jetzt, liebe Claire, muss ich mich beeilen.«

Nicolas watete durch das dunkle Wasser zurück ans Ufer und lief los, ohne sich noch einmal nach ihr umzusehen.

Er bemerkte daher nicht, dass sie ihm mit offenem Mund hinterherstarrte.

KAPITEL 30

Deauville

Kurz darauf

An diesem Abend verließen zwei Männer die Stadt, beide hatten das gleiche Ziel, aber nur einer von ihnen plante, noch in der Nacht zurückzukommen nach Deauville. Beide Männer trennten in diesem Augenblick nur knapp fünfzig Meter, aber sie hatten keine Zeit, aufeinander zu achten, sie waren zu sehr mit sich selbst beschäftigt.

Der eine Mann war Nicolas.

Der andere war Jean Carasso.

Dunkle Regenwolken bildeten sich am Himmel, und der aufkommende Wind ließ die Fahnen auf der Place Louis Armand erschauern. Die einsame Plastiktüte eines örtlichen Supermarkts torkelte zwischen den Taxis umher, deren Fahrer aus ihren Wagen nach oben blickten und die Aussicht auf einen Abend ohne Kundschaft heraufziehen sahen.

Die Lichter eines zu schnell fahrenden Autos streiften die Fassade des Bahnhofs, bevor sie den Pont des Belges überquerten und nach Osten abbogen.

Nicolas hatte es eilig und überfuhr mutwillig eine rote Ampel. Das Konzert in der Avenue Montaigne in Paris begann in knapp zwei Stunden. Er blickte auf den einzelnen schwarzen Schuh, der neben ihm auf dem Beifahrersitz lag.

So schwer wie eine linke Hand.

Er dachte nach und kam deshalb nicht auf die Idee, nach rechts aus dem Fenster zu schauen. Womöglich hätte er sonst die beiden Schatten gesehen, die in einer dunklen Ecke seitlich des Bahnhofsgebäudes eng umschlungen auf den Abendzug nach Paris warteten.

Aber Nicolas sah Jean Carasso und die Frau nicht.

Er dachte nach. Über Dinge, die er übersah. Wie etwa eine Spur, die nicht nach draußen, sondern wieder hinein führte.

In das Théâtre des Champs-Élysées. Vor drei Jahren.

Und die er bislang ignoriert hatte.

»Ich bin gleich wieder da«, hatte Julie gesagt. Er wusste noch genau, wie sie den Satz ausgesprochen hatte.

Angespannt.

Dann war sie verschwunden, und Nicolas wurde immer deutlicher, dass er selbst an diesem Abend auch verschwunden war. Und bald ganz verschwinden würde.

Er beschleunigte den Wagen.

Da war etwas, das er übersah.

Im gleichen Augenblick besiegelte am Seiteneingang des Bahnhofs ein Kuss den Abschied zweier Menschen. Denn auch Jean Carasso verließ die Stadt, aber anders als bei Nicolas war die Frau, die er liebte, nicht spurlos verschwunden. Sie stand vor ihm und weinte leise Tränen.

»Morgen Abend kommst du nach.«

»Wenn alles gutgeht.«

»Das wird es.«

Sie blickten den Rücklichtern eines zu schnellen Wagens hinterher.

»Es kann nicht funktionieren. Sie werden alles herausfinden«, flüsterte sie.

»Das macht nichts, das hast du doch selbst immer gesagt. Solange wir nur endlich kriegen, worauf wir so lange gewartet haben.«

Ein Name. Und eine Adresse.

Ihre Stimmen waren brüchig und voller dunkler Vorahnungen.

»Wir werden uns rechtfertigen müssen.«

»Das werden wir. Aber nicht, bevor du sie getroffen hast. Und dann sehen wir weiter. Das Geld müsste bald eintreffen.«

»Meinst du wirklich? Auch ohne das Testament?«

Das Testament.

Es war zu ärgerlich, dass er es nicht mehr hatte holen können. Aber wer hatte schon ahnen können, dass ausgerechnet in jenem Augenblick Nicolas Guerlain mit einem Taxi vor der Villa Proust vorfahren würde?

»Es ist gut versteckt, sie werden es nicht finden. Und ich kann es bald holen.«

Sie zitterte leicht in seinen Armen, und Carasso musste an die Nacht vor so vielen Jahren denken, als alles begann. Als sie zitterte, damals, und er nicht helfen konnte, sondern zusehen musste, wie sie davongetragen wurde.

Und jetzt hatten sie Rache genommen, nach so langer Zeit. Jetzt hatten sie einen Namen. Und eine Adresse. Nur das zählte.

»Erinnerst du dich noch, als wir es erfahren haben?«, murmelte sie leise.

»Ja, natürlich.«

Wie konnte er diesen Tag vergessen. Als er erfuhr, dass er um sein Leben betrogen worden war, von diesem Mann. Wie konnte er je die Wut vergessen, die ihn überkommen hatte, den Hass und das Gefühl, eine Mauer durchbrechen zu müssen.

Und genau das hatten sie getan. Sie hatten beschlossen, die

Mauer zu durchbrechen, um zu sehen, was auf der anderen Seite war. Koste es, was es wolle.

Selbst ein Menschenleben.

»Du hast damals gesagt, dein altes Leben endet hier.«

»Ich habe gesagt, unser altes Leben endet hier. Und es ist gut.«

»Einmal nur möchte ich sie sehen«, hatte sie gemurmelt, am Telefon, als sie ihn heimlich angerufen hatte, aus Paris. An jenem Nachmittag, als sie erfuhr, dass ihr ganzes Leben eine Lüge war. Ihr gemeinsames Leben, das es nie gegeben hatte.

»Einmal nur möchte ich sie in den Arm nehmen, sie bitten, uns zu verzeihen.«

Und dann hatten sie begonnen, ihre Gedanken in einen Plan umzusetzen.

Die aufgestaute Wut in verzweifelte Rache.

Die Entführung. Der Keller.

Die Hand.

Und schließlich der Name auf einem Blatt Papier, als sie bereits aufgeben wollten.

Sie einmal sehen. Sie kennenlernen. Wissen, dass sie da war, dass es sie gab.

Das Geld war für sie. Nur für sie.

Und sie beide würden sich stellen, alles zugeben. Ein Leben auf der Flucht, im Verborgenen, das würden sie nicht schaffen. Und das wollten sie auch nicht.

Sie wollten nur sie.

Mathilde.

Vor zwei Tagen, als sie begannen, ihren Plan umzusetzen, hatte Jean Carasso schon einmal hier gestanden. Er hatte in einer Ecke unerkannt auf den Zug gewartet und hatte kurz darauf die Stadt verlassen. Als jemand, der er nicht war.

Als jemand, den er hasste, gehasst hatte, ein ganzes Leben lang.

Diese kleine Maskerade hatte ihnen Zeit verschafft. Genug Zeit, um den Namen und die Adresse zu erfahren.

Aus einem Lautsprecher erklang eine Durchsage. Der Zug nach Paris wurde angekündigt. Es war Zeit, sich zu trennen.

»Pass auf dich auf.«

»Du auch.«

Als er durch den Seiteneingang das Bahnhofsgebäude betrat, die Mütze tief ins Gesicht gezogen, drehte er sich noch einmal um. Sie stand blass im Schatten da, hinter ihr zerrte der Wind an den Fahnen, die den großen Gipfel in drei Tagen ankündigten.

Bis dahin würden sie längst fort sein.

KAPITEL 31

Richtung Paris
Zur gleichen Zeit

Draußen klopften die ersten schweren Tropfen an die Frontscheibe, während der Klang von Geigen den Innenraum des Wagens erfüllte und eine Harfe ihre Töne auf das weiche Polster des leeren Beifahrersitzes tropfen ließ. Nicolas legte seine rechte Hand auf den Beifahrersitz und schloss für einen Moment die Augen.

Er sah, wie der Dirigent sich leicht nach vorne beugte, sein Taktstock zeichnete eine geschwungene Kurve von vollendeter Schönheit. Weit entfernt war Julies warme Stimme zu hören.

»Wir haben viel Arbeit vor uns, du hast ja wirklich keine Ahnung von klassischer Musik«, rief sie aus dem Badezimmer, während im Hintergrund eine Klaviersonate erklang, die sich in der Enge ihrer kleinen Zweizimmerwohnung recht wohl zu fühlen schien.

Reihe D, Platz dreizehn und vierzehn.

Die Akkorde krallten sich verzweifelt an der Decke fest, bevor sie krachend auf ihn herabfielen. Der Dirigent drehte sich zu ihm um, und aus seinen Augen drangen die grellen Lichter eines entgegenkommenden Lastwagens. Nicolas klammerte sich ans Lenkrad und blickte durch das Flattern der Scheibenwischer hinaus in den Regen über der Autobahn Richtung Paris.

Er fuhr zu schnell.

»Von Filmen übrigens auch nicht. Kennst du diese Melodie?«

Julie begann leise zu summen, während sie ihre Ohrringe in eine kleine Schale neben dem Waschbecken legte.

»Da Da Da Dabadabada …«

Der Mann in dem Film war ein Rennfahrer. Und Julie hatte Nicolas die Melodie weiter leise ins Ohr gesummt, während sie sich liebten.

»Da Da Da Dabadabada …«

Nicolas blickte in die Dunkelheit hinter der Frontscheibe und versuchte, sich an den Namen des Films zu erinnern. Ein Mann auf der Autobahn nach Paris. Ein Rennen mit der Zeit.

So wie bei ihm jetzt.

Das Konzert begann um einundzwanzig Uhr in der Avenue Montaigne in Paris, und er hatte nicht vor, es zu verpassen. Es war sein zweiter Ausflug nach Paris an diesem Tag, aber es kam ihm vor, als sei das Treffen mit Gilles Jacombe am Morgen in den Tuilerien eine Ewigkeit her.

Eine Ewigkeit und eine Leiche.

Eine Stunde später erreichte Nicolas das Théâtre des Champs-Élysées. Als er zum Eingang eilte, begrüßte ihn ein livrierter Angestellter mit einem leichten Kopfnicken und einem schweren Blick auf die Uhr.

»Guten Abend, Monsieur Guerlain. Gerade rechtzeitig.«

Nicolas war der letzte Konzertbesucher, der den Saal betrat, bevor die Vorstellung begann. So hielt er es jedes Mal. Dies war sein 23. Besuch in den vergangenen drei Jahren.

»Sie ist nicht erschienen, Monsieur. Ich bedaure.«

»Ich auch, Philippe. Vielen Dank, aber wir geben nicht auf, nicht wahr?« Es waren stets die gleichen Worte, die sie wechselten.

Als er drinnen seinen Platz einnahm und der Dirigent die Bühne betrat, blickte Nicolas hoch zur Saaldecke. Er liebte diesen kurzen Moment, in dem all das Schöne dieser Welt die Luft anhielt und hoch zur Decke blickte.

Nur das Schlechte hält nie die Luft an, dachte er. Es blickt nicht hoch, nur herab. Und es besinnt sich nicht. Das Schlechte ist ruhelos.

Dann senkte sich die Hand des Dirigenten langsam.

Nach der Vorführung trat Nicolas hinaus in die hell erleuchtete Nacht und lief nach einigem Zögern in Richtung der Champs-Élysées. Er spürte, wie die frische Luft ihm guttat. Nachdem er die Place de la Concorde überquert hatte, betrat er die Tuilerien und blickte auf die beiden Stühle, auf denen er und Jacombe am frühen Morgen gesessen hatten.

Am Ende dieses langen Tages waren sie immer noch keinen Schritt weiter.

Im Wasser trieb ein kleines Boot, die Schatten krochen unter den Bäumen hervor und begleiteten ihn auf dem Weg zum Louvre, der in einiger Entfernung auf ihn wartete.

Als er vor dem verschlossenen Eingang der gläsernen Pyramide stand, blickte er hinab in die Untiefen des Museums.

Er lehnte sich gegen das kalte Glas und ließ sich auf den Boden gleiten, dann schloss er die Augen und begann eine Melodie zu summen, deren Name ihm nicht einfiel.

»Da Da Da Dabadabada …«

Julie atmete gleichmäßig, ihr Kopf lag auf seiner Brust. Er fuhr ihr sanft durch die Haare und merkte, wie auch er langsam wegdämmerte. Seine Augen senkten sich ein paarmal, und das Letzte, was er sah, waren die Scheinwerfer eines vorbeifahrenden Autos an der Zimmerdecke. Morgen würden sie ins Kino gehen, Julie hatte eines entdeckt, das den alten Film zeigte.

Den Film mit der Melodie …

Und dann war alles still.

KAPITEL 32

Trouville
Am Ende der Nacht

Claire erwachte mit dröhnendem Kopf und pochendem Herzen. Für einen kurzen Augenblick musste sie überlegen, wo sie war und wem das Sofa gehörte, auf dem sie lag. Durch die Jalousien erahnte sie das erste Grau des Tages, und von draußen drang das beruhigende Anrollen der Wellen zu ihr herein. Sie hatte Kopfschmerzen und würde den kommenden Tag in den gleichen Klamotten erleben wie den gestrigen. So viel stand fest.

Irgendwo wurde eine Tür geöffnet. Kurz darauf hörte sie Schritte im Flur, und sie überlegte fieberhaft, wo sie sich verstecken konnte. Ihr Blick flog hektisch durchs Zimmer, aber außer dem Sofa und einem Holztisch mit vier Stühlen gab es nichts, um sich zu verstecken. Verwundert blickte sie auf den schwarzen Mantel über der Stuhllehne und auf ein Paar Schuhe in einer Ecke. Beides war gestern Nacht noch nicht hier gewesen. Ihr Atem ging jetzt schneller, sie versuchte sich zu beruhigen und maß die Entfernung zur Terrassentür. Ihr Körper versteifte sich, und sie verfluchte sich für die Idee, ausgerechnet in der Wohnung von Jean Carasso in der Villa Proust zu übernachten.

Dumme Praktikantin, schimpfte sie innerlich.

Vorsichtig schlüpfte sie aus der weißen Tagesdecke und

überlegte, ob sie einfach laut fragen sollte, wer da war. Dann aber roch ihre Nase etwas, das sie noch mehr verwirrte als der Mantel und die Schuhe.

Es roch nach Kaffee.

Aus der Küche nebenan hörte sie, wie ein Schrank geöffnet wurde. Porzellan klapperte, und wenn sie nicht alles täuschte, mischte sich doch tatsächlich der Duft frisch gebackener Croissants unter den Kaffee. Sie blickte auf den Tisch, wo sie gestern ihre rote Armbanduhr hingelegt hatte und auf dem noch immer durchwühlte Fotoalben und Aktenordner lagen. Es war gerade mal halb sechs. Viel zu früh. Die Kollegen im *Commissariat* von Deauville trafen sich erst in drei Stunden zu ihrer ersten Sitzung.

Als sie leise die Küche betrat, stand nicht etwa der verschwundene Fotograf vor ihr, sondern Nicolas. Er nickte ihr zu und zeigte auf die Croissants.

»Die solltest du probieren, sie sind unten vom Hafen. Sie schmecken dort wirklich besser als drüben in Deauville. Wahrscheinlich benutzen sie einfach noch mehr Butter.«

Ungläubig betrachtete sie ihn, mit ihm hatte sie nicht gerechnet. Außerdem wusste sie noch immer nicht, was sie von ihm halten sollte. Nicolas umgab eine tiefe Traurigkeit. Sie konnte sehen, dass er müde war, seine Augen hatten sich hinter tiefe Ringe zurückgezogen. So, wie er aussah, hatte er nicht viel geschlafen in dieser Nacht.

»Und ich dachte, für die langen Sätze wäre ich verantwortlich«, meinte sie und gähnte hinter vorgehaltener Hand. Sie hatte sich schlapp gegen den Türrahmen gelehnt.

Nicolas betrachtete Claire mit ernster Miene und runzelte die Stirn.

Und schon ist der charmante Nicolas verschwunden, dachte sie. Hoch lebe der traurige.

»Ist das ein Schlafanzug von Jean Carasso?«, fragte er sie.

Verlegen zupfte sie an der Flanelljacke.

»Mir war kalt, und er braucht sie wohl nicht mehr, oder?«

»Nein, er braucht sie wohl nicht mehr, obwohl er offensichtlich nicht dort draußen ertrunken ist.«

Claire seufzte und ging zurück ins Arbeitszimmer des Fotografen, in dem das kleine Sofa stand. Sie hatte sich dann doch nicht getraut, das große Bett im Schlafzimmer zu benutzen.

»Es ist noch kalt draußen, schau nach, ob du in den Schränken warme Sachen findest«, rief Nicolas ihr zu, während er zwei Teller aus der Anrichte holte.

»Ich habe nicht vor, rauszugehen«, antwortete Claire. Durch die Jalousien sah sie, wie das Grau des frühen Tages sich allmählich in ein müdes Beige verwandelte.

»Doch, hast du.«

Wenig später saßen sie am Strand, aßen Spiegeleier und sahen zu, wie an diesem frühen Morgen der weiche Sand sich der Flut widerstandslos ergab. Die ersten Möwen näherten sich ihnen mit hungriger Ungeduld. Sie gaben ein seltsames Paar ab, dachte Nicolas. Er im Smoking eines ehemaligen Personenschützers. Sie in der warmen Jacke eines alten Mannes, der sie womöglich nicht mehr brauchte.

Er blickte Claire von der Seite an, die ganz in den warmen Dampf ihrer Tasse vertieft war und die Augen geschlossen hatte.

»Ich dachte, du wohnst oben?«, sagte sie mit einem Gähnen.

»Tu ich auch. Aber als ich vorhin nach Hause kam, da stand die Tür zu Carassos Wohnung leicht offen … Wissen sie im *Commissariat*, dass du dir die Schlüssel zur Villa Proust genommen hast?«

Sie stöhnte und kniff die Augen noch fester zusammen.

»Habe ich echt vergessen, sie richtig zuzuziehen? Ich bin so blöd ...«, murmelte sie.

Nicolas wischte mit einem Stück Croissant etwas Ei von seinem Teller.

»Bonnet wird über die Wahl deines Schlafplatzes begeistert sein.«

»Schon möglich. Aber was hätte ich denn tun sollen? Meinen letzten Zug habe ich verpasst, weil mich jemand aufgehalten hat. Du erinnerst dich?«

Nicolas lehnte sich nach hinten und blickte in den wolkenlosen Himmel, den ein unsichtbarer Pinsel mit sanften Schwüngen allmählich blau anstrich. Wie ein Dirigent, der seine Hand erhebt und zu malen beginnt, dachte Nicolas. Alles blau.

»Ich war einfach müde, und da habe ich selten gute Ideen«, sagte Claire jetzt und hob entschuldigend die Schultern.

»Er wird einen Herzinfarkt bekommen«, erwiderte Nicolas und blickte hinaus auf die schaumige Linie, die ein kleiner Kutter hinter sich herzog.

»Ja, so ist das wohl«, seufzte Claire. Sie sah an sich herab, auf die zu langen Ärmel der Jacke, die sie trug.

»Kennst du Jean Carasso eigentlich? Immerhin kommst du von hier.«

Nicolas überlegte, während er kaute.

»Wir kennen ihn alle. Wenn ich es mir recht überlege, ist er wirklich an der ganzen Küste hier bekannt. Und beliebt.«

»Hat er immer schon fotografiert?«

»Ja, ich glaube schon. Man sah ihn immer mit einem Fotoapparat am Strand spazieren gehen, manchmal hat er uns Kinder fotografiert und uns später einen Abzug geschenkt.«

»Hat er immer schon alleine gelebt?« Claire deutete auf die Villa Proust hinter ihnen.

»Ich glaube, ja. Ich habe zumindest nie etwas von einer Madame Carasso gehört.«

»Traurig, so ein ganzes Leben allein.«

Nicolas nickte nachdenklich. Irgendetwas regte sich in ihm. Ein Gedanke.

Dann besann er sich, griff in seine Jackentasche und holte mehrere blaue Aufkleber hervor. Es waren unbenutzte Polizeisiegel. Claire bekam große Augen.

»Woher hast du die?«

»Im *Commissariat* von Deauville ist nicht nur das Telefon schlecht besetzt. Und ich wohne ja schließlich über der Wohnung von Jean Carasso, ich muss also wissen, was unten so alles vor sich geht.«

»Das wiederum würde bei Bonnet gleich zu einem doppelten Herzinfarkt führen«, meinte sie und nahm sich einen der blauen Aufkleber.

»Dann sollten wir seine Gesundheit nicht gefährden, nicht so kurz vor dem Gipfel.«

Claire nickte und blickte Nicolas von der Seite an.

»Was hast du gestern Abend in Paris gemacht?«

»Ich habe ein Konzert besucht, Sibelius. Als das Orchester begann, habe ich die Augen geschlossen, und als ich sie wieder aufgemacht habe, sagte mir ein Platzanweiser, dass alle anderen Besucher schon weg seien.«

»Und machst du so was öfter, ich meine, zu einem Konzert nach Paris fahren?«

»Ja, das mache ich tatsächlich öfter.«

»Und warum?«

Nicolas stand auf und klopfte sich den Sand von der Hose.

»Lass uns diesen blauen Aufkleber an die richtige Stelle kleben«, sagte er. »Und dann gehen wir an die Arbeit.«

KAPITEL 33

Die Nacht war zu kurz und der Morgen zu voreilig gewesen.

Roussel hatte schlecht geschlafen, nachdem er zuhause der Versuchung eines billigen Whiskys erlegen war. Jetzt musste er zusehen, wie er zurechtkam mit all den schlecht gelaunten Menschen, die rund um den Besprechungstisch saßen und darauf warteten, dass der Chef des *Commissariat* kam und die Kopfschmerzen gingen.

Er blickte aus dem Fenster und betrachtete in der Spiegelung Sandrines Beine.

Yves Colinas saß ausnahmsweise ohne seine Aktenordner da und trommelte mit dem linken Zeigefinger einen unruhigen Rhythmus auf die Tischplatte. Er hatte vor wenigen Minuten einen Anruf aus Paris erhalten, jetzt war er nervös. François Faure würde mit dem Zug fahren, an allen drei Tagen. Morgens hin. Abends zurück.

Nicolas hatte recht behalten, der Minister wollte mal wieder alle überraschen. Trotz der Drohung gegen ihn. Ein Albtraum.

»Der verschwundene Hotelgast heißt Alain Payet, einundsiebzig Jahre, ehemaliger Geschäftsführer einer Firma mit Sitz in Cergy-Pontoise bei Paris.«

Michel Bonnet betrat mit festem Schritt den Besprechungsraum und knallte eine dünne Aktenmappe auf den Tisch.

»Lasst mich eins klarstellen«, sagte er und ignorierte dabei Roussels Unterkiefer, der stoisch einen Kaugummi malträtierte. »Ich will diesen Fall, von dem wir nicht mal wissen, ob es einer ist, loswerden. Ich will ihn nicht mehr sehen. Es gibt ihn nicht, habt ihr mich verstanden? Entweder findet ihr etwas oder wir machen einen Haken dran. Bis der Gipfel vorbei ist.«

Nicolas legte die Liste zur Seite und blickte Bonnet an.

»Und wenn es genau darum geht, um den Gipfel?«

»Das wissen wir nicht.«

»Nein, wir wissen es nicht. Wir wissen überhaupt sehr wenig, finde ich.«

»Sehr richtig, Guerlain. Und dafür gibt es Gründe, nicht wahr? Ich kann Ihnen einen nennen: Polizeiarbeit. Schlechte Polizeiarbeit, genauer gesagt. Damit haben Sie aber ausnahmsweise nichts zu tun.« Er blickte in die Runde.

Niemand sprach ein Wort, nur Yves Colinas trommelte noch immer seine Melodie auf die Tischplatte. Bonnet zeigte auf die Wand an der Längsseite des Tisches, an der dutzende Fotos klebten.

»Da könnt ihr sehen, was wir haben. Eine linke Hand am Strand. Jean Carasso und seine Wohnung, die jemand durchsucht hat. Einen toten Hotelmitarbeiter. Und jetzt also Alain Payet, ein älterer Mann, der vor drei Tagen aus dem ›Hotel Royal‹ abgereist ist, aber nie zuhause ankam. Zumindest sagt das sein Büro. Und seine Frau, die noch in der Stadt ist.«

»Ein bisschen viel Dinge, die hier angespült werden«, sagte Colinas und blickte dabei auf die Uhr.

»So ist es. Hier stranden zu viele Dinge. Dabei möchte ich, dass in dieser Stadt derzeit überhaupt nichts angeschwemmt wird. Keine Hände, keine fehlenden Hotelgäste und schon gar keine Toten.«

Durch die Rue Désiré le Hoc fuhr eine Kehrmaschine der

Stadtverwaltung und entfernte die Zigarettenkippen der vergangenen Nacht aus dem Bordstein. Fünf davon gehörten Roussel.

»Wir haben nicht viel Zeit, deshalb fasse ich mich kurz«, fuhr Bonnet fort und setzte seine Lesebrille auf. »Roussel, du kümmerst dich um den Hotelgast. Ich will wissen, was da los ist. Sprich nochmal mit dem Empfangschef. Wir wissen nur, dass Alain Payet vor drei Tagen am Morgen mit dem Taxi zum Bahnhof gefahren ist. Einer der Fahrer hat ihn auf einem Foto erkannt.«

»Alles klar.« Roussel blickte erneut auf Sandrine Poulaincs Beine im Fenster.

»Yves, hast du Neuigkeiten aus Paris? Und könntest du bitte mit dem Trommeln aufhören, was ist das bitte schön für eine Melodie?«

»Ach nichts«, sagte Colinas und hörte auf zu trommeln. »Also, wir kriegen heute Nachmittag Besuch von denen«, fuhr er fort.

»Und von wem genau?«, fragte Bonnet und befürchtete bereits neues Unheil.

»Die Jungs vom Personenschutz. Aus Paris. Das Team, das François Faure während des Gipfels beschützen wird.«

»Warum denn das? Die waren doch schon vor Wochen hier, genau wie all die anderen«, wunderte sich Roussel.

Nicolas blickte ihn an.

»Weil es eine Änderung gibt«, erklärte er. »Und die Abläufe sind nun mal so, dass dann alles nochmal durchgespielt wird.«

»Und was bitte schön ändert sich?«, wollte Bonnet wissen.

»Er kommt mit dem Zug«, antwortete Colinas. »Jeden Morgen. Und abends wieder zurück. Sie haben es mir vorhin erst erzählt.«

»Ich nehme an, Sie wussten davon«, sagte Bonnet mit ernster

Miene in Nicolas' Richtung. »Sie hätten es uns sagen müssen, das hätte uns Arbeit erspart. Immerhin gibt es eine konkrete Drohung gegen Faure.«

»Die in seinem Briefkasten lag«, fügte Roussel höhnisch hinzu und zeigte dabei mit dem Daumen in Nicolas' Richtung.

»Ich durfte Ihnen die kurzfristigen Änderungen nicht mitteilen, dazu war ich nicht befugt«, erwiderte Nicolas. »Im Übrigen bin ich auch nicht im Geringsten daran beteiligt, ich werde mich von allem fernhalten. So ist die Anweisung.«

Roussel schnaubte verächtlich.

»Das wiederum kann ich sehr gut verstehen.«

Der Leiter des *Commissariat* überlegte einen Moment, dann wandte er sich wieder an sein Team.

»Wie auch immer, Yves, Guerlain ihr kümmert euch darum. Bereitet alles vor, ihr kennt euch am besten aus mit der Strecke. Wo werden sie denn überhaupt langlaufen?«

Nicolas überlegte kurz und zeigte dann aus dem Fenster.

»Sie werden dort draußen entlangkommen. Direkt an uns vorbei.«

»Das geht nicht, das ist eine gesperrte Zone«, sagte Bonnet.

»Jetzt nicht mehr.«

Der Leiter des *Commissariat* fluchte laut.

Nicolas blickte zu Roussel, der aus dem Fenster schaute.

»Ich würde Sie gerne zum ›Hotel Royal‹ begleiten.«

Überrascht drehte sich Roussel zu ihm um.

»Warum denn das? Willst du bei Mama vorbeischauen?«

»Auch, ja. Im Übrigen ist die Frau des Verschwundenen eine Kundin von ihr. Das könnte vielleicht helfen.«

»Ich glaube, ich komme ganz gut alleine zurecht. Vielleicht kannst du ja ein bisschen am Strand spazieren gehen, womöglich findest du etwas Brauchbares. Eine rechte Hand wäre ganz schön.«

»Roussel, es reicht«, schaltete sich Bonnet ein. »Guerlain kommt mit dir mit. Wir sind hier fertig.«

Die Runde löste sich auf, aus dem Empfangsbereich drang das schwache Läuten des Telefons. Als die Tür zum Gang geöffnet wurde, war die bemüht freundliche Stimme von Alphonse zu hören.

»*Bonjour*, Madame Guerlain, wie geht es Ihnen? Schön, dass Sie wieder mal anrufen!«

Kurz darauf liefen Nicolas und Roussel die Rue Jean Mermoz entlang und störten sich nicht daran, dass sie seit ihrem Aufbruch im *Commissariat* kein Wort miteinander gewechselt hatten. Als sie sich dem kleinen Platz vor dem Hotel näherten, konnten sie bereits von Weitem die Stimme von Nicolas' Mutter hören. Sie ereiferte sich wortreich über die Tatsache, dass auf ihrem Parkplatz ein dunkelbrauner Kombi mit belgischem Kennzeichen stand. Der Nachtportier, der soeben seine Schicht beendet hatte, lauschte ihr routiniert und nickte jeweils an den richtigen Stellen ihres Vortrags.

»Nicolas, du kommst gerade rechtzeitig. Gott sei Dank! Sei doch so freundlich und erkläre dem Herrn hier, dass dieser Parkplatz seit mehr als zehn Jahren …«

»*Bonjour, Maman*. Es ist schön, dich zu sehen.« Nicolas umarmte seine Mutter und drückte ihr zwei Küsse auf die Wangen. Martine Guerlain war so überrascht von diesem seltenen Ausbruch an Zärtlichkeit, dass sie sich widerstandslos in Richtung Hoteleingang schieben ließ.

»Nicolas, es ist ja alles so schlimm!«

»Ich weiß, *Maman*, ich weiß.« Nicolas zwinkerte dem Nachtportier zu, der müde aufatmete und befreit in Richtung Bushaltestelle davonging.

Roussel folgte ihnen in die große Lobby, wo der *Maître d'hôtel* unauffällig, aber sichtlich nervös bereits auf sie wartete.

»*Bonjour*, meine Herren, bitte folgen Sie mir. Und Sie werden verstehen, wenn ich auf unbedingte Diskretion hinweisen muss, immerhin befindet sich dieses Haus unmittelbar vor einem großen Ereignis mit zahlreichen internationalen Gästen, und daher …«

Roussel unterbrach ihn unwirsch.

»Ihr Haus steht vor allem unmittelbar davor, geschlossen zu werden, wenn weiterhin Gäste und Angestellte sterben oder verschwinden.«

Der Mann riss die Augen auf und schluckte schwer. Roussels haltlose Drohung hatte Wirkung gezeigt.

»Meine Herren, ich …«

Während Roussel übellaunig begann, den Mann mit Fragen zu malträtieren, zog Nicolas seine Mutter ein paar Meter weiter zu einer Sitzecke.

»Erzähl mir alles, was du weißt.«

»Die arme Madame Payet, sie ist doch so eine nette Frau. Und ich habe den Mantel extra für sie umnähen lassen, und sie hatte sich so auf die letzten Tage hier gefreut.«

»Wie gut kennst du denn ihren Mann?«

Martine Guerlain riss erstaunt die Augen auf.

»Ich? Ich kenne ihn gar nicht gut, das musst du mir glauben. Die Sache mit der Umkleidekabine und Hector Cordier ist schon schlimm genug, aber …«

»Immerhin ist sie deine Kundin.« Diese kleine Spitze konnte sich Nicolas nicht verkneifen.

»Nicolas, schäm dich! Es ist schon so schlimm genug. Ich musste heute doch tatsächlich in der Rue Mirabeau parken, weil diese dämlichen Belgier …«

»Schon gut, vergiss mal kurz den Parkplatz. Wie ist er denn so, dieser Monsieur Payet?«

»Na ja, so wie die meisten älteren Gäste hier«, antwortete

sie. »Ruhig, zurückhaltend. Wenn seine Frau bei mir im Laden ist, trinkt er entweder in der Lobby einen Kaffee oder ist drüben im Casino. Er grüßt allerdings selten.«

Nicolas kannte diesen Typ Mann nur zu gut. Sie liefen zu Dutzenden durch die Straßen von Deauville, begleitet von ihren Frauen, die es irgendwie schafften, nicht zu sehr über den Sinn ihrer Ehe nachzudenken. Nicht selten sah man die Männer in den Cafés an der Place Morny oder hinter dem Casino sitzen, während ihre Frauen in den Boutiquen nebenan ihr Geld ausgaben. Austern und Weißwein zu Mittag und dann nicht zu spät wieder zurück auf die Autobahn, bevor der Rückreiseverkehr einsetzte. Die Einkaufstüten im Kofferraum entschädigten für ein belangloses Wochenende.

»Hast du ihn nochmal gesehen, vor Kurzem?«, fragte Nicolas und nickte Roussel zu, der mit dem *Maître d'hôtel* fertig war und in Richtung der Aufzüge zeigte.

Martine Guerlain überlegte einen kurzen Moment. Roussel drückte auf einen Knopf. Über ihm setzte sich einer der Fahrstühle leise schnurrend in Bewegung.

»Ja, am Abend bevor er abgereist ist. Hier am Empfang. Ich glaube, er hat die Rechnung beglichen.«

Nicolas stand auf und strich seinen dunklen Anzug glatt.

»Ich komme nachher nochmal zu dir. Sag mir nur schnell, weißt du, ob er irgendetwas mit dem Gipfel zu tun hat? Oder hat sie mal darüber gesprochen?«

Nicolas' Mutter runzelte die Stirn, und das hatte sie in diesem Moment mit Roussel gemeinsam, der ungeduldig an der offenen Fahrstuhltür wartete.

»Nein, nicht, dass ich wüsste.« Sie überlegte weiter. »Außer vielleicht …«

»Ja?«, fragte Nicolas.

»Na ja, neulich habe ich ihren Mantel abgesteckt. Und da

hat sie erzählt, dass er sehr verärgert sei wegen einer seiner Zulieferer. Du musst wissen, er hat eine große Baufirma.« Sie nickte bekräftigend.

»Und warum war er verärgert?«, fragte Nicolas.

»Na, weil sich etwas verzögert hat, und er deswegen Ärger mit der Stadt bekommen hat. Der Bürgermeister will ja unbedingt, dass alles schön ist, wenn der Gipfel beginnt! Und so, wie es aussieht, wird ausgerechnet ein Haus, das eine Zulieferfirma von Monsieur Payet renoviert, nicht fertig.«

»Welches Haus ist das?«, fragte Nicolas.

»Du kennst es. An der Rue Gontaut-Biron, das mit der Bauplane vor der Fassade. Es sieht wirklich nicht schön aus.«

Auf der anderen Seite der Lobby schloss sich eine Fahrstuhltür. Roussel hatte nicht auf ihn gewartet.

Claire hatte währenddessen ein Déjà-vu. Sie trat aus der Tür des kleinen *Commissariat* und setzte ihre Sonnenbrille auf. Wieder war sie allein unterwegs. Genau wie am Vortag, aber mit dem Unterschied, dass sie sich diesmal nicht auf das Schiff eines angetrunkenen Kapitäns begeben würde. Sondern in die Villa Proust, drüben in Trouville. Genauer gesagt in Jean Carassos Wohnung. Dass sie dort die vergangene Nacht verbracht hatte, hatte sie Michel Bonnet natürlich verschwiegen und den Schlüssel heimlich wieder zurückgehängt.

Und jetzt hatte sie ihn ausgerechnet auf Befehl Bonnets wieder in der Hand und wusste nicht genau, warum. Er hatte irgendetwas von einer Lebensversicherung gesagt und dass noch nicht geklärt sei, wer der Begünstigte war. Und genau das sollte sie nun herausfinden. Indem sie das passende Dokument fand.

Sie wurde das Gefühl nicht los, dass er sie mal wieder loswerden wollte.

Das Zimmer 313 lag im Westflügel des Hotels und – was noch viel wichtiger war – auf der Meerseite. Roussel hatte in Erfahrung gebracht, dass das Ehepaar Payet jedes Jahr mindestens einmal nach Deauville kam, zumeist im Frühling. Eine Woche gemeinsam, dann noch zwei bis drei Tage die Ehefrau allein, während er Firmen im Umland besuchte.

Dies war nach kurzem Blick in die Bücher ihr achtzehnter Aufenthalt. Und immer im gleichen Zimmer. 313, Meerseite.

Roussel stand vor der Tür und blickte den Gang hinunter, wo in diesem Augenblick Nicolas erschien. Er war die Treppen hochgelaufen, was man ihm nicht anmerkte. Er war noch immer durchtrainiert.

»Tut mir leid, der Aufzug hat sich geschlossen.« Roussel lächelte kalt. Nicolas verzog keine Miene, trat neben ihn und klopfte zweimal behutsam an die Tür. Kurz darauf wurde innen eine Kette gelöst, und der Knauf drehte sich zögerlich.

»Bonjour, Madame Payet. Es ist sehr nett, dass Sie auf uns gewartet haben.«

Die alte Dame stand in der Tür und blickte auf die beiden Männer.

»Kommen Sie doch herein«, sagte sie. »Leider habe ich nichts, was ich Ihnen anbieten könnte. Aber Sie können sich gerne in der Minibar bedienen, wenn Sie möchten.«

»Danke, das wird nicht nötig sein.«

Rose Payet hatte sich einen breiten Schal über die zierlichen Schultern gelegt. Sie war nicht sonderlich groß, und als sie sich in den Sessel am Fenster setzte, sah sie zusammengesunken aus. Sie hatte geweint, auf dem kleinen Tisch neben ihr lagen mehrere Taschentücher.

»Entschuldigen Sie, es geht mir nicht sonderlich gut.« Mit fahrigen Bewegungen versuchte sie, ein wenig Ordnung zu schaffen, und blickte dann zu den beiden Männern hoch.

»Habe ich Sie nicht schon einmal gesehen?«, fragte sie Nicolas. »War das hier im Hotel?«

»Meine Mutter führt unten die Boutique in der Lobby. Dort haben wir uns vor wenigen Tagen kurz gesehen.«

»Ah, Sie sind Nicolas, richtig? Ihre Mutter hat mir von Ihnen erzählt.« Sie betrachtete ihn aus matten Augen.

»Vermutlich ging es da um meine Bekanntschaft mit dem amerikanischen Präsidenten«, sagte er. »Da muss ich Sie aber enttäuschen, das ist nur ein Wunschgedanke meiner Mutter.«

Sie lachte leise auf.

»Madame Payet, wir müssten Ihnen einige Fragen stellen«, setzte Roussel an. »Wie Sie wissen, beginnt in wenigen Tagen hier der Gipfel, deswegen untersuchen wir alles, was uns seltsam vorkommt. Wie zum Beispiel, dass Ihr Mann verschwunden ist.«

»Das verstehe ich gut.« Ihre Stimme zitterte leicht, und sie griff nach einem Wasserglas.

»Seit wann ist Ihr Mann verschwunden?«

Sie überlegte kurz, als wolle sie jedes ihrer Worte sorgfältig abwägen.

»Sein Büro in Paris hat mich gestern am späten Nachmittag angerufen, weil er dort nicht wie verabredet erschien. Er hätte um siebzehn Uhr einen Termin gehabt, er ist immer pünktlich.«

»Wann ist er denn hier weggefahren?«, fragte Nicolas.

Die zierliche alte Dame blickte hinaus aufs Meer, ihre Hände spielten mit einem Stück Papier. Sie schien sich zu konzentrieren.

»Also, er hat wie immer den Zug gegen elf Uhr genommen. Vorgestern war das. Am Abend davor hat er noch die Rechnung bezahlt. So hat er es immer gehalten. Was ich dann noch hier ausgebe, das bezahlen wir im nächsten Jahr. Wissen Sie, das Hotel ist sehr unkompliziert in solchen Sachen.«

»Ich verstehe«, sagte Nicolas und lächelte sie aufmunternd an.

»Wir haben uns verabschiedet, hier im Zimmer. Er wollte zum Bahnhof laufen, das ist ja nicht weit.«

»Und warum sind Sie noch hiergeblieben, gibt es dafür einen besonderen Grund?«, fragte Roussel.

»Wissen Sie«, antwortete Rose Payet nach einem gewissen Zögern, »er arbeitet sehr viel, er verbindet unseren Aufenthalt hier stets mit der Arbeit. Er fährt jedes Mal etwas früher los und besucht noch Baustellen oder Partner in der Normandie. Er hat hier viele Projekte, wissen Sie.«

»Und wo wollte er diesmal hin?«, fragte Nicolas.

»Genau weiß ich das nicht. Nur, dass er als Erstes nach Pont-l'Évêque wollte, mit dem Zug. Er wollte einen Subunternehmer aufsuchen. Mit dem war er unzufrieden, das hat er mir noch erzählt. Mehr weiß ich leider nicht.«

Roussel notierte sich etwas in seinem Block, sie würden das überprüfen.

»Warum war er unzufrieden?«, fragte er die alte Dame.

»Wegen eines Hauses hier in der Stadt, das nicht rechtzeitig fertig wird. Aber Genaues weiß ich auch nicht.«

Nicolas schwieg und blickte für einen kurzen Augenblick hinaus aus dem Fenster.

»Madame Payet, darf ich Sie etwas Persönliches fragen?« Er drehte sich zu ihr um.

»Oh, natürlich. Wenn es hilft, ihn wiederzufinden.«

»Wie würden Sie Ihren Mann beschreiben? Ich meine als Menschen.«

Sie zögerte.

»Warum ist das wichtig?«, wollte sie wissen. Und Roussel sah so aus, als hätte er das auch gerne gewusst.

»Vielleicht ist es nicht wichtig.«

»Nun«, setzte die alte Dame vorsichtig an, »er ist zeit seines Lebens ein Geschäftsmann gewesen. Energisch. Zupackend.« Sie stockte kurz und sprach dann weiter. »Er weiß immer genau, was er will. Und dafür schätze ich ihn.« Ihre Stimme brach ab, und sie griff nach einem Taschentuch. »Bitte entschuldigen Sie mich.«

»Wir müssen uns entschuldigen«, murmelte Nicolas.

Draußen über dem Meer glich der Horizont jetzt einem Drahtseil, das bereit war, sich um den faltigen Hals einer alten Stadt zu legen und sie zu erwürgen. Und irgendwo zwischen dem Hotelzimmer einer alten Dame und der blauen Weite vor ihrem Fenster schien sich etwas zu rühren, machte Nicolas stutzig, und als er gemeinsam mit Roussel wieder hinunter in die Hotellobby fuhr, hatte er es fast schon vergessen.

Alain Payet war nach Pont-l'Évêque gefahren.

Mit dem Zug.

»Alles in Ordnung?«, fragte Roussel ihn im Aufzug.

»Nein.«

KAPITEL 34

Gesichert.«

»Gut, bleiben Sie hinten. Keiner geht rein.«

»Verstanden.«

Die kleine Pizzeria lag unauffällig in einer Seitenstraße der Rue de Longchamp, und Gilles Jacombe war in diesem Moment vor allem dankbar dafür, dass die Bürgersteige hier zu schmal waren, um zum Flanieren einzuladen. So gab es wenige Passanten und wenige Risikofaktoren.

Der Wagen parkte direkt vor dem Restaurant, so dass François Faure nur ein paar Meter vom Wagen bis zum Eingang zurücklegen musste. Jacombe kannte diese Ecke der Stadt nicht besonders gut, und ihm war nicht wohl bei dem Auftrag. Aber der Anruf von Thomas Bolden hatte keinen Spielraum gelassen.

Bolden hatte in dem Augenblick angerufen, als die neue Personenschützerin die Räume des Sicherheitsdienstes betrat. Nicolas' Nachfolgerin, mit der der Minister zweifellos sehr einverstanden sein würde.

»Guten Tag, Monsieur Jacombe. Mein Name ist Carole Adams, ich soll mich bei Ihnen melden.«

»Guten Tag, kommen Sie doch herein. Entschuldigen Sie bitte, das Telefon. Setzen Sie sich doch schon mal.«

Er hörte dem Sprecher am anderen Ende der Leitung zu, legte auf, und nach einem inneren Entscheidungsprozess von exakt zwei Sekunden sagte er: »Stehen Sie wieder auf, wir fahren.« Zu seiner Genugtuung fragte sie nicht nach, sondern teilte ihm nur mit, dass sie noch keine Waffe erhalten hatte. Was schlecht war, aber nicht zu ändern.

Eine Minute später saßen sie mit François Faure in einem schwarzen Dienstwagen und rasten die Avenue Matignon hinunter in Richtung Trocadero. Manou war in letzter Sekunde dazugestoßen, er hatte gerade seinen Dienst begonnen.

Nur drei Menschen kannten den Grund ihres raschen Aufbruchs.

Jacombe. Bolden. Und der Minister selbst. Und keiner würde darüber sprechen.

Manou nickte seiner neuen Kollegin stumm zu, und Jacombe bemerkte, dass er nicht rasiert war. Und dass Faure das auch gesehen hatte.

»Mein lieber Manou, zu wenig geschlafen?«, feixte er. »Seien Sie froh, ist doch toll, wenn nach so vielen Ehejahren noch so viel Leidenschaft vorhanden ist!« Dabei blickte er Carole Adams an.

»Willkommen an Bord, Mademoiselle, entschuldigen Sie meinen etwas vulgären Ton, aber Ihre Kollegen sind immer sehr verschlossen. Da freut es mich, dass zumindest die Ehefrauen für ein bisschen Freude sorgen. Sind Sie verheiratet?«

»Nein, Monsieur.«

Na prima, dachte Jacombe. Faure hatte ein neues Ziel, es war noch schneller gegangen als befürchtet.

Manou und Carole Adams blickten stumm aus dem Fenster.

Keine guten Zeiten für das Team seit Cannes, dachte Jacombe.

Und jetzt stand er vor der Pizzeria und blickte hinein. Er war vor wenigen Minuten mit Carole Adams hineingegangen und hatte das Personal gebeten, in den Hof zu gehen. Manou sicherte den Wagen, in dem ein aufgekratzter François Faure saß.

Aufgekratzt und gereizt. Es war kein schöner Anlass, aus dem sie hier waren.

Jacombe öffnete mit der linken Hand die rechte hintere Tür und wartete, bis der Minister ausgestiegen war. Dann leitete er ihn sanft zum Eingang der Pizzeria und achtete dabei darauf, seinen Körper zwischen ihn und die Fenster auf der anderen Straßenseite zu stellen.

»Fünf Minuten, Monsieur.«

»Ich tue mein Bestes, Gilles. Glauben Sie mir«, fluchte Faure und fuhr sich durch die Haare.

Jacombe sprach in sein Mikro, das am Revers seines Jacketts angebracht war.

»Faure ist drinnen. Abfahrt in zehn Minuten. Sie kommen durchs Restaurant wieder raus.«

»Verstanden«, antwortete Carole Adams.

Die Neue war routiniert, aber das hatte er vorher gewusst. Dazu kam, dass sie bei der praktischen Ausbildung in Le Havre die Jahrgangsbeste gewesen war. Und dennoch hätte er sich mit Nicolas an seiner Seite wohler gefühlt.

Trotz allem.

Der Fahrer ließ den Motor laufen. Jacombe entspannte sich ein wenig, zum ersten Mal seit sie vor einer Viertelstunde losgefahren waren.

Jetzt lag es am Minister.

François Faure betrat das Lokal und sah sich um. Es war keines der eleganten Restaurants, in denen er normalerweise verkehrte. Im Vorbeigehen nahm er ein leeres Weinglas von einem der Tische, zog sein Jackett aus und hängte es über einen Stuhl.

Im Hintergrund spielte eine kratzende Anlage ein Lied von Ella Fitzgerald, ihre Stimme legte sich wie eine beruhigende Hand auf sein finsteres Gemüt.

»Hallo, Hélène.«

Seine Frau saß an einem kleinen Tisch am Fenster und blickte nach draußen. Den Kopf hatte sie gegen die kühle Scheibe gelehnt, ihre linke Hand klammerte sich an ein halbleeres Rotweinglas.

Faure nahm die Flasche und schenkte sich ein. Der Wein war nicht schlecht, und er dachte, dass er so wenigstens etwas Ordentliches zu trinken bekam. Er angelte ein Stück Baguette aus dem Korb vor sich und überlegte, ob die Pizza wohl noch warm war, die halb angebissen vor seiner Frau auf einem Teller lag.

»Weißt du, Hélène«, sprach er leise, während er kaute, »wenn ich nicht wüsste, dass du das hier tust, um mich zu ärgern, würde ich meinen, du lockst mich in ein nettes Restaurant, um mal ein bisschen Zeit mit mir zu haben.«

Seine Frau schnaubte verächtlich und blickte ihn an. Sie hatte mehr getrunken als sonst.

»Fürs Locken bist doch vor allem du verantwortlich, François«, sagte sie mit schwerer Stimme.

Wie geschmackvoll, dachte Faure verachtend und griff sich ein Stück Pizza. Er hätte doch die Klatschpresse informieren sollen. Von draußen mussten sie ein schönes Bild abgeben, und diese waren selten geworden in letzter Zeit.

Der Minister führt seine Frau zum Essen aus.

Falsch, dachte er. Der künftige Präsident rettet seine Frau, seine besoffene und wehleidige Frau.

»Was ist es diesmal, Hélène?«, zischte er.

»Ich nehme an, wir haben nur wenige Minuten«, antwortete sie und strich sich müde durch die Haare. »Steht der arme Gilles dort draußen?«

»Ja. Mit Manou. Treu wie immer.«

»Und hinten?«

»Ich kenne ihren Namen nicht. Eine Neue.«

Jetzt lachte sie höhnisch.

»Wie viel Zeit gibst du ihr? Drei Tage? Vier?«

»Hélène, du bist betrunken«, sagte Faure. Er hatte keine Lust auf Diskussionen. Er war ein Mann, noch dazu erfolgreich und gutaussehend. Was erwartete sie? Ewige Treue? Sie wusste, wen sie geheiratet hatte.

Die Musik hatte gewechselt. Moon River. Was für ein kitschiger Ort, dachte er. Ein kitschiger Ort für kindische Gefühle. Das passte.

»Ich weiß alles, François. Hörst du?«

»Was weißt du, Hélène?« Er blickte auf die Uhr. In einer halben Stunde begann die Kabinettssitzung.

Seine Frau lehnte sich zu ihm nach vorn. Sie ist immer noch attraktiv, dachte er. In die Jahre gekommen, aber attraktiv. Letztendlich liebte er sie, das musste er sich eingestehen. Aber das änderte nichts.

»Ich habe mit ihr gesprochen«, flüsterte sie und griff nach seiner Hand. »Du bist ein Schwein, François. Ausgerechnet mit ihr. Irgendwann wirst du dafür bezahlen, glaub mir.«

Er hatte keine Ahnung, was sie meinte. Hatte etwa die blöde Journalistentussi geplaudert? Und wenn schon.

Seine Frau stand auf, hielt sich kurz am Stuhl fest und blickte ihn an. Dann umrundete sie den Tisch und fasste ihn mit einer schnellen Bewegung an seinem verletzten Unterkiefer. Schmerzerfüllt zuckte er zusammen.

Aber sie ließ nicht locker. Tränen traten ihm in die Augen, und er überlegte, ob er sie einfach wegschlagen sollte.

In dem Moment löste sie ihren Griff und trat einen Schritt zurück.

»Weißt du was, François? Ich wünschte, Nicolas hätte dich *richtig* getroffen.«

Sie verließ das Restaurant, und draußen auf der Straße dachte Gilles Jacombe, dass er nicht erwartet hatte, sie lächeln zu sehen.

Traurig, aber mit einem Lächeln.

Kurz darauf kam François Faure heraus und blinzelte in die Sonne. Augenblicklich hatte er sich gesammelt, sein souveränes Lächeln war wieder da. Im Vorbeigehen klopfte er Manou auf die Schulter.

»Mein lieber Manou, so sind sie, die Frauen. Letztendlich muss man sie nehmen, wie sie sind. Und natürlich wo sie sind.«

KAPITEL 35

Deauville
Drei Stunden später

Der Zug aus Paris erreichte um 18.23 Uhr mit zehn Minuten Verspätung den Bahnhof von Deauville. Draußen vor dem Gebäude standen vereinzelt Taxis, an den Masten flatterten die Fahnen der Normandie und der Stadt, die am Ende dieses Tages langsam zu erahnen schien, auf was sie sich da eingelassen hatte.

Gegen Mittag waren die ersten Übertragungswagen der großen Fernsehsender eingetroffen und hatten ihre Satellitenschüsseln hochgeklappt, wie die Kellner die Sonnenschirme auf der Place Morny. Absperrgitter wurden an zentralen Punkten der Stadt abgestellt, Infoblätter in die Briefkästen der Anwohner geworfen. Politessen notierten gewissenhaft die Nummernschilder falsch geparkter Autos, ein Maler auf einer klapprigen Holzleiter gab der Außenfassade eines kleinen chinesischen Restaurants einen neuen Anstrich. Die Stadt begann, sich wie im Zeitraffer zu verändern.

Bertrand war der Erste, der durch die große Schwingtür aus dem Bahnhofsgebäude kam. Nach einem schnellen Blick über den Platz stellte er sich links neben den Eingang und wartete, bis ein Fahrradfahrer seinen Helm aufgesetzt hatte und losgefahren war.

»Gesichert.«

Manou war der Nächste. Direkt hinter ihm folgte ein junger Mitarbeiter des Dienstes, der sich seit Tagen auf seine wichtige Rolle vorbereitet hatte.

Er telefonierte laut und warf den vorbeieilenden Reisenden ein strahlendes Lächeln zu. Die rechte Hand hatte er lässig in die Hosentasche gesteckt, das Jackett hielt er in der linken. Als er auf den Platz hinaustrat, setzte er seine Sonnenbrille auf.

»Dann wollen wir mal!«

Er war ausgeruht, einsatzbereit. Gut gelaunt.

Er war François Faure.

Gilles Jacombe, der direkt hinter ihm durch die Tür trat, rollte mit den Augen. Fehlte nur noch, dass der Kerl die Ärmel hochkrempelte und laut »Showtime!« rief. Er hatte den jungen Kollegen gebeten, den Minister zu doubeln, während sie den Weg vom Ministerium bis zum Casino von Deauville durchspielten. Mit einem übereifrigen Schauspieler hatte er nicht gerechnet.

Hinter ihm verließ Carole Adams das Gebäude, in ihrer linken Hand hielt sie den Kevlar.

Bertrand bildete wie immer die Spitze und überquerte den Vorplatz mit großen, aber nicht zu schnellen Schritten. Manou wich wie vorgesehen auf den linken Flügel aus. Kurz darauf bog das Team in die Rue Désiré Le Hoc ein, wo der Bürgersteig schnell sehr schmal wurde. Sie mussten ihre übliche Formation aufgeben.

»Bertrand, du fällst hier etwas zurück. Manou, du kommst an mich heran.«

»Alles klar, Gilles.«

Der falsche François Faure winkte zwei älteren Damen zu, die in einem Café saßen. Während des Gipfels würde die Straße innerhalb der Sperrzone liegen und daher verwaist sein.

Es waren noch hundert Meter bis zur Place Morny.

Hier würde der Gipfel beginnen, mitten in der Stadt. Der Entschluss, dass alle Teilnehmer geschlossen zum Casino hinüberlaufen würden, war bereits vor einigen Wochen getroffen worden. Der Dienst hatte sich dagegen gewehrt und bei mehreren Treffen auf die Risiken hingewiesen.

Vergeblich.

Weiter vorne waren die Rufe der Arbeiter zu hören, die die Pressetribünen aufbauten sowie das große Zelt in der Mitte. Auf der anderen Seite des Platzes führte eine elegante Straße bis zum »Hotel Royal« und dem angrenzenden Casino. Sie war gesäumt von Boutiquen und Restaurants, und die Kanaldeckel waren bereits vor zwei Tagen zugeschweißt worden. Ähnlich würde es auch in den angrenzenden Straßen geschehen.

»Okay, wir machen es wie besprochen. Jeder auf seine Position.«

Bertrand und Manou umrundeten den Platz jeweils von einer Seite und trafen sich an der Rue Olliffe. Von hier aus würden sämtliche Sicherheitskräfte, die nicht für die Strecke der Staatsgäste zum Casino eingeteilt waren, aufbrechen.

Jacombe selbst ging mit dem Faure-Double in die Mitte des Platzes, verabschiedete sich von ihm und blieb in Sichtweite stehen. Er wartete einige Minuten, und die anderen konnten sehen, wie sich der Teamleiter die Begebenheiten minutiös einprägte.

Das Team lief schließlich weiter in Richtung »Hotel Royal«. Sie achteten auf die Fenster und Dächer der anliegenden Häuser und prägten sich die Auslagen der Geschäfte ein. Als sie an einer klapprigen Holzleiter vor einem chinesischen Restaurant vorbeikamen, ging Bertrand bewusst außenrum.

»Unten durchgehen bringt Unglück, Chef.«

»Schon klar.«

Nach etwa zweihundert Metern sah Jacombe eine Hausfassade, an der eine Bauplane im Wind flatterte. Auf dem Baugerüst war niemand zu sehen.

»Wir warten kurz.«

Jacombe trat einen Schritt nach hinten. Im dritten Stock bewegte sich hinter einem geöffneten Fenster ein Vorhang.

»Die Politiker stoßen etwas weiter vorne auf dem Boulevard Eugène Cornuche zu uns«, erklärte er, während er sich unauffällig auf das Fenster konzentrierte. »Wir übernehmen Faure dort, bevor es kurz darauf auf den roten Teppich zugeht. Dort läuft dann jeder Gast einzeln hinauf und wird oben vom Präsidenten begrüßt.«

Jacombe sah jetzt einen Schatten hinter dem Vorhang. Automatisch schob er seinen Körper zwischen das Haus mit der Bauplane und den falschen François Faure. Auch Carole Adams blickte jetzt nach oben.

Der Schatten bewegte sich.

Ein Bauarbeiter steckte seinen Kopf durch das Fenster und blickte erstaunt zu ihnen herunter.

»Kann ich helfen?«

Irgendwo ertönte leise das Signal einer eingehenden Nachricht auf einem Handy. Jacombe griff in seine Jackentasche, um nachzusehen, aber es war nicht seines. Auch Bertrand und Manou schüttelten den Kopf.

Carole Adams ebenso.

»Aber ich habe auch ein Signal gehört«, meinte sie und sah sich um. Sie waren die Einzigen auf der Straße.

Das Team blickte schließlich das Minister-Double an, der sein Handy in der Hand hielt und soeben sein aufgesetztes Lächeln verlor.

»Es war meins«, murmelte er. »Eine unbekannte Nummer.«

Manou und Bertrand blickten sich an.

»Und was steht da?«, fragte Carole Adams.

Der junge Mann wischte sich übers Gesicht, seine linke Hand umschloss krampfhaft das Jackett, das er eben noch lässig über die Schulter geworfen hatte.

»Da steht: *Tot.*«

Im gleichen Augenblick ertönte erneut ein leises Signal.

Diesmal war es Jacombes Handy. Dann folgten Signale der Handys von Bertrand und Manou.

Sie alle blickten verdutzt auf ihre Displays: *Villa Proust. Bringt Wein mit.*

KAPITEL 36

Trouville, Villa Proust
Am gleichen Abend

Die Möwe blickte nach Westen, hinaus aufs Meer, dorthin, wo die weißen Schaumkronen sich am Horizont verloren. Ihr Gefieder war feucht, als sei sie soeben aus den Tiefen des Ozeans emporgestiegen. Eine weiße Gottheit im Vogelgewand, die die Küste betrat, um nach dem Rechten zu sehen.

Nach den Menschen und dem, was sie trieben, dachte Claire und legte den Kopf zur Seite.

Die Möwe bewegte sich nicht. Sie blickte weiterhin starr hinaus aufs Wasser, ihre Haltung spiegelte die Enttäuschung wider, die sich in ihr breitgemacht hatte angesichts dessen, was sie an Land erfahren hatte.

Langeweile.

Claire hatte vor fünf Minuten die kleine Dunkelkammer des Fotografen betreten. Nachdem sie in der gesamten Wohnung erwartungsgemäß nichts von Bedeutung gefunden hatte, verlor sie sich allmählich in den drei Schwarz-Weiß-Fotografien einer Möwe, die Jean Carasso an einer dünnen Schnur aufgehängt hatte. Sie mochte die Aufnahmen sehr, sie waren vollgepackt mit Leben, das wusste, wohin es gehörte. Womit der Vogel ihr etwas voraushatte.

Claire meinte fast, die salzige Meeresluft hier drinnen in der kleinen Kammer riechen zu können.

Jean Carasso hatte keine Unterlagen in seiner Wohnung gelassen, die nicht schon gefunden und begutachtet worden waren. Auch keine Dokumente über eine Lebensversicherung.

Jetzt stand Claire gelangweilt vor der Möwe und fragte sich, ob der Vogel vielleicht etwas wusste. Und ob er ihr es mitteilen würde, wenn sie nur lange genug auf das Bild blickte. Aber gerade, als sich der Schnabel zu öffnen schien, als der gefiederte Kopf sich ihr zuwandte, hörte sie Schritte im Wohnzimmer. Anders als noch am frühen Morgen erschrak sie jetzt nicht, sie erkannte sofort das behutsame Auftreten eines eleganten schwarzen Herrenschuhs.

»Ich bin hier hinten, Nicolas«, rief sie und sah mit Bedauern, wie der Schnabel sich wieder schloss und der Vogel sein Geheimnis für immer hinunterschluckte.

Blöde Möwe.

Claire streckte den Kopf aus der Dunkelkammer und winkte Nicolas zu.

»Langsam gehen mir aber die blauen Aufkleber aus«, sagte er.

»Keine Sorge, diesmal hat Bonnet mich selbst geschickt. Ich soll nochmal sehen, ob ich etwas finde.«

»Und, gibt es etwas zu finden?« Er stellte zwei Tüten auf den weißen Holztisch in der Küche.

»Nein, natürlich nicht. Wäre auch zu schön gewesen.«

Sie sah ein letztes Mal zurück zu den Aufnahmen der Möwe. Dann machte sie einen Schritt auf Nicolas zu.

»Erwartest du Besuch? Das ist das erste Mal, dass ich dich mit Einkäufen sehe.«

Nicolas blickte etwas unschlüssig auf die Tüten.

»Willst du mit essen? Sie müssten jeden Augenblick da sein. Vielleicht könntest du mir beim Vorbereiten helfen, ich bin nicht sehr gut in der Küche.«

»Gibt es zuhause niemanden, den du bekochen kannst?«, fragte sie neugierig.

Nicolas nahm die Tüten und drehte sich zur Tür.

Hoppla, dachte sie. Falsches Thema.

Sie blickte auf die Uhr.

»Ich muss leider los. Diesmal will ich den Zug nach Le Havre erwischen.«

»Also, wenn du es Bonnet nicht verrätst: Meinetwegen kannst du gerne wieder hier schlafen.«

Sie zögerte. Als sie gerade mit Bedauern absagen wollte, klingelte es an der Tür.

»Womit die Entscheidung gefallen wäre«, sagte Nicolas und hob entschuldigend die Hände. »Ich brauche dich jetzt nämlich wirklich.«

Dann ging er nach draußen ins Treppenhaus und öffnete die Haustür. Claire dachte für einen Moment, dass er aufgeregt wirkte. Aber da musste sie sich täuschen. Sie hatte den Mund von Nicolas Guerlain in den vergangenen Tagen zwar durchaus auch mal lächeln sehen. Aber ihn selbst nicht.

Was für ein seltsamer Kerl, dachte sie und schloss endgültig die Tür der kleinen Kammer. Von draußen hörte sie die dunkle, angenehme Stimme eines Mannes.

»*Salut*, Nicolas«, sagte Gilles Jacombe.

Einige Stunden später lehnte sich Bertrand in seinem Stuhl zurück und strich sich zufrieden über den Bauch.

»Mein kleiner Nicolas, wer hätte das gedacht! Dass ausgerechnet einer, der nie isst, so gut kochen kann.«

Nicolas warf einen schnellen Seitenblick auf Claire, dann auf Bertrand und ließ ein kleines Stück Baguette quer über den Tisch folgen, an dem sie seit drei Stunden saßen und den er regelmäßig verlassen hatte, um in der kleinen Küche seiner

Wohnung in der Villa Proust noch mehr Fisch und vor allem noch mehr Wein zu holen.

»Und wer hätte gedacht, dass so ein Holzklotz wie du ein Faible für Meeresfrüchte hat.«

»Gegen Obst hatte ich noch nie etwas!«

Jacombe trat vom Balkon zurück ins Esszimmer und zog die Tür hinter sich zu.

»Da bin ich ja froh, dass ich mit dem Rauchen doch nicht ganz aufgehört habe«, rief er Nicolas zu und zeigte nach draußen, wo die Nacht den Strand in ein dunkles Tuch hüllte.

»Das schreiben sie nie auf diese verdammten Warnhinweise«, sagte Bertrand und schenkte sich noch etwas Wein ein. »Vorsicht, Sie könnten auf einem verdammt tollen Balkon eine verdammt tolle Zigarette rauchen!«

Sie prosteten sich zu, während ihnen die Dunkelheit neidische Blicke durchs Fenster zuwarf. Vier Männer und eine Praktikantin an einem mit Kerzen erleuchteten Tisch. Gelächter erfüllte den Raum, und der Duft von Fisch in zerlassener Butter hielt sich angenehm lange in der Luft. Camembert und Ziegenkäse waren fast aufgegessen, und in der Küche warteten fünf Schalen mit Crème brûlée. Bertrand hatte in einer Werkzeugkiste einen kleinen Bunsenbrenner gefunden.

Jacombe trat an den Tisch und erhob sein Glas.

»Meine lieben Mitstreiter …«

»Hört, hört!«, rief Manou dazwischen.

»Nein, hör zu, Manou. Also, meine lieben Mitstreiter, ich erhebe mein Glas und sage: *Santé!*«

»*Santé!*« Auch die anderen standen jetzt auf.

»Ich trinke auf die blendende Idee des Präsidenten, all seine Freunde ausgerechnet in Deauville treffen zu wollen!«

»Genau, es lebe der Präsident!« Nicolas hatte das Gefühl, von innen zu glühen, und die Tatsache, dass er sich leicht an der Stuhllehne festhalten musste, erinnerte ihn daran, dass er noch nie viel Alkohol vertragen hatte.

Jedenfalls weniger als Julie, dachte er und verfluchte diesen Gedanken sofort. Warum schaffte er es nicht, loszulassen? Warum musste er immer wieder an sie denken, jeden Tag? Es musste aufhören, das wurde ihm bewusst, als er zwischen den Kerzen und den Lichtern stand und für einen kurzen Moment das Leben genoss.

Er wollte mehr davon.

»Es lebe die Republik!«, rief Bertrand. »Und ich trinke auf jeden roten Teppich zwischen hier und Cannes!«

Selbst Jacombe fing jetzt laut an zu lachen, und Nicolas ahnte, dass er sich gleich wieder die Geschichte des Zwischenfalls in Cannes anhören musste.

»Ich will es nochmal hören«, rief Claire. Sie hatte jedes Mal wieder gelacht, wenn Bertrand François Faure imitierte, wie er mit dem Kiefer gegen das Eisengitter prallte, zwischen den Beinen den stechenden Schmerz, den ein schwerer Kevlar verursacht hatte.

»Ich möchte auch einen Trinkspruch aussprechen!«, sagte sie und erhob ihr Glas.

»Oh, Mademoiselle traut sich was«, sagte Bertrand, und Nicolas konnte sehen, wie er auf ihre kleine Anker-Tätowierung am Hals schielte.

»Nur zu«, ermunterte Jacombe sie. Vier erhitzte Gesichter, die sich gleich mit unvernünftigem Heißhunger auf die Crème brûlée stürzen würden, musterten die Praktikantin.

»Ich trinke auf Jean Carasso. Auf den alten Mann, der mir sein Sofa leiht und seinen Schlafanzug und der darauf achtet, dass ich die Schuhe ausziehe, bevor ich mich hinlege. Wo auch immer er gerade ist: *Santé!*«

Nicolas lächelte und prostete ihr zu.

»Schön gesagt, Mademoiselle Cantalle.«

Dann setzte er sein Glas an und trank es in einem Zug aus. Dass die anderen schneller waren, störte ihn nicht.

»Jeder einen Schnaps, und der Letzte macht das Licht aus«, hatte Julie gerufen. Der Schnaps war an ihrem Kinn herabgelaufen, sie hatte schallend gelacht und sich ausgezogen, während sie noch einmal nachschenkte.

»Und morgen Abend gehen wir ins Konzert, ich freu mich schon. Théâtre des Champs-Élysées, das wird bestimmt schön.«

Dann hatte sie das Licht ausgemacht.

Vor drei Jahren.

Es muss aufhören, verdammt.

Aber es hörte nicht auf.

Einige Zeit später hatte sich Claire unter dem Protest der vier Männer zurückgezogen und lag jetzt auf dem Sofa im Arbeitszimmer des Fotografen. Ohne Schuhe – das hatte sie den anderen versprechen müssen.

»Wenn du magst, helfe ich dir dabei, sie auszuziehen«, hatte Bertrand vorgeschlagen und dafür ein höhnisches Gelächter seiner Kollegen geerntet. Er hatte versucht, aus seinem Sessel hochzukommen, hatte aber einsehen müssen, dass sich die Schwerkraft doch nicht so leicht überlisten ließ.

Gilles Jacombe beschloss, noch einmal die Aussicht auf den Strand zu genießen und eine Zigarette zu rauchen, die letzte am Ende eines langen Tages.

Am Ende eines guten Tages.

Nicolas und Manou räumten den Tisch ab, während im Hintergrund Jacques Brel ein flaches Land besang, in dem der Ostwind den Nebel herantrug. Draußen räkelte sich ein ruhendes Meer im Schlaf und warf kleine Schaumkronen an Land, während es sich behäbig auf die andere Seite wälzte. Nicolas ignorierte seine Kopfschmerzen und erwärmte sich an dem Gedanken, dass dies ein schöner Abend war.

Obwohl er offiziell im Vorfeld des Gipfels keine Verbindung zu seinem ehemaligen Team aufnehmen durfte, hatte er Gilles spontan davon überzeugt, diesen Plan zu ändern.

Der Rest war viel Fisch und noch mehr Wein.

»Sie ist nett, deine kleine Praktikantin«, sagte Manou und ließ ein wenig Wasser in das Spülbecken laufen.

»Vor allem ist sie nicht auf den Kopf gefallen«, antwortete Nicolas. »Ohne sie würden wir immer noch denken, dass Carasso über Bord gegangen ist, dort draußen.«

»Wenn ich es richtig verstanden habe, habt ihr ihn aber noch nicht, oder?«

Nicolas schüttelte den Kopf. Er hatte dem Team während des nüchternen Teils des Abends von den Ermittlungen erzählt. Von der Hand, von der bislang nur Gilles Jacombe etwas gewusst hatte. Vom toten Hotelangestellten in der Umkleidekabine auf den *Planches*. Und schließlich vom verschollenen Alain Payet, der nach Auskunft der Polizei in Paris weiterhin spurlos verschwunden war.

»Dagegen war dein Schlag mit dem Kevlar ja ein Kinderspiel«, hatte Bertrand gelästert, und Nicolas musste sich eingestehen, dass er damit nicht unrecht hatte. Und dass durch all das sein eigentlicher Auftrag in Deauville etwas zu kurz gekommen war. Er musste noch eine Gefahrenanalyse und einen Ablaufplan für Michel Bonnet anfertigen.

Immerhin, kurz bevor der Gipfel begann, würde er noch einmal mit allen Kollegen ein Sicherheitsbriefing abhalten, darauf hatte er sich mit Bonnet verständigt.

Alles war anders gekommen, von Beginn an.

Manou schrubbte neben ihm zwei Teller sauber, er war offensichtlich müde.

»Wie geht es deinen Kindern?«, fragte Nicolas. Er war früher öfter zu Gast bei Manous Familie gewesen und hatte die Mädchen lieb gewonnen.

»Gut geht es ihnen, wirklich. Lili freut sich auf die Schule, sie ist verdammt groß geworden.«

»Allerdings. Und Lea? Hat sie einen Freund? Sag mir Bescheid, wenn sie einen guten Personenschützer braucht.«

»Als ob ich dich meine Tochter beschützen ließe.«

Nicolas musste lächeln.

»*Merde!*« Manou war ein Weinglas aus der Hand gerutscht, aber kurz bevor es auf den weißen Fliesen der Küche aufschlug, schnellte Nicolas' Hand nach unten und bekam es gerade rechtzeitig zu greifen.

»Du bist nicht eingerostet, mein kleiner Nicolas.«

»Dazu hatte ich noch keine Zeit.«

Im Wohnzimmer legte Jacombe eine andere CD ein.

»Hoch lebe Yves Montand!«, rief er.

»Du hast keine Ahnung!«

»Was weißt du schon von Musik, Nicolas. Außerdem bin ich dein Chef.«

»Du *warst* es, Gilles!«

Durch die offene Tür konnten sie sehen, wie der Teamleiter leise summend über den Teppich tänzelte.

»Und du und deine Frau? Wie läuft es da?«, fragte Nicolas weiter.

Manou trocknete ein weiteres Glas ab und stellte es in den Küchenschrank.

»Nun, um ehrlich zu sein … Also, ich glaube, ganz gut«, antwortete er.

Nicolas hielt inne und betrachtete seinen Freund von der Seite.

»Was soll das heißen?«

Manou lächelte gequält. Er hatte offensichtlich gehofft, das Thema schnell abhaken zu können.

»Hör zu, Nicolas, es ist nichts. Wir machen eine kleine Krise durch, nichts Ernstes. Das geht doch allen Paaren so, oder?«

»Ich hab keine Ahnung, ehrlich gesagt«, antwortete Nicolas. Er sah Manous Spiegelbild, das ihn aus dem dunklen Fenster in der Küche müde anblickte.

»Weißt du, Nicolas, manchmal hab ich das Gefühl, dass das hier … nicht alles ist. Verstehst du, was ich meine?«

Nicolas betrachtete eingehend das Glas, das er gerade abgetrocknet hatte.

»Meinst du den Job hier mit Gilles und Bertrand?«

»Nein. Ja. Ich weiß es nicht, vielleicht bin ich einfach nur etwas übermüdet. Es waren harte Tage.«

Nicolas lächelte gequält. Damit hatte Manou wahrlich recht.

»Hat denn Elise Cannes gut überstanden? Ich meine, es war sicher für alle nicht einfach. Auch für die Kinder, kann ich mir vorstellen.«

Manou betrachtete das Wasser, das gurgelnd im Spülbecken abfloss. Für einen kurzen Moment schien es Nicolas, als blicke sein Freund zurück auf den roten Teppich vor dem Festivalgebäude.

»Es ging schon, sie haben es bestimmt längst vergessen. Die Kinder, meine ich«, fügte er an.

»Und Elise?«, wollte Nicolas wissen.

»Ja, Elise …«

»Hey, Küchenpersonal!« Jacombe kam in die Küche und hielt ihnen zwei Flaschen Bier hin.

»Los, trinkt. Das ist ein Befehl. Und dann ab ins Bett.«

»*Oui*, Chef!« Manou griff nach einer der Flaschen, und erst jetzt bemerkte Nicolas, dass auch er schwankte. Sie hatten wohl alle deutlich mehr getrunken, als sie gewohnt waren.

Jacombe erhob seine Flasche und sie stießen an.

»Auf den härtesten Kevlar von Frankreich!«, rief er, und Nicolas verschluckte sich beim Lachen.

»Ihr Arschlöcher, auf euch.« Und während er die Flasche ansetzte, dachte er, dass er diesen Moment festhalten und ihm zuflüstern wollte, dass alles gut sei und es für immer so bleiben würde.

Aus dem Wohnzimmer erklang das breite Lallen von Bertrand, der festgestellt hatte, dass irgendjemand hier kein Bier bekam und dass dieser jemand er war. »Ihr Möchtegern-Bodyguards, wisst ihr, auf was ich trinke?«, rief er und versuchte sich zu erheben. »Ich trinke auf Julie. Julie, ich liebe dich!« Dann sackte er zurück und schlief ein.

Als Nicolas das nächste Mal auf die Uhr schaute, war es halb sechs am Morgen, und Claire stand in einem zu großen T-Shirt über nackten Beinen vor seinem Bett.

Er hatte Schritte vernommen und verzweifelt versucht, aus dem dichten Nebel aus Wein und Bier emporzutauchen. Als die Tür zu seinem Zimmer leise knarzte, konnte er die Umrisse immer noch nicht sehen, und so hoffte er, dass die Person, die ihn um diese Uhrzeit besuchte, mit guten Absichten kam.

Aber nachdem er erstaunt Claire erkannt hatte und sein Blick ihren Körper hinunterwanderte, war er sich da nicht mehr so sicher.

»Claire, was …«

Sie legte einen Finger an seine Lippen und bedeutete ihm, ruhig zu sein.

»Also, ich …«

Sie zischte ihn an.

»Halt die Klappe, Bodyguard! Und steh auf.« Nicolas war zu überrascht, um zu widersprechen, und so kämpfte er sich kurz darauf nicht nur durch das Dickicht seiner betäubten Hirnwindungen, sondern auch in seine Anzughose. Claire nahm seine Hand und führte ihn durch das Wohnzimmer. Auf dem Sofa lag Bertrand und schnarchte leise. Gilles und Manou teilten sich ein Bett im Gästezimmer.

Die Tür zum Treppenhaus stand offen, weißes Mondlicht fiel durch das kleine Fenster und ließ Staub erkennen, der durch die Luft tänzelte.

»Komm mit«, sagte sie, und wie ein kleines Kind ließ er sich von ihr in die untere Wohnung führen.

»Claire, könntest du mir bitte mal erklären, was das soll?« Er wusste nicht, ob es das war, wonach es aussah, und er wusste noch viel weniger, ob er wollte, dass es so war.

»Gleich. Hier entlang.« Sie führte ihn in die Küche und schob ihn dann durch die kleine Tür in die Dunkelkammer. Nicolas gähnte und betrachtete die unzähligen Kisten und Ordner, in denen Jean Carasso Filme und Fotos aufbewahrte. Sie hatten sie alle durchgesehen und nichts entdeckt.

»Was soll das hier werden, Claire?«, fragte er und blickte sie verwundert an. Erst jetzt sah er, dass sie aufgeregt war. Sie hatte etwas entdeckt, und sein Instinkt riet ihm, ihr zuzuhören.

Sie zeigte auf die drei Bilder, die an einer Leine über den Entwicklungsbecken hingen.

»Da!«

Nicolas trat einen Schritt vor.

Die Möwe saß auf dem Strand und blickte hinaus aufs Meer. Sie ist schön, dachte er und sah, wo die einzelnen Tropfen im Gefieder klebten. Das graue Wasser dahinter war aufgewühlt, und doch schien sich die Möwe nur dorthin zu wünschen, hoch hinaus über die Wellen.

Er verstand immer noch nicht, was Claire ihm sagen wollte.

»Das sind drei schöne Bilder, keine Frage.«

Claire lehnte sich gegen den Türrahmen und lächelte. Es war ein Siegerlächeln, bemerkte er. Noch einmal blickte er auf die Bilder.

»Ich dachte, ihr Jungs seht so genau hin?«, sagte sie.

»Ja, vor allem Bertrand«, murmelte er und erntete dafür einen Schlag in die Seite. Als er gerade aufgeben wollte, hielt er inne. Ein Gedanke begann sich langsam aus dem Nebel seines Hinterkopfs herauszuschälen, er kämpfte sich mit unbändiger Kraft gegen alle Widerstände an die Oberfläche. Eine Erkenntnis reifte mit quälender Langsamkeit, und Nicolas kniff die Augen zusammen, als könne er so den Prozess in seinem Kopf beschleunigen. Und gerade, als Claire es ihm verraten wollte, sah er es selbst.

Er pfiff leise durch die Zähne.

»Es ist gar nicht das, was man sieht«, erkannte er und drehte sich zu ihr um.

»Richtig, Bodyguard. Es geht nicht um die Möwe.«

»Sondern um den Betrachter.« Er blickte unweigerlich nach oben.

»Ich habe die ganze Zeit schon das Gefühl gehabt, dass wir etwas übersehen«, sagte Claire. »Und ich fand die drei Bilder einfach wunderschön. Bis mir aufgefallen ist, dass der Winkel nicht stimmt.«

Sie nahmen die Bilder behutsam von der Leine, gingen zurück in die Küche, durchquerten die Wohnung und traten durch die geöffnete Terrassentür in den Garten. Weiter vorne murmelte die Brandung im Schlaf.

»Von wo ist es aufgenommen?«, fragte Nicolas.

»Von hier aus. Zumindest dachten wir das.«

Nicolas hielt eines der Fotos in den Wind, das Papier flatterte leise.

»Es ist mir aufgefallen, als ich von deiner Wohnung nach unten gegangen bin, vorbei am Fenster im Treppenhaus. Aber da war ich zu müde.«

Nicolas sah es jetzt auch. Die Möwe war von einem deutlich höheren Standpunkt aus fotografiert worden. Höher als der Garten. Und auch höher als das Fenster im Treppenhaus.

»Du meinst, er hat das Foto von meiner Wohnung aus geschossen? Die haben wir auch schon durchsucht.«

Claire nahm ihm das Foto aus der Hand.

»Komm mit.« Sie gingen wieder hinein und stiegen die Treppe nach oben. Bertrand schnarchte noch immer, als sie leise in die obere Wohnung schlüpften und sich ihren Weg durchs Wohnzimmer bahnten, wo mehrere leere Weinflaschen und übriggebliebene Gläser auf dem Tisch standen. Nicolas öffnete leise die Balkontür und schlüpfte hinaus. Er legte die Hände auf die Brüstung und schaute auf den Strand und auf das, was sich dahinter erstreckte.

Das Meer war in dieser Nacht so schön, dass es ihm für einen Moment buchstäblich den Atem raubte. Ein mattes Licht hatte sich auf den Spitzen der Wellen festgesetzt, und fast schien es, als schaute er auf einen tiefblauen Vorhang, der sich nie wieder öffnen würde.

Claire war neben ihn getreten und zeigte ihm erneut das Foto von der Möwe, und trotz der Makellosigkeit der Aufnahme sah er es sofort.

Sie standen noch immer nicht hoch genug.

Der Vogel musste von noch weiter oben fotografiert worden sein, der Winkel passte immer noch nicht. Nicolas blickte verwundert nach unten. Sie standen im obersten Geschoss des Hauses.

»Augen auf, Bodyguard, jetzt kommt meine Flaschenpost«, sagte Claire neben ihm. Sie hatte sich umgedreht und blickte die Hauswand hinauf zum Giebel. Und tatsächlich sah Nicolas schräg über ihnen ein kleines Fenster, es war kaum zu sehen, weil die Scheiben von innen abgeklebt waren.

»Wie konnten wir das übersehen?«, murmelte er und meinte damit vor allem sich selbst.

»Keine Ahnung. Aber viel wichtiger ist doch die Frage, was hinter dem Fenster ist.«

»Und wie wir da hochkommen.«

Sie gingen zurück ins Wohnzimmer und von dort ins Treppenhaus.

»*Voilà*«, sagte Claire, und Nicolas ahnte, dass der zuständige Dienststellenleiter im *Commissariat* gar nicht erfreut sein würde über die schlampige Arbeit der Kollegen.

Wie hatten sie alle das nur übersehen können?

Er langte nach einem kleinen Griff, der fast unsichtbar war, weil er genauso weiß gestrichen war wie die Decke selbst. Eine kleine Holzleiter klappte sich nach unten.

Claire wollte nach oben steigen, aber Nicolas hielt sie zurück. Er befahl ihr, zu warten, und ging zurück in die Wohnung, wo er Bertrands Waffe aus dem Schulterholster nahm. Dann setzte er vorsichtig einen Fuß auf die erste Sprosse. Er konnte bereits den Geruch nach abgestandener Luft wahrnehmen. Nach drei weiteren Sprossen erreichte er die Luke und streckte den Kopf mit der Waffe im Anschlag hindurch.

Er wusste, dass er schlecht gesichert war. Unbekannte Räume waren der schlimmste Feind eines Personenschützers, und dieser hier war stockdunkel. Nur langsam begann er die Umrisse des Fensters zu erkennen.

Der Raum war niedrig, Jean Carasso musste auf allen vieren zum Fenster gekrochen sein, um die Fotos zu machen. Was er ausgerechnet hier oben gewollt hatte, konnte sich Nicolas nicht vorstellen.

Der kleine Raum unter dem Dach der Villa Proust war vollkommen leer.

»Was ist?«, zischte Claire unter ihm.

»Nichts«, sagte Nicolas. »Hier ist nichts.«

Er wollte gerade umkehren, da sah er doch etwas. Eine Kiste.

Sie war nicht besonders groß und von quadratischer Form. Nicolas fuhr mit dem beleuchteten Display seines Handys über den Deckel und erkannte zwei Initialen: *J. C.*

Drei Minuten später stand er wieder in der Küche des Fotografen im Erdgeschoss, gemeinsam mit Claire, die noch immer halbnackt neben ihm stand und offenbar zu aufgeregt war, um sich darüber Gedanken zu machen. Vor ihnen auf dem Holztisch lag der Inhalt der Kiste.

»Die Spurensicherung wird uns verfluchen«, sagte Nicolas, und er wusste, dass es Claire in diesem Augenblick genauso egal war wie ihm.

Es waren Fotos.

Und ein Umschlag.

Die Fotografien waren vergilbt, manche waren auch schlicht in schlechtem Zustand, sie mussten sehr alt sein. Mindestens auf der Hälfte der Bilder war nichts mehr zu erkennen.

Die Zeit löscht jedes Motiv, dachte Nicolas und legte die wenigen gut erhaltenen Aufnahmen zur Seite.

»Das ist hier am Strand«, sagte Claire und beugte sich vor. Auch Nicolas konnte die Silhouette der Häuser erkennen. Auf einem Bild saß eine junge Frau mit einem Eis in der Hand auf der Kaimauer am Hafen. Sie kam ihm bekannt vor.

»Die Kutter sehen heute noch genauso aus.«

Nicolas legte ein Bild in die Mitte des Tisches. Ein junges Paar ging durch den Sand, es drehte dem Fotografen den Rücken zu. Sie waren elegant gekleidet, er wirkte durch seine breite Figur etwas bullig. Die Frau hatte sich umgedreht und warf der Kamera ein ehrliches Lächeln zu. Im Hintergrund zerrte der Wind an den Fahnenmasten.

Woher kannte er die Frau?

»Warte, dieser Mann ist noch auf einem anderen Bild.« Claire durchsuchte die Fotos auf dem Tisch, bis sie eines in der Hand hielt, das Nicolas bereits weggelegt hatte.

»Da!«

Zwei Männer liefen über die *Planches* von Deauville. Das Foto musste an einem sehr frühen Morgen aufgenommen worden sein, dichter Nebel hatte sich zwischen den Fotografen und die Männer geschoben. Offensichtlich hatten sie ihn gar nicht bemerkt.

»Man erkennt fast nichts mehr«, sagte Nicolas. Er schaute genauer hin. Claire hatte recht, zweimal derselbe Mann.

Der Mann mit der Frau, die sich umdrehte und lächelte.

Er griff nach dem dünnen Umschlag, der ebenfalls in der Kiste gelegen hatte, und zog eine einzelne Seite hervor. Leise pfiff er durch die Zähne.

»Das wird die Bank nicht freuen.«

»Welche Bank?«, fragte Claire.

»Die in Rouen. Denn hier steht, an wen Carassos Lebensversicherung ausgezahlt wird. Und wenn ich es richtig lese, geht es um 300.000 Euro.«

Claire bemerkte, wie sie eine Gänsehaut bekam.

»Und wer bekommt das Geld?«

Nicolas las das Dokument durch. Die Empfänger standen ganz unten. Es waren zwei.

»Ach du Scheiße«, murmelte Claire leise und hielt sich an Nicolas' Schulter fest.

»Wer hätte das gedacht?«, sagte er. »Ich glaube, liebe Claire, wir zwei machen morgen einen Ausflug.«

Sie blickte ihn verwundert an.

»Und wohin?«

»Zum Bahnhof von Pont-l'Évêque.«

Einige Minuten später griff Nicolas noch einmal nach dem vergilbten Foto mit den Männern auf den *Planches*.

»Von wann sind die Aufnahmen?«, fragte Claire.

»Keine Ahnung. Mindestens aus den Siebzigern. Wenn nicht früher.«

Plötzlich merkte Nicolas, dass auch er fror. Sie hatten alle Türen wieder geschlossen, und eigentlich war es recht warm in der Wohnung. Es gab keinen Grund zu frieren, außer man hatte so wenig an wie Claire.

Etwas störte ihn.

Er betrat erneut die Dunkelkammer und kam kurz darauf mit einer Lupe wieder.

Claire gab ihm das Bild, und er legte es genau in die Mitte des Tisches, direkt unter die helle Küchenleuchte.

Die Männer gingen nicht. Sie rannten. Er sah es an ihrer Haltung, leicht nach vorn gebeugt, die Arme in zwei entgegengesetzten Winkeln vom Körper gestreckt. Und einer von ihnen trug eine Frau. Die beiden hatten es eilig, fast schien es, als wollten sie so schnell wie möglich den linken Bildrand des Fotos erreichen.

Den Grund dafür sah er weiter rechts. Neben ihm beugte sich Claire tief über das Bild. Dann riss sie ihm die Lupe aus der Hand.

»Da versteckt sich ja jemand!«

Etwa zehn Meter hinter den beiden Männern war eine der grünen Türen der Umkleidekabinen geöffnet. Dahinter waren undeutlich die Umrisse zweier Menschen zu erkennen.

Ein Mann und eine Frau. Beide waren barfuß.

Und beide würden in wenigen Sekunden entdeckt werden, und am Ende würde der Mann tot auf dem Holzboden der *Planches* liegen.

Aber das konnten Claire und Nicolas zu diesem Zeitpunkt nicht wissen.

Auch nicht, dass der Mann ein gewissenhafter Mensch gewesen war.

KAPITEL 37

Das Haus lag in der Rue Ivy, keine hundert Meter vom Strand von Deauville entfernt. Ein kleines Gartentor öffnete sich auf einen gekiesten Weg, der unter einem Efeubogen hindurch bis zum Hauseingang führte. Der Rasen war seit einiger Zeit nicht mehr gemäht worden, und entlang der Steinfliesen auf der Terrasse an der Südseite begann das Unkraut sich seinen Weg ans Licht zu bahnen. Die Fensterläden waren allesamt geschlossen, und aus dem Briefkasten quoll die in Folie eingeschweißte Wurfsendung einer großen Supermarktkette.

Die Villa war unbewohnt, und dennoch näherten sich ihr in diesem Augenblick drei Personen von unterschiedlichen Seiten.

Roussel schob vorsichtig das Gartentor auf und nickte anerkennend, als er das Grundstück betrat. Hübscher Kasten, dachte er, während er aus den Augenwinkeln sehen konnte, wie einer der Beamten gerade vorsichtig die Terrasse berat.

Sandrine Poulainc hatte bereits die Kellertreppe erreicht, die neben der Garage am Haus hinunterging.

Denn es war nicht das Haus, was sie hierhergeführt hatte. Es war der Keller.

Und ein Anruf vor exakt dreißig Minuten. Fast hätte Alphonse die ältere Dame abgewimmelt, die ihm erzählen wollte, dass im Haus gegenüber etwas nicht stimmte.

Dieser Idiot, dachte Roussel. Zum Glück hatte er selbst gerade in dem Moment den kleinen Empfangsraum des *Commissariat* betreten. Es würde sich einiges ändern, wenn Michel Bonnet erst einmal im Ruhestand war.

Kleine Kieselsteine knirschten unter seinen Füßen. Weiter links blickte der Polizist mit der Waffe im Anschlag zwischen zwei Lamellen ins Wohnzimmer.

»Jemand hat im Keller das Licht angelassen. Seit Tagen brennt es, dabei weiß ich, dass die Villa derzeit nicht vermietet ist.« Die ältere Dame hatte sich als die Großmutter der beiden Jungen herausgestellt, die vor drei Tagen die Hand am Strand gefunden hatten.

Die Welt ist klein und Deauville noch kleiner, dachte Roussel.

Sandrine machte ihm ein Zeichen und deutete auf den Kies in der Auffahrt. Selbst von seinem Standort aus konnte er sehen, dass dort ein Wagen gewendet hatte. Ein schwerer Wagen, vielleicht ein Lieferwagen.

»Wir dachten, es seien Handwerker im Haus, aber gesehen haben wir niemanden«, hatte die Großmutter weiter am Telefon erzählt. Und jetzt stand sie mit den beiden Jungen und deren kleiner Schwester auf der anderen Straßenseite am Fenster und blickte zu ihnen herüber.

Drei Minuten später wussten sie, dass nicht nur das Licht im Keller angelassen worden war. Auch die Tür stand offen.

Roussel nickte seinen Kollegen zu und zog seine Waffe, als er die Hand auf die Kellertür legte. Feuchter Geruch drang ihm entgegen. Kein Leichengeruch, sagte er sich und atmete aus.

Der Gang machte einen Knick und endete nach wenigen Metern vor einer weiteren Tür. Licht schimmerte durchs Schlüsselloch. Als Roussel vorsichtig die Tür anstieß und sie langsam nach innen aufschwang, meinte er, eine kleine Maus zu sehen, die panisch in ihrem Loch verschwand.

»Was ist denn das?«, flüsterte er und senkte den Lauf seiner Waffe.

Der Raum war leer, bis auf einen Stuhl und einen kleinen Tisch.

Die Spurensicherung würde in einer halben Stunde zu dem Ergebnis kommen, dass in diesem Keller jemand eine Menge Blut verloren hatte. Die Kollegen würden kleinste Spuren von menschlicher Haut und abgesplitterten Knochen finden und dazu Fingerabdrücke auf der rechten Armlehne des Stuhls.

Bis dahin aber war Roussels Frage völlig berechtigt.

»Das wüsste ich auch gerne«, sagte Sandrine, die neben ihn getreten war.

Auf dem kleinen Tisch mitten im Raum standen zwei leere Champagnergläser, und irgendwo tropfte ein Wasserhahn.

Im selben Augenblick fuhr dreizehn Kilometer entfernt ein Zug mit der Kennzeichnung *Intercités 3371* durch den Bahnhof von Pont-l'Évêque. Es war ein Schnellzug aus Paris, der vor etwas über einer Stunde am Bahnhof von Saint-Lazare abgefahren war. Der Windstoß des vorbeieilenden Zuges wirbelte eine zurückgelassene Zeitung auf, die jemand halbherzig auf den Rand eines metallenen Mülleimers gelegt hatte. Als die Waggons den kleinen Bahnhof mit seinem blassbeigen Wärterhäuschen nach wenigen Sekunden passiert hatten, war aus der ordentlich zusammengefalteten Zeitung ein Haufen sturmgeplagter Seiten geworden, von denen eine direkt vor Nicolas' Füßen landete. Es war die Titelseite, und er blickte in sein eigenes Gesicht.

Die Revanche!, stand über dem Foto, das ihn bei seinem

Schlag mit dem Kevlar in Cannes zeigte, und Nicolas gestand sich ein, dass die Zeile kurz vor dem Gipfel nicht schlecht gewählt war. Irgendjemand hatte von dem Treffen erfahren, das François Faure mit ihm hatte vereinbaren lassen.

Thomas Bolden hatte ihn vor einer halben Stunde angerufen, um ihm mitzuteilen, dass François Faure sich mit ihm treffen wollte, am Rande des Gipfels. Vermutlich war es sogar Faure selbst gewesen, der die Presse vorab informiert hatte. Und mindestens einen Fotografen.

Der Minister vergibt seinem Personenschützer.

Bolden hatte ihm klargemacht, dass er keine Wahl hatte. Bei Faures Spiel nicht mitzuspielen hätte bedeutet, endgültig die Tür zum Dienst zuzuschlagen. Und niemand wusste besser als er, dass eine zugeschlagene Tür nur schwer wieder zu öffnen war.

»Was ist, träumst du?«

Claires Stimme durchdrang seine Gedanken wie ein Schnellzug den Bahnhof eines kleinen Städtchens im Hinterland von Deauville.

»Ich denke nach«, antwortete er und machte einige Schritte auf dem Bahnsteig, bis er direkt vor der Kante stand, hinter der das Gleisbett lag.

»Das ist schön, dass du jetzt schon damit anfängst«, sagte Claire, und es war nicht zu überhören, wie übellaunig sie war. »Also, warum sind wir hier?«, fragte sie und blickte unschlüssig dem Zug hinterher, der in wenigen Minuten am Bahnhof von Deauville ankommen würde.

»Weil ich etwas überprüfen will«, erwiderte er, ging noch ein paar Zentimeter weiter vor und drehte sich dann zu ihr um.

»Der verschwundene Gast aus dem Hotel, Alain Payet, ist vor fünf Tagen aus Deauville abgereist, richtig?«

»Richtig«, sagte Claire und kratzte sich an ihrem kleinen Anker-Tattoo. Nicolas war aufgefallen, dass sie das öfter tat.

»Und nach Angaben seiner Firma und seiner Frau machte er jedes Jahr nach dem Aufenthalt in Deauville einige unangekündigte Besuche bei Zulieferfirmen und Partnern in der Normandie.«

»Stimmt auch. Und wenn ich mich richtig erinnere, wollte er diesmal wohl mit dem Zug nach Oissel und später nach Evreux. Und hierher, nach Pont-l'Évêque.«

»Die beiden anderen Städte liegen weiter im Landesinnern. Also hätte er hier angefangen, nicht wahr?«

»Wahrscheinlich.«

»Sogar sehr wahrscheinlich«, bestätigte er.

Claire runzelte die Stirn.

»Niemand hat tatsächlich gesehen, dass er hier in Pont-l'Évêque ausgestiegen ist«, fügte sie an.

Nicolas lächelte.

»Doch. Ich.«

Claire blickte ihn ungläubig an.

Er ergriff ihre Hand und zog sie in eine Ecke des Bahnsteiges, wo der Fahrkartenautomat und ein Fahrplan angebracht waren. Er deutete mit dem Finger auf die Spalte mit den Abfahrtszeiten.

»Es ist mir erst beim Gespräch mit seiner Frau im Hotel aufgefallen. Der Tag, an dem Alain Payet angeblich aus Deauville abgereist ist, war der Tag meiner Ankunft.«

Die Vögel auf einer Telefonleitung. Die Sonne, die auf eine Landschaft schien, die daran nicht gewohnt war. Das Telefonat mit seiner Mutter, kurz nachdem er im Zugabteil aufgewacht war.

Zwei Züge, die sich trafen.

Das alles schien eine Ewigkeit her. Und doch waren erst vier Tage vergangen seitdem.

»Komm schon, Nicolas. Sag endlich, was Sache ist.«

»Ganz einfach«, erwiderte er. »Ich habe die Fahrpläne verglichen, und es passt genau. Mein Zug hatte Verspätung. Wir standen dort drüben, als der Zug aus Deauville hier ankam. Ein Mann stieg aus, etwas älter, mit Hut und Aktentasche. Das muss Alain Payet gewesen sein«, erklärte er und tat so, als würde er gerade aus einem Zug steigen.

»Okay«, meinte sie zögerlich. »Nehmen wir mal an, du hast also Alain Payet gesehen, wie er ausgestiegen ist. Was sagt uns das?«

Nicolas blickte nach rechts und deutete auf ein Hinweisschild: *Centre Ville/ Zone Industrielle.*

»Da geht es ins Gewerbegebiet, auch sein Zulieferer befindet sich dort. Das hätte seine Richtung sein müssen.«

Noch immer verstand sie nicht, worauf er hinauswollte.

»Payet ist aber nicht nach rechts gegangen«, sagte Nicolas. »Ich bin mir ganz sicher, er ist aus dem Zug ausgestiegen und hat sich sofort nach links gewandt.«

Claire blickte in die andere Richtung, und mit einem Mal wusste sie, warum sie hier waren.

»*Merde*«, murmelte sie. Dann folgte sie Nicolas nach links, die Treppe hinunter, die in einen kleinen Durchgang unterhalb der Gleise mündete.

Es gab keinen anderen Weg, Payet konnte nur hier entlanggekommen sein. Sie durchschritten eilig den Tunnel und liefen auf der anderen Seite wieder hinauf.

Nicolas schaute auf die Uhr. Zwölf Sekunden. Das reichte.

Als sie die Treppe hochkamen und auf den zweiten Bahnsteig hinaustraten, kündigte eine automatische Durchsage die Verspätung eines Zuges an. Nicolas blickte in Richtung Westen. Dorthin, wo Deauville lag.

Dorthin, wo Alain Payet ganz offensichtlich wieder zurückgefahren war, direkt nach seiner Ankunft in Pont-l'Évêque.

»Payet ist also sofort nach Deauville zurückgefahren? Warum sollte er das tun?«, fragte Claire.

Nicolas dachte an den Moment, in dem er versucht hatte, den Zugaufenthalt in Pont-l'Évêque zu rekonstruieren. Er hatte sich in seiner Wohnung in der Villa Proust auf den kalten Küchenboden gelegt und die Augen geschlossen, während Claire duschte.

Fünf Minuten.

Zehn Minuten.

Dann hatte er sich die vergilbten Aufnahmen aus dem Umschlag noch einmal angesehen. Und eine aktuelle Aufnahme von Alain Payet aus einer Wirtschaftszeitung. Schließlich hatte er einen Anruf gemacht und war mit Claire direkt nach Pont-l'Évêque gefahren.

Jetzt, auf dem Bahnsteig, behütet von einer warmen Morgensonne, klingelte sein Handy.

»Ich glaube, du wirst gleich noch mehr staunen«, sagte er zu Claire und nahm den Anruf entgegen.

»Hier ist Nicolas Guerlain.«

Claire blickte die Gleise entlang und auf den abgeblätterten Putz des Bahnhofsgebäudes, das ganz offensichtlich im Vorfeld des Gipfels nicht renoviert worden war. Immerhin kam auch niemand der Teilnehmer mit dem Zug hier vorbei.

Außer François Faure.

»Vielen Dank für Ihre Mühe, ich warte auf die Bilder.« Nicolas beendete das Gespräch, und Claire blickte ihn neugierig an.

»Das war die Bahngesellschaft«, erklärte er.

»Aha.« Sie verstand nicht.

»Ich habe heute Morgen mit ihnen telefoniert, um Bilder aus den Überwachungskameras zu bekommen. Vom Bahnhof von Deauville. Von dem Tag, als Alain Payet dort abgefahren ist.«

»Und warum?«

Das Signal einer eingehenden Nachricht auf seinem Handy drang durch die Stille des verwaisten Bahnhofs.

»Weil ich glaube, dass es gar nicht Alain Payet war, der hier ausgestiegen ist.«

Nicolas blickte auf das Display seines Handys, nickte zufrieden und zeigte es Claire.

»Augen auf, hier ist eine Flaschenpost. Getragen von einer kleinen kreisrunden Strömung zwischen Deauville und Pont-l'Évêque.«

Die Bahngesellschaft hatte zwei Aufnahmen geschickt, aufgenommen von einer Überwachungskamera in der eleganten Bahnhofshalle von Deauville. Auf beiden Fotos war derselbe Mann zu sehen, er trug einen Hut und eine Aktentasche. Er sah aus wie Alain Payet, zumindest auf den ersten Blick. Aber als Nicolas den Ausschnitt aus der Wirtschaftszeitung danebenhielt, sah auch Claire den Unterschied.

Es war gar nicht Alain Payet. Der Mann auf den Aufnahmen der Bahnhofskamera war dünner und größer. Wenn auch im gleichen Alter.

Es war Jean Carasso, der alte Fotograf, der lieber den Zug nahm, anstatt im Meer zu ertrinken.

»Carasso reist kurz nach seinem angeblichen Tod aus Deauville ab«, sagte Nicolas. »Siebzehn Minuten später kommt er wieder zurück.«

»Aber warum?« Claire blickte ungläubig auf das Display. Dann auf das Foto in der Zeitung. Und dann zu Nicolas, der inzwischen den Fahrplan studierte, der an einer Laterne angebracht war.

»Fahren wir irgendwohin?«, wollte sie wissen.

»Ja. Nach Paris. In fünf Minuten geht ein Zug.«

»Und was machen wir bitte schön in Paris?«, fragte sie genervt.

»Wir besuchen jemanden.« Nicolas tippte auf die Aufnahme auf seinem Handy. »Jean Carasso.«

»Aha. Und woher willst du wissen, dass er in Paris ist?«

Nicolas holte den dünnen Umschlag hervor, der in der kleinen Kiste auf dem Dachboden der Villa Proust aufbewahrt worden war.

»Hier drin steht eine Adresse. Und ich denke, dort werden wir ihn finden.«

Das Geräusch eines näher kommenden Zuges schob sich durch die grünen Hügel des Hinterlandes, und Nicolas dachte, dass er noch seine Mutter anrufen musste.

Weil er eine letzte Information brauchte.

KAPITEL 38

Paris, Rue Varin
Eine Zugfahrt später

Der rauschende Lärm des Boulevard Montparnasse schob sich unbarmherzig in die Rue Varin, so wie sich das kalte Wasser des Ärmelkanals über die Sandburgen am Strand von Deauville schob. Claire und Nicolas standen auf dem Bürgersteig und blickten in das prüfende Auge der Kamera über der Gegensprechanlage. Das Gebäude vor ihnen hatte sechs Stockwerke.

Sie wollten ins oberste.

Nicolas hatte die ganze Bahnfahrt von Pont-l'Évêque bis Paris kaum gesprochen. Stattdessen schob er in seinem Kopf Gedanken von links nach rechts. Und wieder zurück. Ohne Ergebnis.

Ich brauche mehr Platz, dachte er. Meine Gedanken können nicht wenden. Oder ausweichen.

Ein Summen ertönte, und er drückte mit der Schulter die Tür auf.

»Sechster Stock. Ganz oben.«

Die Stimme klang ruhig und gefasst. Und obwohl Nicolas sie seit vielen Jahren nicht mehr gehört hatte, erkannte er sie wieder.

Es war die Stimme eines alten Mannes mit zwei Händen.

»Wir laufen nach oben«, sagte er zu Claire, die ihn müde anblickte.

»Warum denn das? Es gibt doch einen Aufzug!«

»Weil wir Zeit haben.« Und weil er ahnte, dass der alte Mann womöglich noch welche brauchte.

Jean Carasso stand mit durchgestrecktem Rücken oben an der Treppe und hielt sich am Geländer fest. Hinter ihm war die Tür zur Wohnung leicht geöffnet, und Nicolas konnte den warmen Gesang von Edith Piaf hören, als sie die Treppe hinaufkamen.

Julie hatte die Piaf nie gemocht.

»Brel ist wahnsinniger«, hatte sie erklärt. »Aber wir werden sie alle hören, glaub mir. Ich mache dich zu einem echten Kenner der französischen Chansons.«

Und so war es gekommen. Julie und der alte Tito hatten ganze Arbeit geleistet.

Ich muss damit aufhören. Ich kann nicht mehr nach ihr suchen, dachte Nicolas und schaute seinem Gegenüber fest in die Augen.

Weil diese Suche unweigerlich in die Suche nach ihm selbst münden würde. Und das war alles andere als aussichtsreich.

»Guten Abend, Monsieur Carasso«, sprach Nicolas mit ruhiger Stimme, der jeglicher Vorwurf fehlte. »Es ist schön, nach all dem, Sie so lebendig zu sehen.«

»Guten Abend, Nicolas. Ich darf doch Nicolas sagen, oder? Obwohl, es ist sehr lange her, Sie waren noch ein Junge. Mademoiselle, kommen Sie doch herein.«

Er wirkt erleichtert, dachte Nicolas. Als hätte jemand ein Fenster geöffnet, durch das jetzt Sonnenlicht hereinströmen konnte und frische Luft. Und die Gewissheit, dass es vorbei war.

»Sie haben mit unserer Ankunft gerechnet, nicht wahr?«

Jean Carasso deutete in Richtung des Wohnzimmers.

»Von Anfang an. Bitte, sie erwartet Sie.«

Nicolas und Claire betraten die Wohnung, dämmriges Licht hüllte sie ein. Trotz des warmen Frühlingstages draußen waren im Wohnzimmer die Jalousien heruntergezogen. Auf einem cremefarbenen Sofa saß sehr aufrecht eine alte Dame und blickte sie lächelnd an. Ihre Hände spielten nervös mit einem rot besticktem Kissen, sie trug einen einfachen, aber auffällig fein gearbeiteten Rock und die passende Jacke dazu. Beides hatte Nicolas in der Boutique seiner Mutter im »Hotel Royal« gesehen. Als erwarte sie Besuch, dachte Nicolas.

Aber nicht uns.

»*Bonjour*, Mademoiselle. *Bonjour*, Monsieur Guerlain.«

»*Bonjour*, Madame Payet.«

»Ist es in Ordnung, wenn auch ich Nicolas sage? Das macht es uns einfacher, nicht wahr? Wie geht es Ihrer Mutter?«, fragte sie höflich. Sie wirkte aufgeregt.

»Gut vermutlich. Etwas aufgelöst vielleicht wegen der Ereignisse. Und natürlich wegen des anstehenden Gipfels.«

»Ich verstehe«, sagte die alte Dame. »Bitte richten Sie ihr aus, dass es mir leidtut, dass wir sie da mit hineingezogen haben.«

»Sie haben den Schlüssel zur Umkleidekabine auf den *Planches* aus ihrer Boutique entwendet, nicht wahr?«, fragte Claire behutsam, als wollte sie sich erinnern, dass die beiden keineswegs nur ein älteres, sympathisches Paar waren.

»Ich hatte ihn nur mitgenommen, damit ich mich hinsetzen konnte, während wir auf diesen Hector Cordier warteten, ein schrecklicher Mann, nicht wahr, Jean? Es gibt dort ja sonst keine Stühle auf den *Planches*.«

»Da haben Sie recht, das sollte geändert werden«, erwiderte Claire und lächelte.

Rose Payet kicherte, und Nicolas war erstaunt, wie leicht dieses Lachen klang. Es war das Lachen einer jungen Frau, die über den Strand von Deauville lief, durch die kreisrunden Abdrücke eines Sportwagens. Und die das Leben noch vor sich hatte.

Ein neues Leben, dachte er. Vielleicht fühlte er sich deshalb zu den beiden hingezogen, obwohl er ahnte, was sie getan hatten.

»Wie haben Sie uns gefunden?«, fragte Carasso und bot ihnen etwas zu trinken an. »Natürlich haben wir damit gerechnet, früher oder später.«

Nicolas zeigte auf seinen Mantel, den er über einen Sessel gelegt hatte.

»Greifen Sie in die linke Tasche. Dort finden Sie etwas, das Sie, glaube ich, verzweifelt gesucht haben.«

»Ach ja?«

Der Fotograf zog den dünnen Umschlag aus Nicolas' Mantel. Darin waren das Dokument der Lebensversicherung sowie einige Fotos.

Jean Carasso schwieg.

Kurz darauf blickten er und Rose Payet auf die Fotos, die jetzt auf dem gläsernen Couchtisch ausgebreitet waren, und nahmen sich an der Hand.

»Wie schön, dass wir sie nun doch noch einmal sehen können«, flüsterte sie.

»Ja«, antwortete Carasso und streichelte ihren Arm.

Nicolas merkte, dass er nicht viel sagen musste. Oder fragen.

Die Antworten lagen hier auf dem Tisch. Und diejenigen, die diese Antworten erklären konnten, saßen davor. Der alte Mann blickte ihn an, und Nicolas erkannte eine Mischung aus Resignation und Erleichterung in seinem Gesicht.

Es war zu Ende.

Carasso räusperte sich.

»Ich hatte sie immer oben auf dem Dachboden versteckt.

Aber als ich sie holen wollte, kamen Sie plötzlich mit dem Taxi vorgefahren, erinnern Sie sich? Die Kopie hatte ich Gott sei Dank nach langem Suchen gefunden, unten in den Unterlagen. Aber auf den Dachboden kam ich nicht mehr.«

Nicolas erinnerte sich an den Tag seiner Ankunft in der Villa Proust. An sein Gefühl, beobachtet zu werden. An die Schritte, die nach draußen flohen, Richtung Strand.

»Sie waren schnell«, gab er anerkennend zu.

»Sie meinen, für mein Alter?« Carasso lachte kurz auf. »Ich kann Sie beruhigen, ich war gar nicht draußen, ich habe Sie ein bisschen reingelegt. Ich bin einfach vorne raus, als Sie hinten im Garten standen.«

Irgendetwas klickte.

Das Geräusch einer kleinen Roulettekugel, die drei Jahre lang gebraucht hatte, um ins richtige Feld zu fallen.

36 Zahlen.

37.

Ich habe die Null vergessen, dachte Nicolas plötzlich.

Jede Zahl hatte er gesetzt, jede Kombination. Drei Jahre lang.

Manque oder *Passe, Transversale pleine, Pair* oder *Impair.*

Erstes Dutzend, linke Reihe, schwarz, rot, rechte Reihe, ein *Cheval* – und immer mit hohem Einsatz.

Nie gewonnen.

Weil er die Null vergessen hatte.

»Nicolas? Ist alles in Ordnung?«

Rose Payet blickte ihn an.

Er nahm das Foto in die Hand, auf dem die Männer zu sehen waren, die die *Planches* entlangliefen. Und daneben das Paar, das sich in einer der Umkleidekabinen versteckte.

»Das sind Sie, nicht wahr?«, sagte er und zeigte auf die Frau, die von einem der beiden Männer getragen wurde. Man sah ihr Gesicht nicht, konnte nur ihren Körper erkennen, der schlaff über die breite Männerschulter hing.

Sie nickte.

»Und die beiden Männer?«

»Mein Mann. Und ein Freund von ihm. Ein Arzt.«

Carasso hatte die Augen geschlossen. Sein Mund bebte unmerklich.

»Und er?«

Nicolas zeigte auf den Mann, der sich mit einer Frau in einer der Kabinen versteckte. Rita Hayworth stand auf dem Geländer.

Geschichte wiederholt sich, dachte Nicolas.

Carasso sprach mit müder Stimme.

»Das ist Antoine Bazin, ich kannte ihn damals flüchtig. Ein Croupier aus dem Casino. Die Frau kenne ich nicht. Ich glaube, die beiden waren einfach zur falschen Zeit am falschen Ort, ich hatte sie vorher bereits am Strand beobachtet.«

»Wann war das?«, fragte Claire.

»Im Herbst 1967.«

Unten fuhr ein Wagen der Straßenreinigung durch die Rue Varin. Zwei dreckige Tauben wurden aufgescheucht und flatterten weg, auf der Suche nach einem ruhigeren Sitzplatz, von dem aus sie die abendliche Szenerie einer sich nur langsam beruhigenden Stadt betrachten konnten.

Es ist ein schöner Tag, dachte Nicolas.

»Madame Payet, darf ich Sie etwas fragen?«

»Natürlich, Nicolas. Deshalb sind Sie ja vermutlich hier.«

Claire hielt unweigerlich den Atem an. Jetzt war der Moment gekommen.

Nicolas setzte sein Wasserglas behutsam auf die Glasplatte des Tisches und blickte die alte Dame mit festem Blick an. Er sprach leise, als wolle er die Ruhe nicht stören, die die beiden umgab.

»Lebt Ihr Mann noch?«

Sie lächelte und blickte zu Jean Carasso, der ihr zunickte.

»Nein.«

Claire zitterte.

»Haben Sie und Monsieur Carasso ihn umgebracht?«

Sie fuhr sich mit der linken Hand über die Rockfalten und räusperte sich.

»Ja und nein. Vielleicht.«

Claire hatte noch nicht viele Geständnisse gehört in ihrem Leben. Sie wirkte verwirrt und starrte erwartungsvoll Nicolas an.

»Wie darf ich das verstehen? Meine Kollegen in Deauville waren bereits vor Ort in dem Keller. Da muss viel Blut geflossen sein«, sagte er.

Rose Payet blickte ihn jetzt fest an. Es war ein Blick ohne Reue.

»Er hatte einen Herzinfarkt, wir konnten nichts tun. Ich habe sogar noch versucht, ihn zu retten, ich war Krankenschwester vor vielen Jahren, wissen Sie. Aber es war zu spät.« Sie hielt kurz inne. »Natürlich hat ihn die Sache mit der Hand angestrengt, auch sein Herz, aber ich habe ihm seine Medikamente gegeben und ihn versorgt, und ganz bestimmt wollte ich nicht …« Sie brach ab.

Carasso setzte sich neben sie und legte ihr beruhigend die Hand auf die Schulter.

»Es ist gut, Rose, es macht keinen Unterschied.«

»Aber du warst nicht dabei, du warst draußen. Ich habe einfach die Axt genommen, weil er wieder so war … und so lachte, und weil er mich …«

»Rose, es ist gut. Es ist vorbei.«

Claire atmete langsam aus, sie schien fast zu platzen vor Aufregung.

Nicolas blickte durch die Wohnung, sie war aufgeräumt, drei Weingläser standen auf einem kleinen Tablett, daneben eine Schale mit Trauben. Mehrere Fotoalben lagen auch da.

Ein ganzes Leben, dachte er.

»Madame Payet, ich habe vorhin mit meiner Mutter telefoniert. Sie sagt, sie hätten zwei erwachsene Söhne, ist das richtig?«

»Ja, Jules und Philippe. Ich liebe sie über alles. Ich hätte sie nie zurückgelassen, niemals. Sie sind das einzig Gute, das mir mein Mann je gegeben hat.« Sie deutete auf zahlreiche Fotos und Zeichnungen an den Wänden. Zwei Jungs, zwei Jugendliche, zwei Männer.

Kein Foto von Alain Payet.

Ein einzelner Sonnenstrahl zwängte sich behutsam durch die Jalousien und landete auf dem vergilbten Foto auf dem Glastisch. Daneben lag das Testament, auf dem zwei Namen standen.

Der eine lautete Rose Payet.

»Wenn Sie zwei Söhne haben«, begann Nicolas, »dann hätte ich noch eine Frage, wenn Sie gestatten.«

Sie nickte und blickte dabei auf die Uhr.

Tatsächlich, sie wartet auf jemanden, dachte Nicolas.

Er deutete auf das Dokument auf dem Tisch.

»Wer ist Mathilde?«

Teil drei

MANQUE ET PASSE

Deauville
Im Herbst 1967
Der Tag vor der Nacht

Antoine Bazin war ein gewissenhafter Mensch. Er war nicht voreilig, stets dachte er zuerst nach, bevor er handelte. Und weil dies oft eine gewisse Zeit in Anspruch nahm, galt Bazin bei den wenigen Menschen, die ihn wirklich kannten, nicht unbedingt als besonders schnell.

Auch nicht an diesem letzten Tag seines noch nicht sehr langen Lebens.

Für diejenigen, die hinter ihm darauf warteten, dass er an jenem Nachmittag aus dem Bus der Linie 23 stieg, war er jedoch vor allem ein Ärgernis.

23. Rot, *Impair* und *Passe*. Keine schlechte Zahl an diesem etwas zu kühlen Nachmittag, Bazins letztem, aber das wusste er noch nicht.

Antoine Bazin dachte nach, und wie immer ließ er sich dabei genug Zeit, um ebenjene gewissenhafte Entscheidung zu treffen, die er auch später für richtig halten würde. Immerhin ging es um die Frage, ob er geradeaus die Rue Laplace hinunter bis zum Boulevard laufen sollte, vorbei an den Geschäften und Restaurants, oder eben doch rechts in die Rue Victor Hugo einbiegen.

Er war unschlüssig, und so wartete er auf das Geräusch einer kleinen Holzkugel, die irgendwo in seinem Kopf in das richtige Feld fallen würde. Aber noch drehte sich der Kessel.

»Monsieur, würden Sie bitte aussteigen?« Die Stimme hinter ihm war ungeduldig.

Letztendlich machte es kaum einen Unterschied, für welchen Weg er sich entscheiden würde, in beiden Richtungen dauerte der Fußweg hinüber zum Casino exakt neun Minuten.

Rot, *Impair, Manque.*

Die Kugel klackerte über die Kanten der schwarzen und roten Felder, während der Kessel seine kreisrunde Bewegung verlangsamte. Gleich würde es so weit sein.

»Monsieur, bitte machen Sie doch Platz!«

Die Kugel fiel, sprang noch einmal kurz nach oben und landete am Ende ihres wilden Veitstanzes mit einem tiefen Seufzer auf dem Feld mit der Nummer …

»*Merde*, machen Sie endlich Platz!« Ein Mann rempelte ihn an, drängte sich an ihm vorbei und verließ fluchend den Bus. In seiner rechten Hand trug er einen breiten Lederkoffer mit goldenen Verschlüssen, wie ihn Ärzte oftmals trugen.

Bazin versuchte verzweifelt, die Kugel zu finden, aber sie war verschwunden. Alle Felder waren leer, der Kessel stand vollkommen still. Vorsichtig setzte er einen Fuß auf den Bürgersteig, woraufhin der Busfahrer sofort die Tür schloss und die Rue Laplace hinunterfuhr. Bazin blickte sich um, als würde irgendwo im Rinnstein eine kleine Holzkugel liegen. Wütend schaute er dem Mann mit dem Koffer hinterher und befand, dass er dem Schicksal auf andere Art eine Entscheidung abringen musste.

Es begann leicht zu regnen, und in der Rue Victor Hugo gab es mehr Hauseingänge und windgeschützte Ecken. Einen Regenschirm hatte er auch nicht dabei. Und als Bazin erst zögerlich, dann bestimmt dem Mann mit dem Arztkoffer hinterherging, bemühte er sich darum, einen wärmenden Gedanken in seinem Inneren zu finden.

Neun Minuten bis zum Casino. Bei dem Tempo, das der Mann anschlug, würden sie bereits in sechs da sein. Wenn der andere überhaupt bis zum Casino ging.

Sechs Minuten. Schwarz. *Pair*. Letzte Kolonne.

Der Arztkoffer verschwand hinter der Ecke zur Rue Le Marois, und Bazin war so in Gedanken versunken, dass er hinter der Straßenecke fast auf den Arztkoffer aufgelaufen wäre. Der Mann war vor einem Wagen stehen geblieben und öffnete die hintere rechte Tür. Bazin murmelte ein gehetztes »*Pardon*« und überquerte die Straße. Vom gegenüberliegenden Bürgersteig aus blickte er zurück. Ein Mann mit Hut war aus dem Wagen gestiegen, weder alt noch jung, elegant gekleidet. Er nickte dem Mann mit dem Arztkoffer knapp zu und öffnete die Tür auf der anderen Seite. Eine junge Frau kam zum Vorschein, er schob sie mit einigem Nachdruck in den geöffneten Eingang mit der Hausnummer 33.

Schwarz, *Impair*. Drittes Dutzend.

Während Bazin seinen Mantelkragen sorgfältig hochklappte, um sich vor den schweren Regentropfen zu schützen, überlegte er, was ihm zuerst aufgefallen war. Das warme Lächeln der Frau. Oder die Tatsache, dass sie hochschwanger war.

Die Hände des Mannes jedenfalls hatten sich wie totes Fleisch auf ihre Schultern gelegt. Dass sich diese Hände im späteren Verlauf des Tages ebenso unangenehm auf den grünen Filz eines Roulette-Tisches legen würden, konnte er zu diesem Zeitpunkt noch nicht ahnen. Unbekümmert von all den Dingen, die noch passieren sollten, machte er sich auf den Weg zum Casino.

Ein letztes Mal. Aber es war ihm nicht bewusst.

Einige Stunden später war alles vorbei.

Die Frau lag in einem Bett in der Mitte eines Raumes ohne Eindrücke. Nichts, an dem sich ihr flackernder Blick festhalten konnte. Keine Farbe, keine Bilder an der Wand, das hatte sie als Erstes bemerkt, als sie den Raum betrat. An der Decke blinzelte eine grelle Neonröhre sie an, so wie der Jäger ein waidwundes Reh. Voll vorgetäuschtem Mitleid und mit spöttisch hochgezogenen Mundwinkeln, während sich gleichzeitig der Finger am Abzug krümmte.

Nur, dass es hier keinen Abzug gab. So sehr sie ihn sich auch wünschte in diesem Augenblick, in dem sie begriff, dass alles vorbei war. Und so blieb ihr nichts anderes übrig, als allmählich wieder in einen besinnungslosen Schlaf zurückzufallen. Kurz bevor sie wegdämmerte, meinte sie ein Lachen zu hören.

Der Jäger lachte das Reh aus.

Als sie nach einigen Minuten wieder erwachte, schnappte sie nach Luft. Ihre Augen waren weit aufgerissen, sie wollte sich den Schweiß aus dem Gesicht wischen, aber ihr fehlte die Kraft. Ihr Atem ging schnell, und unter dem weißen Laken meinte sie ihr Herzen hüpfen zu sehen.

Das kann nicht sein, dachte sie. Herzen hüpfen vor Freude.

Ihr Herz war tot.

Genau wie ihre Tochter.

Eine grenzenlose Wut staute sich auf, aber sie hatte nicht mehr die Kraft, sie zu entfesseln.

Erneut tastete sie mit der linken Hand ihre Bauchgegend ab, suchte nach etwas. Als könnte der Tod ein Stückchen Leben vergessen haben, an dem sie sich aufrichten konnte.

Doch da war nichts. Und aus dem Nebenraum drang wieder dieses Lachen. Irgendjemand saß vor einem Fernseher und lachte, sie konnte das Rauschen eines schlechten Empfangs vernehmen. Womöglich die Krankenschwester.

Erschöpft schloss die Frau auf dem Bett die Augen, aber diesmal gewährte ihr der Schlaf keine Gnade. Der Albtraum in ihrem Kopf wurde nicht unterbrochen, der Film lief weiter.

Sie spürte Blut an ihrer rechten Hand. Ihre Naht musste auf-gegangen sein. Plötzlich musste sie lächeln, denn die Erlösung lag wie ein Geschenk vor ihr, eingepackt in ein weißes Laken. Der Schmerz in ihrem Unterleib ließ sie zusammenzucken.

Er hatte ein drittes Kind nicht gewollt, und das hatte er ihr auch gesagt. Wochenlang hatten sie gestritten, bittere Tränen hatte sie vergossen, und allein das wachsende Glück in ihrem Bauch hatte ihr Kraft gegeben.

Sie wollte dieses Kind. Dieses Mädchen, denn es würde eines sein, da war sie sich von Anfang an sicher gewesen. Sie würde es festhalten und gegen ihn verteidigen, und die Einsamkeit würde leichter zu ertragen sein.

Mathilde.

Sie brauchte dieses Mädchen, sie würden sich gegenseitig am Leben erhalten. Und mit jedem Tag wuchsen ihr Wider-stand und ihre Kraft, und mit jedem Tag wuchsen sein Zorn und sein stiller Hass. Aus der arrangierten Nähe ihrer ersten Tage, die sich durchaus als angenehm und weniger schlimm als befürchtet erwiesen hatte, war ein Riss geworden und aus dem Riss ein Graben. Aber Mathilde lag auf ihrer Seite des Grabens.

Und nun war Mathilde tot.

Dass das Mädchen nicht von ihm war, hatte er sofort geahnt. Und sie konnte in seinem Blick erkennen, wie tief ihn diese Schande traf. Aber sie blieb wehrhaft, lehnte eine Abtreibung ab und drohte damit, seiner Familie von seiner Schmach zu erzählen. Etwas, das ihn noch mehr getroffen hätte als das Kind eines anderen. Der Spott seiner Brüder, die kalte Verachtung seines Vaters.

Blut tropfte aus der Naht, sie konnte es zwischen ihren Fingern fühlen. Ein zweites Mal wich das Leben aus ihr, und diesmal wehrte sie sich nicht. Die Erkenntnis eines geschenkten

Endes verlieh ihr Kraft, und unter Schmerzen hob sie ihren Kopf, stützte sich in quälender Langsamkeit auf ihre Arme und blickte um sich.

Der Raum war kühl und leer, die Gerätschaften weggepackt, ihr Kind auch.

Sie hatte sich nicht einmal verabschieden können.

Stattdessen waren die Schmerzen gekommen, hatten sie fortgerissen, und als sie zwischendurch kurz erwachte, hatte da der Arzt gestanden und mit leiser Stimme gesagt, dass er es bedaure. Sehr.

»Wo ist meine Tochter?«, hatte sie geflüstert.

»Sie haben keine Tochter. Es tut mir leid.« Er hatte sie sanft angelächelt und getröstet.

Sonst war niemand da. *Er* war ins Casino gegangen, das hatte er ihr vorher angekündigt. Er würde nicht dabei zusehen, wie sie das Kind eines anderen bekam, sondern stattdessen ins Casino gehen und um viel Geld spielen. Dies würde sein Abend werden.

Nicht ihrer.

Sie solle sich melden, wenn sie damit fertig sei, so einfach hatte er es formuliert.

Wenn sie damit fertig sei.

Es hatte eine Zeit gegeben, da glaubte sie, dass das Leben es gut mit ihr meinte. Lange war das nicht her, vor einigen Jahren, als sie sich kennenlernten und früh heirateten. Zu früh, um sich zu kennen. Und nun lag sie hier und hoffte, dass wenigstens der Tod es gut mit ihr meinte. Denn ansonsten blieb ihr nur ein ganzes Leben mit ihm, der sie nie gehen lassen würde, weil es sich einfach nicht gehörte.

Er hatte ihr erklärt, dass sie es nur versuchen solle, dann habe sie in Zukunft zwar eine Tochter, aber keine Söhne mehr. Und sie wusste, dass er recht hatte. Er hatte Geld. Und er hatte

Macht. Macht über sie. Gegen ihn kam sie nicht an, das war sie noch nie.

Und Jean, ihr Jean.

Sie hatte ihm nie gesagt, dass er der Vater von Mathilde war. Sie hatten keine gemeinsame Zukunft, sie konnte ihre Söhne nicht verlassen. Niemals. Er wusste das, und er verstand es.

Oh, Jean.

Alles verloren.

Ein Stechen fuhr durch ihren Unterleib, und als sie sich langsam aufsetzte, spürte sie, wie ein Schwall Blut an ihren Schenkeln entlanglief. Sie blutete nicht nur aus der Naht. Vielleicht war das ein gutes Zeichen.

Als der Schmerz für einen kurzen Moment nachließ, kam ihr eine Melodie in den Sinn. Eine Frauenstimme hauchte leise Töne in den Wind, ein Wagen fuhr über den Strand von Deauville. Sie hatte im abgedunkelten Saal gesessen und immer wieder ihren Bauch gestreichelt, während auf der Leinwand die glückliche Variante ihres Lebens lief.

Er hatte neben ihr gesessen und sich gelangweilt. Ihre Tränen hatte er nicht verstanden. Als der Film endete, war nur die Melodie in ihrem Kopf geblieben, die sie immer wieder gesummt hatte, auf der Rückfahrt nach Paris am nächsten Tag.

»Da Da Da Dabadabada…«

Blut tropfte auf die weißen Fliesen, und als sie vorsichtig den linken Fuß auf den kalten Marmor setzte, hinterließen ihre Ferse und ihre Zehen einen roten Abdruck.

Ich bin hier, dachte sie und lächelte. Mit einem Mal wusste sie, was sie noch wollte von diesem verpfuschten Leben. Ein letztes Aufbegehren, ein Innehalten, bevor sie bereit war, loszulassen. Weit konnte es nicht sein, nur einige Straßen vielleicht.

Das Meer.

Sie dachte an die *Planches* von Deauville, wo die grünen Türen der Umkleidekabinen und die weißen Geländer auf sie warteten und wo sie immer so gerne gesessen hatte. Der Blick hinaus, die Gedanken pfeilschnell wie eine Möwe, die hungrig die Wellen absuchte.

Auf der Suche nach Fisch und ein bisschen Glück.

»Da Da Da Dabadabada…«

Einmal noch wollte sie die salzige Luft in ihre Lungen saugen und draußen in der Dunkelheit ein Licht erahnen. Die Fähre nach England. Ein Fischerboot. Ein neuer Tag. Der Raum, in dem sie erwacht war, war kein Raum für Leben. Für den Tod sollte er es auch nicht sein.

Sie öffnete vorsichtig die Tür zum Flur und musste einen kurzen Moment innehalten, als der Schmerz sich erneut zwischen ihre Beine schob und gierig nach ihren Eingeweiden griff. Wieder verlor sie Blut.

Sie musste sich beeilen, viel Zeit blieb ihr nicht. Hinter einer Tür hörte sie die Geräusche des Fernsehers. Sie hatte keine Ahnung, wie spät es war. Durch ein kleines Fenster am Ende des Ganges schob sich die Ahnung eines neuen Tages zu ihr herein. Eines Tages, den sie nicht mehr erleben wollte. Ihr Atem ging keuchend, und sie musste an sich halten, um nicht aufzuschreien. An einem Haken an der Wand hing ein grauer Herrenmantel. Er war ihr viel zu groß, aber das durfte jetzt keine Rolle spielen.

Jede Treppenstufe nach unten war eine Tortur, und ihr Körper erbebte unter den heftigen Stößen ihrer Schritte. Rot, überall war Rot.

Ich hinterlasse ein bisschen Farbe, dachte sie und konzentrierte sich auf das, was sie erwartete. Einige Straßen, viele konnten es nicht sein. Die Rue Le Marois hinunter und dann nach links in Richtung Boulevard. Die Straßen waren sicherlich ausgestorben um diese Zeit, und auch am Strand würde niemand sein.

»Da Da Da Dabadabada…«

Sie erreichte die Haustür und drückte die Klinke nach unten. Oben lief noch immer der Fernseher, niemand bemerkte ihr Verschwinden. Draußen herrschte dichter Nebel, als wolle diese Nacht sie zum Abschied in ein weißes Kleid hüllen. Ihr sollte es recht sein. Sie spürte ihre rissigen Lippen, als sie nach der kühlen Luft schnappte.

Sie hatte sich nicht von ihrem Kind verabschiedet. Das war der letzte Gedanke, bevor sie die Tür hinter sich schloss und hinaus in die Dunkelheit trat. Sie machte einen ersten zögerlichen Schritt nach vorn und merkte, wie sie sich aufrichtete.

Für einen kurzen Moment kam ihr ein abstruser Gedanke in den Sinn. Dass ihr Kind gar nicht tot war. Immerhin hatte sie es nicht gesehen.

Sie weinte stille Tränen.

»Lauf los«, sagte sie, und ihre Beine gehorchten.

Mathilde, tote Mathilde.

Sie hatte sich nicht verabschiedet, und das würde sie sich nie verzeihen. Ein ganzes Leben lang nicht. Aber so Gott wollte, war dieses Leben nur noch von kurzer Dauer.

Und das war ihr einziger Trost.

KAPITEL 39

Das Klingeln der Türglocke schellte laut durch das kleine Wohnzimmer in der Rue Varin, wo Rose Payet auf dem Sofa saß, mit geschlossenen Augen und der Gewissheit, dass es vorbei war. Leise flüsterte sie eine Melodie.

»Da Da Da Dabadabada…«

Sie hörte nicht auf, während Jean Carasso zur Tür ging.

»Es ist eine Filmmusik, nicht wahr?«, fragte Nicolas, und die alte Dame öffnete überrascht die Augen.

»Ich weiß es ehrlich gesagt nicht«, antwortete sie.

»Es ist mir wieder eingefallen, der Film kam neulich im Spätprogramm, ein Kollege hat ihn gesehen.«

»Und wie heißt der Film?«

Nicolas lächelte, es fiel ihm leicht, in ihrer Anwesenheit zu lächeln. Die Frau, die alles auf Null gesetzt und gewonnen hatte. Er bewunderte sie dafür. Er hatte immer nur verloren, drei Jahre lang.

»›Ein Mann und eine Frau‹.«

Jetzt huschte auch über ihr Gesicht ein Lächeln.

»Ich erinnere mich, ein schöner Film«, sagte sie. »Fährt am Anfang nicht ein Sportwagen Kreise in den Sand?«

Nicolas nickte und stand auf. Es war an der Zeit, den Kreis zu schließen.

Im Halbdunkel des kleinen Flurs drückte der alte Fotograf gerade auf den Türöffner, und sechs Etagen weiter unten öffnete eine Frau behutsam die Eingangstür.

»Was ist damals passiert?«, fragte Nicolas, während er seinen Mantel anzog.

Der Fotograf schloss für einen Augenblick die Augen, als müsse er lange verschüttete Erinnerungen ans Tageslicht befördern.

»Rose und ihr Mann waren in jenem Herbst in Deauville, als plötzlich die Wehen einsetzten. Viel zu früh. Alain rief einen Freund an, einen Arzt. Der brachte dann das Kind zur Welt, in einer kleinen Privatklinik in der Nähe des Casinos. Alain ging währenddessen Spielen.«

»Und Sie?« Nicolas blickte den Fotografen an.

»Ich hatte Rose im Jahr davor kennengelernt. Wir mochten uns sehr, aber sie war verheiratet. An dem Tag wollten wir uns auf den *Planches* treffen. Als sie nicht kam, habe ich sie in der ganzen Stadt gesucht.«

Es schien, als habe Carasso auf diesen Moment gewartet, als gebe es ein Bedürfnis, alles zu erzählen. Die beiden sind nicht gemacht für all das Schlechte in der Welt, dachte Nicolas.

»Alain und dieser Arzt fanden Rose blutend in einer Umkleidekabine am Strand, nachdem sie aus der Arztpraxis geflohen war. Ich kam zu spät.«

»Und Mathilde?«

Die Schritte im Treppenhaus kamen näher.

»Sie sagten, sie sei bei der Geburt gestorben. Und wir glaubten es, irgendwie, ein Leben lang. Bis ihr Mann es ihr vor einiger Zeit einfach ins Gesicht gesagt hat. Euer Balg lebt übrigens, hat er gesagt und dabei laut gelacht.«

Hinter ihnen im Wohnzimmer hatte Rose Payet aufgehört zu summen. Und sie konnten hören, wie unter ihnen die Schritte lauter wurden. Zögernd.

Sie musste jetzt im zweiten Stock sein.

Rose Payet kam zu ihnen in den Flur und schloss behutsam die Tür zum Treppenhaus, durch die sie gerade hatten gehen wollen. Dann drehte sie sich zu Nicolas um.

»Wissen Sie, es gibt Frauen, die die Kraft haben, ihr Leben zu ändern, ihren Mann zu verlassen und sich einen neuen zu suchen. Aber ich nicht, ich konnte es nicht. Jules und Philippe wären bei ihm aufgewachsen und ich hätte sie nie wiedergesehen. So wäre es gekommen, ich kenne ihn.«

Sie zitterte, und Nicolas ahnte, welche Wut in ihr steckte.

»Und als Sie erfuhren, dass Ihre Tochter noch lebt, da haben Sie beschlossen, ihn umzubringen?«, fragte Claire.

»Nein!«

Sie nahm sie an der Hand und drückte fest zu.

»Er sollte mir nur ihren Namen sagen! Nur, wo sie ist. Aber er hat uns ausgelacht! Immer wieder!«

Ihr Atem ging schnell, weiße Flecken bildeten sich in ihrem Gesicht. Sie flüsterte jetzt.

»Eine Hand. Und ein tropfender Wasserhahn. Das müssen Sie nicht verstehen, es ist mir egal. Aber ich bereue es nicht, denn er hat es uns schließlich gesagt. Es aufgeschrieben. Nach all seinem höhnischen Lachen, nach seinen Flüchen und Verwünschungen hat er es endlich verraten. Und jetzt kommt gleich diese Frau zu uns, und es ist unser Mädchen! Mathilde! Nach all den Jahren!«

Die letzten Worte waren kaum noch hörbar. Rose Payet war am Ende ihrer Kräfte. Sie ging zurück ins Wohnzimmer und setzte sich wieder aufs Sofa, ganz aufrecht.

»Und Hector Cordier, der Nachtpförtner vom ›Hotel Royal‹?«, fragte Nicolas jetzt Carasso.

»Ein Unfall«, sagte dieser. »Er wollte uns erpressen. Er hatte ein Band von der Kamera am Hintereingang des Hotels. Dort steckten wir Alain in einen Transporter, nachdem wir ihn mit einem Schlafmittel betäubt hatten. Als Hector Cordier noch mehr Geld haben wollte, kam es zum Streit. Er ist gefallen, gegen ein Geländer auf den *Planches*.«

Nicolas wusste nicht, warum, aber er wollte den beiden glauben. Und Claire schien es genauso zu gehen.

Die Schritte mussten jetzt im vierten Stock sein.

Jean Carasso griff hinter sich und öffnete die Schublade einer kleinen Kommode. Er zog einen Umschlag hervor und drückte ihn Nicolas in die Hand.

»Hier steht alles drin«, erklärte er. »Die ganze Geschichte. Wir werden selbst zur Polizei gehen, das wollten wir ohnehin. Wir sind keine Verbrecher. Wir wollten nur einmal unsere Mathilde sehen.«

»Das sieht das Gesetz vermutlich anders«, erwiderte Nicolas und steckte den Umschlag in seinen Mantel.

»Geben Sie uns noch zwei Tage, bitte«, bat Carasso und zeigte auf die Tür. »Wir haben Mathilde doch gerade erst wieder, verstehen Sie. Wir haben so lange darauf gewartet. Geben Sie uns noch ein wenig Zeit mit ihr.«

Nicolas fühlte sein Handy in der Tasche. Es brauchte nur einen Knopfdruck.

Michel Bonnet. Das *Commissariat* in Deauville.

Die Schritte waren jetzt ganz nah. Zögerliche, aber gleichsam erregte Schritte, mit denen eine Tochter begann, ihre eigene Vergangenheit zu erkunden.

Carasso brachte Claire und Nicolas ins Treppenhaus, Claire drückte den Knopf für den Fahrstuhl. Einen Moment lang standen sie schweigend nebeneinander.

»Sie haben das Foto von François Faure mit dem Fadenkreuz

in meinen Briefkasten geschmissen, nicht wahr?«, fragte Nicolas.

Carasso hob entschuldigend die Hände.

»Ich dachte, es wäre nicht schlecht, wenn die Polizei in diese Richtung ermittelt. Dass es uns Zeit verschafft.«

»Das hat es wohl.«

»Entschuldigen Sie.«

Der Fahrstuhl kam. Die Tür öffnete sich.

»Sie haben sich viel Mühe gegeben«, sagte Nicolas und drückte auf den Knopf zum Erdgeschoss. »Zuvor haben Sie schon ähnliche Bilder ans Ministerium und an Faures Frau geschickt.«

Die Schritte waren gleich da.

Carasso blickte Nicolas überrascht an.

»Das war ich nicht. Ich habe nur ein einziges Foto bearbeitet, das hatte ich aus der Zeitung. Ich habe es bei Ihnen in den Briefkasten geschmissen. Aber die anderen Fotos vorher, das war ich nicht, das müssen Sie mir glauben.«

Die Tür des Fahrstuhls schloss sich langsam, und Nicolas überlegte, ob er einen Fuß in den Spalt setzen sollte, ließ es dann aber sein.

Eine Frau nahm die letzten drei Stufen.

Drei.

Zwei.

Eine.

Bevor Claire und Nicolas einen Blick auf Mathilde werfen konnten, ging die Tür zu, und sie hörten nur noch die zitternde Stimme einer Frau: »Bonjour, *Papa*.«

Dann setzte der Fahrstuhl sich in Bewegung.

Als sie beide unten auf dem Bürgersteig standen und auf den dichter werdenden Verkehr blickten, schwiegen sie für einen

Augenblick. Dann drehte sich Claire zu Nicolas um und musterte ihn.

»Wir haben ein Problem, habe ich das richtig verstanden? Ich meine, wenn es nicht Carasso war, wer hat dann zuvor die anderen Fotos ans Ministerium geschickt? Und wer will den Minister erschießen? Wird der Gipfel jetzt abgesagt? Wir müssen sofort zurück nach Deauville, nicht wahr …«

»Claire.«

»… und im *Commissariat* Bescheid sagen, und dann musst du dein altes Team anrufen und …«

»Claire!«

»… die müssen den Gipfel am besten verlegen, ich meine, irgendwo anders hin, vielleicht hierher, nach Paris, wo alles gut bewacht ist!«

Nicolas wandte sich nach rechts, dorthin, wo in einigen hundert Metern die nächste Metrostation lag. Im Gehen knöpfte er sich den Mantel zu und setzte seine Sonnenbrille auf.

»He, Nicolas, was soll das? Warte gefälligst!«

Sie rannte ihm hinterher.

»Wir haben etwas übersehen, nicht wahr?«, fragte sie vorsichtig.

Nicolas blieb stehen.

»Allerdings.«

KAPITEL 40

Deauville / Trouville
Am Tag des Gipfels

Alles endete also an diesem schwülen Freitag im Mai, und als wollten sie von all dem, was kommen sollte, nichts verpassen, hatten sich schwere Wolken am Horizont versammelt und blickten von dort gespannt auf die Stadt. An den Fahnenmasten in den Straßen hingen schlaff die Farben der Länder, im Stich gelassen von einem kühnen Wind, der es vorgezogen hatte, weiter im Norden an der felsigen Alabasterküste entlangzufliegen.

Die meisten Boutiquen und Cafés rund um die Place Morny und das Casino hatten geschlossen, da sie keine Kundschaft erwarteten an diesem Tag. In den Beeten blühten die ordentlich aufgereihten Frühlingsblumen, und selbst im Bassin de Morny schienen die langen Masten der kleinen Segelschiffe in absoluter Symmetrie zueinander zu stehen. Die vormals verblichenen Fassaden entlang der gereinigten Straßen waren jetzt frisch gestrichen, und jeder Mülleimer war abgehängt worden. Vor drei Tagen schon waren ganze Heerscharen von Sicherheitskräften durch die Stadt gezogen und hatten die Straßen nach möglichen Unwägbarkeiten durchforstet. Taucher hatten jeden Winkel des Hafenbeckens und der Kaimauer entlang der Touques abgesucht.

Die Menschen in den beiden Städten an der Flussmündung erlebten den Beginn dieses Tages auf unterschiedliche Weise und an unterschiedlichen Orten. Aber alle einte die unangenehme Mischung aus Anspannung und Langeweile. Ausgerechnet an dem Ort, der heute politischer Mittelpunkt der Welt war, stand das Leben still.

Auf der Place Notre-Dame in Trouville bevölkerte eine Gruppe Fischer die Bänke unter den Bäumen und die Treppe zur Kirche und wartete darauf, dass alles endlich vorbei sein würde und die Dinge wieder ihren normalen Lauf nahmen. Einige hatten sich ihren Kaffee aus dem »Café de la Marée« mitgenommen, andere rollten Zigaretten oder schoben feuchte Klumpen Tabak in herabhängende Mundwinkel. Derweil dümpelten ihre stillgelegten Kutter im Hafenbecken und langweilten sich genauso wie ihre Kapitäne und Matrosen. Auch das Meer hatte heute geschlossen.

Einer der Fischer schimpfte auf die Amerikaner, auf die Regierung in Paris und die örtliche Polizei. Noch nicht einmal auf der Kaimauer unten bei ihren Schiffen hatten sie bleiben dürfen.

»Sie haben die Stadt einfach eingenommen«, murmelte er.

Zweihundert Meter unterhalb der Kirche sagte Gérard, der Besitzer des »Le Normand«, genau denselben Satz, während er mit einem Geschirrtuch in der Hand im Türrahmen seines Ladens stand und auf die andere Seite der Flussmündung blickte.

»Sie haben die Stadt einfach eingenommen.«

Hinter ihm breitete Marie, seine Frau, die Tischdecken aus.

»Weißt du, wo Hugo ist?«, rief sie. Sie musste lauter sprechen, zwei schwarze Hubschrauber senkten sich in diesem Augenblick über das Hafenbecken.

In dem kleinen Fernseher auf der Bar sprach ein Nachrichtensprecher davon, dass der Gipfel in einer knappen Stunde mit dem informellen Treffen aller Staatschefs auf der Place Morny beginnen würde.

»Der Junge wollte im Bac bleiben und warten, bis alles vorbei ist«, brummte Gérard und ging zurück hinter seinen Tresen.

Die Rotorblätter der Hubschrauber wühlten das Wasser im Hafen auf und ließen die verwaisten Fischkutter für einige Sekunden in dem Glauben, sie wären doch auf hoher See. Dann beruhigte sich das Wasser wieder, die schweren Maschinen flogen die Touques hinauf, und André Dumarc blickte auf das Etikett einer durchsichtigen Flasche mit zweifelhaftem Inhalt. Der Kapitän der *Hirondelle de la Mer* tat dies schon seit einigen Minuten, und er wusste noch immer nicht, zu welchem Entschluss er kommen würde. Der Holzboden seiner Kabine war hart und rissig, und die Tatsache, dass er bereits die ganze Nacht hier saß, machte es seinen alten Knochen nicht unbedingt leichter.

Er dachte an die vergangenen Tage, in denen so viel schiefgegangen war. Als er vor einigen Tagen aus dem Hafen ausgelaufen war, allein und ohne seine Besatzung, da hatte er überlegt, einfach immer geradeaus zu fahren. Bis die *Hirondelle* ihn nicht mehr tragen würde, bis der letzte Tropfen Diesel verbraucht wäre und er dort draußen am Horizont endlich aussteigen dürfte. Jetzt saß er hier, versteckte sich vor dem Leben und der Polizei, die den Hafen geräumt hatte, und überlegte, ob dies alles ein Grund zum Trinken war.

»Das Meer ist immer ein guter Grund, alter Freund«, murmelte er, und als er die Flasche aufdrehte und einen großen Schluck nahm, waren es noch siebenunddreißig Minuten bis zum Gipfel.

Im *Commissariat* in der Rue Désiré le Hoc holte Michel Bonnet tief Luft und streckte sich. Er war seit halb fünf in der Früh in seinem Büro und hatte seitdem exakt vier Espresso, drei Croissants und eine Kopfschmerztablette zu sich genommen.

Zumindest die Croissants wirkten, er hatte keinen Hunger.

Guerlain hatte in den vergangenen drei Tagen das Team beraten und ihm aufgetragen, sich um die Randzonen zu kümmern. Das Innere der abgesperrten Zone war fest in der Hand des Secret Service und des französischen Dienstes. Die Randzonen waren ihr Revier, Zufahrtsstraßen, Hafeneinfahrt, Wanderwege, all das.

Guerlain hat gute Arbeit geleistet, dachte er und blickte auf den detaillierten Einsatzplan vor sich. Nichts würde schiefgehen. In exakt vierunddreißig Minuten.

Luc Roussel stand am Rande der Place Morny und war schlecht gelaunt.

»Chef, hier ist der totale Wahnsinn ausgebrochen. Sie wollen jetzt doch das Zelt schnell wieder abbauen, wegen des blauen Himmels. Die spinnen.« Er blickte auf die Heerscharen von Anzugträgern, die den bedauernswerten Arbeitern hundert verschiedene Anweisungen gaben.

»Und die Sicherheit? Ändert das etwas?«, fragte Bonnet, aber Roussel verstand ihn kaum noch durch sein Funkgerät.

»Hier kommt auf jeden Pflasterstein ein Sicherheitsbeamter, wie befürchtet. Ich kann mich eigentlich in Ruhe ins Café setzen und mir das Ganze von drinnen anschauen, ich steh hier nur im Weg.«

Roussel konnte von seinem Platz aus sehen, wie mehrere Scharfschützen ihre Position auf einem gegenüberliegenden Gebäude einnahmen. Auf der Pressetribüne standen die Kamerateams Schulter an Schulter, und die Reporter und Moderatoren aus aller Welt hatten ihre Aufsagerpositionen eingenommen.

Bis zum Beginn des Gipfels blieben noch neunundzwanzig Minuten.

KAPITEL 41

Als das Team von François Faure nach einer erfreulich ereignisarmen Zugfahrt hinaus auf den Bahnhofsplatz von Deauville trat, empfing sie eine veränderte Stadt. Wo sonst die weißen Taxis in einer langen Schlange vor dem Bahnhofsgebäude standen und ihre Fahrer auf Kundschaft warteten, glänzte nun der bloße Asphalt, beschienen von einer wärmenden Frühlingssonne. Der Rasen unter den sorgsam gestutzten Bäumen war frisch gemäht, und statt der überbordenden Mülleimer begrüßten jetzt bunte Blumenkübel die Besucher. Aus der Ferne war der Verkehr auf der anderen Seite des Pont des Belges zu hören, wohin auch die wenigen Reisenden des Zuges aus Paris geleitet wurden.

Alle außer ihnen.

Bertrand hatte wieder die große Eingangstür aufgestoßen, einige Sekunden lang den menschenleeren Platz überprüft und dann dem restlichen Team grünes Licht gegeben. Er hielt die Tür auf, Manou, der ihm folgte, sicherte die andere Seite. Es folgten Gilles Jacombe und François Faure, der soeben sein Telefonat mit einem anderen Minister beendete und sich daran erfreute, dass dieser nicht nach Deauville eingeladen worden war.

»Zu Recht«, murmelte er, nachdem er aufgelegt hatte. Bewaffnet mit einer dunklen Sonnenbrille und einem breiten Lächeln trat er auf den Platz hinaus.

Eine spannungsgeladene Stille lag über diesem Teil der Stadt, und als sie sich der Avenue de la République näherten, waren ihre Schritte überlaut zu hören. Unmittelbar vor dem Verkehrskreisel stand ein schwarzer Geländewagen mit abgedunkelten Scheiben. Zahlreiche Kabelverbindungen steckten in einer Festplatte, die an der Außenwand des großen Wagens angebracht war. Zwei überdimensionierte Antennen ragten aus dem vorderen Teil des Daches. Hinten thronte, wie ein großer Pilz, eine Störanlage, die jegliche mobile Kommunikation im Umkreis von mehreren hundert Metern bei Bedarf innerhalb eines Wimpernschlags unterbrechen konnte. Die Scheiben des Wagens waren trotz der angenehmen Temperaturen geschlossen, und es war von außen nicht ersichtlich, ob sich jemand im Wageninnern befand.

Secret Service, mindestens zwei, schätzte Jacombe.

Der Minister ging mit großen Schritten in ihrer Mitte und winkte einer älteren Dame zu, die von ihrem Fenster aus auf die verlassene Stadt blickte.

Jacombe war vorerst zufrieden mit der Formation seines Teams. Vorne Bertrand als Rammbock, der diesmal eher die Aufgabe des Spähers übernahm, denn es gab niemanden, den er rammen konnte. Er selbst als sogenannter Sitz auf der rechten Seite und eng bei François Faure. Manou war der linke Flügel, der gerade aufmerksam in alle Richtungen schaute.

Carole Adams ging etwa zehn Meter hinter dem Minister und trug den Kevlar. Immer wieder blickte sie über die Schulter oder ließ sich ein paar Schritte zurückfallen, um hinter ihnen die Kontrolle zu bewahren. Noch siebenundzwanzig Minuten, sie waren gut in der Zeit.

Faure hatte angekündigt, dass er spät, aber nicht zu spät an der Place Morny ankommen wollte. Der perfekte Zeitpunkt für einen Auftritt, wie er ihn liebte. Er würde rechtzeitig sein Jackett ablegen, es über die Schulter werfen und lächeln. Die Presse war informiert, das hatte sein Referent ihm mehrfach versichert.

Sie überquerten den Kreisel, ließen das Bassin de Morny mit den penibel kontrollierten Segelbooten rechts liegen und bogen in die Rue Désiré le Hoc ein. Jacombe konnte aus dem Augenwinkel sehen, wie eine Motorradstreife bei ihrem Anblick nach dem Funkgerät an der Maschine griff. Jetzt waren sie angekündigt.

»Okay, Leute, es geht los«, sprach er leise ins Mikro, das unauffällig am Anzugkragen angebracht war. »Ab sofort die Augen auch eine Etage höher, wir erreichen die rote Zone. Manou, du bleibst links, die anderen beiden rechts. Monsieur, bitte nicht ganz so schnell.«

»Schon gut, Gilles«, antwortete der Minister. »Alles in Ordnung, es ist ein herrlicher Tag. Entspannen Sie sich. Sie auch, Manou, wer weiß, vielleicht läuft Ihnen ja heute die Frau Ihres Lebens über den Weg. Wobei, die haben Sie ja schon, nicht wahr?«

Der Minister grinste seine Personenschützer an.

Er ist nervös, dachte Jacombe. Und er konnte Manous bösen Blick hinter Faures Rücken durchaus verstehen, auch Bertrand hatte schon mal glücklicher ausgesehen.

Als sie am *Commissariat* von Deauville vorbeiliefen, konnten sie erkennen, wie ein etwas rundlicher Beamter an ein Telefon ging. Es waren noch etwa vierhundert Meter bis zur Place Morny.

»*Commissariat* von Deauville«, sprach Alphonse in den Hörer und sah, wie draußen eine Gruppe Männer in dunklen Anzügen am Fenster vorbeilief. Er wusste, dass dieser Moment in der Besprechung erwähnt worden war, aber er erinnerte sich nicht mehr an den Grund. Wie auch immer, nun waren sie ja vorbeigelaufen.

»Alphonse, hier ist Nicolas Guerlain. Ich muss den Chef sprechen. Sofort.«

Auf der anderen Seite der Touques fuhr Nicolas mit hoher Geschwindigkeit auf der D677 in Richtung Trouville. Links von ihm waren in einer Senke die Bahngleise zu erkennen, auf denen kurz zuvor noch der Schnellzug aus Paris in Richtung Küste heruntergekommen war, mit François Faure und seinen Personenschützern an Bord. Claire klammerte sich an den Türgriff und beschimpfte Nicolas zum wiederholten Mal.

»Telefonieren beim Fahren ist verboten!« Sie konnte nicht wissen, was mit ihm los war, seitdem sie am Flughafen von Saint-Gatien überhastet aufgebrochen waren.

Michel Bonnet hatte sie und Nicolas zum Flughafen geschickt, um die Sicherheit dort im Auge zu behalten. Offenbar wusste er nichts mit ihnen anzufangen, und irgendwo mussten sie ja hin.

Die Praktikantin, die nervte. Und der durchgeknallte Personenschützer, der sich in der roten Zone in Deauville nicht blicken lassen durfte. Sie waren ein echtes Dreamteam.

Nicolas hatte den ganzen Morgen geschwiegen, auf ihrem Gang durch das kleine Terminal und auch später, als sie im Wagen auf neue Anweisungen gewartet hatten, die aber nicht kamen.

Sie waren raus, so war es von Anfang an geplant gewesen.

Während Nicolas darauf wartete, dass er durchgestellt wurde, blickte er auf seine Armbanduhr.

Noch siebzehn Minuten.

Irgendetwas stimmte nicht, er wusste nur nicht, was.

Er dachte an das Team von François Faure, das in wenigen Minuten auf der Place Morny ankommen würde. Und an ein Fadenkreuz auf der Stirn des Ministers.

Sie wussten immer noch nicht, wer die ersten Fotos und die darauf abgebildete Drohung verschickt hatte – an das Ministerium, an Hélène Faure sowie an die Presse.

Jean Carasso jedenfalls steckte nur hinter einem. Er hatte das Bild zufällig in der Zeitung gesehen und beschlossen, es sich zu eigen zu machen. Er hatte es abfotografiert, neu entwickelt und anschließend in Nicolas' Briefkasten in der Villa Proust eingeworfen. Und so die Sorge vor einem Attentat geschürt, um von ihrem eigenen Plan abzulenken.

Es würde kein Attentat geben. Das alles war nur eine leere Drohung, wie sie François Faure nahezu täglich erhielt. Oder ein schlechter Scherz. Das zumindest war die Meinung des Ministeriums, und Nicolas konnte keine Belege für das Gegenteil liefern.

Das Team würde besonders wachsam sein, wie sonst auch. Alles blieb wie vorgesehen.

Und Nicolas sollte sich fernhalten von François Faure, bis zu dem verabredeten Treffen, der öffentlichen Versöhnung.

Aber irgendetwas hatten sie übersehen.

Irgendetwas hatte er selbst übersehen.

Neben ihm schrie Claire auf, als er kurz den Telefonhörer zwischen Kopf und Schulter klemmte und mit beiden Händen das Lenkrad herumriss, um schneller durch einen Kreisverkehr zu kommen. Die kleine Schachtel mit den Tabletten rutschte ihm vom Schoß und fiel zu Boden.

Zwei hatte er heute schon genommen. Stimmungsschwankungen standen als Nebenwirkung auf der Packungsbeilage.

Er hatte keine Stimmungen. Also auch keine Schwankungen. Auch wenn Claire das in dem Moment vielleicht anders sehen mochte.

»Hier spricht Bonnet, was gibt es, Guerlain?« Seine Stimme klang gereizt.

»Bonnet, hören Sie mir einfach nur zu.« Vor ihnen konnte er in einiger Entfernung zwei Streifenwagen sehen, die die Straße blockierten.

Der erste Kontrollpunkt.

»Brems ab!«, rief Claire. »Sonst verhaften sie dich wegen überhöhter Geschwindigkeit. Oder blanken Irrsinns«, fügte sie noch halblaut an. Nicolas ignorierte sie, während er Bonnet zum wiederholten Mal an diesem noch frühen Tag klarmachte, was er wollte.

»Ich muss wirklich rüber nach Deauville, verstehen Sie mich?«

»Guerlain, verdammt, das hatten wir doch schon …«

»Nein, hören Sie zu! Wir haben etwas übersehen, irgendetwas ist uns entgangen!«

»Das ist mir scheißegal, hören Sie?«, fuhr Bonnet ihn an, während Nicolas weiter vorne einen der Polizisten aufgeregt winken sah. Er verringerte sein Tempo nur unwesentlich.

»Guerlain, alle sind wachsam, alle sind informiert. Und wir werden nicht wegen eines dämlichen Fotos den Gipfel absagen! Der übrigens ins sechzehn Minuten beginnt!«

In fünfzehn, dachte Nicolas.

Er bremste weiter ab, der Polizist vor ihnen hatte die rechte Hand bereits an seine Waffe gelegt, ein weiterer Beamter stieg hastig aus einem der Dienstfahrzeuge.

»Das weiß ich alles. Und trotzdem muss ich da rüber, ich bin mir sicher, dass das Foto ernst gemeint war!«

»Womöglich war es aber auch nur ein Scherz«, erwiderte Bonnet beschwichtigend. »Aber das werden wir hier und heute nicht mehr ergründen. Denn wir haben jetzt wirklich anderes zu tun. Und mit *wir* meine ich ausdrücklich nicht Sie, Guerlain.«

»Hören Sie, ich weiß, dass das Foto in meinem Briefkasten nur ein Bluff war. Die anderen aber …«

»Woher wollen Sie das jetzt wieder wissen?«

»Ich weiß es einfach. Mehr kann ich dazu nicht sagen.«

»Kommen Sie mir jetzt nicht so! Ich hab anderes zu tun, als mich um Ihre Hirngespinste zu kümmern, also hören Sie auf mit dem Unsinn.«

Nicolas hörte durchs Handy, wie Bonnet Akten durchblätterte, während er selbst den Wagen nur wenige Meter vor den beiden Polizeibeamten zum Stehen brachte. Hinter ihnen erkannte er die ersten Häuser von Trouville, über die sich mittlerweile ein strahlend blauer Himmel geschoben hatte. Einer der Polizisten machte ihm ein Zeichen, den Motor auszustellen und das Fenster hinunterzukurbeln.

Nicolas zögerte.

Da war etwas. Ein Gedanke.

»Nicolas, was ist?«, fragte Claire und blickte ihn von der Seite an. Seine Finger glitten über das glatte Leder am Lenkrad, sein Fuß lag sanft auf dem Gaspedal. Er atmete gleichmäßig.

»Guerlain, sind Sie noch dran?«, sagte Bonnet in seinem Ohr. »Wir kümmern uns erst mal um diesen Gipfel hier. Und Sie und Mademoiselle bleiben in Trouville, so lautet die Anordnung von ganz oben, und ich werde den Teufel tun … Guerlain, verdammt, sind Sie noch dran?«

»Reihe M, Platz 21. Direkt am Gang«, sagte Nicolas plötzlich laut und schlug aufs Lenkrad. Mit der rechten Hand schaltete er das Autoradio ein, und sofort war die aufgeregte Stimme eines Reporters zu hören, der live von der Place Morny berichtete.

»*Exakt dreizehn Minuten noch, dann beginnt genau hier ein Gipfel, der jetzt schon als historisch angesehen wird. Mit einem gemeinsamen Frühstück unter der warmen Sonne von Deauville wollen die Staats- und Regierungschefs ...*«

»Monsieur?« Der Polizist klopfte an die Scheibe.

Er hatte etwas übersehen.

Jetzt. Und damals.

Als Julie verschwand.

Avenue Montaigne, Théâtre des Champs-Élysées.

Ein Samstagabend.

Und jetzt, mitten auf der D677, wusste er auch, was. Drei Jahre und fünf Tage zu spät.

Julie war nicht hinausgegangen.

»Ich bin gleich wieder da«, hatte sie gesagt, war aufgestanden, und er hatte sich in das Programmheft vertieft, das sie ihm gegeben hatte.

Er hatte ihr nicht hinterhergeschaut, warum auch? Sie würde gleich wieder da sein, gerade noch rechtzeitig, bevor der Dirigent die Bühne betrat.

Aber sie kam nicht zurück, und er war aufgestanden, um sie zu suchen. Draußen im Foyer, vor den sich schließenden Flügeltüren.

Vor drei Jahren und fünf Tagen hatte er sie nicht gefunden.

Weil sie drinnen im Saal geblieben war, im Dunkeln. Wo sie saß und den Akkorden hinterherblickte, die langsam an die Decke schwebten und milde auf sie herablächelten.

»Guerlain, sind Sie noch dran?«

»Monsieur, würden Sie bitte die Fensterscheibe herunterlassen?«

Julie.

Entscheidend war nicht die Möwe. Entscheidend war der Betrachter.

Wo er stand. Oder wo er saß.

Reihe D, Plätze dreizehn und vierzehn. Das waren ihre gewesen. Zu Beginn des Abends.

»Nicolas, mach jetzt endlich das Fenster auf, die knallen uns noch ab.« Claires Stimme hallte in seinem Kopf.

Die Flügeltüren hatten sich geschlossen. Zwei livrierte Männer hatten ihn entschuldigend angelächelt. Er durfte nicht mehr hinein.

Er hatte alles abgesucht. Draußen.

Reihe M, Platz 21. Direkt am Gang.

Ein leerer Platz, der ihm aufgefallen war, als sie ankamen. Dabei war das Konzert ausverkauft gewesen.

Sie hatte sich umgesetzt.

Ihn rauslaufen lassen.

Dann war sie weggewesen.

Vor drei Jahren. Und fünf Tagen.

Mit einem kräftigen Hieb schlug Claire dreimal auf die Hupe und holte ihn zurück. Nicolas blinzelte kurz, kurbelte die Scheibe herunter und hielt dem verdutzten Beamten sein Handy hin.

»Für Sie. Aber beeilen Sie sich, wir haben es verdammt eilig.«

Während der Polizist zögernd nach dem Telefon griff und der lauten Stimme Bonnets lauschte, blickte Claire zur Uhr im Armaturenbrett des Wagens.

Noch elf Minuten.

»Bonnet, sind Sie noch dran?«, fragte Nicolas, als er das Handy wiederhatte und den Wagen beschleunigte. »Ich muss zum Gipfel.«

»Vergessen Sie es! Sie bleiben auf der anderen Flussseite!«

»Bonnet, verdammt! Ich muss ...«

»Schluss jetzt! Es reicht! Sie und Claire gehen jetzt Croissants essen oder sonst was, und nach dem Gipfel reden wir zwei mal ein ernstes Wort miteinander! Das ist ein Befehl, haben Sie mich verstanden?«

Sie erreichten die ersten Häuser von Trouville, und der Wagen jagte durch die Route de Paris den Fluss entlang. Nicolas schlug zweimal auf das Lenkrad ein, so dass der Wagen kurz zur Seite tänzelte und Claire sich verzweifelt am Türgriff festhielt.

»*Merde!*« Nicolas fluchte laut vor sich hin.

Bonnet hatte aufgelegt.

»Was ist los?«, fragte Claire.

»Nichts ist los«, antwortete er und verlangsamte den Wagen. Sie fuhren an dutzenden schwarzen Limousinen vorbei, Wagen aus der Kolonne eines Staatschefs, die hier drüben parkten, nachdem sie ihre wertvolle Fracht an der Place Morny abgeladen hatten. Einige Fahrer standen rauchend vor den geöffneten Autotüren und blickten auf zwei Hubschrauber der französischen Polizei, die Richtung Strand flogen.

»Wir sind raus«, fuhr Nicolas fort. »Irgendwas stimmt nicht, da bin ich mir ganz sicher. Aber ich bin dort drüben nicht vorgesehen.«

»Das meine ich nicht …«, fuhr Claire fort, aber Nicolas starrte nur nach vorn und hörte ihr nicht zu. Er atmete tief ein und zwang sich, sich zu beruhigen.

Es funktionierte nicht.

Er musste an diesen Platz denken.

Reihe M, Platz 21. Direkt am Gang.

Sie war nicht einfach verschwunden.

Sie hatte verschwinden *wollen*.

Wieder schlug er aufs Lenkrad ein. Mittlerweile rollten sie im Schritttempo die Avenue Aristide Briand entlang. Claire fasste ihn am Ellenbogen.

»Nicolas, hör mal …«

»Was ist?« Er hatte sich ruckartig zu ihr umgedreht und fauchte sie an. Sein Blick war glasig.

»Deine Hand. Ich glaube, es ist besser, wenn wir von hier aus zu Fuß weitergehen. Oder ich fahre.«

Nicolas bemerkte jetzt erst, wie schnell sein Atem ging. Er keuchte. Seine linke Hand zuckte immer wieder unkontrolliert zusammen. Nur mit Mühe gelang es ihm, sich so weit zu beruhigen, dass das Zittern aufhörte. Er lenkte den Wagen in eine Parklücke, schaltete den Motor aus und blickte auf die Uhr am Armaturenbrett.

Noch fünf Minuten.

KAPITEL 42

Deauville/Trouville
Noch fünf Minuten

Drüben in Deauville dachte Gilles Jacombe, dass François Faure ein Gespür für Timing hatte. Aber diesmal übertrieb er es.

Sie waren die Rue Désiré le Hoc entlanggelaufen, die vibrierende Menschenmenge auf der Place Morny kam immer näher. Und als der Minister merkte, dass sie zu früh waren, war er einfach stehen geblieben, hatte sich umgesehen und dann lächelnd gefragt: »Jemand einen Kaffee? Das kleine Bistro hier sieht doch nett aus.« Selbstverständlich galt dieses Angebot vor allem für Carole Adams. Nach einem Nicken ihres Teamleiters hatte sie sich mit Faure an einen Tisch gesetzt und seine freundlichen Fragen freundlich beantwortet.

Drei Jahre Berufserfahrung. Polizeiausbildung in Saint-Cyr. Ursprünglich aus Montelimar. Nein, sie mochte Nougat nicht besonders. Danke, er sei sehr charmant. Aber man müsse nun sicherlich weiter.

»Also, auf in den Kampf«, sagte Faure, lächelte sie an und betrat kurz darauf den Platz, der in diesem Moment der Mittelpunkt der Weltöffentlichkeit war.

»Alles wie besprochen. Und bleibt ruhig, es ist fürchterlich hektisch hier«, wies Jacombe sein Team an.

»Allerdings«, antwortete Bertrand. »Und überall Secret Service.«

»Die Zielperson ist hier sicher, ich bleibe wie vorgesehen bis zum Schluss bei ihm«, sagte Jacombe und betrachtete den Platz, während der Rest des Teams in Richtung Rue Olliffe aufbrach, von wo aus sie später dem gesamten Sicherheitstross bis kurz vor das Casino folgen würden.

François Faure verteilte sein strahlendes Lächeln wahllos unter den anwesenden Politikern, herzte eine niederländische Kollegin und begrüßte überschwänglich einen weiteren Minister des französischen Kabinetts, und Jacombe wusste, dass Faure ihn in Wahrheit hasste.

»Monsieur, ich bin in Ihrer Nähe, bis Sie zum Casino aufbrechen«, flüsterte er ihm zu. »Dann übernimmt erst mal der Secret Service.«

»Ist gut, Gilles«, erwiderte Faure und lächelte einer weiblichen Bedienung zu, die kleine *Amuse-Bouches* austeilte.

Kurz darauf ging ein Raunen durch die Menge, und das Klicken hunderter Fotoapparate auf der Pressetribüne war zu hören. Alle drehten sich zur Kopfseite der Place Morny, wo ein kleines Podest aufgebaut war.

Der französische Staatspräsident räusperte sich kurz und betrachtete für einen Moment die Menge vor ihm.

»Die Welt blickt nach Deauville. Und sie hat allen Grund dazu. Ich sage: *Bonjour* und *Bienvenue* in Frankreich, liebe Welt!«

Applaus brandete auf. In diesem Moment hatte einer der größten internationalen Gipfel, die Frankreich je erlebt hatte, begonnen.

Auf der anderen Seite der Touques, etwa zwei Kilometer entfernt von der Place Morny, schlug eine junge Frau nicht fest zu, aber es reichte.

Claires Hand klatschte auf Nicolas' Wange. Sie hatte sich etwas strecken müssen, um ihn zu treffen, doch sie hatte keine andere Möglichkeit mehr gesehen, den Redefluss zu stoppen, mit dem Nicolas sie seit einigen Minuten traktierte. Das Zittern seiner linken Hand war zurückgekehrt, und sein Blick wurde immer glasiger.

Er blickte sie verblüfft an und rieb sich die gerötete Wange.

»Und jetzt hörst du mir mal zu«, schimpfte Claire. »Du beruhigst dich jetzt und hältst die Klappe!«

»Claire, wir müssen da rüber. Irgendjemand …« Sie standen vor dem Pont des Belges, der über die Touques hinüber nach Deauville führte.

»Was irgendjemand? Und wer ist irgendjemand? Du musst nur eines, nämlich hierbleiben. Du weißt genau, dass der Chef klare Anweisungen aus Paris bekommen hat. Kein Nicolas Guerlain beim Gipfel, und dabei bleibt es.«

»Verdammt, Claire, das ist doch jetzt nicht wichtig!«

»Du versaust dir alles, Nicolas, glaub mir.« Sie blickte ihn mit finsterer Miene an. »Du willst doch wieder als Bodyguard arbeiten, oder nicht? Wenn du da jetzt rübergehst, dann kannst du das für immer vergessen!«

Auf der Place Morny in Deauville beendete der französische Staatspräsident seine Rede und begrüßte mit einem symbolischen Handschlag seinen amerikanischen Amtskollegen. Hunderte Kameras klickten, es war das Bild, das in diesem Moment um die Welt ging.

Bevor es später von einem anderen Bild abgelöst werden würde.

Etwa fünfzig Meter entfernt holte ein Mann tief Luft und zerrte an seiner Krawatte. Er schwitzte stark unter seinem Anzug.

Er dachte an seine Familie, für die er alles zu tun bereit war. Durchhalten gehörte dazu. Ertragen auch.

Bleib ruhig, befahl er sich. Aber er blieb es nicht, er konnte es nicht.

Ohne es selbst richtig zu merken, löste er den Sicherungshebel seiner Waffe.

Und immer wieder sah er dieses Grinsen.

KAPITEL 43

Deauville/Trouville

Gilles Jacombe war nervös. Um ihn herum machten sich auf der Place Morny die ersten Gruppen bereit für den kurzen Gang hinüber zum Casino, wo der offizielle Teil des Gipfels beginnen würde. Leere Gläser wurden abgestellt, Schultern geklopft und Krawattenknoten überprüft. Auf den umliegenden Dächern sprachen Scharfschützen in ihre Mikros, und er konnte sehen, wie die ersten ihre Waffen wieder sicherten und ihre Position verließen. Wenige Meter neben ihm bedachte François Faure eine weitere hübsche Kellnerin mit einem prüfenden Blick und wandte sich dann mit einem strahlenden Lächeln an eine Amtskollegin aus Dänemark, die er soeben entdeckt hatte.

Der Wolf und seine Beute, dachte Jacombe.

»*Bonjour*, Karen! Wollen wir?«, sagte Faure und bot der Frau seinen Arm an.

Jacombe straffte sich und atmete tief ein. Dann sprach er leise in sein Mikro.

»An alle. Es geht los.«

Bertrand, Manou und Carole Adams antworteten in der vorher festgelegten Reihenfolge. Alle drei würden sich jetzt gemeinsam mit dem Tross aus Referenten, Journalisten und anderen akkreditierten Gipfelteilnehmern auf den Weg zum Casino machen, erst die Rue Olliffe hinunter zum Meer und dann nach links über den Boulevard Eugène Cornuche. Er selbst würde folgen, sobald François Faure mit den anderen Politikern in die Rue Désiré le Hoc einbog.

Faure nickte ihm zu und schob die Dänin sanft vor sich her. Von seinem Standort in der Mitte des Platzes konnte Jacombe sehen, wie mehrere Beamte des Secret Service den Ausgang an der nordwestlichen Seite der Place Morny öffneten und sich die ersten Politiker plaudernd auf den Weg machten. Zuerst kam der französische Staatspräsident, gefolgt vom amerikanischen Präsidenten, dem britischen Premierminister und der deutschen Kanzlerin.

»Wir sehen uns«, rief ihm François Faure zu. Dass seine eigenen Personenschützer ab jetzt nicht mehr bei ihm waren, schien ihn nicht weiter zu stören.

Er hat ja die Dänin, dachte Jacombe und eilte in Richtung Rue Olliffe.

Die Zeit lief. Mehr, als sie alle ahnen konnten.

Über den Köpfen der anwesenden Gipfelteilnehmer vertrieb die morgendliche Sonne den letzten Dunst der Nacht, der sich träge am Himmel über der Stadt niedergelassen hatte. Der Gipfel hatte begonnen, und der Blick auf die Geschehnisse des Tages war ungetrübt und gestochen scharf.

Auf der anderen Seite der Touques würden ein junger Mann und eine junge Frau Croissants essen. Wie es ihr Chef ihnen aufgetragen hatte.

Claire betrat eine Bäckerei, während Nicolas draußen auf dem Bürgersteig wartete und dabei nachdenklich aussah.

»Essen hilft immer«, hatte sie gesagt, und ihr besorgter Blick in seine Richtung hatte sich für einen kurzen Moment aufgehellt. Vorfreude auf den Geschmack von zerlassener Butter.

Nicolas hingegen begann immer mehr zu schwitzen, und er

wusste selbst nicht, warum. Sein Atem ging zu schnell, und er hatte den obersten Hemdknopf bereits aufgemacht. Seine Blicke flogen rastlos durch die Straßen und hinaus aufs glitzernde Wasser des Flusses.

Drei Jahre hatte er gebraucht.

Drei Jahre und fünf Tage, und dies war der denkbar schlechteste Augenblick für die Erkenntnis, dass es drei verlorene Jahre gewesen waren.

Er war müde.

Mit einem Mal nahm er den Geruch von zerlassener Butter wahr. Claire war aus dem Laden gekommen und öffnete voller Freude eine große Papiertüte.

»Und, genug nachgedacht?«, fragte sie und hielt ihm ein Croissant hin, in der Hoffnung, dass Essen immer half.

Nicolas nickte stumm und beschloss, ein paar Meter am Hafenbecken entlangzugehen. Sehnsüchtig blickte er über das Wasser auf die andere Seite, wo in diesem Augenblick zahlreiche Personenschützer das machten, was er eigentlich tun sollte.

Stattdessen aß er Croissants in Trouville.

»Okay, ich bin ja schon ruhig«, sagte Claire beschwichtigend und zeigte hinüber auf die andere Seite des Boulevard Fernand Moureaux. »Da drüben gibt es ein Fernsehgeschäft, vielleicht können wir da im Schaufenster etwas von dem Gipfel mitbekommen.«

Da er keine bessere Idee hatte, folgte Nicolas ihr. Die Sonne warf sich bereits jetzt mit aller Wucht gegen die Häuserfronten, und das grelle Licht spiegelte sich in den Schaufenstern der Geschäfte und Restaurants. Nicolas setzte seine Sonnenbrille auf und wischte zwei Krümel von seinem Ärmel.

»Tatsächlich!«, rief Claire. »Sie übertragen den Gipfel.«

Ein älteres Paar hatte sich ebenfalls vor das Schaufenster

gestellt und blickte argwöhnisch auf das, was ein überdimensionierter Plasmabildschirm ihnen darbot. Nicolas sah eine Flugaufnahme über der Place Morny, kurz darauf waren mehrere Politiker zu sehen, die in die Rue Désiré le Hoc einbogen. Ein Kommentator sprach von einem historischen Moment für Frankreich.

Claire wischte sich über den Mund.

»Ein Stuhl wäre nicht schlecht.«

»Was sagt sie?«, fragte die ältere Frau, die offenbar schwerhörig war.

»Dass ein Stuhl nicht schlecht wäre!«, antwortete der Mann mit Nachdruck.

Die Frau nickte Claire lächelnd zu.

Die Kamera schwenkte jetzt über den Platz, und Nicolas konnte im Hintergrund einen Mann im dunklen Anzug erkennen, der eilig in Richtung Rue Olliffe lief. Es war Jacombe. Eine hübsche Kellnerin räumte zwei Stehtische ab.

Der Kommentator kündigte eine kurze Werbeunterbrechung an. Vorher aber noch einmal ein Rückblick auf ein ähnliches Großereignis. Aus gegebenem Anlass.

Cannes.

Nicolas sah sich plötzlich selbst auf dem Bildschirm. Und neben sich die Blicke des älteren Paares in seine Richtung.

Ja, ich bin es, dachte er verbittert.

Claire räusperte sich.

»Wir sollten doch vielleicht gehen«, meinte sie.

Nicolas war schwindelig.

Jetzt holte er aus. Der Kevlar traf François Faure mit voller Wucht zwischen den Beinen.

Kurz darauf knallte ein Unterkiefer auf ein Eisengitter, und irgendwo verschwand ungesehen ein gelbes Sommerkleid in der Menge vor dem Festivalgebäude.

Er hatte hunderte Male die Fernsehbilder nach Julie abgesucht. Nichts.

Auch diesmal nicht.

Nicolas' Handy klingelte, im gleichen Moment fiel ein Stück seines Croissants auf den Bürgersteig vor dem Fernsehgeschäft. Er reagierte nicht.

Als wäre er zu allem fähig, schaute ihn die ältere Frau misstrauisch an.

Die dänische Ministerin bei sich untergehakt, überlegte François Faure, ob es ein Fehler gewesen war, sich für eine Rückfahrt nach Paris am Abend zu entscheiden. Vor sich sah er, wie der französische Staatspräsident mit der deutschen Kanzlerin plauderte. Der Amerikaner blickte scheinbar interessiert auf die schmucken Häuserfassaden.

Als hätte er noch nie Häuser gesehen, die extra für ihn zurechtgemacht worden waren, dachte Faure. Neben ihm lief ein junger Beamter des Secret Service und blickte angestrengt nach vorne, seine dunkle Sonnenbrille kaschierte nur ungenügend sein Misstrauen gegenüber jeder Veränderung.

Und die Situation änderte sich mit jeder Sekunde.

Hinter ihnen blieb der Italiener plötzlich stehen und telefonierte, während er gelangweilt in die Auslagen eines Juweliergeschäfts blickte. Der Japaner hingegen ging im Stechschritt durch die Rue Désiré le Hoc, was den Secret Service in gewisse Schwierigkeiten brachte.

»Sir, please«, hielt ihn ein erfahrener Beamter auf. Die Gruppe musste zusammenbleiben.

Über ihnen öffnete sich plötzlich ein Fenster, sofort sprach einer der Personenschützer in ein verstecktes Mikro. Aber es war ein Scharfschütze, der seine Position eigenommen hatte und sie gleich von hinten absichern würde.

»Sie haben an alles gedacht, wir sind sehr sicher«, bemerkte Karen Moulders. Faure schenkte ihr ein strahlendes Lächeln und betonte, dass vor allem sie selbst sich absolut sicher fühlen dürfe in diesem Land. Seinem Land.

Er wollte sie gerade fragen, ob sie im »Hotel Royal« wohnen würde, als sein Blick nach vorne ging und er verärgert die Augenbrauen zusammenzog. In einiger Entfernung konnte er das Flattern einer Bauplane erkennen, die der Wind in der Nacht von der Hausfassade gelöst hatte. Dahinter schimmerte der raue Putz hindurch.

Gilles Jacombe erreichte sein Team nach wenigen Minuten. Bertrand, Manou und Carole Adams waren im vorderen Teil des Trosses, wie besprochen. Sie wollten rechtzeitig vor François Faure am Casino sein, wo sie ihn wieder in Empfang nehmen würden, bevor es über den roten Teppich die große Freitreppe hinaufging.

»Alles in Ordnung?«, fragte Bertrand seinen Teamleiter.

»Ja«, antwortete Jacombe knapp und blickte sich um. Rechts von ihnen strahlte das Meer mit dem blauen Himmel um die Wette, eine leichte Brise hatte die Flaggen der teilnehmenden Länder erfasst, und die Kameraleute nutzten jede Gelegenheit, um Aufnahmen zu machen. Deauville gab ein perfektes Bild ab an diesem Tag.

»Alles bleibt wie besprochen. Manou, bei dir alles in Ordnung?«

»Ja, ich dachte, ich hätte da hinten etwas gesehen.«

»Wo?«

»Dort draußen.« Manou zeigte hinaus aufs Meer. »Aber bestimmt habe ich mich getäuscht.«

»Da draußen befindet sich die halbe amerikanische Flotte«, sagte Bertrand.

»Konzentriert euch«, sagte Jacombe. »Manou, es bleibt dabei, du sicherst die linke Seite an der Treppe, dort, wo die Fotografen stehen werden. Carole, Sie bleiben in unserem Rücken.«

»Verstanden.«

Es waren noch etwa zweihundert Meter bis zum Casino, dort, wo sich die beiden Gruppen wieder vereinen würden. Die wichtigsten Politiker würden kurz darauf den roten Teppich betreten.

Alles wie in Cannes, dachte Jacombe. Nur ohne Nicolas.

Plötzlich überkam ihn das Gefühl, dass er etwas übersehen hatte.

Auf der anderen Seite der Touques, in Trouville, vor dem gro-ßen Schaufenster eines Fernsehgeschäfts, ignorierte Nicolas das dringliche Klingeln seines Handys.

»Wollen Sie nicht drangehen?«, sagte der ältere Mann neben ihm.

»Will er nicht drangehen?«, fragte ihn die Frau laut von der Seite.

Er wollte nicht.

Er hatte ein ganz anderes Problem.

Sie alle hatten ein ganz anderes Problem.

Nicolas drehte sich zu dem Paar um und sah, wie die alte Frau erst auf den Bildschirm blickte und dann zu ihm.

»Das sind doch Sie, der mit dem Koffer …«

Er ging einen Schritt auf die beiden zu.

»Das ist kein Koffer. Und jetzt verschwinden Sie«, zischte er.

»Was erlauben Sie sich?«, fuhr ihn der Mann an und stellte sich schützend vor die Frau.

»Was sagt er?«, fragte sie ängstlich.

»Alles gut, mein Schatz.«

»Nicolas, wir sollten jetzt vielleicht gehen«, schlug Claire vor. Sie sah besorgt aus.

Nicolas war plötzlich ganz ruhig. Sein Blick ging zurück ins Schaufenster, wo in diesem Augenblick der Werbeblock begann.

»*Chéri*, komm«, sagte die Frau mit zitternder Stimme und zog ihren Mann beiseite.

»Entschuldigen Sie bitte meinen Kollegen«, murmelte Claire. Noch immer sah sie Nicolas sorgenvoll an. Auf seiner Nasenspitze hatte sich ein Schweißtropfen gebildet, und sein Blick wirkte wie wahnsinnig.

»Nicolas, was ist denn los? Was sollte das eben? Und was um Himmels willen machst du da?«

Nicolas hatte sich auf den warmen Asphalt des Bürgersteigs gesetzt und gab ihr zu verstehen, dass sie für einen kurzen Moment die Klappe halten solle.

Das ältere Paar hielt sich im Arm und blickte ängstlich zu ihm herunter.

Er lehnte sich zurück, so weit, bis sein Kopf den Boden berührte. Dann atmete er tief aus und schloss die Augen.

Cannes.

Der rote Teppich.

Julie.

François Faure.

Er selbst.

Und plötzlich konnte er es sehen.

Als er die Augen wieder aufmachte und aufsprang, stieß er beinahe mit Claire zusammen, die sich besorgt über ihn gebeugt hatte.

»Nicolas, wenn es dir nicht gut geht …«

»Komm.« Er nahm sie am Arm, öffnete mit einem Ruck

die Ladentür und zerrte sie hinein. Drinnen stand ein schmaler Mann in weißem Hemd und grauem Pullunder hinter dem Verkaufstresen und blätterte in einem Katalog. Erstaunt blickte er auf das seltsame Paar, das plötzlich in seinem Laden stand.

»*Bonjour*, Mademoiselle! *Bonjour*, Monsieur! Wie schön, Sie sind die erste Kundschaft heute. Wie kann ich Ihnen helfen?«

Nicolas wischte sich den Schweiß von der Stirn. Er zeigte auf den großen Bildschirm im Schaufenster.

»Der da. Hat der eine Festplatte integriert?«

»Ah, Sie haben einen guten Geschmack, Monsieur. Das ist das neueste Modell, 54 Zoll, 4k-Bildqualität und dazu noch ein toller …«

Mit einem Schritt war Nicolas bei dem Verkäufer und riss ihn am Hemdkragen nach oben, um ihn anschließend mit dem Gesicht auf den Tresen zu drücken.

»Nicolas, was …?«

»Nicht jetzt, Claire!« Seine Augen funkelten.

»Monsieur, nehmen Sie ihn! Sie können ihn haben«, wimmerte der Verkäufer.

Nicolas zischte ihn an.

»Klappe. Ich will nur wissen, ob er eine Festplatte hat. Und zwar schnell.«

»Natürlich hat er das!« Der Mann hustete, seine Lippe war aufgesprungen, Blut tropfte auf die Glasplatte, unter der zahlreiche Fernbedienungen lagen.

»Gut. Zeichnet sie auf?«

»Ja, natürlich. Sie zeichnet das Programm auf, das läuft automatisch und …«

»Zeigen Sie es mir.«

Zitternd deutete der Mann auf eine der Fernbedienungen. Nicolas riss sie aus der Auslage und zerrte den Mann nach draußen auf den Bürgersteig. Auf der anderen Straßenseite war ein Streifenpolizist stehen geblieben und blickte zu ihnen herüber.

Das ältere Paar stand noch immer vor dem Geschäft.

»Alles in Ordnung, wir sind Kollegen«, rief Claire dem Polizisten zu und hielt ihren Ausweis hoch.

»Was ist los?«, rief der Polizist.

»Der Mann hier hat ›fuck USA‹ gerufen. Er will den US-Präsidenten sprechen.«

Der Polizist lachte, hob seine Hand zum Gruß und wandte sich wieder ab.

Nicolas drückte währenddessen den Verkäufer leicht an die Glasscheibe.

»Zurückspulen, etwa drei Minuten.«

»Ich mach ja schon!« Der Mann zitterte und hatte Mühe, die Fernbedienung zu halten. Schließlich fand er den entsprechenden Knopf, und Claire und Nicolas sahen, wie der Werbeblock erst gestoppt wurde und dann rückwärtslief.

Shampoo.

Autos.

Mobilfunktarife.

Deauville von oben.

Ein Fernsehstudio.

Cannes.

Der rote Teppich.

François Faure.

Er selbst.

»Stopp!«, brüllte Nicolas. Dann ging er einen Schritt nach vorn, bis seine Nasenspitze fast die Schaufensterscheibe berührte.

»Und jetzt?«, fragte Claire. »Was hast du denn vor?«

Einige Meter links von ihnen öffnete sich die Tür des »Le

Normand«, und die Besitzerin trat auf den Bürgersteig. Erstaunt blickte sie zu ihnen herüber. Erst zum Verkäufer, dann zu Nicolas.

»Spielen Sie es ab, aber in Zeitlupe«, sagte dieser in dem Moment.

»Augenblick, ich muss …«

»Machen Sie schon!«, brüllte Nicolas.

»Ja, ist gut, ich hab es, hier …«

Das Bild ruckelte, dann sahen sie, wie François Faure in Zeitlupe die Treppen hinaufstieg. Eine alte Frau winkte ihm zu, im Hintergrund verschwand Bertrand in Richtung eines Seiteneingangs.

Jetzt kam Nicolas ins Bild. In der Hand den Kevlar.

Die Kamera schwenkte für einen kurzen Moment über die Menge der Festivalbesucher.

Nicolas hatte den Mund geöffnet, sein Atem wurde ruhig, während er durch die Glasscheibe auf sich selbst blickte. In der Einstellung, die vor ihm flimmerte, holte er gerade zum Schwung aus. In Cannes lächelte François Faure eine ältere Dame an der Absperrung an.

In einer halben Sekunde würde der Kevlar ihn mit voller Wucht treffen.

»Zurück, etwa vierzig Sekunden!«

Der Verkäufer drückte hektisch auf eine Taste auf der Fernbedienung.

Faure ging für einen kurzen Moment rückwärts die Treppen zum Festivalgebäude hoch. Er drehte sich zu den Besuchern, winkte, seine Gesten wirkten jetzt, da sie rückwärts liefen, abgehackt und künstlich.

Das passt, dachte Nicolas.

Faure war kurz zuvor von der linken Seite des Teppichs gekommen, wo er eine ihm bekannte Journalistin begrüßt hatte.

Jetzt lief er rückwärts dorthin, kam an Manou vorbei und begrüßte die Frau mit zwei Küssen auf die Wange.

»Stopp!«, brüllte Nicolas.

»Warum schreit er so?«, fragte die alte Frau ihren Mann. Sie waren immer noch nicht gegangen. Aus Neugier. Oder Langeweile. Der Mann zuckte nur mit den Schultern und wollte sie nun doch sanft fortschieben.

Das Bild auf dem Fernseher erfasste die volle Breite des roten Teppichs, den gesamten Aufgang zum Festivalgebäude. Am rechten Bildschirmrand war der breite Rücken von Bertrand zu erkennen, der sich in Richtung des Seiteneingangs bewegte.

Jacombe stand als festgefrorenes Standbild zwei Meter vor Faure und blickte streng in die Menge.

Als Nicolas auf die linke Seite des großen Bildschirms blickte, hielt er den Atem an.

François Faure stand nun direkt neben Manou, sein Kopf war leicht zur Seite geneigt, sein Blick voller Adrenalin und Macht. Und er hatte die linke Hand auf Manous Handgelenk gelegt.

Plötzlich sah es Claire auch.

»Er sagt etwas zu ihm.«

Etwas, das kein anderer hören kann, dachte Nicolas. Weil François Faure mit der linken Hand Manous Mikro abdeckt.

Nicolas ließ die Szene erneut abspielen. In Zeitlupe, in Echt-Geschwindigkeit, vorwärts und rückwärts.

»Es ist nur ein Satz, aber man kann ihn nicht verstehen«, sagte er schließlich enttäuscht.

Was hatte Faure Manou unbedingt mitteilen müssen, mitten auf dem roten Teppich?

»Schau!«, sagte Claire und deutete jetzt auf Manous Gesicht.

Nicolas sah es sofort. Manous Züge waren wie eingefroren.

Er ist tief getroffen, dachte Nicolas. Sein Freund hatte mitten im Einsatz etwas erfahren, das ihn schockierte.

»Verdammt!«

Nicolas hieb auf die Fensterscheibe. Der Verkäufer neben ihm stöhnte auf.

»Wir müssen es lauter stellen oder ranzoomen, geht das?«

»Nein«, wimmerte der Mann im grauen Pullunder. »Die Hintergrundgeräusche würden nur ebenfalls lauter werden.«

Ein Räuspern.

Es war die ältere Frau, die ihren Mann anblickte.

»Ich weiß, was der Mann gesagt hat.«

»Wie bitte?«, sagte Nicolas und drehte sich zu ihr um. Seine linke Hand zitterte wieder, er merkte, wie seine Zunge unkontrolliert über seine rissigen Lippen fuhr.

»Wissen Sie, ich höre ja nicht mehr so gut …«

»Das merke ich!«, fuhr Nicolas sie an, und Claire legte beschwichtigend die Hand auf seinen Arm.

»Lass gut sein, Nicolas. Madame, sagen Sie es uns.«

Die alte Dame blickte unsicher von Nicolas zu Claire.

»Also, ich höre nicht so gut«, fuhr sie fort, »und deshalb achte ich immer auf den Mund der Person, mit der ich spreche.«

»Sehr gut«, ermunterte Claire sie.

»Ja, und deshalb kann ich manchmal verstehen, was jemand sagt, ohne es wirklich zu hören, das ist …«

Nicolas machte einen Schritt auf sie zu.

»Madame, es ist wirklich sehr, sehr wichtig! Was sagt der Mann im Fernsehen? Bitte!«

»Also, es ist ein bisschen unangenehm, denn was er sagt …«

»Madame, bitte!«

Die alte Frau schaute zu ihrem Mann auf, der ihr zunickte.

Aus den Augenwinkeln sah Nicolas, wie der Polizist auf der anderen Straßenseite wieder in ihre Richtung blickte. Gleich würde er die Straße überqueren.

Ein Räuspern.

Unendliches Warten.

Das Jammern eines Mannes, der Angst um sein Leben und das seiner Fernseher hatte.

»Ich habe heute Nacht deine Frau gefickt, und du hast einfach nur dagestanden und zugesehen.«

»Was?«, sagte Claire.

»*Chérie*, was sagst du da?«

»Das hat er gesagt, ich kann nichts dafür.«

»Sind Sie ganz sicher?«, fragte Claire.

»Ja, natürlich. ›Was bist du bloß für ein Ehemann?‹, das sagt er auch noch.«

»Ist alles in Ordnung bei Ihnen?«, rief der Polizist.

Nein, dachte Nicolas.

Am linken Bildschirmrand eines großen Fernsehers im Schaufenster eines Fachgeschäfts auf dem Boulevard Fernand Moureaux in Trouville standen zwei Männer.

Vierzig Sekunden später würde ein Kevlar François Faure zu Fall bringen.

Und Manou würde in diesem Augenblick denken, dass es einen gerechten Gott gab.

Aber nur für einen kurzen Moment.

Du hast einfach nur dagestanden und zugesehen.

Dieser Satz blieb.

Bis heute.

»Nicolas, ist alles in Ordnung?«

Marie, die Besitzerin des »Le Normand«, kam auf sie zu.

»Monsieur, bitte lassen Sie den Mann los!« Der Polizist trat von hinten an sie heran und legte Nicolas mit festem Griff die rechte Hand auf die Schulter.

Der Verkäufer im grauen Pullunder glitt in Zeitlupe an der

Fensterscheibe hinab, während auf dem großen Bildschirm dahinter François Faure im gleichen Tempo von einem Koffer getroffen wurde, der gar keiner war.

»Nicolas?«, sagte Claire vorsichtig.

»Monsieur, bitte!« Der Ton des Polizisten wurde schärfer.

Nicolas ließ den Verkäufer endgültig zu Boden fallen und schaute auf die Uhr.

Er war ganz ruhig.

Marie stand jetzt direkt neben ihnen und blickte besorgt auf den Verkäufer.

»Ist die Brücke noch gesperrt?« Nicolas hatte sich zu dem Polizisten umgedreht. Seine Stimme klang gelassen.

»Nach Deauville kommt keiner rüber«, beruhigte ihn der Kollege.

Genau das war das Problem.

Nicolas schloss für einen kurzen Moment die Augen, und als er sie wieder öffnete, bekam Marie es mit der Angst zu tun.

»Wo ist Hugo?«, fragte er.

»Ich weiß nicht.« Maries Stimme zitterte.

»Marie! Wo – ist – er?«

Sie zuckte zusammen.

»Ich … ich glaube, bei der Fähre. Ja, im Bac.«

Alles verschwamm.

Das Wasser lag wie ein roter Teppich im Hafenbecken, und die *Hirondelle de la Mer* warf einen Schatten auf die Kaimauer, der aussah wie ein toter Minister. Zwei Möwen flogen mit heiserem Krächzen auf, hochgeschreckt durch einen lauten Knall in der Ferne.

Als Nicolas losrannte, spürte er den Geschmack von zerlassener Butter auf der Zunge.

KAPITEL 44

Deauville/Trouville

Die Plane flatterte wie eine dunkle Vorahnung im leichten Wind, der durch die Rue Eugène Colas hindurchwehte. François Faure hatte beschlossen, diesen Schandfleck auf ihrer Route keines Blickes mehr zu würdigen und stattdessen mindestens einen Kopf rollen zu lassen, wenn der Gipfel erst vorbei wäre.

Als die Gruppe der Staats- und Regierungschefs und der übrigen wichtigen Politiker sich dem Haus mit der Bauplane näherte, schwärmte eine Handvoll Beamter des Secret Service aus und sicherte das Gebäude.

»*All clear*«, konnte Faure aus dem Mikro des Personenschützers hören, der neben ihm lief.

Bei mir auch demnächst, dachte er und überlegte, ob die Zimmernummer der hübschen Dänin wohl stimmte.

Zimmer 72. Zuerst hatte sie gezögert, aber schließlich war sie doch damit herausgerückt.

Nach dem Treffen mit seinen Amtskollegen am Nachmittag würde er dreißig Minuten zur freien Verfügung haben. Für ein Essen. Oder anderes. Er lächelte sie an.

»François!«

Faure drehte sich um und ahnte nichts Gutes. Der Außenminister hatte ihn eingeholt und schenkte ihm ein falsches Lächeln.

»Was macht die Nase, François? Und der Kiefer?«, fragte er und blickte dabei spöttisch auf ihn herab. Der Außenminister war einen guten Kopf größer als er.

Aber ein Idiot, dachte Faure.

»Ich hoffe, Sie fallen hier in Deauville über keinen Koffer«, fuhr der Mann fort und begrüßte Karen Moulders überschwänglich.

»Und Sie, meine Liebe, passen Sie auf ihn auf! Sonst fällt er nachher noch die Treppe runter! Mit dem roten Teppich hat er's nicht so.«

Faure lächelte gequält.

»Also, wir sehen uns später, François, ja?«

Als der Außenminister hinüber zu den Spaniern ging, drehte sich Karen Moulders zu Faure um.

»Ich habe die Bilder aus Cannes gesehen, das muss ja schrecklich gewesen sein.«

»Sagen wir mal, es war unschön. Aber jetzt bin ich ja hier und kann meinen Mann stehen.« Neben ihm rollte eine englische Ministerin mit den Augen, und er beschloss, sie dafür auf der Tagung mit Missachtung zu strafen.

»Ich nehme an, Sie haben den Mann gefeuert?«, fuhr sie fort.

»Keineswegs!«, erwidert er. »Ich habe ihm verziehen, er ist ein guter Mann. Demnächst wird er wieder für mich arbeiten.«

»Ganz schön nobel«, erwiderte sie.

»Tja.« Wieder rollte die Engländerin mit den Augen.

»Was macht er jetzt?«, fragte Karen Moulders.

»Wer?«

»Der Mann, der Sie umgehauen hat. Der Personenschützer.«

»Keine Ahnung«, antwortete Faure. »Wahrscheinlich sitzt er vor dem Fernseher und schaut uns zu.« Dann zeigte er nach vorn, wo sich eine Wand aus Fotografen aufgebaut hatte.

»Ah, der rote Teppich! Mal sehen, ob ich diesmal heil hinaufkomme!«

Die Dänin lachte.

Zimmer 72, dachte er.

Nicolas rannte.

Die Platanen entlang der Touques warfen ihre Schatten auf ihn, die Sonne schickte hektische kleine Lichtreflexe auf die Innenseite seiner Sonnenbrille.

Manou.

Es war der Wahnsinn.

Nicolas hatte nicht zugehört in der Villa Proust, als Manou ihm etwas sagen wollte und es dann doch nicht getan hatte, weil er, Nicolas, lieber auf den härtesten Kevlar von Frankreich anstieß.

Und jetzt war es wahrscheinlich zu spät.

Manou tat alles für seine Familie, und Nicolas war sich sicher, dass er früher oder später die Schmach tilgen würde.

Und womöglich war ›früher‹ genau heute.

»Vorsicht!«

Er brüllte, während er das Hafenbecken entlangrannte, weil einige Meter vor ihm ein Fischverkäufer zwei Plastikkisten auf den Bürgersteig stellte. Mit einem großen Sprung hechtete Nicolas über sie hinweg und krachte beinahe mit einer dicken Frau zusammen, die gerade Langusten in einem kleinen Aquarium betrachtete.

»Mann, passen Sie doch auf!«

Der Verkäufer schrie ihm hinterher, aber Nicolas hörte ihn nicht mehr.

Sein Handy hingegen konnte er hören.

In vollem Lauf angelte er es aus der Innentasche seines Anzugs. Am anderen Ende der Leitung redete Claire aufgeregt auf ihn ein.

»Nicolas, ich erreiche den Chef nicht. Nur diesen dämlichen Alphonse, und der ist total bescheuert. Und die anderen erreiche ich auch nicht, und das scheiß Handynetz …«

»Claire!«

»Und dieser Polizist hier glaubt mir kein Wort und …«

Er legte auf. Keine Zeit für Erklärungen.

Vor sich sah er das heruntergekommene Casino von Trouville. Links davon lag der Bac an der Anlegestelle. Gott sei Dank!, dachte Nicolas, er ist auf der richtigen Seite des Flusses.

Nicolas war trotz des schnellen Laufs ruhig, und sein Atem schien sich mit jedem Meter zu verlangsamen. Sein Blick eilte dem Bac voraus auf die andere Seite der Mündung. Dorthin, wo in wenigen Augenblicken François Faure den roten Teppich am Casino betreten und ihn vielleicht nicht mehr verlassen würde.

»Hugo! Ich muss da rüber. Sofort!«

Die Chancen, mit dem Bac unentdeckt zu bleiben, standen nicht sonderlich gut. Aber wenn er etwas Glück hatte, blickten jetzt schon alle hinüber zum Casino, und dieser etwas verlassene Winkel des Hafens war ohnehin nicht sehr interessant.

Außerdem gab es keine Alternative.

»Was ist denn los?«, rief Hugo gegen den Fahrtwind, während er das Boot ausrichtete.

»Ein Attentat.« Nicolas bemerkte, dass er die Gewissheit, die er in sich trug, zum ersten Mal laut aussprach.

»Auf wen?«

Typisch Hugo, dachte er. Keine sinnlosen Fragen, er hätte einen guten Personenschützer abgegeben.

»Nicht auf wen, Hugo. Das Entscheidende ist: wer?«

Sie hatten jetzt die Hälfte der Mündung erreicht.

»Und wer ist es?«

Nicolas wollte gerade antworten, als sein Handy erneut klingelte. Es war die gleiche Nummer wie vorhin vor dem Fernsehgeschäft, als er den Anruf ignorierte.

Paris.

Diesmal ging er dran.

»Ja?«

»Nicolas. Hier ist Hélène Faure.«

Das Wasser der Touques spritzte Nicolas kalt ins Gesicht. Hugo trieb den Motor des Bac zu Höchstleistungen an, in wenigen Augenblicken würden sie drüben sein.

»Kannst du etwas weiter in die Hafenausfahrt reinfahren?«, schrie Nicolas gegen den Fahrtwind und zeigte auf die Holzplanken auf der anderen Seite der Mündung. Er konnte dort im Schatten eines Baukrans an Land gehen, die eigentliche Anlegestelle der kleinen Fähre wurde mit Sicherheit überwacht.

»Alles klar!« Hugo hatte seine Kapitänsmütze tief in die Stirn gezogen.

»Nicolas, hören Sie mich? Es ist so laut bei Ihnen!« Hélène Faure sprach mit schwerer Zunge.

Vermutlich liegt sie auf dem Sofa in ihrem Arbeitszimmer, dachte er. Oder auf dem großen Ehebett, wo die eine Seite oft zu kalt und die andere zu einsam ist. Eine Einsamkeit, die Hélène Faure offenbar mit Drinks bekämpfte. Und es war nicht das erste Mal.

»Madame Faure, es ist gerade nicht sonderlich günstig.« Er hielt sich an Hugos Schulter fest, als der Bac über eine kleine Welle sprang.

»Aber es ist dringend!«, sagte sie. Sie hatte geweint, er hörte, wie sie ein Papiertaschentuch aus einer Schachtel zog.

Nicolas blickte nach vorn und vergewisserte sich, dass niemand an der Kante des Hafenbeckens stand, wo sie gleich anlegen würden. Noch wusste er nicht, wie er danach weiter vorgehen konnte.

»Hier auch, Madame«, sprach er laut ins Handy und zog dabei seinen Mantel aus, der ihn in den kommenden Minuten nur behindern würde. Ihm blieb nicht viel Zeit.

Er holte tief Luft und blickte nach rechts. Vorbei an den kleinen Leuchttürmen am Ende der Hafenausfahrt und weiter bis dorthin, wo das Wasser immer tiefer wurde und wo Jean Carasso, der Fotograf, mit seinem angeblichen Tod alles ins Rollen gebracht hatte.

»Madame, erzählen Sie mir von Manou und Ihrem Mann. Aber bitte beeilen Sie sich, die Zeit wird knapp.«

Vermutlich war sie darüber verwundert, dass er den Grund ihres Anrufs bereits kannte. Doch sie ließ sich nichts anmerken.

Etwa einen Kilometer entfernt blickte Gilles Jacombe währenddessen in die Rue Gontaut-Biron und schaute nervös auf die Uhr.

Kein Grund zur Sorge, dachte er. Der Zeitplan war leicht nach hinten gerutscht, aber in wenigen Minuten war dieser kritische Teil des Ablaufs geschafft. Danach würden die Delegationen in den Räumen des Casinos verschwinden und erst am späten Nachmittag wieder herauskommen.

Er blickte sich um und sah, wie auch die anderen Sicherheitskräfte sich bereitmachten. Knappe Anweisungen wurden verteilt, geflüstert in versteckte Mikros an Handgelenken und Hemdkragen. Teams teilten sich auf und nahmen ihre Formationen ein.

Bertrand und Carole Adams gingen auf ihre Positionen. Das Protokoll sah vor, dass zuerst der Staatspräsident gemeinsam mit dem Amerikaner und dann die übrigen Staats- und Regierungschefs die wenigen Stufen zum Casino hochgehen würden. Danach die weiteren Politiker und Ehrengäste, zu denen auch François Faure gehörte. Jacombe warf einen prüfenden Blick auf die geschwungene Treppe. Die Stufen waren breit und nicht sehr hoch, die Gefahr auszurutschen war also gering.

Einige Meter neben ihm blickte auch Manou hinüber zur Treppe und prägte sich ein, wie er gleich zu laufen hatte.

Links. Wie in Cannes.

Er holte tief Luft und dachte an seine Frau und seine beiden Töchter.

Sie waren vor zwei Tagen ausgezogen. Alle drei.

Im Zug nach Deauville hatte er noch geglaubt, dass er alles im Griff hätte.

Sich. Sein Leben.

Dann war François Faure an ihm vorbeigekommen, auf dem Rückweg von der Toilette.

Und alles war wieder da.

Der Verlust. Die Verzweiflung.

»Na, Manou, wie geht es den Kindern?«

Er hatte nicht geantwortet.

»Kommen Sie, seien Sie nicht so ernst. Seien Sie stolz auf Ihre Töchter!«

Dann hatte Faure sich nach vorn gebeugt und Manou etwas zugeraunt, das immer noch in ihm nachhallte und ihm klarmachte, dass es nicht enden würde.

»*Wenn du willst, kann mich deine Älteste gerne mal besuchen im Ministerium. Zusammen mit der Frau Mama.*«

Und jetzt stand er hier und spürte Bertrands Blicke in seinem Rücken.

Bertrand ahnte etwas. Dabei würde ja vielleicht nichts passieren. Weil er sich zusammenriss. Wie er es immer tat.

»Er ist ein Schwein, Nicolas!«

Hélène Faure schrie jetzt ins Telefon. Der Motor jaulte auf, als Hugo den Bac längs an die Kaimauer setzte, unterhalb eines gerade erst aufgestellten Baukrans.

»Ich habe die beiden gesehen, auf der Yacht!«

Nicolas dachte an das blaue Wasser der Côte d'Azur. An die ungezwungenen Tage unmittelbar vor dem Filmfestival, als alles endete und alles begann.

»Was ist dort passiert?«, wollte er wissen und ergänzte dabei in Gedanken: von dem ich nichts mitbekommen habe, ich Idiot.

»Der Morgen, als Sie François beim Tauchen überrascht haben.« Er konnte hören, wie sie einen großen Schluck aus einem Glas nahm.

»Bitte, Madame, fassen Sie sich kurz.«

»Also … Er kam nicht aus unserer Kabine an diesem Morgen. Er war woanders. Schon draußen. Aber ich habe es nicht bemerkt, weil ich … na ja … ich hatte …«

»Madame!« Nicolas war es egal, wie viel sie an jenem Tag getrunken hatte.

»Er war mit Manous Frau zusammen. Er fand sie schon immer reizvoll, so hat er es selbst gesagt. Und sie war betrunken, erinnern Sie sich? Und sie hatte sich mit Manou gestritten.«

Mal wieder, dachte Nicolas. Er sah Manou vor sich, mit einem lächerlichen Napoleon-Hut auf dem Kopf, wie er verärgert auf seine Frau einredete und sie dann in ihre Kabine schickte. Die Stimmung war kurz gekippt, und sie hatte sich nur mit Hilfe von viel Alkohol wieder aufgerichtet.

»Es war widerlich, Nicolas. Er hat sie draußen auf dem Deck genommen, als alle schliefen. Ich habe es zufällig mitbekommen, das müssen Sie mir glauben. Mit dem Spionieren habe ich schon lange aufgehört.« Sie lachte bitter. »Danach ist er Schnorcheln gegangen, bis Sie ihn aus dem Wasser gezogen haben.«

»Und Manou?«

»Ich glaube, er kann nicht mehr. Er hält es nicht mehr aus.«

Das glaube ich auch, dachte Nicolas.

»Warum glauben Sie das?«, fragte er sie.

»Weil Manou die beiden auch gesehen hat. Aber er hat nichts gemacht, ich weiß nicht, warum. Ich bin mir sicher, dass er sich zutiefst dafür schämt. Mein Mann kann sehr kalt sein, und er liebt nichts mehr als die Macht. Und seit dieser Nacht hat er Macht über Manou. Er hat ihn schon mehrmals damit aufgezogen, Manou dürfe jederzeit wieder zuschauen… Dazu kommt, dass seine Frau und die Kinder vorgestern ausgezogen sind.«

Manou stand vor dem Casino und atmete ruhig. Er schwitzte. Die Frau, die neben François Faure in der Gruppe ging, hatte er noch nie zuvor gesehen. Offensichtlich schien sie sich gut zu amüsieren. Sie trug einen Ring an der linken Hand.

Er tut es wieder, dachte er.

Du hast einfach nur dagestanden und zugesehen.

Es musste enden. Er hatte keine Kraft mehr, es zu ertragen.

Mittlerweile waren die Staatsgäste nur noch einen Steinwurf vom Tross entfernt, der an der Ecke zum Boulevard Eugène Cornuche auf sie wartete. Dutzende Delegationsmitglieder und Sicherheitskräfte sortierten sich neu, wie ein gewaltiger Schwarm Vögel, der auf ein geheimes Kommando hin seine Formation und seine Flugrichtung änderte.

Manou konnte sehen, wie Jacombe sich in Bewegung setzte und dabei versuchte, so schnell wie möglich in die Nähe seines Ministers zu kommen. Bertrand hatte sich bereits einige Meter in Richtung des roten Teppichs vorgeschoben. Carole Adams stand hinter ihm und lächelte ihn an.

»Dann wollen wir mal, oder?«, sagte sie und setzte ihre Sonnenbrille auf.

Sie sieht gut aus, dachte Manou. Er wird es bei ihr auch versuchen.

Ein Delegationsmitglied rempelte ihn an.

»Hey, bleiben Sie nicht einfach so stehen!«

Manou reagierte nicht.

Ich habe deine Frau gefickt!

Nie hatte er sich so gedemütigt gefühlt wie in dem Augenblick, als er die beiden im Dunkeln auf dem Hinterdeck gesehen hatte. Er war wie eingefroren gewesen. Sogar, als François Faure ihm über Elises Schulter hinweg kalt zulächelte.

Ich habe deine Frau gefickt!

Manou dachte an seine Töchter und kniff für einen kurzen Moment die Augen zusammen. Die Tränen hinter seinen geschlossenen Lidern vermischten sich mit dem blauen Wasser der Côte d'Azur. Irgendwo tief in seinem Innern schwappten kleine Wellen an die Außenwand einer großen Yacht. Er lehnte wieder an der Reling, schaute durch das Grau des frühen Morgens hinüber auf die Lichter von Cannes und hielt einen albernen Hut in der Hand. Ein Hut, wie einst Napoleon ihn getragen hatte.

Es war sein Geburtstag.

Sie hatten schief gesungen, aber schön, und für einen kurzen Moment gab er sich in dieser Nacht dem Gefühl hin, dass sein Leben wieder in Ordnung sei.

Dass sie nicht andauernd stritten. Dass ihre Ehe nicht schon längst verloren war.

Es war eine Lüge, und niemand wusste das besser als er selbst.

Als er in ihre gemeinsame Kabine zurückkehrte, wunderte er sich nicht, dass Elise nicht da war. Wahrscheinlich trank sie noch etwas mit Nicolas. Oder ruhte sich an der Schulter von Bertrand aus.

Dass sie in Wahrheit mit François Faure schlief, war fern seiner Vorstellungskraft. Er hatte es ja selbst dann nicht geglaubt, als er sie sah. Und er hatte nichts unternommen.

Jetzt aber, vor dem Casino in Deauville und hinter seinen geschlossenen Augen, kam alles zurück. In einer noch nicht dagewesenen Klarheit.

Ihr weißer Rock nach oben gerutscht, seine Hände auf ihrer linken Brust.

Sein Atem, stoßweise.

Ihr Atem, keuchend.

Es war eine Abrechnung. Ihre Abrechnung. Mit ihm, Manou, dem Mann mit dem Napoleon-Hut.

Ihr Gesicht verschwamm und veränderte sich, bis schließlich das weiche Gesicht seiner Tochter Lea erschien.

Ihr Atem, keuchend.

Sein Atem, stoßweise.

Jemand rempelte ihn erneut an, und in Manous Ohr erklang Jacombes Stimme.

»Manou, was ist los? Geh endlich auf Position!«

Er fuhr sich übers Gesicht und holte tief Luft. Die Erinnerung an die Côte d'Azur blieb in seinem Kopf kleben wie die Sicherheitskräfte an ihrem Ziel.

Manou konnte sehen, wie François Faure die Frau neben sich anlächelte.

Womöglich kommt sie aus Schweden, dachte er. Oder Dänemark.

»Ich bin da«, meldete er sich. Das Mikro knackte.

So sollte es also sein.

Elise war vorgestern ausgezogen. Die Mädchen hatte sie mitgenommen.

Als er in Richtung der Freitreppe ging, hinüber auf die linke Seite, drehte François Faure sich plötzlich um, als wolle er Manous Sandburg ein für alle Mal zerstören, sie überschwemmen mit seinem Lächeln und seiner Gier.

»Wenn du willst, darfst du später zusehen. Du magst das ja. Ich wette, sie schmeckt wie deine Frau«, flüsterte er.

So sollte es also sein.

Mit einem Mal fühlte Manou sich frei.

KAPITEL 45

Über dem Casino von Deauville schwebte der Hubschrauber eines nationalen Fernsehsenders wie ein Habicht über seiner Beute. Auf einer der Kufen stand ein Kameramann, gesichert durch ein dünnes Stahlseil. Mit der Kamera auf seiner rechten Schulter filmte er die Zusammenkunft der Staats- und Regierungschefs mit der übrigen Delegation auf der Ostseite des Casinos. Die Bilder wurden direkt an einen Übertragungswagen geschickt, der auf dem dafür eigens abgesperrten Strandparkplatz an der Avenue de la Terrasse stand. Von dort ging das ankommende Signal über einen Satelliten direkt ins Landesinnere und folgte gewissermaßen dem trägen Strom der Seine flussaufwärts, bis es schließlich in Paris eintraf. Im großen Sendezentrum im Südwesten der Hauptstadt saßen in einem Regieraum dutzende Redakteure, Produzenten, Bildmischer und ein Regisseur, der darüber entschied, welche Bilder die Zuschauer zuhause zu sehen bekamen und welche nicht.

In diesem Augenblick zeigte er auf den Bildschirm in der Mitte der Videowand, auf dem das laufende Programm zu sehen war.

Der Werbeblock war beendet. Es ging weiter.

»Und Achtung, wir gehen drauf in drei, zwei, eins. Und wir sind drauf. Heli-Cam, bleiben Sie auf dem Amerikaner.«

Nur wenige Straßenzüge vom Sendezentrum in Paris entfernt lag Hélène Faure auf ihrem zu großen Ehebett und stocherte hilflos nach einer Olive, die einsam in einem leeren Martiniglas lag.

Ich bin eine Olive, dachte sie.

Durch ihr Handy hörte sie, wie Nicolas einen jungen Fährmann auf den Kopf küsste und eine rostige Eisenleiter hinaufkletterte, die an der Kaimauer im Hafenbecken von Deauville befestigt war.

»Sie werden es nicht schaffen, Nicolas.« Ihre schwere Zunge formte die Worte nur mühsam.

Auf dem kleinen Bildschirm am Bettende sah sie die Bilder aus Deauville.

»Und Kamera zwei, bitte langsam nach vorne. Kamera vier und fünf bleiben stehen, und dann Schnitt auf die erste Reihe.«

Der Ausschnitt zeigte jetzt die Politiker, die größtenteils plaudernd aus einer Seitenstraße auf das Casino zukamen. Mehrere Sicherheitskräfte gingen ihnen entgegen. Direkt daneben leuchtete verheißungsvoll das tiefe Rot des breiten Teppichs.

»Hören Sie, Nicolas? Sie kommen zu spät!«, lallte sie.

»Kamera zwei, noch dichter, verdammt. Zeigt mir die Gesichter! So ist gut. Und halten!«

Als Hélène Faure sah, wie ihr Mann einer hübschen und sehr blonden Amtskollegin neben sich zulächelte, holte sie aus und schleuderte das Martiniglas an den Fernseher.

Sie verfehlte den Bildschirm deutlich.

Aus ihrem Handy ertönte das Freizeichen.

Nicolas hatte aufgelegt und rannte jetzt durch seine Vergangenheit. Die »Cité Scolaire André Maurois« war seine ehemalige Schule, und er wusste genau, wo der hohe Zaun am besten zu überwinden war. Als er auf der anderen Seite hinuntersprang, schaute er kurz in Richtung des Boulevards und dann zurück zum angrenzenden Hafenbecken.

Niemand hatte ihn wahrgenommen.

Ein Blick auf die Armbanduhr. In vier Minuten würden die ersten den roten Teppich betreten. Der Zeitplan, den Yves Colinas ihm vor zwei Tagen gezeigt hatte, war minutiös durchgeplant, wie immer bei solchen Ereignissen.

Ich komme zu spät, dachte er.

Dann rannte er weiter, quer über den kleinen Schulhof und an den beiden Hauptgebäuden entlang, in denen seine Abneigung gegen diese Stadt und ihre hochtrabenden Einwohner begonnen hatte.

Als er schließlich aus einem Seitentor schoss, das nur noch rostig in den Angeln hing, sah er vor sich den kleinen Yachthafen der Marina von Deauville und dahinter die Tennisplätze. Dazwischen ging ein schmaler Pfad hinunter zum Strand. Er endete an den *Planches*. Wieder ein Blick auf die Uhr.

Noch drei Minuten.

Die Masten der Segelschiffe flogen an ihm vorbei. Seine einzige Chance war es, genau den Augenblick zu erwischen, in dem die Teilnehmer des Gipfels den roten Teppich betraten. Vielleicht würde niemand nach hinten schauen.

Zu ihm.

Er wusste, dass das eine sehr vage Hoffnung war.

Anstatt den kürzesten Weg in Richtung Casino zu nehmen, rannte Nicolas nach rechts und bog von hinten auf die *Planches* ein. Die Promenade mit ihren Holzplanken war teilweise überdacht, so dass er aus der Luft nicht zu sehen war. Rechts von sich sah er in einiger Entfernung zwei Männer, die den Strand sicherten. Zu seinem Glück blickten sie hinaus aufs Wasser, während sie sich unterhielten.

Sie sahen ihn nicht. Aber sie konnten ihn hören.

Seine schwarzen Lederschuhe polterten über das Holz, und es kam ihm so vor, als wären seine Schritte bis nach England zu hören.

Nicolas blieb stehen und fluchte leise. Daran hatte er nicht gedacht.

Noch zwei Minuten.

Hastig zog er seine Schuhe aus. Er wollte sie gerade auf den Strand schleudern, als er direkt vor sich eine geöffnete Tür sah. Nicolas schmiss die Schuhe in die Kabine und rannte weiter.

Aber nur, um sofort wieder stehen zu bleiben.

Vor ihm hatte ein Sicherheitsbeamter die kleine Promenade betreten. Glücklicherweise war er nach links gegangen und drehte ihm nun den Rücken zu. Nicolas' Atem verlangsamte sich weiter. Er wusste, dass er kurz davor war, entdeckt zu werden. Und dass ihm niemand glauben würde, wenn er behauptete, dass ein gewisser Manou gleich auf einen gewissen François Faure schießen würde.

Ihm würde das niemand glauben. Jedem, aber nicht ihm.

Der Mann war etwa fünfzig Meter entfernt und drehte sich jetzt langsam um, während er über den Sand hinaus aufs Meer blickte. Und dann wieder zurück, über das Holz der Promenade hinweg und die grünen Türen entlang bis nach hinten, wo die *Planches* von Deauville begannen.

Nicolas kauerte hinter einem der weißen Geländer und hielt den Atem an.

Zehn Sekunden.

Fünfzehn Sekunden.

Der Sicherheitsbeamte sprach in sein Mikro, winkte den beiden Männern am Wasser zu und ging zurück zum Boulevard de la Mer.

Nicolas schloss die Augen und atmete tief aus. Er spürte, dass ein kleiner Holzsplitter sich in seine nackte Fußsohle gebohrt hatte. Blut tropfte auf den Boden. Ein Tropfen. Zwei.

Schon wieder Blut auf den *Planches* von Deauville, dachte er.

Bis zum Casino waren es noch ungefähr vierhundert Meter.

Er blickte auf den Namen der Schauspielerin, die in schwarzen Lettern auf das weiße Geländer geschrieben war: Rita Hayworth.

Noch eine Minute.

Er würde zu spät kommen.

Er dachte an Manou, der vierhundert Meter weiter womöglich zu allem bereit war.

Dann hörte er den Schuss.

Vor dem Casino zuckte Manou zusammen.

Gilles Jacombe nicht, denn er hatte nicht vergessen, was das Protokoll in diesem Moment vorsah.

Während der französische Staatspräsident seinen amerikanischen Amtskollegen mit einem strahlenden Lächeln in Richtung Treppe bat, hatten sich mehrere Protokollsoldaten vor dem Casino postiert.

Ein Salutschuss.

Gefolgt von einer Gewehrsalve, die den blauen Himmel über Deauville durchsiebte.

Jacombe war nur kurz abgelenkt, dann ging sein Blick wieder

zu François Faure, der die Ablenkung genutzt und den Arm sanft um seine dänische Kollegin gelegt hatte. Bertrand blickte konzentriert in Richtung der Treppe, vor der sich seitlich ungefähr hundert Fotografen und Kameraleute postiert hatten.

Schwungvoll betrat der Amerikaner den Teppich und ging mit dem Staatspräsidenten über das leuchtende Rot nach oben.

Elf Stufen.

Ein kleiner Absatz. Dann noch einmal neun.

Oben schließlich eine kleine Terrasse, von der es ins Innere des Casinos ging. Hinein zu all den Gesprächen über Krieg und Frieden.

Der Engländer und der Japaner folgten.

Und ein weiterer, abschließender Salutschuss.

Manou holte tief Luft, er schwitzte unter seinem Jackett. In der Innentasche steckte ein zusammengefalteter Brief, den seine Frau ihm gestern Abend auf den Küchentisch gelegt hatte.

Er hatte sie verloren.

Nicht an François Faure, das wusste er wohl. Sondern an das Leben. Es hatte ihm seine Familie nicht auf ewig gegönnt. Manou blickte zu Faure hinüber und wischte sich den Schweiß von der Stirn.

»Hey, alles okay?« Es war Bertrands Stimme in seinem Ohr.

»Nein.« Dann schaltete er das Mikro aus.

Elf Stufen.

Ein kleiner Absatz. Dann noch einmal neun.

Manou würde den Absatz wählen, das wusste Nicolas. Weil zu diesem Zeitpunkt Gilles Jacombe schon zwei Stufen weiter oben sein würde. Bertrand als Vorhut sowieso. Und Carole Adams würde mit dem Kevlar unten stehen.

So wird er es machen, dieser Idiot.

So würde er selbst es machen.

Die Holzplanken endeten, und er rannte in hoher Geschwindigkeit um die Ecke. Jetzt war es egal, er hatte keine Wahl mehr. Wenn sie ihn vorher erwischten, konnte er vielleicht Gilles noch eine Warnung zurufen.

Bevor sie ihn überwältigten. Oder niederschossen.

Gilles, es ist dein eigener Mann! Es ist Manou!, hörte er sich selbst in seinem Kopf rufen.

Noch nicht einmal ein so exzellenter Personenschützer wie Gilles würde es schaffen, ihm ausgerechnet diesen Blödsinn zu glauben. Im Bruchteil einer Sekunde, die Manou brauchte, um seine Waffe zu ziehen und zu schießen.

Für euch, würde er murmeln, an seine Familie denken und schießen.

Nicolas konnte sehen, wie der Staatspräsident die Terrasse erreichte und nach unten winkte. Kellner des Casinos brachten Champagner, während weitere Politiker über die große Treppe nach oben schritten.

Kameras surrten, Objektive stellten scharf. Die Welt blickte auf diese Treppe.

Und ich bin barfuß, dachte Nicolas. Er hatte keine Ahnung, wie er den großen Boulevard vor dem Casino überqueren sollte, ohne aufzufallen.

Es war nicht möglich.

Einige Meter vor sich sah er, wie ein Sicherheitsbeamter sich erstaunt umdrehte, als er hörte, wie jemand in vollem Lauf den Weg zwischen Strand und Casino heraufkam. Hinter den dunklen Gläsern seiner Sonnenbrille schoben sich verwundert Augenbrauen zusammen, die rechte Hand griff nach der Waffe an seinem Gürtel. Nicolas sah, dass am linken Handgelenk des Secret-Service-Beamten ein kleines Mikro befestigt war, in das er genau jetzt hineinsprechen wollte.

Sie hatten ihn.

Aus vollem Lauf schlug Nicolas ihm mit der Faust ins Gesicht. Das Geräusch der brechenden Nase versuchte er zu ignorieren, was ihm nicht gelang. Während der Mann nur noch ein überraschtes Röcheln von sich gab und zu Boden sackte, riss Nicolas ihm das Mikro aus dem Ärmel und warf es ins Gebüsch.

Sorry, Sir.

Als der Kopf des Secret-Service-Mannes auf den Beton des Bürgersteigs prallte, war Nicolas schon zehn Meter weiter.

Mit einer amerikanischen Waffe in der rechten Hand.

Am Boulevard Eugène Cornuche blickte er auf die zahlreichen Delegationsmitglieder, die sich auf der anderen Straßenseite vor dem Aufgang zur Treppe befanden und ihm den Weg zu Manou versperrten.

Es waren zu viele, um sich durch sie hindurchzuschlagen, ohne dass ihn jemand bemerkte.

Jemand. Oder Manou.

Über die Köpfe der Menschen hinweg sah er ein strahlendes Lächeln, es galt einer attraktiven Dänin. Vor allem aber galt es sich selbst.

François Faure hatte die ersten Treppenstufen erklommen.

Nicolas schwitzte.

Denk nach, sagte er sich.

Sein Blick schoss nach rechts. Auf der anderen Seite führte ebenfalls eine breite Treppe nach oben zur Terrasse, davor standen zwei Personenschützer seines Dienstes. Ansonsten war die Treppe leer.

Nicolas schickte ein Gebet in den blauen Himmel und rannte los.

Irgendjemand dort oben musste ihn erhört haben, denn im gleichen Augenblick vibrierte die Luft, der Boden unter ihm schien zu schwanken. Erstaunt blickte er in Richtung Casino, wo mehrere Frauen lachend ihre Hüte festhielten und die Protokollsoldaten Haltung annahmen.

Der Staatspräsident streckte seinen Arm hoch in den Himmel. François Faure blieb kurz vor dem Absatz stehen und blickte nach oben, so wie alle anderen Gipfelteilnehmer auch.

Gilles Jacombe dachte, dass irgendetwas nicht stimmte. Manou hatte nicht auf seine Frage geantwortet.

KAPITEL 46

Westlich von Deauville schob sich kurz hinter dem kleinen Badeort Villers-sur-Mer eine Felsformation in das kalte Wasser des Ärmelkanals. Das Gestein war bröckelig und weich, kratziges Buschwerk bedeckte den Boden, und die Erde war durch die unmittelbare Nähe zum Wasser feucht und schwarz. Die Menschen in der Region nannten die Felsen, die nur bei Ebbe vollständig frei lagen, *Vaches Noires*.

Schwarze Kühe, die am Salz des Meeres leckten. In der Spiegelung des Wassers vor ihnen konnte man in diesem Augenblick drei dunkle Pfeile erkennen, die in rasender Geschwindigkeit und mit ohrenbetäubendem Lärm die Küste überflogen. Über die schwarzen Felsen hinweg in Richtung Blonville und dann weiter die Côte Fleurie entlang, bis sie das berühmte Casino von Deauville überflogen, auf dessen großer Treppe in diesem Augenblick die Welt nach oben zu ihnen blickte und ihnen zujubelte. Die drei Kampfjets der französischen Luftwaffe zogen jeder einen bunten Schweif hinter sich her, aus Rauch und verbranntem Kerosin.

Bleu.
Blanc.
Rouge.

Aus Sicht des Staatspräsidenten war die Überraschung perfekt. Die Tricolore blieb im klaren Himmel hängen, und der ganze Stolz einer Nation zeichnete sich vor dem Hintergrund eines perfekten Tages ab.

»Es ist wunderschön«, sagte Karen Moulders.

»Es passt zu Ihnen«, meinte François Faure lächelnd. Irgendwo rollte jemand mit den Augen.

Gilles Jacombe blickte den Kampfjets hinterher, der Lärm der Maschinen hing in der Luft, und einige Gipfelteilnehmer hielten sich noch immer die Ohren zu. Er hatte von dem Überflug nichts gewusst. Er hasste Überraschungen.

Und er verstand nicht, warum Manou so dicht bei François Faure stand. Als er ihn übers Mikro ansprach, machte Manou ihm per Handzeichen deutlich, dass er nichts verstand.

Der Fluglärm.

Nicolas war noch drei Schritte entfernt.

Zwei Männer standen vor der rechten Treppe, beide blickten zu lange nach oben.

Hinter Nicolas schrie jemand auf, zeigte in seine Richtung.

Die Sonne warf einen Lichtreflex auf Nicolas' Sonnenbrille. Blaue, weiße und rote Schatten.

Noch zwei Schritte.

Er holte mit dem rechten Arm zum Schwung aus und dachte an Cannes.

Die amerikanische Waffe verließ seine Hand und flog im hohen Bogen über die Terrasse. Er hatte nur diesen einen Versuch, und ein anderes Ablenkungsmanöver war ihm nicht eingefallen. Wenn er Glück hatte, landete sie irgendwo links auf dem roten Teppich. Während er die rechte Treppe nehmen würde.

Ablenkung.

Er hatte wenig Hoffnung.

Der Lärm der Kampfjets nahm ab, als sie hinter Honfleur nach Westen abbogen, hinaus aufs Meer.

Die Waffe landete mit einem lauten metallenen Klacken auf der achten Stufe und prallte von dort schmerzhaft gegen die hübschen Beine einer dänischen Ministerin.

Der erste der beiden Secret-Service-Männer vor der rechten Treppe löste seinen Blick vom Himmel, sah Nicolas und griff nach seiner Waffe.

Zu spät.

Als Nicolas den Mann mit der Handkante am Hals traf, sackte dieser sofort zusammen.

Auf der anderen Treppe, der linken, schloss Manou die Augen und tastete nach seiner Waffe.

Er dachte an seine Töchter.

François Faure dachte an die Zimmernummer 72.

Gilles Jacombe hingegen blickte ungläubig auf das, was soeben aus dem Himmel gefallen war.

Karen Moulders fluchte. Dann begann sie zu schreien.

Vor ihr lag eine Waffe.

Eine amerikanische Waffe, wie Jacombe sofort erkannte.

Vor der rechten Treppe wollte der zweite Mann gerade in sein Mikro brüllen. Ein brutal ausgeführter Kopfstoß hinderte ihn daran.

Nicolas versuchte erneut, das Geräusch einer brechenden Nase zu ignorieren.

Diesmal war es seine eigene.

Elf Treppenstufen.

Ein Absatz.

411

Neun weitere.

Er brauchte drei Sekunden.

Am unteren Teil der linken Treppe brach Panik aus, eine junge Frau deutete auf die Waffe am Boden. Durch die akustischen Nachwehen der Kampfjets hindurch breiteten sich ihre Schreie nach hinten aus. Die immer noch große Gruppe von Delegationsmitgliedern vor der Treppe kam zum Stehen, Personenschützer zogen ihre Waffen, was zu noch mehr Schreien führte.

Es war das reinste Chaos.

Weiter oben blickte Bertrand überrascht zu ihnen zurück, er hatte die Terrasse am oberen Ende der Treppe fast erreicht. François Faure schaute amüsiert auf die Aufregung hinter sich, er hatte nicht mitbekommen, dass sich seine dänische Nachmittagsverabredung mit schmerzverzerrtem Gesicht an den Knöchel fasste.

Manou war verblüfft und für einen kurzen Moment abgelenkt. Dann begriff er, welche Chance sich ihm bot, und er zog seine Waffe.

Jacombe drehte sich blitzschnell um seine eigene Achse, um die Szenerie einzuordnen.

Panik unten.

Auf der Treppe Stillstand.

François Faure stand wenige Meter neben ihm. Oben auf der Terrasse blickten mehrere Politiker verdutzt zu ihnen herunter.

Bertrand hatte bereits seine Waffe gezogen und blickte ebenfalls zum Minister.

Manou auch.

Sein Team hatte alles im Griff.

Nicolas schoss auf der anderen Seite die rechte Treppe hinauf und erreichte die breite Terrasse. Ein Ring von Sicherheitsbeamten schirmte den Amerikaner ab, und auch die vier Personenschützer des Staatspräsidenten standen in perfekter Formation um ihren Schützling. Er kannte sie alle vier, es waren die Besten seines Dienstes.

Noch fünf Meter bis zur anderen Treppe. Nicolas konnte bereits Bertrand sehen, der verblüfft nach unten blickte.

»*Code Red!*«

Sie hatten ihn.

Einer der Secret-Service-Männer drehte sich blitzschnell um. Nicolas kannte das Prozedere. Der Gipfel in Deauville war in diesem Augenblick beendet, nach nicht einmal zwei Stunden.

Weil der durchgeknallte Nicolas Guerlain zurück war.

Mehrere Hände rissen den amerikanischen Präsidenten zu Boden, der französische Staatspräsident wurde zuerst an das Geländer geschoben und dann von seinem Team abgedeckt. Eine junge Kellnerin schrie auf, das Tablett, auf dem Nicolas acht Champagnergläser zählte, glitt ihr aus der Hand.

Bevor es auf den Marmorfliesen der Terrasse aufschlug, würde alles vorbei sein.

Das ist er, dachte Nicolas. Mein fünfter Baum. Gezeichnet von einem alten Mann mit weichem Bleistift.

Er flog förmlich an der Gruppe von Staatschefs vorbei, die sich in diesem Augenblick zu einem Haufen von Körpern verwandelten, zugedeckt von den besten Sicherheitskräften ihrer Länder.

Noch ein Schritt bis zur Treppe.

Hände griffen nach ihm, versuchten ihn zu stoppen. Waffen wurden gezogen. Er wurde ins Visier genommen.

Neun Stufen hinab bis zum Absatz auf der linken Treppe. Dort unten stand Gilles. Nicolas konnte sehen, wie auch er seine Waffe zog, während er herumwirbelte. Weiter unten rannte Carole Adams nach oben.

Sie ist gut, dachte Nicolas. Aber sie wird zu spät kommen.

Manou stand am linken Rand des Treppenabsatzes. Sein Blick ruhte auf dem festgefrorenen Lächeln von François Faure. Er ging einen Schritt nach vorn und hob seine Waffe. Von oben meinte Nicolas ein Lächeln in seinem Gesicht zu sehen.

Jetzt!

Hinter sich hörte Nicolas Befehle, die aus den Mikros der Sicherheitskräfte quollen und durch die Luft zu ihm drangen. Auf Nicolas' Brust erschien ein kleiner roter Punkt.

Er erreichte die linke Treppe. Mit dem rechten Fuß stieß er sich auf der Kante der obersten Stufe ab und sprang nach unten.

Als er mit einem gewaltigen Satz abhob, hörte er irgendwo einen Schuss.

KAPITEL 47

Deauville/Paris

»*Kamera drei, halten Sie Ihre Position, verdammt!*«
   »*Die Zwei zur Treppe. Sofort!*«

»*Wer hat geschossen?*«
   »*Keine Ahnung!*«
   »*Du hast sieben Bildschirme und weißt nicht, wer geschossen hat?*«

»*Danke, Eins. Zoom!*«
   »*Ach du Scheiße …*«

»*Schnitt auf den Kerl da. Kennen wir den?*«
   »*Moment …*«

»*Achtung an alle, wir schalten live runter zu Sara vors Casino. Achtung, du gehst drauf in drei, zwei, eins … und da bist du. Sag was, Kleines! Du sollst reden, verdammt!*«

Das unruhige Bild einer aufgeregten Reporterin erschien auf dem großen Bildschirm eines Fernsehers, der in einem Schaufenster stand.

   Weder der alte Mann noch die Frau neben ihm sagten etwas. Hinter ihnen fuhr ein leichter Wind durch die Platanen, der Besitzer des Fernsehgeschäfts auf dem Boulevard Fernand Moureaux in Trouville saß vor ihnen auf dem mittlerweile warmen Boden und massierte sich den Hals. Er hatte Schwierigkeiten zu schlucken. Aber als er auf den großen Bildschirm blickte, ahnte er, dass es ihn an diesem Tag hätte schlimmer treffen können.

Neben ihm stand Claire.

In ihrem Mundwinkel hingen die Reste eines Croissants, in ihrem Kopf tobte ein Wirbelsturm.

Vor ihren Augen tobte das Chaos.

»So ist es gut, einfach nur beschreiben, was du siehst, Kleines. Du machst das gut.«

»Und wir schneiden auf die Treppe, Kamera zwei, näher ran, wenn es geht, bitte.«

»Mein Gott, was ist denn da los?«

Michel Bonnet erlebte diesen wahnsinnigen Augenblick in seinem Büro im *Commissariat*. Auf einem kleinen Tisch neben einer ausgedorrten Grünpflanze stand ein Fernseher. Direkt davor lagen die Einsatzpläne für die kommenden Tage.

Er würde sie nicht mehr brauchen, das war das Einzige, was er verstand.

Alles andere verstand er nicht.

Guerlain war wahnsinnig, völlig durchgeknallt. Und er hatte es nicht bemerkt, nicht wirklich jedenfalls.

Ich werde mit Roussel sprechen müssen, dachte er müde. Ich bin zu alt für diesen Job.

Auf dem dicken Teppich im Schlafzimmer einer noblen Pariser Wohnung lag eine einsame Olive. Auf dem Bett daneben lag Hélène Faure. Ihre Tränen vermischten sich mit der schwarzen Mascara, die sie auch heute Morgen sorgfältig aufgetragen hatte, und flossen wie dicke Ströme aus Pech ihr Gesicht hinunter. Die Fernbedienung war ihr längst aus der Hand gerutscht, ihr Arm lag kraftlos da. Ihr Körper bebte.

Auf dem Treppenabsatz vor dem Casino von Deauville lag ein Minister.

Nicolas war zu spät gekommen.

Hélène Faure lachte.

Auf der anderen Seite der Stadt, in der Rue Varin, saßen drei Menschen auf einem cremeweißen Sofa und blickten ungläubig auf das Geschehen im Fernsehen. Vor ihnen auf dem Tisch lagen zahlreiche Fotoalben und der Nachweis einer Lebensversicherung. Drei Champagnergläser standen daneben.

»Wahnsinn«, flüsterte Jean Carasso und hielt die Hand der Frau, die er liebte.

»Das ist doch Nicolas …«, sagte Rose Payet leise.

Ihre Tochter sagte nichts.

»Kamera drei, stehen! Und Zoom. Noch mehr! Gut so, bleiben. Was zum Henker …?«

Nicolas flog.

Er breitete die Arme aus und sog die salzige Meeresluft ein, die in den Farben der Tricolore über dem Casino hing. Alles stand still, er sah die weit aufgerissenen Münder der Männer vom Secret Service, die gezogenen Waffen und die Gläser, die eben noch auf einem Tablett gestanden hatten und jetzt durch die Luft flogen.

417

Nichts bewegte sich.

Unter ihm war Gilles eingefroren, Carole Adams stand mitten auf dem roten Teppich und blickte zu ihm hoch. Ihre rechte Hand griff nach der Waffe, den Kevlar hatte sie ausgeklappt.

Sie ist gut, dachte er erneut. Aber zu langsam.

Eine Frau hielt sich ihren Knöchel, vor ihren Füßen lag die Waffe, die er selbst vor wenigen Sekunden durch die Luft geschleudert hatte. Daneben stand François Faure, er kippte zur Seite, offensichtlich war er gestolpert. Oder war er bereits getroffen?

Etwas weiter vorne stand Manou, er hielt seine Waffe in beiden Händen und zielte.

Er hat noch nicht abgedrückt, dachte Nicolas. Aber er wird es tun. Jetzt.

Am Horizont erkannte er drei pfeilförmige Schatten, die den Himmel eben noch durchpflügt hatten und jetzt wie drei Flecken über einem eigentümlich roten Meer hingen.

Blutrot, dachte Nicolas.

Als er erneut nach unten blickte, sah er wieder den leuchtenden Punkt in der gleichen roten Farbe auf seiner Brust. Er drehte den Kopf zur Seite und blickte schräg nach hinten.

Ein Scharfschütze lag auf dem Dach des Casinos.

Er hat noch nicht abgedrückt, dachte Nicolas. Aber er wird es tun. Jetzt.

Irgendwo kletterte ein Akkord an die Decke eines Konzertsaals. Hinter einer geschlossenen Flügeltür war das erwartungsvolle Murmeln eines verwöhnten Pariser Publikums zu hören.

»Ich bin gleich wieder da«, sagte Julie und verschwand aus seinem Leben.

Reihe M, Platz 21. Direkt am Gang.

Und er war an ihr vorbeigegangen.

Der rote Punkt war verschwunden.

Manous Zeigefinger krümmte sich.

Ein Schuss fiel, und alles kam wieder in Bewegung.

Die drei Pfeile durchpflügten den Himmel.

Der Scharfschütze atmete aus.

Ein Tablett Champagnergläser landete auf den weißen Marmorfliesen der Casinoterrasse.

Carole Adams schrie etwas.

Eine Reporterin am Fußende der breiten Treppe redete in eine Kamera.

Jacombe führte seine Drehung zu Ende, und erst jetzt sah Nicolas, dass auch er seine Waffe gezogen hatte.

Er hat sogar schon abgedrückt, wunderte er sich.

Eine halbe Sekunde später krachte er mit voller Wucht gegen das überraschte Gesicht von Manou und riss ihn zu Boden.

Erneut fiel ein Schuss.

Jetzt ist es aber gut, dachte Nicolas.

Im Théâtre des Champs-Élysées in der Avenue Montaigne fiel unter dem tosenden Applaus des Publikums der letzte Vorhang.

Er war so rot wie das Meer vor der Küste von Deauville.

»Sara, hörst du uns? Sag was! Verdammt, du bist live drauf, Kleines.«

»Die Zwei auf den Treppenabsatz, wer liegt da? Ich will wissen, wer da liegt!«

»Das ist doch François Faure …«

KAPITEL 48

Paris
Im Juni
Drei Wochen später

Der alte Mann trug eine Strickjacke, die ihm bis über die Knie reichte und so löchrig war, dass das gestreifte Muster seines Schlafanzugs deutlich durchschimmerte. Seine Füße steckten in einem Paar fleckiger Pantoffeln, seine zerzausten weißen Haare hatte er notdürftig unter eine dunkelblaue Wollmütze gestopft. Alles in allem sah er nicht wie jemand aus, den der Besitzer eines gut laufenden Cafés gerne durch die Tür kommen sah.

Aber als der alte Tito die Tür zum »Le Vannier« öffnete, seinen großen Zeichenblock unter den Arm und einen Bleistift mit weicher Mine hinter das Ohr geklemmt, da machte der Besitzer zwei Gästen ein Zeichen, den Tisch am Fenster frei zu geben. Sie standen unverzüglich auf, nahmen ihre Gläser, nickten Tito zu und setzten sich an die Bar.

Mit einem unverständlichen Brummen nahm er Platz, legte den Block auf den Tisch und blickte nach draußen. Kaum dass er saß, stellte die Bedienung ihm ein Glas Pastis und eine Karaffe Wasser hin.

»Wie viel Uhr ist es?«, fragte Tito.

»Gleich halb acht.«

»Gut, gut«, brummte er, nahm einen Schluck und holte den Stift hinter dem Ohr hervor.

»Wartest du auf jemanden, Tito?«

»Geht dich nichts an.«

»Na, komm schon. Mir kannst du es doch sagen.«

Der alte Mann befeuchtete seine Fingerspitzen und blätterte eine Seite des Zeichenblocks um.

»Ich warte auf zwei streunende Hunde.«

Draußen auf der Place Sainte-Marthe legten sich die Schatten der Platanen auf den warmen Kies, und aus den Seitenstraßen erklang das Knattern eines Motorrollers. Von den Nebentischen drang das monotone Gemurmel der Gäste zu ihm, und Tito begann mit langsamen Schwüngen den Abend zu zeichnen.

Den Wind in den Blättern, ein abgestelltes Fahrrad und die Abendzeitung, die jemand auf einer Bank zurückgelassen hatte.

»Na also.«

Es war mittlerweile Viertel vor acht, und aus einer Seitenstraße trottete ohne besondere Hast ein Hund. Er hatte wache Augen und einen flinken Blick, und Titos Hand zeichnete seine Schnauze nach, die Färbung des Fells und die Abdrücke seiner Pfoten im Kies.

»Den nicht.«

Der Hund schnupperte am ersten Baum.

Am zweiten.

Ein Liebespaar verließ das Café und schlenderte eng umschlungen in den Abend hinein. Für einen kurzen Augenblick dachte Tito an seine Frau, die vor dreizehn Jahren gestorben war.

Der Hund prüfte den dritten Baum.

Und den vierten.

Dann wandte er sich ab und lief ohne zu zögern zu der Platane, an der das Fahrrad angekettet war. Tito wollte gerade einen Schluck Pastis nehmen, als der zweite Streuner den Platz betrat.

»Pünktlich«, murmelte Tito, seine Hand zuckte gleichmäßig

über den Block. Dort, wo das Papier eben noch weiß gewesen war, entstand die Silhouette eines Mannes im schwarzen Anzug und weißen Hemd. Seine rechte Hand hing schlaff am Körper, und Tito konnte am Blick des Mannes erkennen, dass er Schmerzen hatte.

Immer noch.

Der Mann und der Hund blickten sich draußen unter den Platanen für einen Augenblick an, dann hob der Hund sein rechtes hinteres Bein.

Am fünften Baum, wie immer.

Die Tür zum »Le Vannier« öffnete sich, und ein Schatten fiel auf das Glas in Titos Hand. Der alte Mann drehte sich nicht um, sondern lauschte den Schritten des Mannes, der in Richtung Bar ging.

Fünf Schritte, dann drehte er sich nach links, drei Schritte, er blieb stehen, das Geräusch einer Münze, die in eine Jukebox geschmissen wurde. Kurz darauf das Klicken eines Knopfes.

Dann kamen die Schritte in seine Richtung.

Im Hintergrund ertönten die abgehackten Klaviertöne eines alten und wunderschönen Liedes.

Der Mann im schwarzen Anzug setzte sich ihm gegenüber, und sie blickten für einige Momente stumm, aber immerhin gemeinsam auf den Platz hinaus, auf dem der Hund mittlerweile seinen fünften Baum verlassen hatte.

»Gute Wahl«, brummte der alte Tito.

»Es bot sich an«, erwiderte Nicolas.

»Allerdings. Immerhin singt Bécaud von all der Zeit, die er nun hat.«

»Aber er weiß nichts damit anzufangen.«

»Deshalb war das Lied ja eine gute Wahl.«

Nicolas machte dem Besitzer des »Le Vannier« ein Zeichen und deutete auf das Glas Pastis auf dem Tisch.

»Woher hast du gewusst, dass ich heute aus dem Krankenhaus komme?«, meinte er zu Tito. »Du sahst jedenfalls aus, als hättest du mich erwartet.«

Der alte Mann deutete auf den Fernseher, der hinter ihnen an der Wand hing.

»In den Nachrichten hieß es, dass morgen die Verhandlungen gegen dich beginnen. Und dass es nicht gut aussieht.«

»Und?«

»Und da dachte ich mir: Der kommt vorher bestimmt noch mal hierher. Versucht es zumindest.«

»Schlauer Hund.«

»Die Welt ist voller schlauer Hunde«, antwortete Tito und deutete auf den Zeichenblock vor sich.

Nicolas nahm einen Schluck Pastis und schloss die Augen. Sein Dienst hatte ihm den Ausflug genehmigt. Morgen ging das Ganze dann richtig los. Ich werde mich einschließen, dachte er. Und erst wieder rauskommen, wenn es aufgehört hat.

Denn es würde aufhören, da war er sich sicher.

Julie hatte verschwinden wollen, spurlos, das hatte er endlich verstanden. Und so würde es sein.

»Du hast noch eine Verabredung, nicht wahr?«, murmelte Tito, während er seine Zeichnung bearbeitete.

Nicolas lächelte. Wirklich ein schlauer Hund, dachte er.

»Sieht man mir das an?«

Tito nahm einen letzten Schluck Pastis aus seinem Glas und stand auf. Er deutete aus dem Fenster.

»Dir nicht. Aber ihm.«

Nicolas blickte in die Schatten unter den Bäumen, wo ein Mann stand und unschlüssig zu ihnen herschaute.

»Er wartet, bis ich weg bin, also bin ich weg«, sagte Tito und nickte dem Besitzer zu.

Kurz bevor er hinaus auf den Platz trat, rief ihm Nicolas nach.

»Tito! Ich weiß jetzt, was geschehen ist, damals. An dem Abend, als sie verschwand …«

Der alte Mann drehte sich langsam um, legte den Kopf zur Seite und kratzte sich unter seiner blauen Wollmütze. Dann deutete er nach draußen.

»Dein Kollege wartet.«

Die Tür schloss sich.

Die Tür öffnete sich.

Draußen und drinnen, dachte Nicolas. Es geht immer darum, wer drinnen ist, obwohl er draußen sein sollte. Und umgekehrt.

»Hallo, Nicolas.«

»*Salut*, Manou.«

Sie schwiegen für einen Augenblick und betrachteten einander. Dann stand Nicolas auf, und ohne Rücksicht auf seine Verletzung nahm er Manou fest in den Arm. So standen sie für einige Sekunden, und als sie die Umarmung lösten, meinte Nicolas in Manous Augen Tränen zu bemerken.

In seinen eigenen ohnehin.

»Pastis?«

»Lieber Wein.«

Ein Zeichen, ein Nicken, kurz darauf das Klingen der Gläser.

»Wie geht es deiner Schulter?«, fragte Manou.

»Glatter Durchschuss, halb so schlimm.« Nicolas zog seinen Hemdkragen leicht herab, darunter war der dicke Verband zu sehen.

»Du hast wirklich Glück gehabt«, sagte Manou leise und räusperte sich.

»Die Scharfschützen des Secret Service sind auch nicht mehr das, was sie mal waren. Der hat mich doch glatt verfehlt.«

»Gilles hat dich nicht verfehlt.«

Nicolas lachte bitter und dachte an den Moment, als er sich in der Luft leicht gedreht hatte, um dem roten Punkt auf seiner Brust auszuweichen.

Gilles Jacombe war der Schnellste von allen, das hatte er schon vorher gewusst. Er hatte bereits in dem Moment geschossen, in dem Nicolas zum Sprung ansetzte.

»Wie konnte er mich so schnell sehen, es war doch totales Chaos?«, fragte er Manou, der auf seine Augen deutete.

»Diese Dänin, sie hatte eine Sonnenbrille auf. Er hat dich wohl in der Spiegelung gesehen.«

Nicolas pfiff anerkennend.

»Nicht schlecht.«

Eine Stunde später stand die zweite Flasche Wein auf dem kleinen Tisch zwischen ihnen, und Nicolas hatte sein Jackett abgelegt. Nicht jedoch ohne vorher ein Foto aus der Innentasche zu holen und es Manou zu geben.

»Das warst du, nicht wahr?«

François Faure auf dem roten Teppich in Cannes.

Ein Fadenkreuz.

Manou seufzte.

»Eine saublöde Idee, ich weiß. Aber ich wollte ihn irgendwie ärgern, ihn treffen. Aus der Reserve holen, ich weiß auch nicht. Es war spontan.«

»So spontan wohl auch nicht. Immerhin hast du das Foto auch an seine Frau geschickt. Und an die Presse.«

Manou blickte stumm aus dem Fenster.

»Und in Deauville hat ein gewisser Jean Carasso ein Foto in der Zeitung entdeckt, es bearbeitet und uns damit abgelenkt«, fuhr Nicolas fort.

»Schöne Scheiße, ich weiß. Ich wollte doch nur, dass Faure

irgendwie … dass er kapiert, dass er jederzeit … dass er endlich Angst hat. Ein Mal wenigstens.«

Nicolas sah plötzlich, wie gebrochen sein Freund war. Manou hatte ihm von jener Nacht auf dem Schiff erzählt, von seiner Ehe und dass seine Familie ausgezogen war.

»Sie kommen nicht wieder, Nicolas.«

»Ich weiß.«

Manou nahm einen großen Schluck Wein, während Nicolas ihn betrachtete.

»Du hättest François Faure erschossen«, sagte er leise.

Manou nickte und blickte in die Untiefen seines Glases.

»Ja, das hätte ich. Und es wäre falsch gewesen, völlig verrückt, natürlich weiß ich das. Aber es hat mich in den Wahnsinn getrieben. Ich konnte nicht mehr klar denken. Ich hätte nie gedacht, dass ich …« Er brach ab, rappelte sich dann wieder auf. »Ich war so erschöpft, verstehst du? Er und meine Frau, er hat jede Gelegenheit genutzt, mich damit zu demütigen, bei jedem Einsatz, bei jeder attraktiven Frau, die wir sahen. Sogar meine Tochter wollte er …«

»Aber deswegen kannst du nicht einfach …«

»Ich weiß, lass es gut sein, Nicolas. Ich weiß es.«

Hinter ihnen sortierte der Besitzer des »Le Vannier« die Gläser, und draußen senkten die Platanen allmählich müde ihre Köpfe.

»Und du? Was ist mit dir, warum hast du es keinem erzählt?«, fragte Manou, und Nicolas merkte, dass es letztendlich die Antwort auf ebendiese Frage war, die seinen Freund hierher an diesen Tisch geführt hatte.

»Ich meine, sie vernehmen dich drei Wochen lang im Krankenhaus, immer und immer wieder. Und am Ende wird der Dienst dich entlassen, möglicherweise musst du bis dahin sogar in Untersuchungshaft. Wenn mich nicht alles täuscht, droht dir mindestens eine Anklage, eher mehr. Das muss dir doch klar sein?«

Nicolas blickte in die Schatten unter den Bäumen. Blaues Licht wanderte für einen kurzen Augenblick über die Häuserfassaden auf der anderen Seite des Platzes. Er beachtete es nicht und schaute stattdessen zu den zwei Mülltonnen an der Ecke. Er würde gleich morgen früh einen großen Umschlag dort hineinwerfen.

Den Umschlag von Jean Carasso.

Geben Sie uns noch zwei Tage, bitte. Wir werden selbst zur Polizei gehen …

Zwei Tage für ein ganzes Leben. Das war definitiv nicht genug, und die Polizei in der Normandie hatte derzeit ohnehin ganz andere Sorgen.

Er blickte Manou an, auf dessen Gesicht sich zu seinem Erstaunen eine tiefe Ruhe ausbreitete. Sein Freund hatte die Augen geschlossen, fast schien es, als würde er in sich hineinhorchen und als wäre er mit dem, was er hörte, einverstanden.

Blaues Licht tanzte über die Wände des »Le Vannier«.

»Du hättest die Wahrheit erzählen sollen, im Krankenhaus«, murmelte Manou leise und legte den Kopf in den Nacken. Seine Augen waren noch immer geschlossen.

Nicolas spürte eine Unruhe in sich aufziehen.

»Wem hätte das geholfen?«

»Dir.«

»Um mich geht es schon lange nicht mehr.«

»Falsch.«

Manou öffnete die Augen, leerte sein Glas in einem Zug und stand auf. Mit einem nahezu fröhlichen Gesichtsausdruck blickte er zu ihm herab.

»Alles hat seine Zeit, Nicolas. Julie hatte ihre. Jetzt kommt deine.«

Das blaue Licht warf Muster auf die Fensterscheiben, das Geräusch mehrerer Autos drang von draußen zu ihnen herein.

»Es wird Zeit. Lass uns gehen.« Manou legte Geld auf den Tisch und öffnete die Tür des Cafés.

Milde Frühlingsluft strömte ihnen entgegen, als sie hinaus in die Dunkelheit traten und Nicolas mit einem Schlag begriff, dass all dies nicht so enden würde, wie er es vorhergesehen hatte.

Manou war ihm zuvorgekommen. Er hatte schneller gezogen.

Vor ihnen kamen mehrere Einsatzfahrzeuge zum Stehen, Autotüren wurden geöffnet, und schwere Stiefel berührten die kleinen Kieselsteine auf der Place Sainte-Marthe. Das blaue Licht tänzelte unter den Platanen, und Nicolas kniff für einen Moment die Augen zusammen.

Es ging schon lange nicht mehr um ihn. Aber auch nicht um Julie.

Sondern um Manou, der das Lächeln eines Mannes hatte, der reinen Tisch gemacht hatte. Und der mit sich selbst im Reinen war.

Nicolas verstand und blickte seinen Freund an.

»Wem hilft das, Manou?«

Er deutete mit dem Kopf auf die Wagen vor ihnen. Aus den Augenwinkeln konnte er sehen, dass einige Beamten ihre Waffen entsichert hatten.

»Allen. Mir. Dir.«

»Ich hätte nichts gesagt. Du hättest kündigen können. Woanders anfangen.«

»Ich will nicht anfangen, Nicolas. Ich will aufhören. In den letzten Wochen war alles falsch. Und jetzt ist es richtig.« Er deutete auf einen Mann, der aus einem der Fahrzeuge gestiegen war und im Schatten einer Platane wartete.

Es war Gilles Jacombe, ihr gemeinsamer Teamleiter. Er sah mitgenommen aus.

»Ich habe ihn selbst angerufen. Mach es gut, Nicolas. Und versprich mir etwas, ja?«

»Was?« Nicolas wog seinen Wohnungsschlüssel in der Hand. Er würde sich einschließen und erst wieder herauskommen, wenn alles vorbei war. Und er alles vergessen hatte.

»Lass es gut sein. Sie kommt nicht zurück.«

»Du schon.«

»Wir werden sehen. Und hör auf, diese verdammten Tabletten zu nehmen. Fröhlich wirst du davon jedenfalls nicht.«

Als sie sich umarmten, drückte Nicolas seinen Freund fest an sich. Dann nickte Manou ihm zu und trat hinaus auf den Platz. Er lächelte. Ein Beamter hielt ihm die Autotür auf, und wenige Augenblicke später verlor sich das blaue Licht in der diffusen Dunkelheit, die sich über die Place Sainte-Marthe gelegt hatte.

Hinter Nicolas klopfte der Besitzer des »Le Vannier« von innen an die Scheibe des Cafés und machte ihm ein Zeichen, wieder reinzukommen.

Vermutlich will er mich mit einem letzten Drink trösten, dachte Nicolas. Er blickte nachdenklich zu den beiden großen Mülltonnen und trat dann zögernd durch die Tür des Cafés.

Draußen und drinnen, dachte er.

Der Besitzer des Cafés winkte ihn heran und deutete auf ein altes Telefon, das er auf den Tresen gestellt hatte.

»Für dich.«

Nicolas blickte auf die Uhr hinter dem Tresen.

23.17 Uhr. Eine gute Zeit, um sich einzuschließen.

Morgen Abend spielte das Staatsorchester im Théâtre des Champs-Élysées. Er würde nicht hingehen.

Er griff nach dem Hörer, während draußen ein schlauer Hund zum zweiten Mal an diesem Abend aus den Häuserschatten heraustrat und an den Bäumen schnupperte.

»Hier spricht Nicolas Guerlain.«

Einige Etagen über ihm lag Tito in seinem Bett und träumte von seiner Frau. Und er selbst würde sich Gedanken machen müssen, was er mit seiner freien Zeit anfangen wollte. Mit seinem Leben.

Seine Zeit als Personenschützer war womöglich trotz Manous Geständnis abgelaufen.

Er fuhr sich müde übers Gesicht und merkte erst jetzt, dass ihm niemand geantwortet hatte.

23.18 Uhr.

»Hallo? Wer ist denn da?«

Draußen schliefen lautlos die Platanen. Zu ihren Füßen wägte der Hund seine Entscheidung ab, als würde davon ein ganzes Leben abhängen. Er blickte kurz in Richtung des Lichts, das aus dem Café nach draußen auf die Place Sainte-Marthe fiel.

Dann näherte er sich vorsichtig dem fünften Baum.

»Hallo, Nicolas. Hier ist Julie.«

ISBN 978-3-423-21722-4

An jenem Morgen erwachte Zorah mit der Gewissheit, dass dies der schönste Tag in ihrem Leben war. Es war nicht irgendein vages Gefühl, auch nicht der verklärte Rest eines Traums, an den sie sich ohnehin nur bruchstückhaft erinnern konnte, so wie an alle anderen Träume zuvor auch.

Sie blinzelte leicht benommen, und während sich ihre Augen an das diffuse Licht des frühen Morgens gewöhnten, dachte sie darüber nach, was die Nacht ihr mit auf den Weg gegeben hatte.

Nein, eine Hoffnung war es auch nicht, denn damit kannte sie sich aus. Mit Hoffnungen, die sich in Luft auflösten, in staubige, stickige Luft, die sich auf ihre Lungen setzte, wenn wieder ein Lastwagen an irgendeinem Straßengraben vorbeidonnerte, in dem sie alle gemeinsam für ein paar Stunden Schutz gefunden hatten.

Diesmal, am Ende ihrer Reise, war es etwas anderes. Es war eine echte und wahrhaftige Gewissheit, die heimlich zu ihr in den dünnen Schlafsack gekrochen war und sich neben ihr ausgestreckt hatte, sich an sie schmiegte und lächelte.

Es war ruhig draußen, nur der Wind ließ die Blätter der Sträucher rascheln, die ihr Zelt umschlossen. Die Sonne schien. Und obwohl Zorah in den vergangenen Monaten gelernt hatte, ihre Gefühle fest verpackt in ihrem Innern zu verstauen und nicht daran zu rühren, überkam sie etwas, das sie beinahe als Freude bezeichnet hätte.

Sie lächelte. Es war das behutsame Lächeln eines zwölfjährigen Mädchens, das mehr erlebt und gesehen hatte, als andere in einem ganzen Leben. Und das fast verlernt hatte, wie es sich anfühlte, wenn die eigenen Mundwinkel sich hoben.

»Reiß dich zusammen«, murmelte sie und zog vorsichtig den Reißverschluss ihres Schlafsacks auf. Sie hatte nicht vor, ihr Innerstes aufzuschnüren, nur weil irgendeine dahergelaufene Gewissheit sich neben sie legte und versprach, sie zu wärmen.

»Immer schaust du so traurig, Zorah«, hatte ihre Mutter sie immer wieder ermahnt während der langen Reise. »Freu dich doch, alles wird gut, bald sind wir da.«

Sie lag wenige Meter neben ihr auf dem harten Sandboden, ihr Kopf lehnte an der Schulter ihres Mannes, der selbst im Schlaf zu wachen schien über seine Familie, die er fortgeführt hatte, weit weg von den ockerfarbenen Bergen ihrer Heimat.

Heute war der schönste Tag in Zorahs Leben.

Wir werden sehen, dachte sie, aber sie spürte, wie ihr Herz zu hüpfen begann und ihre schweren Glieder ganz leicht wurden. Als sie leise aus ihrem Schlafsack kroch, wirbelte etwas Staub durch die wenigen Sonnenstrahlen, die durch die Löcher in der Zeltplane fielen. Etwas weiter hinten lag ihr älterer Bruder Belal, er atmete gleichmäßig, und sie hatte nicht vor, ihn aufzuwecken. Zorah streckte ihren Rücken, der eine weitere Nacht auf einem weiteren harten Boden ertragen hatte. Durch Löcher in der blauen Plane erkannte sie einzelne Sträucher, dornige Büsche, die das gesamte Lager umgaben. Außerdem einige rote und blaue Wimpel, die in den Bäumen hingen, als wollte jemand der Trostlosigkeit dieses Ortes einen freundlicheren Anstrich geben.

Das Lager war wahrlich nicht der schönste Ort für einen schönsten Tag, aber Zorah war das egal. Sie merkte, wie sich in ihrem Inneren etwas zu lösen begann, das sie fest verschnürt hatte. Verwundert hielt sie inne.

Es war tatsächlich so. Sie war glücklich.

Es würde nun bald zu Ende sein.

Zorah wischte sich die klamme Nacht mit einer pechschwarzen Haarsträhne aus dem Gesicht und griff in ihren fleckigen Schlafsack. Ihre Finger suchten nach etwas, betasteten vorsichtig das feuchte Innere.

»Scheiße, wo ist sie?«, fluchte sie leise und blickte hinüber zu ihren Eltern. Schließlich sprang sie auf und durchwühlte hektisch den schmierigen Stoff.

Aber da war sie ja. Alles war gut.

»*Alhamdulillah.*«

Zorah berührte behutsam die einzelnen Ecken der Postkarte, so wie sie es jeden Morgen tat. Ihre Finger wanderten langsam die brüchigen Kanten entlang, fuhren liebevoll über die mittlerweile grau gewordene Innenseite, bevor sie die Karte wendete und auf das leuchtende Bild blickte, das seit einem Jahr nicht mehr leuchtete und das doch ihr Herz schneller schlagen ließ.

Zorah lächelte erneut, jetzt ganz bewusst, und atmete tief ein. Der schönste Tag in ihrem Leben hatte einen frischen, klaren Duft, die Luft schmeckte nach Salz und nach dem Ende einer Reise. Hoch oben über ihrem Zelt hörte sie einen Vogel, es war eine Möwe, aber Zorah kannte keine Möwen. In ihren Ohren klang es wie ein Lachen und sie lachte leise mit, während sie ihre verblichene Trainingsjacke überzog und ihre zu großen Turnschuhe suchte.

Sie wäre nie auf die Idee gekommen, der Vogel könnte sie auslachen.

Draußen näherten sich leise Schritte und kurz darauf drang ein Flüstern zu ihr ins Zelt.

»Zorah! Bist du schon wach?«

Zorah freute sich, Nurias Stimme an diesem Morgen zu hören. Sie würden gemeinsam das Lager erkunden, so wie sie es gestern Abend bei ihrer Ankunft in der Dunkelheit verabredet hatten.

»Nuria! Warte, ich komme!«

Sorgsam faltete sie ihre Postkarte zusammen und steckte sie in ihre Tasche, nicht jedoch, ohne vorher noch einmal auf die Schrift auf den Bildern zu schauen.

Piccadilly Circus.

Die Farben der Leuchtreklamen waren die schönsten Farben, die sie je gesehen hatte.

Sie schlüpfte leise aus dem Zelt und wartete, bis sich ihre Augen an das kalte Licht gewöhnt hatten. Dann war sie endgültig bereit für diesen Tag.

Auch Nuria schien erst vor wenigen Minuten aufgewacht zu sein. Der Wind fuhr durch die Blätter der knorrigen Bäume, zu ihren Füßen rollten schmutzige Plastiktüten und leere Konservendosen über den sandigen Boden.

»Hast du gut geschlafen?«

»Klar«, log Zorah und blinzelte in die Sonne, die hier so viel blasser war als zu Hause in Ghasni, wo die Berge orange waren und der Himmel so blau wie die Burkas der Frauen. Nuria trug wie immer ihren zu großen gelben Pullover, sie hatte die Ärmel mehrmals umgekrempelt.

Zorah hörte im Zelt ihren Vater unruhig im Schlaf murmeln.

»Lass uns schnell gehen«, flüsterte sie, »bevor sie etwas merken.«

Nuria zog sie zwischen den dreckigen Zeltplanen und den notdürftig zusammengezimmerten Verschlägen aus Pappe und Sperrholz den kleinen Hang hinunter. Immer wieder mussten sie ihre Köpfe unter Wäscheleinen durchstecken, an denen nasse Wäsche hing, die in diesem Leben nicht mehr sauber werden würde. Vor einigen Zelten brannten Feuer, vereinzelt roch es nach Kaffee und Brot. Meistens jedoch nach Urin. Zorah hatte gehört, dass einige hundert Menschen hier hausten, auf engstem Raum, eingepfercht zwischen den Dünen und dem flachen Hinterland. Dass dieser Ort bis vor kurzem noch die Müllhalde von Calais gewesen war, wusste sie nicht.

Immer wieder liefen sie an müden und abgekämpften Gesichtern vorbei. Mütter wiegten ihre Babys, Söhne sammelten Äste und Zeitungspapier. Hier und da packten einige Lagerbewohner ihre Sachen und verabschiedeten sich.

»Die wollen bestimmt durch den Tunnel«, bemerkte Nuria, und Zorah nickte nachdenklich. Auch sie würden bald aufbrechen, vielleicht schon morgen. So hatte ihr Vater es ihr gesagt. Sie lief neben ihrer Freundin den kleinen Abhang hinunter, ihrem Ziel entgegen.

Die Dünen.

Das Meer.

Und das, was dahinter lag.

Piccadilly Circus.

Plötzlich blieb Nuria stehen und blickte Zorah an.

»Hörst du das auch?«

Zorah lauschte und nach einigen Sekunden hörte auch sie die Musik, die durch die klare Luft zu ihnen getragen wurde. Sie legte den Kopf zur Seite.

»Das ist schön«, flüsterte sie, und als sie kurz darauf um einige kleinere Bäume herumliefen, sahen sie, woher die Musik kam. Auf einer Lichtung, zwischen Ginsterbüschen und schwarzen Müllcontainern, stand eine kleine Hütte. Es war kaum mehr als ein Bretterverschlag, aber im Gegensatz zu den anderen Behausungen im Lager hatte hier jemand aufgeräumt. Hier lagen keine zerfetzten Pappkartons oder Mülltüten, aus denen vergammelte Essensreste quollen. Blaue und rote Fahnen wehten auf dem Dach, weitere lagen in einer Kiste neben der Hütte.

Zorah machte Nuria ein Zeichen.

»Komm!«

Die Musik war jetzt deutlicher zu hören, sie klang in Zorahs Ohren fremd und auf eine seltsam angenehme Art traurig. Sie verstand die Sprache nicht, und doch mochte sie den Klang der

Melodie. Durch ein offenes Fenster sahen sie einen jungen Mann, der an einer Kaffeemaschine hantierte und leise mitsummte. Er war offensichtlich ebenfalls gerade erst aufgestanden, er stand barfuß in der Hütte und seine Haare waren noch zerzaust. Auf einem Tisch in der Mitte des Raumes lagen Papiere und Fotos. Der Mann war gutaussehend, etwas, für das sich Zorah erst seit kurzem interessierte.

Neben ihr kicherte Nuria aufgeregt und steckte sie damit an, so dass die beiden Mädchen sich den Mund zuhalten mussten, um nicht loszuprusten.

Genauso sollte ein schönster Tag sein, dachte Zorah. Sie hatte ihre Freundin auf der Reise kennengelernt, gleich am Anfang. Nuria war genauso alt wie sie, gerade ein Teenager und ihre Eltern hatten dasselbe Ziel. Ganze Wochen hatten sie gemeinsam auf Lastwagen verbracht, auf Pritschenwagen und Eisenbahnwaggons, hatten endlose Tage und Nächte kommen und gehen sehen. Die Landschaften hatten sich verändert und auch die Menschen um sie herum. Zorah hatte irgendwann aufgehört, ihre Eltern zu fragen, wie lange die Reise dauern würde. Sie hatte bemerkt, dass ihr Vater ruhiger geworden war, mit jedem Tag, den sie von zu Hause fort waren.

Er war froh, also war sie es auch.

Nur ihr Lächeln hatte sie zeitweise verloren auf der Reise. Aber von nun an würde es nur noch schönste Tage geben, da war sich Zorah sicher. Solange sie nur Nuria bei sich hatte und ihre Postkarte mit den leuchtenden Farben und dem aufgedruckten Namen, der so verheißungsvoll klang.

»Ihr könnt ruhig reinkommen!«

Neben ihr biss sich Nuria vor Schreck auf die Lippe, als sie die Stimme des Mannes hörten. Langsam standen sie auf und gingen zögerlich zur Eingangstür der Hütte. Jetzt erst sahen sie, woher die Musik kam, in einer Ecke stand ein altes Radio auf dem Holzboden.

»Keine Angst, ich beiße nicht.«

Zorah wusste nicht, über was sie sich mehr wundern sollte. Über die beiden bunten und sauberen Plastikbecher auf dem Tisch, in die der Mann gerade einen gelblichen Saft goss. Oder über die Tatsache, dass sie ihn verstanden hatten.

»Sie sprechen ja *Paschtu*«, sagte sie in Richtung des Mannes, während Nuria bereits gierig nach einem der Becher griff. Zorah zögerte zuerst, dann machte sie es ihr nach, und kurz darauf explodierte etwas auf ihrer Zunge. Der frische Geschmack von Orangen wischte ihr den Dreck aus dem Hals.

»Leider nicht mehr sehr gut. Ich war lange nicht mehr in Afghanistan«, sagte der junge Mann. Er hatte blondes Haar und zahlreiche Sommersprossen im Gesicht, die zu tanzen schienen, wenn er lächelte. Zorah mochte ihn sofort, sie schätzte, dass er etwa so alt war wie ihr ältester Bruder Belal, der oben im Lager vermutlich noch immer schlief.

»Ich finde, Sie sprechen sehr gut«, sagte Nuria und wischte sich etwas Saft aus dem Gesicht. Sie strahlte.

»Ich bin Zorah. Und das ist Nuria, sie ist meine beste Freundin«

»Seid ihr gestern ins Lager gekommen?«, fragte der Mann und ging zum Radio, um es auszuschalten.

»Nein, das ist schön«, hielt Zorah ihn auf.

»Magst du das? Das ist sehr alte Musik, bestimmt vierzig Jahre. Oder noch älter. Eigentlich ein trauriges Lied. Der Sänger will wissen, was von der Liebe übrig bleibt, nach so vielen Jahren. Magst du Akkordeon?«

»Ich weiß nicht«, erwiderte Zorah.

»Natürlich, wie sollst du auch«, lachte der Mann. »Ich bin übrigens Christian, ich helfe hier im Lager ein bisschen aus, verteile Essen und saubere Wäsche. Leider habe ich momentan nichts, es spendet kaum noch jemand etwas.«

Zorah blickte sich in der Hütte um und deutete dann auf einen kleinen Kasten, der auf dem Tisch lag.

»Was ist das?«

Christian lächelte.

»Warte, ich zeig es euch. Stellt euch mal nebeneinander. Genau, so ist es richtig.«

Die beiden Mädchen rückten etwas näher zusammen, ihre Becher mit dem Orangensaft noch in der Hand. Christian blickte von hinten in den Kasten und winkte mit der freien Hand.

»Und jetzt: Lächeln!«

Die Mädchen zuckten zusammen, als aus dem Kasten ein greller Blitz fuhr, aber ganz offensichtlich war das normal, denn Christian zog kurz darauf ein Stück Papier heraus und wedelte einige Augenblicke damit durch die Luft.

»Das dauert jetzt noch ein bisschen, aber nicht sehr lange.«

Sie blickten sich an.

»Was ist das?«

»Ein Fotoapparat, der die Bilder gleich mit ausdruckt. Man nennt es eine Sofortbildkamera.«

Sie beugten sich alle drei über das Stück Papier, und tatsächlich konnte Zorah bald ihren eigenen Umriss erkennen. Ihr Lächeln wirkte etwas gequält, und sie begriff, dass sie für einen Augenblick Angst gehabt hatte. Vor dem Apparat, vor dem Blitz.

Dabei wusste sie doch, dass ihr an diesem Tag nichts passieren konnte.

Nuria stupste sie von der Seite an.

»Komm, wir müssen weiter. Wir wollen nämlich zum Meer«, sagte sie in Christians Richtung.

»Dann müsst ihr dahinten lang, das ist der schnellste Weg. Was wollt ihr denn am Meer?«

»Unser neues Zuhause angucken. *Piccadilly Circus*. Wir sind nämlich bald da«, entgegnete Zorah.

Sein Gesicht verdunkelte sich für einen kurzen Augenblick, dann räusperte er sich.

»Haben das eure Eltern gesagt?«

Zorah nickte. »Vielleicht sogar schon morgen, wir müssen nur noch durch den Tunnel, sagt mein Vater.«

Vorsichtig nippte Christian an seinem Kaffeebecher und fuhr sich etwas verlegen durch die Haare.

»Naja, ich wünsche euch jedenfalls viel Glück. Passt auf euch auf. Das Foto pinne ich hier an die Wand, dann bleibt ihr mir in Erinnerung.«

Die beiden Mädchen verließen schließlich die Hütte und rannten davon. Zorah jedoch blieb plötzlich nach ein paar Metern stehen, schien kurz zu überlegen und lief dann zurück.

»Christian, kannst du mir etwas verraten?«, fragte sie.

»Was denn?«

»Wenn ich meinen Namen sagen möchte, hier im Camp – wie heißt das in deiner Sprache?«

Er lächelte sie an und sprach schließlich langsam auf Französisch:

»Ich … heiße … «

»… Zorah!« Sie strahlte ihn an. »Das ist aber einfach. Und drüben, auf der anderen Seite des Tunnels, sagen sie das genauso?«

»Nein, dort sagen sie: »*My name … is … Zorah.*«

Zorah überlegte einen Augenblick.

Dann gab sie sich einen Ruck.

»Weißt du, heute ist der schönste Tag in meinem Leben!«

Christian lächelte, und in diesem Moment war sie so glücklich, dass sie die Traurigkeit in seinen Augen nicht sah. Er griff nach einem Stift, der auf dem Tisch lag.

»Hast du etwas zu schreiben, einen Zettel oder so etwas?«

Sie zog ihre Postkarte aus der Tasche und blickte sie zögerlich an. Dann lächelte sie.

»Das ist meine Glückskarte, du kannst hier was draufschreiben!«

Er nahm sie und schrieb eine Telefonnummer auf das verblichene Papier auf der Rückseite.

»Wenn dein Glück mal aufgebraucht ist, dann ruf mich an. Oder komm vorbei.«

»Ich ruf dich an, wenn wir dort sind. Versprochen!«

Wenig später war es so weit. Zorah und Nuria standen auf einer kleinen Sanddüne und blickten hinab auf das graue Wasser, das sich vor ihnen erstreckte. Zorah hatte Nurias Hand ergriffen, während sie beide die Augen zusammenkniffen, um die Konturen am Horizont besser sehen zu können.

»Ist er hoch, der *Piccadilly Circus?*«, fragte Nuria. »Wenn er nämlich flach ist, dann kann man ihn nicht so gut sehen von hier aus.«

»Aber die Lichter müsste man doch sehen, oder?«

»Ich weiß nicht …«

Sie suchten einige Minuten die feine Linie ab, die irgendjemand zwischen Wasser und Himmel gezeichnet hatte. Es war nicht das erste Mal, dass Zorah am Rande eines großen Meeres stand, aber dieses war mit Sicherheit das graueste von allen. Und das kälteste, dessen war sie sich sicher. Sie umklammerte ihre Postkarte. Eine Möwe flog an ihnen vorbei, aber ihr Lachen wurde übertönt vom Rauschen der Brandung.

Nuria setzte sich schließlich etwas enttäuscht in den Sand und zeichnete mit ihren Fingern Kreise. Zorah hingegen hatte beschlossen, dass nichts und niemand ihr diesen schönsten Tag in ihrem Leben kaputt machen konnte.

»Mama sagt, manchmal sind Lichter auch aus. Weil es keinen Strom gibt.«

Nuria nickte.

»Das hatten wir bei uns in Herat auch manchmal.«

»Wir sogar ganz oft«, sagte Zorah und dachte an die dunklen Gassen von Ghasni, durch die der Wind aus den Bergen pfiff und dabei den Sand in ihre Augen trieb. Immerhin, es war ein warmer Wind gewesen, jetzt fror sie in ihrem viel zu großen und undichten Trainingsanzug.

Plötzlich sprang Nuria neben ihr wieder auf.

»Wo wohl der Tunnel ist?«, fragte sie aufgeregt. »Du weißt doch, der große Tunnel, durch den wir morgen fahren werden!« Sie suchten mit den Augen den Strand ab, fanden jedoch keine größere Öffnung in den Dünen.

Zorah wollte gerade sagen, dass ihr langsam kalt wurde, als hinter ihnen eine Stimme auf *Paschtu* ertönte.

»Der Tunnel ist weiter hinten, dort, bei der großen Straße!«

Sie drehten sich um und sahen zwei Männer zwischen den Dünen sitzen. Zorah und Nuria hatten sie vorher nicht bemerkt, weil sie sich so über das Meer gefreut hatten.

Und über den Horizont.

Der ältere der beiden winkte ihnen freundlich zu und gab ihnen zu verstehen, dass sie keine Angst zu haben brauchten. Als die beiden Mädchen näher kamen, sahen sie, dass die Männer Tee tranken und ein Würfelspiel in einem kleinen Pappkarton spielten. Der Jüngere begann, sich mit einem Klappmesser die Fingernägel zu säubern.

»Ist es ein sehr großer Tunnel?«, fragte Nuria.

»Allerdings«, sagte der ältere Mann. Er hatte einen dunklen Bart, der von grauen Strähnen durchzogen war.

»Er ist so groß, dass sogar ein ganzer Zug durchfahren kann.«

Zorah und Nuria blickten sich erstaunt an.

»So groß?«

Die Männer nickten.

»Wir werden morgen durch den Tunnel fahren. Bis nach *Piccadilly Circus*!«, rief Nuria aufgeregt.

»Kommt ihr auch aus Afghanistan?«, wollte Zorah von den Männern wissen. Sie blickte nach oben zu der Möwe und mit einem Mal dachte sie, dass es kein schönes Lachen war, das dort erklang.

»Ja, aus der Nähe von Baglam. Aber wir sind schon seit ein paar Wochen hier.«

»Ein paar Wochen!«, rief Nuria entsetzt. »Warum fahrt ihr denn nicht durch den Tunnel?«

»Weil das nicht so einfach ist«, sagte der Jüngere, und Zorah dachte, dass sie ihn nicht mochte. Warum, wusste sie nicht.

»Warum ist es nicht einfach?«

Der Ältere lehnte sich im Sand zurück.

»Weil sie nicht wollen, dass wir durch den Tunnel fahren.«

»Wer?«

Aber die beiden hatten offenbar beschlossen, dass es genug

sei, sie tauschten den Würfelbecher aus und drehten sich eine Zigarette.

»Komm, ich hab Hunger«, sagte Nuria, und Zorah war froh, die beiden Männer loszuwerden.

»Was gibt es denn bei euch Gutes?«, fragte der Jüngere plötzlich. Zorah wollte ihre Freundin fortziehen, aber Nuria hatte bereits begonnen loszuplappern.

»Mama hat Glück gehabt, bei der Ausgabe gestern hat sie ganz viel Brot und Obst bekommen. Und sogar Zigaretten für Papa und, stellt euch vor, Schokolade! Wir hatten schon ewig keine Schokolade!«

»Nuria, komm, wir müssen gehen …«

»Schokolade, soso …«, sagte der Mann. »Da gab es doch auch Geld, oder? Bei der Ausgabe, meine ich.«

»Nuria, bitte …«

Zorah spürte mit einem Mal, wie dieser Tag ins Rutschen geriet.

»Ja, Geld gab es auch, damit wir uns etwas kaufen können. Vielleicht kriege ich einen neuen Pullover, der hier ist nämlich zu groß. Viel zu groß!«

Der Ältere hielt Nuria seinen Würfelbecher hin.

»Komm, würfel mal für mich. Dann gewinne ich bestimmt.«

Bevor Zorah etwas sagen konnte, machte Nuria einen Schritt auf die Männer zu und griff nach dem Becher.

Über ihren Köpfen lachte die Möwe laut auf.

Ohne Vorwarnung griff der Jüngere nach Nurias Handgelenk und zog sie zu sich. Zorah schrie entsetzt auf, sie war starr vor Schreck. Ihre Freundin wimmerte, als der Mann sie an sich presste, seine Augen waren zu Schlitzen geworden. Sein Messer hielt er ganz dicht an Nurias Hals.

»Keine Angst, ich tu dir nichts. Noch nicht«, zischte er, während der Ältere aufstand und sich umblickte. Aber in den Dünen war niemand zu sehen.

Zorah stand noch immer auf derselben Stelle, ihre Hand krampfte sich in ihrer Jackentasche um ihre Postkarte.

»Bitte, lasst sie los …«, flehte sie, ihre Stimme zitterte.

»Das hängt ganz von dir ab«, sagte der Mann, während er in Ruhe den Würfelbecher in dem kleinen Karton ausleerte. Er runzelte kurz die Stirn und fluchte.

Dann drehte er sich zu Zorah.

»Weißt du, wie die Menschen hier dieses Lager nennen?«

»Nein«, antwortete Zorah. Die ersten Tränen rannen ihr übers Gesicht. Sie spürte Salz und Dreck auf ihren Lippen.

»Sie nennen es den ›Dschungel‹. Und weißt du auch, warum?«

»Nein.« Nuria wimmerte im Griff des anderen Mannes.

»Weil hier jeder macht, was er will. Und weil niemand da ist, der die Kontrolle behält. Hier sind nur wir.«

Er lächelte Zorah an.

»Hör mir gut zu, Kleines. Du gehst jetzt zurück zu euren Zelten oder wo auch immer ihr haust. Und dann sagst du ihrem Vater, dass wir seine Tochter haben. Er kriegt sie zurück. Aber dafür wollen wir das Geld, das sie gestern bekommen haben. Und zwar alles. Hast du mich verstanden?«

Zorah nickte, ein Schluchzen arbeitete sich in ihrem Innern nach oben. Ihr war schlecht.

»Beeil dich. Wenn du zu lange brauchst, kann ich für nichts garantieren.« Er zeigte auf den anderen Mann, der Nuria festhielt. »Mein Sohn ist manchmal sehr jähzornig. Also los.«

Zorah schluckte und blickte in das verzweifelte Gesicht ihrer Freundin.

»Zorah …!«

Sie rannte los, stolperte durch das Gestrüpp am Fuße der Dünen, rannte weiter, und harte Zweige rissen ihre Haut auf. Mittlerweile weinte sie hemmungslos. Immer wieder sah sie Nurias verzweifeltes Gesicht, das Messer und den Würfelbecher vor sich.

Was war bloß aus ihrem Tag geworden?

Die ersten Zelte kamen in Sicht, der Wind hatte zugenommen, er zerrte jetzt an den Planen. Mülltüten flogen durch die Luft, und eine kleine Ratte kreuzte ihren Weg. Zorah stolperte und fiel hin, sie spürte, wie die Postkarte in ihrer Tasche einen Knick bekam.

Als sie durchs Gebüsch brach, sah sie die Hütte, in der ein Foto von ihr an der Wand hing, sie und Nuria, jeweils mit einem Becher Orangensaft in der Hand.

»Christian!«

Aber sie konnte ihn nirgendwo sehen. Einige Lagerbewohner saßen vor ihren Feuern und musterten sie gleichgültig.

Sie haben ihre eigenen Probleme, dachte Zorah. Jeder hier macht, was er will. Und keiner hat die Kontrolle.

Sie war tatsächlich im Dschungel.

»Christian!«

Keine Musik war zu hören, kein Kaffeeduft lag in der Luft. Die Tür zur Hütte war abgeschlossen.

Als sie weiterrannte, kam sie an einem kleinen Bretterverschlag vorbei, vor dem Kinder saßen und im Dreck spielten. Eine Frau deutete panisch den Hang hinauf. Während Zorah an ihr vorbeirannte, sah sie, dass vor den Feuern nach und nach auch die anderen Lagerbewohner aufstanden.

Was ist los?, dachte sie. Aber sie hatte keine Zeit, sie musste Nuria retten.

Plötzlich schrie irgendwo jemand auf, ein Eimer fiel scheppernd zu Boden. Der Hang wurde steiler, sie hatte es nicht mehr weit. Als sie einen großen Strauch umrundete, sah sie ihn.

Christian.

Zorah hielt inne, ihr Brustkorb hob und senkte sich, während sie nach Luft schnappte. Sie hatte die Augen weit aufgerissen. Denn was sie sah, machte ihr Angst, noch mehr Angst, als der Gedanke an ihre hilflose Freundin.